KB263751

샤를 보들레르

샤를 보들레르

샤를 보들레르
Charles Pierre Baudelaire

'악의 꽃' 시인이
들려주는 예술가의 삶과
현대적 감성의 탄생

윤영애

민음사

샤를 보들레르(Charles Baudelaire)는 누구인가.
보들레르 주석자들이 오래전부터 최근까지 끊임없이 던진
이 질문에 대해 명쾌한 답을 줄 수 있는 사람이 있을까?

비평가들은 그들의 비평 방법에 따라 제가끔 새로운
보들레르를 만들어 냈고, 보들레르 자신도 그의 삶이
지속되는 동안 줄곧 자신에 대해 질문을 던지기를 그치지
않았다. 스스로가 그에 대한 답을 얻을 수 없었기에 인간의
마음을, 그 깊이를 헤아릴 수 없는 바다에 비유하지
않았을까.

자유로운 인간이여, 그대는 바다를 사랑하리!
바다는 그대의 거울, 그대는 그대의 넋을
끝없이 펼쳐가는 물결 속에 비추어본다

그리고 그대의 정신 역시 그에 못지않게 쓰디쓴 심연
(……)
그대들은 둘 다 컴컴하고 조심스럽다
인간이여, 아무도 그대 심연의 밑바닥을 헤아릴 길
없고
오, 바다여, 아무도 네 은밀한 보물을 알 길 없다
그토록 악착같이 그대들은 비밀을 지킨다
— 「인간과 바다(L'Homme et la Mer)」

보들레르의 전기를 집필했던 보들레르 연구가
뤼프(M. A. Ruff)는 "보들레르의 영역에는 무한한 어둠의
지대가 아직도 남아 있으며, 어떤 탐색도 그것을 결코 벗길
수 없다."라고 했다. 실로 보들레르에 대한 주장들에는
많은 혼돈과 모순이 있었다.
보들레르는 그 자신이 작가 고티에(Théophile
Gautier)의 삶과 작품에 관한 글을 쓰면서 경험했던
당혹감을 고스란히 우리에게 안겨준다.

쓰기 쉬운 전기들이 있다. 이를테면 그 생애가 사건과
모험으로 들끓는 사람들의 전기가 그렇다. 거기서는
사실들을 그 연대와 함께 기록하고 정리하면 그만일

것이다. 그러나 여기에는 오직 정신적인 거대함이 있을 뿐! 더없이 극적인 모험들이 그의 두뇌의 둥근 천장 밑에서만 묵묵히 연출되는 한 사람의 전기는 전혀 다른 계열의 문학적인 작품이다.

보들레르에 관해 이야기하려면 바로 이런 문제와 만나게 된다. 마흔여섯 살에 세상을 떠난 그의 짧은 삶은 결코 "사건과 모험으로 들끓는" 것이 아니었다. 그는 결혼을 한 적도 자식을 가진 적도 없다. 사랑하는 자식을 잃고 슬픔을 견딜 수 없어 작품 속에 그 슬픔을 쏟아놓은 위고(Victor Hugo)도 아니었고, 파란만장한 생애의 파노라마가 한 편의 소설 못지않은 어떤 작가도 아니었다. "오직 정신적인 거대함이 있을 뿐"인 그의 삶에 대해, "그의 두뇌의 둥근 천장 밑에서만 묵묵히 연출되는" 더없이 극적인 모험들을 헤아리고 짐작해야 하기 때문에 그에 관한 이야기는 상반되는 해석으로 가득할 수밖에 없다.

전기 시도자들이 부딪히는 또 하나의 장벽은 보들레르가 스스로 자신의 발자취의 흔적을 기꺼이 흩트려놓았다는 점이다. 그 자신은 "가장 깊은 감정이란

폭로되고 싶지 않은 수줍음을 가지고 있다."라고 했다.
또한 그의 '변장'과 '골려 주기'의 취미는 유명하다.
어딘가 엉뚱한 데가 있는 그는 천박한 부르주아와 무식한
대중을 놀리는 데서 독특한 즐거움을 맛보는 듯했고,
그들에 대한 경멸로 자신을 노출시키기를 꺼리며 자신의
내적인 삶에 완강한 침묵을 고집했던 인물이다. 그러나
아이로니컬하게도 그는 자신이 만들어놓은 허상의
희생물이 된 감이 없지 않고, 그 허상을 벗어버리지 못한
채 세상을 떠날 수밖에 없었다. 이로 인해 마스크 뒤에
숨겨진 그의 진짜 모습에 대한 해석이 분분하다. 이 모든
혼돈 때문에 그에 대한 전기를 고고학에 비유하는 사람도
있다. 각 세대의 주석자들의 작업이 매번 새로운 층의
충적토를 쌓아놓아, 탐색가의 작업은 오래전부터 계속되어
온 건설 아래 묻힌 도시를 찾아내려 열중하고 있는
고고학자의 작업과 같다고.

이곳에서의 우리의 시도가 위에 언급한 고고학에
버금가는 전기에 비유될 수는 없다. 구석구석 뒤지고
후벼파고 시시콜콜 따져 입증해 놓은 보들레르 대가들의
작업에 경의를 보낼 뿐이다. 1998년 발표한 『파리의 시인
보들레르』에서 필자는 그 책이 보들레르 주변에 세워진

허상과 잘못된 고정관념으로부터 시인을 변호하는 일련의
작업 중의 하나로 시도되었음을 밝혔다. 또한 독자가
"고정된 이미지에 구애되지 않고 새로운 눈으로 그의
세계에 다가가는 데 길잡이가 되어주었으면 하는" 바람을
말했다. 이 책 역시 비슷한 바람과 비슷한 의도를 가지고
있다. 그리고 이 책 역시 보들레르에 조예가 깊은 이들을
위한 것이 아니다. 보들레르에 대해 그릇된 선입관을 가진
이들에게는 그를 변호하는 글이며, 그를 알고 싶어 하는
이들을 위해서는 그의 삶과 작품에 관한 안내 책자이다.

흔히 작가 연구는 작품에 드러난 악덕이나 기벽 등을
작가에게 돌리며 인간을 작품과 동일시해 왔다. 1857년
『악의 꽃』에 가해진 법원의 유죄 판결이 바로 이러한
상식이 범한 오류의 공적인 본보기이다. 그러나 작품을
통해 작가를 짐작하려는 의도 못지않게 작품을 작가와
분리시켜야 한다는 주장 역시 위험하다. 글을 쓰는 행위는
한 존재의 내부에 놓이기 때문이다. 그 시대의 작가 중에서
보들레르만큼 자신의 작품을 몸소 살았던 작가도 드물다.
보들레르의 삶은 그 자체가 예술 작품이라고까지는
말할 수 없어도, 예술적이며 인공적인 창조물이었다.
그에게는 예술이 자신의 삶보다 더 중요했고, 삶이 예술을

위해 운용되고 윤리학이 미학에 종속되기를 바랐다.
예술가에게 적용되는 이 정신은 한마디로 말하면 댄디의
정신인데, 댄디 보들레르의 삶은, 푸코(Michel Foucault)가
지적했듯이, "자신의 육체와 행동, 자신의 감정과 정열,
요컨대 자신의 존재 자체를 하나의 예술 작품"으로 만들기
위해 자신을 끊임없이 거울에 비추어보는 힘들고 엄격한
금욕주의자의 그것이었다. 그렇기에 그의 삶은 그의
작품의 많은 것을 말해 준다.

문학청년 시절부터 마지막 순간까지 보들레르의
충실한 친구로 남아 있었고, 시인이 세상을 떠나자
그가 당한 사회의 부당한 대우를 마음 아파하며 그의
영전에 감동적인 조사를 바쳤던 친구 아슬리노(Charles
Asselineau)는 그 점을 잘 지적했다.

쓰이고 출판된 작품 뒤에 또 하나의 작품, 곧 말했고
행동했고 살았던 작품이 있었다. 그리고 그것을 아는
것은 중요하다. 왜냐하면 그것이 작품을 설명하고,
작품의 기원을 담고 있기 때문이다.

이제 그가 어떻게 "말했고 행동했고 살았"는지를
들어보자. 그가 어떤 절망적인 격렬함으로 자신의 모든

것이 책 속에 다 있다고 말할 수 있었는지를.

고독에도, 가난에도, 절망 속에서도, 사회의 냉대와
심지어 법원의 유죄 판결에도 굴하지 않고 예술을 위한
삶을 만들기 위해 그가 어떻게 싸웠고 고백했는지를.
"복수의 손"이 택한 것은 글쓰기였다고 엘뤼아르(Paul
Eluard)는 말했다. "거대한 감옥의 벽 위에 그들을
주저앉게 할 저주의 글들을." 그는 그것을 끝내지 못하고
세상을 떠날 수밖에 없는 것을 억울해했다. 그러나 그의
뒤를 이어오는 세대들, 베를렌(Paul Verlaine)으로부터
말라르메(Stéphane Mallarmé), 그리고 랭보(Arthur
Rimbaud), 발레리(Paul Valéy)…… 그들은 선배가 남긴
메시지를 신탁처럼 듣고 말하고 실천했다. 그리하여 그의
목소리는 상징주의와 초현실주의를 거쳐 오늘날까지도
모든 현대적 관심사들과 함께 끝없는 메아리로 울려
퍼지게 하고 있다.

"풍경은 그 자체로 아름다운 것이 아니라,
오직 나를 통해서, 나의 개인적인 시선,
내가 그 풍경에 부여하는 생각과 감정을 통해서
아름다운 것이다." ─샤를 보들레르

“우리는 매순간 시간의 감각과 생각으로 짓눌린다.
이 악몽에서 벗어나려면 두 가지 방법이 있을 뿐인데
그것은 쾌락과 일이다. 쾌락은 우리를 소모하고
일은 우리를 강하게 한다.” —샤를 보들레르

1 '잃어버린 낙원'

어린 시절, 몽상의 씨앗

현대 심리학에서 프로이트의 연구가 인정된 이래
인간의 인격 형성 과정에서 어린 시절의 추억이 차지하는
중요성이 강조되어 왔다. 그러나 작가와 그의 작품 이해를
위해 끊임없이 프로이트 학설을 이용하면서도 우리는 이
학설이 예술, 특히 문학에 빚지고 있다는 것은 잊고 있다.
보들레르는 이 점에서 이미 선구자였다.

보들레르는 1852년 《르뷔 드 파리(Revue de Paris)》에
발표한 에드거 앨런 포(Edgar Allan Poe)에 관한 글에서
"한 인간의 성격, 천직, 문체는 그의 어린 시절과 비슷한
상황"에 의거해 결정되며, "만일 이 세상의 무대를
차지했던 모든 인간들이 자신의 어린 시절의 인상을
기술했더라면, 우리는 매우 훌륭한 심리학 사전을 가질 수

있었을 것"이라고 썼다.

그 후 1860년, 그는 「아편 흡연자(Un Mangeur d'Opium)」에서 토마스 드 퀸시(Thomas De Quincey)의 어린 시절의 인상들을 요약하는데, 이 부분에서 그는 이미 반세기 후에 오랜 과학적 접근이 확인시켜 줄 이론을 뛰어난 직관으로 묘사해 놓았다. 보들레르는 드 퀸시의 작품을 번안하여 『인공 낙원(Paradis Artificiels)』이라는 책을 발표하는데(「아편 흡연자」는 이 책에 포함되어 있다.) 이곳에서도 그는 포에 관한 글과 매우 유사한 성격의 글을 남겨두었다.

> 전기 작가들은 정도의 차이는 있으나 거의 대부분 작가나 예술가의 어린 시절의 일화들이 지닌 중요성을 깨닫고 있다. 그러나 나는 이 중요성이 결코 충분히 확인된 적이 없다고 생각한다. (……) 어린 시절의 사소한 근심이나 조그만 기쁨 등이 미묘한 감수성에 의해 극도로 확대되어 나중에 어른이 된 예술가에게서 자신도 모르는 사이에 작품 창작의 원칙이 된다. 요컨대 이 문제를 더욱 간명하게 표현하자면, 성숙된 예술가의 작품과 그 예술가의 어린 시절 영혼의 상태를 철학적으로 비교하여, 천재란 이제 자기를

표현할 만큼 성숙하고 강한 기관들이 갖추어져,
명확하게 표현된 어린 시절에 불과하다는 것을
증명하는 것은 쉬운 일이 아닐까?
—『보들레르 전집(Oeuvres Complètes)』, 443쪽.[1]

천재란 "명백하게 표현된 어린 시절". 그렇다. 이
구절을 읽으면서 보들레르의 어린 시절과 소년기를 잘
알 수 없다는 사실을 매우 유감스럽게 생각할 수밖에
없다. 그는 자신에 관한 기록을 거의 남겨두지 않았다.
중학생이 된 미래의 시인이 가족에게 보낸 편지들이
최근에 발견되어 출판되었지만 그곳에서도 "새로운 것이
아무것도" 발견되지 않았다고 보들레르 연구가들은
말한다. 따라서 그의 어린 시절 이야기는 몇 가지 사실에
근거한 보들레르 연구가들의 해석과 이에 의거한 우리의
직감으로 떠올릴 수밖에 없다.
　그의 조상들은 어떤 사람들이었을까? 그가 남긴
자서전적인 성격의 유일한 기록(『내면의 일기(Journaux
Intimes)』)에는 이렇게 그려져 있다.

　내 조상들, 백치이거나 편집광,
　장중한 아파트에 살고 있는 그들은 모두

무서운 정열의 희생자이다.

──「봉화(Fusées) 12」, 1259쪽.

그의 아버지 프랑수아 보들레르(Joseph-François Baudelaire)는 1759년에, 어머니 카롤린 뒤파이(Caroline Dufays)는 프랑수아 보들레르의 두 번째 부인으로 1793년에 출생했다. 한 사람은 7년 전쟁 중에 태어났고, 카롤린은 공포정치 시기에 프랑스가 아닌 런던에서 태어났다. 아버지는 1827년 미래의 시인인 보들레르가 여섯 살 때 사망했고, 어머니는 아들보다 오래 살았다. 그의 아버지는 첫 번째 부인과의 사이에서 클로드알퐁스(Claude-Alphonse)라는 아들을 두었는데, 그는 보들레르보다 열여섯 살 위의 이복형으로 후에 법관을 지낸다.

위의 『내면의 일기』에 기록된 "백치이거나 편집광"적인 조상의 근원에 대해 엇갈리는 주장이 있지만, 아무것도 확인되지 않았다. 보들레르는 생애의 말기인 1862년 1월 23일 "기이한 병"의 징조를 경험하는데, 이 신비한 병에 시달리게 될 것을 두려워하며 다음의 메모를 남긴다.

이제 나는 줄곧 현기증을 느낀다. 오늘 1862년 1월
23일, 나는 기이한 예고를 받았다. 내 위로 정신박약의
날갯바람이 지나감을 느꼈다.
— 「정신건강학(Hygiène)」, 1265쪽.

그러나 이 기록으로는 보들레르와 그의 작품을 설명할
수 있는 특별한 단서를 찾아내기 힘들다. 그보다 후에 그의
"기묘한 몽상의 씨앗"이 될 요소를, 그의 부모들이 맺어져
아들인 샤를이 출생할 때부터 그의 어린 시절 동안에
일어났던 사건을 중심으로 찾아보는 것이 좋을 듯하다.

샤를 보들레르의 출생

이 두 부부 사이에 1821년 4월 9일 샤를 보들레르가
태어난다. 이때 프랑스는 루이 18세 치하의 왕정복고
시대였다. 그가 태어난 곳은 파리의 좁은 거리 오트페유가
13번지의 고풍스런 집이다. 그곳은 현재 파리의 오데옹
역 남쪽, 지금의 아셰트(Hachette) 출판사의 자리에
해당되는데, 이 집은 생제르맹 거리가 뚫리면서 헐렸다.
뤽상부르공원에서 얼마 떨어져 있지 않은 이곳에서 그는
여섯 살에 아버지가 세상을 떠날 때까지 행복한 어린
시절을 보낸다.

우리의 기억 속에서 어린 시절에 관한 추억은 실제보다 훨씬 과장되고 미화된다는 것을 우리는 흔히 경험한다. 특히 추억하는 내가 현재 불행에 처해 있고 먼 기억 속의 시간이 감미로운 것일수록 어린 시절은 더욱 애절한 매혹과 함께 마음을 파고들기 마련이다. 그 때문일까? 후에 시인이 된 이 아이 샤를은 다섯 살 때쯤 아버지와 함께했던 뤽상부르 근처의 산책을 친구들에게 술회하며 회한에 잠기곤 했다. 흰 곱슬머리에 칠흑 같은 눈썹을 한 아버지에 대한 기억. 그러나 "그가 행인들의 눈에는 아이의 아빠가 아니라 할아버지로 보였을 것"이라고 전기는 쓴다.

그가 태어났을 때 부친 프랑수아 보들레르는 예순두 살이었기 때문이다. 그리고 그때 그의 어머니 카롤린은 스물여덟 살. 서른네 살의 나이 차이가 나는 부부를 부모로 두었다는 점과, 특히 고령의 부친으로부터 생겨난 아들이라는 사실이 차후 보들레르 연구가들로 하여금 그의 출생에 대해 갖가지 추측과 주석들을 붙이게 한다. "그의 신경질적인 기질이며, 남다르게 예리한 감수성과, 나약하면서 동시에 격렬한 성격" 등의 근본 원인이 출생의 이 불균형에서 기인된 것이라는 등. 그러나 정평 있는 보들레르 연구가 중의 한 명으로 꼽히는 뤼프는 "이 같은

나이 차이의 결혼이 생리적으로 불리한 영향을 자식에게
끼친다는 근거가 없다.”고 주장한다.

그는 계속해서 보들레르가 마흔여섯의 나이로 세상을
떠날 때 전신 마비에 실어증을 겪었던 점을 상기시키며,
그것도 “부모의 나이 차이에서 기인했다기보다는 오히려
부모 쪽의 유전적 요소로 인한 것”[2]이라고 덧붙인다.
사실 샤를의 이복형인 알퐁스도 전신 마비에 뇌출혈로
사망했고, 자식보다 오래 살다 간 그의 어머니 역시
샤를처럼 실어증을 경험했던 사실을 상기하면 그의 주장은
충분히 근거가 있어 보인다.

시인의 부계와 모계의 뿌리에 대해서는 거의 알려진
것이 없다. 그의 아버지 프랑수아는 뇌빌 오퐁(Neuville-
au-Pont)의 포도 농가에서 태어났다. 그가 후에 파리까지
올라와 탄탄한 교육을 받았던 것으로 보아 그의 부모는
생활이 넉넉했을 것으로 짐작된다. 그는 타고난 재능에
인격과 교양을 갖춘, 전형적인 18세기 신사로서
왕정복고하에서 특별한 경력을 지닌다. 파리대학에서
철학과 신학을 공부한 후, 신학교를 거쳐 1783년 말(혹은
1784년) 사제가 되고 동시에 생바르브 학교(Collège de
Saint-Barbe)의 교사로 채용된다. 그는 그 후 1793년 슈아죌
프라슬랭(Choiseul-Praslin) 공작 집에서 그 댁 자녀들의

교육을 담당하는 가정교사가 되고, 그곳에서 '우아하게
인사하는 법', '고급 단장 끝으로 거리의 버릇없는 개들을
품위 있게 쫓는 법', '후에 그의 아들이 두고두고 기억하게
될 구세대의 친절하고 교양 있는 언동' 등을 익히게 된다.
그리고 이때(1793년) 그는 사제직을 떠난다. 귀족주의적인
성향을 띠고 자유주의 사상과 철학을 사랑하는 그에게
사제직을 포기하는 것을 놓고 깊은 갈등 같은 것은
없었을 것으로 짐작된다. 그가 진보적인 철학사상가
콩도르세(Condorcet)와 카바니(Cabanis)를 만나 친교를
맺게 된 것이나 조각가 라메(Ramey), 화가 장 내종(Jean
Naigeon) 등과 우정을 맺게 된 것도 이때이다.

그 후 프랑스 대혁명 중 콩도르세는 혁명 집권자들에
의해 사형 선고를 받게 되는데 이때 그를 단두대
처형이라는 비극적 상황으로부터 구해 줄 자살용 독약을
그에게 전해 준 것이 프랑수아 보들레르였다는 설도 있다.
그러나 보들레르 전기를 썼던 프랑수아 포르셰(François
Porché)는 미망인이 된 샤를의 어머니 카롤린의 주장과는
달리, 아마도 이는 사실이 아닐지도 모른다고 추측한다.
너무 늙은 남편 프랑수아가 어린아이같이 젊은 아내
곁에서 자신에게 결여된 젊음을 만회하기 위해 혁명기의
공포정치 분위기를 과장하고 영웅주의적 색채로 자신의

무용담을 꾸미는 치기를 즐겼을지 모른다는 것이다.
그렇다고 "이 일로 해서 점잖은 이 인물을 깎아내릴 필요는
없다."고 그는 덧붙인다. 그는 공포정치 시대 내내 투옥된
친구들을 지키기 위해 밤낮없이 감옥을 찾아다녔고,
기회가 있을 때마다 위험한 상황에서도 주저없이 용기를
증명해 보였는데, 이 혼돈의 시절 그가 보인 이러한
솔선 행위에는 일종의 비장한 위대함이 있으며 그것을
놓쳐서는 안 된다는 것이다. 그 후 1826년쯤 어린 아들
샤를과 뤽상부르공원을 산책하면서 이 노인은 아들에게
"저곳이 감옥이었던 시절을 알고 있단다."라고 그 건물을
가리키며 설명했을 것이라고 계속해서 포르셰는 그의
책 『보들레르』에서 쓴다.[3] 그곳은 프랑수아 보들레르가
상원 사무국의 관리로 일하던 바로 그 상원 건물이 있는
장소이기도 하다.

　　프랑수아는 1797년 화가인 자냉(Janin) 양과 결혼하게
되는데, 그 자신도 화필을 들어 그림에 몰두하는 아마추어
화가였다. 이 부부 사이에서 시인의 이복형 알퐁스가
태어난다. 프랑수아는 나이 쉰다섯에 부인이 죽고,
예순둘에 시인의 어머니와 재혼할 때까지 독신으로 남아
있었다. 이때 프랑스는 혁명기라는 혼란기를 겪는데,
이 혼란과 격동의 시기에 과격파가 몰락하고 1799년

나폴레옹이 집권하면서 그는 상원의 사무국에서 중요한
직책을 맡게 된다. 그는 이 일을 수행하면서도 한편으로는
관직에서 물러날 때까지 계속 미술에 전념한다.

후에 시인인 동시에 19세기 최고의 미술평론가로
평가될 그의 아들 샤를의 눈에 프랑수아는 '졸렬한 화가(un
détestable artiste)'로 비치게 될 뿐이지만 이 신부 출신
아버지가 예술애호가(dilettante)였던 것만은 부인할
수 없다. 특히 조형 예술에 깊은 애착을 가지고 화가,
조각가들과 가까이 지냈으며, 미술에 대한 아버지의 이
취향과 애착이 시인의 미래에 큰 영향을 끼치게 된다.

샤를의 어머니에 대해서는 확실하게 알려진 것이
거의 없다. 영국에 망명해 있었던 프랑스 군인의 딸로
이름도 정확하게 확인되지 않았다. 불어로 번역된(런던
출생이기 때문에) 출생 신고에는 Defayis, 세례명은
Dufays, 결혼 신고서에는 Dufaÿs, 몽파르나스 묘지의
묘비에는 Defayes로 되어 있는 것을 피슈아가 고증학자
같은 철저함으로 추적해 알아냈을 뿐이다. 프랑수아는
그와 매우 가까운 고향 친구이자, 역시 같은 경력의
환속 신부였고, 같은 생바르브 학교의 동료이자, 황제
치하에 정계에 뛰어들어 매우 화려한 성공을 거둔 친구

페리뇽(Pérignon)의 집에서 카롤린을 자주 만난다.
페리뇽이 일곱 살에 고아가 된 카롤린을 양녀로 삼아
길러왔기 때문이다. 이처럼 매우 유사한 경력과 취향을
가진 샤를의 아버지와 페리뇽이 서로 절친하게 지내면서
왕래가 잦았으리라는 것은 쉽게 짐작이 간다.
　　시인의 어머니는 아들이 죽은 후 그 당시 시인의
아버지에 대한 기억을 이렇게 술회한다.

　　회색빛 곱슬머리에 칠흑같이 검은 눈썹을 한 그
　　노인의(제 눈에 그는 늙어 보였어요, 나는 아주 젊었고요.)
　　매우 독창적인 기지(esprit)가 제 마음에 들었었지요.[4]

　　게다가 프랑수아 보들레르는 사치스럽고 우아한
노후를 누리고 있었다. 예술을 사랑하는 아마추어
화가이자 고전 연구가인 이 신사는 페리뇽 가의 식사
초대에 응할 때도 제복을 입은 하인을 대동했고,
식사중에는 자신이 데리고 온 하인의 시중을 받곤 했다.
이처럼 교양과 품위를 갖춘 부유한 노신사에 대해
카롤린은 존경심과 호의를 가지고 있었고, 카롤린의
양부 페리뇽은 아주 자연스럽게 이들을 맺어주는 역할을
맡았다. 이렇게 해서 그들은 마침내 결혼하여 샤를을

낳기에 이른다.

아버지의 정신적 유산

보들레르 주석자들은 그가 끊임없이 괴로워했던
의지박약과 불안정한 정서 외에도 그가 줄곧 고백했던
프랑스혁명 이전의 사그라져 가는 구체제의 예술적
취향이 "부친으로부터 물려받은 유전적 성격이자 정신적
유산"이라고 규정한다. 보들레르는 자신의 어린 시절
분위기를 이렇게 기록하고 있다.

> 어린 시절: 루이 16세의 고가구, 고미술품, 집정 정부,
> 파스텔화, 18세기의
> 사교계
> ―「자서전적 노트」에서

어린 시절 초기의 이 같은 고전적 예술 분위기는 그 후
아버지의 사망으로 곧 사라지지만, 그를 계속 그림과 책
속에 묻혀 살도록 그의 삶과 정신의 윤곽을 그어놓았다.
그는 어린 시절의 이 분위기를 『악의 꽃(Les Fleurs du
Mal)』(이하 FM으로 표기)의 「목소리(La Voix)」에 시로
옮겨놓는다.

내 요람은 책장에 기대어 있었다
그곳 햇볕이 잘 안 드는 바벨탑에는 소설, 과학,
  우화시
그리고 온갖 것들이, 라틴의 재도, 그리스의 먼지도
한데 섞여 있었지. 내 키는 이절판 책만 하고
—「목소리」에서

아버지는 어린 샤를에게 "18세기 사교계" 구 프랑스의
예절을 본보였다. 후에 보들레르와 가까워졌던 사람들은
그의 "세심한 예절"에 충격을 받았던 기억을 말한다.
청년기에 같이 어울리던 '보엠(bohème)' 문학 그룹 속에서
이 특이하게 깍듯한 예절은 그들의 눈에 '포즈'로만 비치게
된다. 그 시대의 문학청년들 사이의 유행은 예절과는
정반대였기 때문이다. 흐트러진 옷차림, 자유스럽다 못해
문란한 품행. 보들레르의 댄디즘은 무질서한 삶에 따르는
저속하고 소란스러운 것에 대한 반발이었다. 아버지는
또한 아들에게 라틴어의 기초를 가르쳤고, 수시로
뤽상부르공원과 미술관에 데리고 다니며 아이의 정신을
고전과 조형 미술 쪽에 눈뜨게 했다. 그가 중학교 때부터
라틴어 시 경연 대회에서 두각을 나타내게 된 것도, 후에
조형 미술의 세계에 탐닉하여 독창적인 미술비평을 남기게

된 것도, 데생과 판화와 회화 등에서 얻은 풍부한 이미지로
그의 시가 풍요로울 수 있었던 것도, 그 근원을 거슬러
올라가면 어린 시절 아버지와 함께했던 추억에서 비롯된
것이다.

샤를의 어머니는 첫 남편이 세상을 떠난 후
오픽(Jacques Aupick) 장군과 재혼하여 오픽 부인이 된다.
그녀에 대해서는 특별히 알려진 점이 없고, 또 그녀에게
두드러진 면도 없었다. 예술, 문학, 시에 대해 그녀는 거의
문외한이었던 것 같고, 신부 집안의 양녀로 자라 신앙심이
강하고 정숙했다. 훌륭한 경력과 직업적인 면에서의
성공 이외에는 별다른 생각을 갖고 있지 않은 평범한
여인이었다. 그런 그녀가 성공적인 직업과 안정적인
삶이 아닌 아들의 미래에 대해, 불안하고 정열적인
소년인 아들의 예술가적인 기질에 대해 무엇을 이해할 수
있었을까. 그럼에도 불구하고 그의 어머니는 보들레르의
삶과 작품에 지울 수 없는 자국을 남겨놓는다.

아버지는 시인의 나이 여섯 살에 세상을 떠났기
때문에 기억에 남는 아버지와의 추억은 불과 이삼
년에 불과했다. 그러나 예술을 사랑했고 한때 사제를
지냈으며 고전적인 18세기 사회의 품위가 물씬 몸에 밴

이 노신사 아버지의 기억은 시인의 인격 형성에 결정적인
영향을 끼친다. 어린 샤를의 최초의 스승은 자상한 그의
아버지였다. "조형 미술에 대한 어린 시절부터의 끊임없는
취미"는 아버지가 일깨워준 것이다. 그리고 이 취미는
단순한 취미로 끝나지 않고 그의 "유일한 정열"이 된다.

> 그림 숭배를 찬양할 것.
> 나의 위대한, 유일한,
> 원초적 정열
> ― 「마음을 털어놓고(Mon Coeur Mis à Nu)」에서

그는 후에 「1845년 미술전」을 시작으로 「1846년
미술전」, 「1855년 만국박람회」, 「1859년 미술전」,
「들라크루아의 삶과 작품」, 「현대 생활의 화가」 등
독창적인 미술평을 남긴다.
　그의 아버지 프랑수아가 예순둘이라는 늦은 나이에
젊은 아내와 결혼하여 얻게 된 아들 샤를에게 아낌없는
애정과 정성을 쏟았으리라는 것은 쉽게 짐작이 간다.
그리하여 자상하고 인자하며 교양 있는 아버지로 기억되는
프랑수아의 이미지는 그의 무의식에 뚜렷한 자리를
차지한다.

　　그의 가슴속 깊은 곳에 지울 수 없는 기억을 남기게
될 아버지이지만, 그의 나이 여섯 살이던 당시 아버지의
죽음이 어린 샤를에게 큰 상처를 남겨줄 수는 없었다.
그 슬픔의 크기를 알기에는 너무 어린 나이였고, 남편이
사망하자 젊은 나이에 과부가 된 그의 어머니는 하나밖에
없는 아들에게 아낌없는 애정을 쏟았다. 이 배가된 애정이
아이에게 슬퍼할 틈을 주지 않았을 것이다. 어머니는
자상한 노신사 남편의 명성과 지위, 그리고 남편이
확보해 주는 넉넉하고 사치스러운 생활과 사교적인
관계에 만족스러워했다 해도, 남편의 복상 기간에 겪는
슬픔은 지속적일 수도 깊을 수도 없었다. 그녀와 남편의
사이는 정열로 이루어졌다기보다는 애정과 존경심으로
이루어진 관계였을 것이다. 얼마간 애도의 시간을 보낸
이 젊은 부인의 애정은 하나밖에 없는 아들에게로 온통
집중되었다. 어머니는 남편이 사망하자 아들을 데리고
오트페유 가의 집에서 멀지 않은 생탕드레데자르(Saint-
André-Des-Arts) 광장 쪽으로 이사한다. 여름철이면
불로뉴 숲 가까이에 있는 뇌이유 별장에서 여름을 보냈다.
파리 근교의 숲이 많은 뇌이유는 오늘날에도 고급
주택가인데, 샤를의 아버지는 이 별장을 특별히 좋아해서
자신이 죽은 후에도 사랑하는 아들이 소유하기를 원했다

한다.

샤를은 이곳에서 남편을 잃고 조금쯤 슬퍼 보이는
젊은 어머니와 또 하나의 다정한 여인인 가정부
마리에트(Mariette), 이 두 여인의 아낌없는 애정과 보살핌
속에서 평화롭고 행복한 "푸른 낙원"을 만끽한다. 그의
인생에서 짧았지만 더없이 행복했던 이때의 추억을 그는
두고두고 잊지 못하고, 후에 작품을 통해서 향수 어린
아쉬움을 가지고 그때를 떠올린다.

그러나 그 앳된 사랑의 푸른 낙원은
달음박질이며 노래며, 입맞춤, 꽃다발들은
저녁이면 숲속에서 포도주 병들과 함께
언덕 뒤에서 떨려 울리던 바이올린 소리는
— 그러나 그 앳된 사랑의 푸른 낙원은

은밀한 기쁨이 넘쳐흐르는 천진스런 낙원은
이제 이미 인도나 중국보다 더 멀어져 버렸단 말인가
흐느끼는 외침으로 되불러낼 수는 없을까
은방울같이 맑은 목소리로 되살릴 수는 없을까
은밀한 기쁨이 넘쳐흐르는 천진스러운 낙원을?
— 「슬프고 방황하며(Moesta et Errabunda)」에서

　순수한 기쁨과 "앳된 사랑"으로 이루어진 "푸른
낙원"은 어머니를 중심으로 이루어졌고, 어머니에게는
"불행한 과부 시절"에 해당되는 이때를 그는 평생 잊지
못하고, 마흔 살이 되어서도 그때를 그리워한다.

　내 기억력이 굉장하다고 여겨지시죠? 생탕드레데자르
광장과 뇌이유. 오랜 산책과 끝없이 반복되는 애정의
표시! 저녁이면 서글퍼 보였던 강둑이 생각나요.
아! 그때가 제게는 어머니의 넘치는 애정 속에서
보낸 참 좋은 시절이었죠. 분명 어머니에겐 모진
시절이었을 그때를 "좋은 시절"이라고 부르는
저를 용서하세요. 그러나 저는 항상 어머니 속에
살아 있었고, 어머니는 오로지 저 혼자만의
것이었지요…….
― 1861년 5월 6일 어머니에게 보낸 편지에서

　아버지가 세상을 떠났을 때 그는 여섯 살이었고,
어머니는 서른셋의 젊고 매력적인 여인이었다. 그리고
그들 곁에는 하녀 마리에트가 있었다. 마리에트는 충실한
하녀가 그러하듯이, 매번 투덜대면서도 주인댁 귀공자의
몸을 씻어주고 머리를 빗겨주며 정성껏 보살펴주었다.

시골 태생인 그녀의 말투는 퉁명스러웠다. 그러나 마리에트의 꾸짖는 듯한 말투에도, 툭하면 잔소리를 늘어놓는 버릇에도 어린 샤를은 속지 않았다. 이 착한 하녀가 자기에게 "개처럼 헌신적"(주인마님인 보들레르 부인의 표현)이라는 것을 아이 특유의 직감으로 알고 있었기 때문이다. 아이를 귀여워하는 그녀의 방식은 투박한 질감의 무명 같았다.

그녀는 물론 "정갈하게 몸단장"을 했다. 이 역시 보들레르 부인의 마리에트에 대한 평가이다. 그러나 그녀에게서는 향긋한 냄새가 나지 않았다. 마리에트가 사용하는 물은 깨끗하긴 했지만 화장수가 섞여 있지 않았기 때문이다.

그런데 샤를의 어머니는 어떤가. "그녀가 어린 샤를에게 다가가면 겹겹이 쌓인 향기의 구름이 다가오는 듯했고, 그녀가 어린 아들 위로 몸을 굽히면 갑자기 창문이 정원 쪽으로 열리는 것 같았다." 아들의 옷을 다독거려주는 그녀의 손은 하녀 마리에트의 거친 손과 너무 달랐고, 손톱은 마노처럼 반짝였다.

저녁때면 마리에트는 샤를에게 기도를 시키고 가볍고 보드라운 새털 이불에 아이를 눕힌다. 잠들기 위해 필요한 것이 아무것도 없을 텐데, 아이는 눈을 뜨고 기다린다.

마치 밤 사이 편안하게 자기 위해서 꼭 거치지 않으면
안 되는 의식인 양 엄마의 뽀뽀를 기다린다. 베개를
바로잡아 주고 침구를 끌어당겨 주고 이마 위로 흘러내린
머리를 매만져주는 날렵한 손놀림은 독특한 분위기로
잠자리를 물들인다. 샤를은 이런 유의 감각적인 뉘앙스에
몹시 민감한 아이였다. 아주 어려서부터 엄마가 예쁘게
단장하는 것을 좋아했다. 사심이 전혀 없는 아이 특유의
에고이스트적인 미적 감각에 의해 샤를은 아름다운 것을
좋아했다. 마치 여자에 빠져 있는 남자가 그 여자의 예쁜
몸치장에서 혼자만의 기쁨을 누리듯, 아이는 엄마의
몸단장에서 커다란 기쁨을 얻었다. 살갗을 간지럽히는
듯한 새틴 천의 감촉, 보석들이 부딪치며 나는 소리,
모피의 강렬한 냄새…… 감각에 민감한 아이는 이런
것에서 끝없는 발견의 기쁨을 누린다. 이로부터 35년 후
시인이 된 이 아이는 이 같은 관능적 기쁨에서 받았던
충격을 여전히 기억한다.

여인들에 대한 조숙한 취향. 나는 모피 냄새와 여인의
냄새를 혼동했었다. 기억한다……. 요컨대 나는
어머니를 그녀의 우아함 때문에 사랑했었다. 그러니까
나는 조숙한 댄디였다.

—「봉화 12」에서

　그 후 1860년 드 퀸시에게 바친 『인공 낙원』의 「아편 복용자의 환희와 고통」의 장(章)에서 주인공의 어린 시절의 특별한 경험을 서술할 때, 그는 자신의 어린 시절을 되새겼을 것이다. 그렇기에 그처럼 큰 확신과 공감에 찬 글을 쓸 수 있었을 것이다.

　시초부터 여인의 부드러운 분위기 속에, 그녀의 손,
　유방, 무릎, 머리털, 그 유동하는 부드러운 의상의
　냄새 속에 오래 잠겨 있던 사내는
　그윽한 향료의
　따스하고 향기로운 목욕,
　거기서 피부의 섬세함과 기품 있는 어조와 일종의
　양성성(兩性性, androgynéité)이 몸에 배었으며, 그것
　없이는 가장 악착스럽고 가장 남성다운 천재도,
　예술의 완성에 있어서 불충분한 자로 남게 마련이다.
　요컨대, 나는 여성 세계(mundis muliebris), 그 일체의
　굽이치며 반짝이고 향기로운 장치에 대한 조숙한
　취미가 우월한 천재를 만든다는 것을 말하려는
　것이다.

—『인공 낙원』에서

어른들의 사랑이란 아무리 순수하다 해도 사랑
그 자체와 무관하게 잡다한 여러 요소로 얼룩져 있게
마련이다. 그러나 아이들의 경우는 다르다. 아이는 사회적
인격을 가진 존재가 아니다. 자기 자신의 고유한 개성만을
가지고 있기 때문에 아이들의 사랑과 정열은 순수한
상태로 남아 있다. 이처럼 예외적인 감정 속에서 그에게
중요한 것은 오로지 자신의 대상이다. 이 대상이 온 영혼을
사로잡는다. 이것이 바로 어린 샤를의 사랑이었으며,
아버지의 죽음으로 인한 슬픔이 어떤 것이었든 간에 이
슬픔은 곧 그에게 무한정으로 주어지는 커다란 축복
때문에 잊혀지고 말았을 것이다. 그의 어머니가 이제부터
온통 자신만을 위한 존재로 부각되었기 때문이다.
보물같이 소중한 사랑하는 어머니, 향긋한 머리카락,
따뜻하고 부드러운 가슴, 이 모든 것이 자신만의 소유물이
된 것이다.
　　오트페유 가와 생탕드레데자르 광장에 어둠이
내리면 램프 아래에서 샤를은 그림들을 보았다. 어머니는
아이 곁에서 아이를 지켜보기도 하고 자수를 놓기도
했다. 아이는 지도책을 좋아했다. 지도와 판화에 그려진

광활한 대륙과 넓고 푸른 바다를 좋아했다. 두 손에 턱을
괴고 검고 흰색의 작은 그림들을 바라보며 끝없이 꿈에
잠긴다. 그의 눈은 그림 속의 풍차를 넘어 끝없이 전개되는
지평선을 좇았다.

> 지도와 판화를 사랑하는 어린아이에게
> 우주는 아이의 엄청난 식욕과 같다
> 아! 램프 아래에서 보는 세계는 얼마나 큰가!
> ―「여행(Le Voyage)」에서

1859년 옹플뢰르(Honfleur)의 어머니 곁에서 쓴
유명한 시「여행」에서 이 세 행에는 32년간 그의 삶 속에
축적되었던 진한 회한과 특별한 사건과 의미로 점철된
1827년 오트페유가에서 가졌던 저녁 시간의 분위기로
가득한 감동이 서려 있다.

램프 불빛 아래에서 호기심으로 타오르며 끝없는
몽상에 잠기던 이 아이는 어른이 되자 마침내 누를 수 없는
욕망에 떠밀려 끝없는 시적 모험의 항해를 떠난다.

> 어느 날 아침 우리는 떠난다. 머리는 활활 불타오르고
> 원한과 서글픈 욕망에 답답한 가슴을 안고

우리는 간다, 뛰노는 물결의 리듬을 따라
유한한 바다 위에 무한한 우리 마음을 흔들면서

그들은 취한다, 공간과 햇빛, 그리고 타오르는 하늘에
추위는 살을 저미고, 햇볕에 구릿빛으로 그을려
입 맞춘 자국도 서서히 지워져 간다
그러나 진정한 여행자들은
오직 떠나기 위해서 떠나는 자들

(……)
그들의 욕망은 떠가는 구름의 형상을 하고
(……)
그들은 꿈꾼다
어떤 인간도 일찍이 그 이름을 알지 못했던
저 알 수 없는 변덕쟁이, 끝없는 쾌락을

아 두렵다! 우리는 빙글빙글 도는 팽이와
풀딱풀딱 뛰는 공을 흉내 낼 뿐
잠자고 있을 때도 「호기심」은 우리를
괴롭히며 뒤흔든다
태양이 채찍질하는 천사같이

얄궂은 운명 그 목적지는 계속 바뀌어
아무데도 없는가 하면 어디에나 있을 수 있고!
「인간」은 결코 지칠 줄 모르는 희망을 안고
휴식을 찾아 미친놈처럼 사뭇 달린다
　　　　　　　　　　　　—「여행」에서

　　보들레르는 『내면의 일기』를 비롯한 많은 글에서
자신의 성격의 이중성을 반복해서 고백한다. 그 자신의
내면에는 양극적인 성격이 공존하고 있다고 생각했다.
그의 유년기는 "푸른 낙원"의 사랑과 환희로 가득 채워져
있었으련만, 그는 어린 시절 아주 일찍부터 고독감과
신비에의 취향, 그리고 "삶의 혐오감"이 자신의 인격
깊숙한 곳에 자리하고 있었음을 고백한다. 그것은 그를
깊은 애정으로 보호하던 교양 있고 자상한 아버지의
죽음이 가져다준 결과도, 온통 혼자만 독차지했던
'친구(camarade)'이자 '우상(idole)'이었던 젊은 어머니를
후에 의부, 오픽 장군에게 빼앗긴 충격 때문에 생겨난 것도
아닌, 그의 타고난 기질이며 취향이었는지 모른다.

　　내 어린 시절부터 신비에의 경향,
　　신(神)과의 대화

—「마음을 털어놓고」에서

어린 시절부터 고독감.
가족과 함께 있음에도 불구하고 —
그리고 특히 친구들 속에 끼여서도 —
영원히 고독하도록 운명지어진 숙명감

그러나 동시에 삶에 대한 매우 강한 호기심과 인생을
누리려는 무한한 '식욕'과도 같은 욕망을 가지고 있었다.

그렇지만 동시에 생명력과
쾌락에의 매우 격렬한 기호

이처럼 상반된 두 개의 다른 목소리가 그의 내부에서
그를 끊임없이 유혹한다.

두 목소리가 내게 말했다. 하나는 앙큼하고 단호하게
   말했다.
이「세상」은 달콤함 가득한 과자 같단다
나는 네게 엄청 큰 식욕을 줄 수 있다
(……)

그리고 다른 또 하나의 목소리는
— 오너라, 오! 꿈속으로 여행하러 오너라,
가능한 것을 넘어서 알려진 것을 넘어서
—「목소리」에서

두 번째 목소리가 안내하는 미지의 신비한 세계의
부름을 그는 일찍부터 들었다.

나는 나중의 목소리 너에게 대답하였다, "그래!
정다운 목소리야"
아! 이른바 내 재앙과 액운이 시작된 것은
이때부터이다
(……)
이때부터 나는 예언자처럼
사막과 바다를 애틋이 사랑하고
초상에 웃고 잔치에 울고
쓰디쓴 잔에서 달콤한 맛을 찾고
사실도 거짓으로 보기 일쑤고
하늘만 쳐다보다 구렁에 떨어진다
그러나 그 목소리는 나를 위로하여 말하기를
"네 꿈을 간직하여라, 현자는 바보만큼 아름다운 꿈을

못 가졌나니!"
— 「목소리」에서

　　미지의 세계에 대한 부름과 그 세계에 대한 호기심은
그 후 "세계지도와 판화"에 취해, 탐구 여행을 떠나는
아이 — 시인의 씨앗이었다. 램프 불빛 아래 어머니 곁에서
지도책과 그림에 빠져 무한한 공상의 세계를 꿈꾸던
이 아이가 「여행」 속에 그려진 "떠나기 위해서 떠나는"
보헤미안 같은 여행자가 된다.

　　이처럼 샤를은 몸을 움직이지 않는 공상의 여행
속에 얼마나 자주 잠겼던가! 그러나 이 상상은 아이
곁에서 생각에 잠긴 듯 자수를 하거나 소요를 하는
어머니와 머리를 마주한 은밀함 속에서 만끽한 기쁨이
아니었더라면, 그처럼 큰 의미를 지닐 수도 없었고 그처럼
오랫동안 기억에 남을 수도 없었을 것이다. 어머니는
샤를에게 "우상이며 동시에 친구"였다. 함께하는 그들의
외출, 마차를 타고 달리는 경쾌함, 그것은 또한 음악에서의
푸가이며 축제였다!

　　그러나 이 새로운 삶의 매혹적인 흐름 속에서, 이
축복의 한가운데서 이미 이 민감한 아이는 갑자기 가슴을
파고드는 고통을 경험했다는 것인가. 이 행복한 순간은

달아나는 것에 불과하며, 이 축복은 사라지고 말 것이며,
이 낙원에서 조만간 쫓겨날 것이라는 막연한 두려움이
있었을까? 쏜살같이 달아나는 순간의 행복한 저녁
산책에서 돌아오는 시간이면 강둑이 "서글퍼 보였다."고
후에 어른이 된 이 아이는 어머니에게 보내는 편지에 적을
것이다. 실제로 이 축복의 순간은, 강렬하게 빛나던 최초의
이 빛은 곧 멀어졌고, 그는 그 후 이 시간들의 포로가 된다.

1827년 여름 이 축복은 절정에 달했다. 샤를은 더운
몇 달 동안 엄마와 함께 파리 근교의 뇌이유에서 머물게
된다. 그들은 아버지 프랑수아 보들레르가 남겨준, 정원이
딸린 이 아담한 집에서 여름을 보낸다. 교외의 외딴 집에서
샤를은 어머니를 온통 혼자만 소유할 수 있었다. 이 자그만
외딴 집을 사랑에 빠진 질투심 많은 남자가 자신의 애인을
숨겨두고 그녀와 단둘이서 지내기 위해 마련한 사랑의
피난처에 비유하는 주석자도 있다. 이곳에는 충실한 하녀
마리에트를 빼놓고는 샤를과 어머니를 방해할 사람이
아무도 없었다. 시인은 후에 뇌이유의 이 별장을 "사랑의
보금자리"처럼 노래한다.
그는 자신의 감정이나 애정 문제를 밖으로 노출시키는
것을 극히 증오했고, 작품에 감정의 흔적을 남기는 것은

"은밀한 가정 문제를 더럽히는 짓"이라고 생각하고
있었다. 그러나『악의 꽃』의「파리 풍경(Tableaux
Parisiens)」편에 파리에서 보낸 자신의 어린 시절에 바치는
두 편의 매우 개인적인 시(詩)를 수줍은 듯, 제목도 붙이지
않고 조심스럽게 끼워 넣는다. 그중 하나는 "나는 잊지
않았네, 도시 근교의……"로 시작되는 시이다. 이 시는
뇌이유에서 붉은 석양 아래 어머니와 단둘이 조용히
식사하던 저녁 시간의 행복을 상기시켜 준다.

나는 잊지 않았네, 도시 근교의
작지만 조용했던 우리의 하얀 집을!
포모나 석고상도 오래된 비너스 상도
앙상한 숲 사이에 벌거숭이 팔다리를 가리고 있었지
그리고 저녁이면 태양이 찬란하게 넘쳐흘러
햇살 다발이 와 부서지는 유리창 뒤에서
호기심 많은 하늘에 크게 열린 눈처럼
우리의 길고 조용한 식사를 지켜보는 것 같았네
커다란 촛불 같은 아름다운 반사광을
조촐한 식탁보에도 세루 커튼에도 아낌없이
퍼부으면서
— 「파리 풍경」에서

작지만 조용한 하얀 집과 함께 시 전체를 지배하는
것은 권태나 포만감의 흔적이 전혀 없는 평화로움과
고요함이다. 식탁보의 조촐함, 저녁 시간, 석양빛으로 물든
커튼, 정원…… 모든 것이 눈에 보이지 않는 어떤 보호자의
시선 속에 잠겨 있다. 그로부터 안정감과 편안함이
배어나온다. 그리고 이 편안함은 무의식적이며 어렴풋한
관능과 연결되어 있다. 이 편안함은 또한 깊은 감동을
낳는다. 이 모든 것이 뚜렷이 지적되어 있지 않지만 은밀히
존재하는 보호자의 보살핌 아래에 있음을 느끼지 않을 수
없기 때문이다.

지켜보는 것 같았네
커다란 촛불 같은 아름다운 반사광을
조촐한 식탁보에도 세루 커튼에도 아낌없이
퍼부으면서

그들의 식사를 지그시 지켜보는 태양의 눈은, 세상을
떠났지만 여전히 그들을 지켜주는 아버지의 눈길을
가리키는 것일까. 침묵은 이곳에서 가히 종교적인
크기로까지 확대되고, 시간 자체가 동일한 리듬의
계속성에 의해 진행을 정지한 듯, 은밀한 저녁 시간은

끝없이 계속되는 듯하다.

어머니의 통찰력이 부족할 때는 그 무심함을
서운해하며 은근히 어머니를 나무라기도 한다.

당신(어머니)은『악의 꽃』에서 당신과 관련된,
아니 적어도 지난날 진기하고 서글픈 추억을 제게
남겨놓은, 어머니가 홀로였던 시기의 우리 삶의
사적인 부분과 관련된 두 편의 시(詩)를 알아채지
못했나요?
저는 이 두 작품을 제목도 없이, 분명한 암시도 없이
남겨두었어요. 가정의 은밀한 일을 더럽히는 것을
혐오하기 때문이죠.
— 1858년 1월 11일 어머니에게 보낸 편지에서

다른 시 한 편에서 그는 뇌이유에서 자신을
보살펴주다 오래전에 죽은 늙은 하녀 마리에트의 추억을
상기하며 잊혀진 망자들의 고통을 강조한다.

당신이 시샘하던 마음씨 고운 하녀
지금은 보잘것없는 풀밭 아래 잠들어 있지만
우리는 그녀에게 꽃 몇 송이라도 가져가야 하리

죽은 사람들에겐, 가엾은 죽은 사람들에겐 큰 고통이
  있으니

묵은 나뭇가지를 쳐내리는 시월의 구슬픈 바람이
그들의 대리석 묘비 주변에 휘몰아칠 때,
(……)
시퍼렇게 추운 섣달 밤, 만약 그녀가
영원한 잠자리 속에서 빠져나와
내 방 한쪽 구석에 웅크리고, 자애로운 눈으로
다 자란 이 어린애를 정답게 지켜본다면
그 움푹 꺼진 눈거풀에서 떨어지는 눈물을 보고
이 경건한 영혼에 나는 무엇이라 대답할 수 있으리오?
  ―「파리 풍경」에서

이곳에서 강조되고 있는 가엾은 망자들의 큰 고통은
세상을 떠난 하녀 마리에트뿐 아니라, 세상을 떠난
아버지의 고통이다. "그들에게 꽃다발이라도 갖다주어야
하지 않겠느냐"에는, 쉽게 아버지를 잊고 자신의 행복을
찾은 어머니에 대한 원망이 서려 있다.
보들레르가 진정 누군가를 사랑했다면, 그것은
그를 사랑으로 감싸주었던 상복을 입은 마돈나, 그의

어머니였다. 그가 추구하는 '미'(美, beauté)의 핵심이 될
상복에 대한 찬미는 그의 특별한 경험 속에서 그 기원을
찾을 수 있다.

아듀, 너무 짧았던 우리 여름이여!

이것이 오픽 사령관이라는 새로운 인물이 샤를의
삶에 등장했을 때의 상황이다. 죽은 아버지를 대체한 젊고
당당한 라이벌, 오픽은 아이와 어머니 사이에 끼어든다.

오픽의 출현은 "천진한 사랑의 낙원"에 종말을
가져온다. 어머니와 행복했던 어린 시절에 작별을 고할
순간이 온 것이다. 이 이후로는 아이의 기쁨이란 "남몰래"
"은밀히" 얻어내는 것에 불과할 것이며, 순진무구한
사랑의 부름은 향수 어린 시적 몽상 속에서만 환기될
것이다.

이 행복했던 어린 시절이 갑자기 제삼자의 개입으로
끝난 경험은 그의 삶에 지울 수 없는 흔적을 남긴다. 그가
「가을의 노래(Chant d'Automne)」(FM)에서 그리워하고
있는 "너무도 짧았던 여름"은 단순히 계절의 여름이 아닌
그의 인생에서 행복했던 초년의 "푸른 낙원"을 의미한다.

곧 우리는 차가운 어둠 속에 잠기리

안녕, 너무 짧았던 우리 여름의 생생한 빛이여!

뤽상부르 공원 근처에서 산보하며 보냈던 시간도,
뇌이유에서의 은밀한 기쁨의 시간도, 행복했던
시간들은 너무도 생생한, 그러나 너무나 짧은 빛으로
반짝였다. 샤토브리앙의 르네(René)나 「가을잎(Feuilles
d'Automne)」의 시인 위고처럼, 말년의 고독한 산보자
보들레르는 대대적인 도시 계획으로 인해 한창 변해
가고 있는 파리의 카루젤 광장을 지나며 변화하기
이전의 "옛날의 파리"와 함께 이미 지나가 버린 행복한
지난날들을 그리워하는 우수에 잠긴다.

옛날의 파리는 이제 없네(아! 도시의 형태는
인간의 마음보다 더 빨리 변하는군)
— 「백조(Le Cygne)」에서

그러나 시인은 그때의 기억을 결코 잊지 않는다.
인생의 덧없음을 생각하게 해주는 "고도, 파리"의
거리에서 "소중한 추억(chers souvenirs)"으로 가득한
시인은 그때를 떠올리며 끝없는 회한에 잠길 것이다.

파리는 변한다! 그러나 내 우울 속에서
무엇 하나 끄떡하지 않는다! 새로 생긴 궁전도 발판도
성문 밖 오래된 거리도 모두 다 내게는 알레고리 되고
내 소중한 추억은 바위보다 무겁기만 하다
— 「백조」에서

이 회한과 잃어버린 행복에 대한 향수는 그의 정신과
꿈의 기본 구도를 이루어 마침내 작품의 분위기를
지배하게 될 것이다.
　모든 몽상의 오솔길은 어린 시절로 연결되는
모양이다. 모든 것이 인생의 이 여명기에 의해 밝혀진다.
어린 시절이 우리를 매혹시켰건, 공포 또는 고통스러운
기억을 남겨두었건, 그 환영은 두고두고 우리를 지배한다.

2 강요된 권위와 샤를의 소년기

어머니의 재혼

샤를 보들레르가 일곱 살이 되던 1828년, 서른다섯
살이 된 어머니는 남편과 사별한 지 1년 6개월 만에
서른아홉 살의 육군 소령 자크 오픽과 재혼한다. 오픽은,
교양 있는 예술애호가이며 주위의 여건에 따라 자신의
진로를 바꿀 수도 있는 유연성을 가진 그녀의 첫 남편이자
보들레르의 아버지인 프랑수아 보들레르와는 정반대되는
인물이었다. 익명의 화가가 그린, 말 위에 앉아 있는
오픽은 꼭 끼는 제복에 꼿꼿이 몸을 세우고, 허리에 찬
칼에 금방이라도 손을 뻗을 듯한 자세를 하고 있다.

이 그림이 말해 주는 이미지처럼, 오픽은 자신이
선택한 길은 꿋꿋이 밀고 나가는 신념과 의지의
인간이었다. 바스티유감옥이 세워진 해에 출생한 그는

샤를의 생부 프랑수아 보들레르와는 다른 세대에 속한다. 미천한 신분 출신인 그가 지닌 유일한 인생철학은 '성공하는 것'이었다. 그리고 그는 성공했다. 한번 들어선 군인의 길에 초지일관해 정권이 바뀔 때마다 한층 지위가 높아졌고, 그 같은 신분 상승은 계속된다. 그가 인생에서 성공하지 못한 것이 있다면 의붓아들 샤를과의 관계였다. 명예를 중요하게 생각하는 이들 부자의 공통적인 취향이 서로를 가까워지게 할 수도 있었으련만, 오픽은 샤를을 자신의 뜻대로 만들지 못했다.

어머니의 재혼을 둘러싸고 보들레르 연구가들은 엇갈리는 수많은 가정과 주장을 반복해 왔다. 한쪽에서는 오픽의 출현으로 어린 샤를은 충격을 받아 영영 치유될 수 없는 '균열(fêlure)'이 내면에 생겨났다고 주장한다.

그렇게 어려서 인생의 온갖 우여곡절에 내맡겨져,
멍든 영혼으로 마땅히 사랑해야 할 사람을 저주할
수밖에 없게 되자, 그때부터 그의 내면에는 끝내 메울
수 없는 균열이 생겼다.[5]

그리고 이런 주장을 내세우는 쪽에서는 그 뒷받침으로 으레 보들레르 자신이 후에 어머니에게 보내는 편지에 적었던 다음 구절을 인용한다.

저 같은 아들이 있을 때에는 재혼하지 않는 법이에요.

그런가 하면 일부에서는 그 같은 과장은 삼가야
한다고 맞선다. 특히 뤼프는 위의 주장에 대해 반대 의견을
가장 분명하게 표명한 주석자이다.

사람들이 이에 대해 무슨 말을 하든, 그리고 보들레르
그 자신의 주장이 어떻든 간에, 출판되지 않은 그
당시의 편지들이 그 점을 확인시켜 주듯이, 그 당장
아이는 증오스러운 반응을 보이지 않았고 그의 나이
열여덟 살까지 그와 의부와의 관계는 애정과 충심에
찬 것이었으며 그의 태도에 감추어진 어떤 상처도
나타나지 않았다.[6]

오랜 시간이 지난 후 그의 나이 마흔이 되었을 때
시인은 어머니에게 보내는 편지에서 이렇게 고백한다.

어머니도 어머니의 남편이 제게 어떤 교육을 시키려
했는지 아시죠. 제 나이 마흔 살입니다. 그런데도

중학교 때를 생각하면 지금도 고통스럽고 아버지가
제게 일으켰던 두려움을 생각 안 할 수 없어요. 그래도
저는 그분을 사랑했죠. 그리고 이제 저도 아버지가
옳았음을 인정할 만큼 충분히 철이 들었어요.
— 1861년 5월 6일 어머니에게 보낸 편지에서

이 같은 엇갈리는 견해를 두고 어느것이 진실인지
누가 그 진위를 가릴 수 있을까. 한 가지 확실한 것은
오픽이 군인으로서뿐만 아니라 한 인간으로서 훌륭했으며,
아내와 아들을 사랑하는 극히 모범적인 가장이었다는
점이다. 의붓자식이지만 마흔이 넘은 늦은 나이에 겨우
얻은 하나밖에 없는 아들 샤를에게 좀 엄격하긴 해도
극진한 정성을 쏟았으며, 훌륭한 아들을 만들고 싶은
마음이 누구에게도 뒤지지 않았던 점은 부인할 수 없을
것이다.

리용 왕립중학교 시절

샤를이 아홉 살 되던 1830년경 프랑스에는 7월 혁명이
일어나 정통 왕조의 마지막 왕 샤를 10세가 폐위되고,
루이 필립(Louis-Philippe)이 왕위에 오른다. 이때의 프랑스
사회 분위기는 매우 어수선했다. 사회주의 이데올로기가

번지고, 이에 따라 노동 쟁의가 시작되었으며, 도처에서
노동자들의 소요가 발생했다. 이런 상황에서 오픽은 견직
산업 도시 리용의 폭동에 대비해 그곳으로 파견 명령을
받는다.

마침 그때 파리에는 콜레라가 퍼지고 있었다. 오픽은
아내와 의붓아들을 콜레라의 위협으로부터 벗어나게 할 수
있어 여간 다행스럽지가 않았다. 그는 서둘러 가족과 함께
자신의 새 주둔지로 내려갈 채비를 한다.

어린 샤를은 "파리의 정원과 수도의 아기자기한
장난감 가게, 사탕과자점"과 작별하는 아쉬움을 안고
어머니를 따라 안개 자욱한 공업도시 리용으로 내려간다.

루소(Jean-Jacques Rousseau)는 파리를 "진흙과 안개의
도시"라고 불렀다. 그러나 리용은 어떤가. 겨울철 우연히
그쪽 방면으로 여행을 하게 되어 기차를 갈아타기 위해
한두 시간 그곳에 머문 경험이 있는 사람은 누구나 그곳
손(Saône)강과 론(Rhône)강 사이에서 피어나는 안개가
이 대도시의 구불구불한 거리를 가득 채우고 있는 광경을
기억하게 된다. 보들레르는 안개 속에 갇힌 존재의 우울과
그로 인한 정신 착란 상태를 누구보다 격렬하게 그린
시인이다. 간단한 예로 『악의 꽃』의 「일곱 늙은이(Les Sept
Vieillards)」에서 시인은 안개 자욱한 새벽 거리에서 한

늙은이가 일곱 명으로 불어나는 환각을 그렸다.

붐비는 도시, 꿈이 가득한 도시,
대낮에도 유령이 행인에게 달라붙는다!
신비는 도처에 수액처럼
(……) 흐르고

어느 날 아침 음산한 거리에서
안개 때문에 높아 보이는 집이
물이 불어난 강의 양 둑처럼 보일 때
더러운 누런 안개, 배우의 넋을 닮은
배경을 이루어 사방을 적실 때
(……)
난데없이 늙은이 하나
내 앞에 나타났다
(……)
대관절 내가 무슨 추악한 음모의 대상이 되어
있었던가
아니면 무슨 심술궂은 운명이 나를 욕보이고
있었던가?
시시각각 이 불길한 늙은이는

수가 늘어서, 일곱을 헤아렸으니!
— 「일곱 늙은이」에서

또 네 편의 연작시 「우울(Spleen)」에서 시인을
짓누르는 권태는 무거운 뚜껑에 비유된 두터운 안개
속에서 최고조에 달한다.

낮고 무거운 하늘이 뚜껑처럼
긴 권태의 포로가 되어 신음하는 정신을 짓누르고
지평선 한아름 껴안고
밤보다 더욱 음침한 검은 빛을 퍼부을 때,
대지는 음습한 토굴로 바뀌고,
우리의 '희망'은, 박쥐처럼,
겁 먹은 날개로 담벼락을 치고
썩은 천장에 대가리 박아 대며 날아간다,
— 「우울 4」에서

이런 시를 대하며, 인생에서 가장 생생하게 기억이
남는 열한 살에서 열다섯 살 사이를 그가 리용의 누런 안개
속에서 보냈다는 사실에 주목하는 것은 흥미 있는 일이다.
오픽이 가족과 함께 리용에 도착했을 때 도시의

보도는 암담한 소요의 아우성으로 가득했다. 그 당시 폭동은 "기아의 항거"라 불렸으며, 폭도들은 항의의 표상으로 검은 깃발을 쳐들고 있었다. 후에 보들레르의 작품 군데군데에서도 노동자들의 항거의 아우성이 어렴풋이 메아리친다.

그때 샤를을 더욱 우울하게 했던 사건이 있었다. 그가 리용에 도착했을 때 어머니 같은 다정한 손길로 그를 보살펴주던 "마음씨 고운 하녀" 마리에트가 세상을 떠난 것이다.

당신이 시샘하던 마음씨 고운 하녀
지금은 보잘것없는 풀밭 아래 잠들어 있지만
우리는 그녀에게 꽃 몇 송이라도 가져가야 하리.

후에 보들레르는 그의 유일한 중편소설 「라 팡파를로(La Fanfarlo)」에 나오는 코스멜리 부인의 착한 하녀에게 자신을 사랑해 준 마리에트의 이름을 붙인다.

일요일이면 미사가 끝난 후 샤를은 새로 들어온 하녀와 함께 누런 안개 속을 가로질러 마을의 높은 포르비에르 언덕으로 산책을 나갔다. 언덕을 오르다 보면 견직공들의 가난한 동네를 지나게 된다. 이 서글픈 산책

중에 만나게 되는 이곳 변두리 노동자들의 비참한 삶의
광경이 샤를에게는 충격적이었다.

가파른 비탈길에는 더러운 집들이 닥지닥지 붙어
있고, 빛이라곤 들어오지 않는 어두운 벽을 따라 음습한
냄새가 스며 있다. 이 집들의 안쪽으로 누추한 낮은 방들이
보였다. 샤를이 산책하는 일요일 오후가 되면 손베틀도,
일주일 동안의 휴식 없는 작업으로 숨이 차 기진맥진해진
듯 돌아가는 소리를 멈추었다. 길모퉁이 벽감 속에 갇혀
있는 성모상은 그을음으로 더러워진 얼굴 위로 체념과
절망을 호소하고 있는 듯했다. 이 얼굴이 1832년 리용의
빈민굴 속에 버려진 견직 노동자들의 절망과 체념을
대변해 주고 있었다.

그 후 20년이 지난 1852년 옛날 리용의 견직
도제였던 작가 피에르 뒤퐁(Pierre Dupont)의 작품「노래와
서사시(Les Chants et Chansons)」에 관한 글에서 보들레르는
이렇게 쓴다.

어떤 계층에 속해 있는 사람이건, 그리고 어떤 편견을
가지고 있는 사람이건, 일터의 먼지를 들이마시고
목화를 삼키며 걸작품을 만드는 데 필요한 백연과
수은과 모든 독 속에 잠겨, 가장 겸허하고 가장 훌륭한

덕이 남의 고통에 무감각한 악덕과 도형장 같은
일터와 나란히 자리하고 있는 이 구역 깊은 곳에서,
득실거리는 이들 속에서 잠자는 병든 노동자들의
광경에 충격을 받지 않을 수 없다.
―「피에르 뒤퐁」에서

어른이 된 보들레르의 이 글 속에 나타난 뜨거운
연민의 목소리는 그때 어린 소년이 받았던 충격의
메아리이다.

오픽은 샤를을 기숙학교인 왕립중학교(Collège
Royal)에 입학시킨다. 이곳에서 샤를은 나폴레옹 식의
교육으로 부르주아 계층의 선택받은 자녀들이 받을 수
있는 모든 혜택을 누린다.

1830년대의 중학교는 그 모델이 병영과 흡사했다.
흔히 보들레르 주석자들은 매력 없는 엄격한 기숙학교에
샤를을 입학시킨 오픽의 처사를 유감스럽게 생각한다.
그러나 군인학교에서 교육을 받은 오픽으로서는
왕립중학교가 자랑하는 군대식의 엄격한 규칙과 고된
훈련이 군인의 아들에게는 최상의 교육이라고 생각했을
것이다.

1833년 열두 살이 된 기숙사생 샤를은 그 당시 대리

판사가 된 그의 이복형 알퐁스에게 도시의 모든 가게 등이
곧 "가스 조명으로 바뀔 것"이라는 어처구니없는 소식을
편지에 써 보낸다. 그 당시 기숙학교는 아직 원통 모양의
심지를 심은 아르곤 등의 조명에 의지하고 있었다. 이 붉은
등의 매우 빈약한 불빛 아래에서 샤를은 "내년에는 1등을
하기 위해" 그가 좋아하는 과목인 라틴어 시작(詩作)에
몰두하고 있었다. 그리고 이때 이미 그는 대부분의 시간을
책에 파묻혀 꿈의 세계를 넘나드는 데 보냈다. 그때
그에게는 두 가지의 꿈이 있었다. 때로는 사제가 되고
싶은 꿈을 꾸었다. 더욱 정확히는 군 사제가 되고 싶었다.
그리고 때로는 배우가 되고 싶기도 했다. 이 두 가지 꿈
속에서 그는 후에 『내면의 일기』에서 고백하게 될 기이한
쾌감을 얻었다.

어렸을 때 나는 때로 사제, 군 사제가 되고 싶었고,
때로 배우가 되고 싶었다. 내가 이 두 환상으로부터
얻는 쾌감.
— 「마음을 털어놓고」, 『내면의 일기』에서

군 사제가 되고 싶은 꿈 속에 그의 성격에 내재된 두
가지 특징이 드러난다. 한편으로는 정신적인 힘에 대한

끝없는 욕심이, 그리고 동시에 속세의 힘에 대한 야심이
동일한 인물의 머릿속을 지배하고 있었던 것이다. 턱을 두
손으로 감싸고 얼굴은 숙인 채 꿈에 잠겨 있는 갈색머리의
어린 샤를의 머릿속에 이 두 가지 욕심이 동시에 자리하고
있었다.

그리고 또 하나의 욕망은 화려한 의상을 입고
변화무쌍한 마스크 밑에 자신의 진짜 모습을 감춘
채 갖가지 형태의 다양한 인물을 연기하고 싶은
것이었다. 시인은 자신의 이 욕망을 그의 소 산문시
「천직」의 첫 번째 사내아이를 통해 그려보인다(『파리의
우울(Spleen de Paris)』). 이것은 변장을 통한 자기 과시와
'골려주기(mystification)'의 쾌락이라고 주석자들은
해석한다. 도시를 짓누르는 안개와 우중충한 기숙학교의
우울을 이런 꿈에 용해시키고 있는 사이에 시간이
흘러갔다.

샤를이 다니던 왕립중학교는, 그때를 상기하는
친구들에 의해 "우중충한 건물에 컴컴한 둥근 천장,
빗장을 지른 철책문들, 습해 보이는 학교 예배당, 햇빛을
차단하는 높은 벽" 등 매우 음울한 학교로 그려진다. 석탄
냄새가 나는 도시의 분위기는 한층 더 비극적이었다.
골목길에서는 흔히 소요의 소리가 울려 퍼졌다. 어린 샤를

역시 이 소요의 물결에 가담했으리라고 추측된다. 그의
일기체 기록이 그것을 짐작하게 해준다.

> 1830년 후 리용 중학교, 학생들과 선생들과의 구타,
> 싸움들…….
> ―「자서전적 노트」에서

단조로운 기숙학교에서 겪는 변화란, 위의 글에
그려진 것 같은 선생들과의 암투와, 교정에서 친구들과
벌이는 격투, 또는 통학생들이 가져다주는 시내의 소식
등이 고작이었다.

보들레르는 「마음을 털어놓고」에서 자신이 어릴
적부터 괴로워했던 고독감을 말한다.

> 가족이 있어도
> 그리고 특히 친구들 가운데에서도 느끼는
> 영원히 고독한 운명의 예감

그리고 그는 덧붙인다.

그러나 삶과 쾌락에의

매우 강한 욕구

─「마음을 털어놓고」에서

　이때부터 이미 그의 영혼은 모순 속에서 자신의
존재를 확인한다. 위의 글에서 표현한 이 이율배반적인
자신의 문제에 대해 그의 내성적인 시선은 임상의적인
엄격한 진단을 내린다.

아주 어려서부터 나는 가슴속에서

두 개의 모순되는 감정을 느꼈다.

삶의 공포와 삶의 환희

그것이 바로 신경질적인 게으른 자의 참 모습이다.

─「마음을 털어놓고」에서

　친구들의 눈에 비친 그때의 샤를을 당시 동급생이었던
앙리 이냐르(Henri Hignard)와 샤를 쿠쟁(Charles Cousin)이
증언해 준다. 그들의 눈에 샤를은 어딘가 "금간(fêlé)"
정신의 소유자로 보였다. 쉬는 시간이면 위고와
라마르틴의 시를 즐겨 암송하고, 때로 신비해 보이고 때로
냉소적이며 때로 기이한 소년. 어딘가 섬세하고 품위 있어

소도시의 보잘것없는 둔한 학생들 사이에서 두드러져 보였던 파리의 산물이랄까, 그의 아버지 세대의 격식의 재생이랄까…….

이때부터 이미 그의 성격 일면이, 그후 지워지지 않을 그의 기질 중 한 자락이 자리 잡는다. 평생 그는 천박한 자들의 눈에는 "포즈를 취하는 자(poseur)"로 비치고, 그들보다 예리한 시선을 가진 자들에게는 독창적인 인물로, 그리고 대부분의 사람들에게는 예외적인 인물로 보일 것이다. 그러나 그가 후에 「마음을 털어놓고」에서 쓰게 될 "삶에 대한, 그리고 쾌락에 대한 매우 강한 욕구" 또한 우울해 보이는 왕립중학교 시절부터 싹트고 있었다.

어렸을 때부터 아름다운 예술 작품과 문학 작품에 조숙한 집착을 보인 그에게 이곳 리용의 어수선한 인상과 느낌은 그의 머릿속에서 흥미로운 주제로 바뀌었다. 다른 친구들이 우중충하게 습기 찬 예배당으로만 기억하고 있던 학교 예배당 건물에서 그는 다양한 빛깔의 대리석에 대한 기억을 간직하고, 예수교 특유의 기이한 스타일에 민감한 흥미를 보인다.

그리고 리용의 봄은 독특한 매력을 발산했다. 우울한 겨울이 가고 봄이 오면 겹겹이 쌓인 구름은 이 도시의 하늘을 수놓은 듯했고, 이 구름 사이로 내비치는 햇빛의 변덕스러운 장난은 극적인 아름다움을 연출했다.

보들레르는 지상에 갇힌 포로와 같은 인간 존재의
고통을 누구보다 아프게 의식했고, 이 "칩거의 고통"을
"토굴 이미지"를 빌려 예리하게 시 속에 그렸던 시인이다.
그리하여 그는 이 칩거 상태를 벗어나고 싶은 열망에
부합되는 이미지인 구름을, 자신이 "신이 증기를 가지고
만든 움직이는 건축 구조"라 이름한 구름을 사랑했다.
그리고 변덕스러운 구름이 연출하는 환상을 작품 속에
훌륭하게 그려냈다.

나는 사랑하겠소. 저기…… 저기……
저 구름, 저쪽으로 지나가는 구름을……
저 찬란한 구름을
— 「이방인(L'Etranger)」에서

그들의 욕망은 떠도는 구름의 형상을 하고
대포를 꿈꾸는 신병처럼 그들은 꿈꾼다
어떤 인간도 일찍이 그 이름 알지 못한
저 미지의 변덕스러운 끝없는 쾌락을!
(……)

제아무리 호화로운 도시도 아무리 웅대한 풍경도
우연이 구름과 함께 만들어내는
저 신비한 매력에는 미치지 못했고
욕망은 쉴 새 없이 우리를 안달하게 했다!
—「여행」에서

환상적이며 빛나는 형태의 이 모든 구름들이 (……) 이
모든 깊이가 사람을 도취시키는 음료수나 아편처럼 내
뇌 속으로 떠오른다.
—「1859년 미술전」에서

그가 "삶의 환희(extase de la vie)"라 이름한 희열의
경지는 꿈꾸는 영혼 속에서 흔히 공간의 감각과 연결되어
있다. 그것은 바로 구름과 같이 예측 불허하게 움직이는
"공중으로 떠오르기"와 유사한 환희였다. 하늘 전부가
온통 가슴속에 밀려들어 그를 열광시키고 그를 실어간다.
  1834년 리용은 극적인 상황을 겪는다. 리용에 매년
일어나는 연례행사와도 같은 강의 범람이 그 해에는
특별히 심각했고, 거기에 겹쳐 또 하나의 비극적인
사건이 벌어졌다. 4월의 안개와 비 속에서 갑자기 폭동의
불꽃이 리용의 크루아루스 거리 쪽에서 다시 타오르기

시작했다. 사실 리용의 혁명 분위기는 1831년부터
불붙기 시작했지만, 견직공들의 오래된 불화에 이번에는
정치적인 문제까지 끼어들었다. 거리에서 벌어진 전투는
맹렬했고, 폭동은 닷새 동안 계속되었다. 이 기간 동안
교사들과 통학생들이 등교를 할 수 없어 학교 수업은
당연히 중단되었다. 기숙사에 남아 있던 샤를은 다른
기숙사생들과 함께 외부에 귀를 기울이고 생장 광장
쪽에서 들려오는 시위자들과 근위대의 고함 소리를
들었다. 그때 샤를은 처음 리용에 도착했을 때, 저주받은
언덕 쪽의 산책길에서 언뜻언뜻 보았던 주민들을
떠올렸다. 그곳에 널려 있던 누더기들, 생기 없이 부은
얼굴들……. 부르주아 계급의 아들이며 선택받은 특권층의
교육 혜택을 받고 있는 샤를은 그 같은 고통과 직접적인
관계가 없을지 모른다. 그가 약간 두려워하고 있는 이
시위자들은 그가 속해 있는 계층을 보호하는 사슬을
끊으려 하고 있지 않은가. 그리고 이 시기부터 그의 영혼
깊은 곳에서 역시 그 같은 사슬에 항거하는 반항의 불씨가
싹트고 있었다. 그의 의부 오픽이 그 속에 있었다. 그는
진압군을 지휘하고 있었던 것이다. 4월 13일 저녁, 폭동은
진압되고 오픽은 또 하나의 업적을 세우며 군인으로서
확고한 승진의 길을 다진다.

파리 귀향

1834년 1월 1일 이복형에게 보낸 편지가 있다. 이 편지의 내용을 보면 샤를이 파리로 돌아갈 시기가 다가오고 있음을 알 수 있다. "동생 샤를로부터 형 알퐁스에게…… 새해를 맞아 축복을 드립니다."로 시작되는 이 편지에는 리용과 학교생활의 따분함과 파리에 대한 향수가 깃들어 있다.

또 한 해가 흘렀습니다. (……) 이로써 2년 동안이나 제가 그토록 그리워하는 파리에서 멀리 떨어져 보낸 것이 될 것입니다. 중학교는, 특히 리용의 중학교는 얼마나 따분한지! 쓸쓸하고 더럽고 축축한 벽, 컴컴하기 그지없는 교실, 리용의 성격은 파리와 너무 달라요! 그러나 마침내 제가 파리로 돌아갈 때가 다가오고 있어요.
— 1834년 1월 1일 형 알퐁스에게 보낸 편지에서

이 해 오픽은 레지옹 도뇌르(Légion d'honneur) 3등 수훈장을 받고 파리 주둔군 1사단의 참모장으로 발령을 받는다.

샤를이 열다섯 살에 고향 파리로 돌아왔을 때 그

몇 년 동안 그곳은 많이 변해 있었다. 바스티유 광장에
나폴레옹 1세가 세우게 했던 11미터나 되는 거대한 코끼리
석상은 이제 외딴 곳으로 옮겨졌고, 광장 한가운데 7월
혁명의 전사들을 추모하기 위한 새로운 기념주가 세워져
있었다. 또 개선문이 마침내 공사가 끝나 완성된 모습을
드러내놓고 있었고, 방돔 광장의 기념주 꼭대기에는
프록코트에 특유의 작은 모자를 쓴 나폴레옹 동상이
왕정복고 시기의 거대한 백합꽃을 대신하고 있었다.
그리고 콩코드 광장에 이집트에서 운반해 온 거대한
오벨리스크가 세워진 것도 그 해였다. 그리고 특히
이때는 1828년부터 생겨난 합승마차가 늘어나 교통이
편리해졌다. 그러나 샤를의 눈에 전혀 변하지 않은 것이
있었다. 그것은 파리의 안개였다. 그가 기억하고 있는
파리의 안개는 리용의 불투명한 안개와 달리, 겨울에도
미묘한 분위기를 자아내고 봄이면 투명하게 대기를
채운다.

　파리에 돌아오자 오픽은 샤를을 파리의 명문 중학교인
루이 르 그랑(Louis le Grand)에 입학시킨다. 이곳에서도
샤를은 기숙사생으로 들어간다.

　오픽은 샤를의 조숙한 지적 능력을 인정하고 있었으며
아들이 자랑스러웠다. 그랬기에 그는 루이 르 그랑의

교장에게 아들을 이렇게 자신 있게 소개했을 것이다.

교장 선생님, 자, 이 아이가 제가 선생님에게 드리려는
선물입니다. 귀교의 명예가 될 학생입니다.[7]

그의 기대는 어긋나지 않았다. 샤를은 전국 라틴어
시작(詩作) 콩쿠르에서 1등(1836년), 그리고 다음 해에는
2등상을 받았고(1837년), 여러 번 장려상을 받는다.
라틴어뿐 아니라 그림, 그리스어, 프랑스어, 영어 등에서도
두각을 나타냈다. 이때까지만 해도 오픽은 아들을 믿고
있었다. 그러나 학교에 입학한 그 이듬해(1837년)부터
사태가 나빠지기 시작했다. 리용 학교 때의 친구이며
사범학교에 입학한 이냐르는 샤를이 다니는 루이 르
그랑의 면회실로 그를 찾아간 적이 있었다. 그는 샤를이
어딘가 반항적이고 냉소적인 소년으로 변해 있었다고 후에
술회한다. 물론 기숙사 생활이 그를 짓눌렀다. 우중충한
건물에 우울한 분위기 속에서 대부분의 기숙생 급우들과
마찬가지로 샤를은 "무거운 우울"과 "수도원 생활 같은
일과에서 오는 피곤과 무력감"을 경험한다. 샤를보다 한
살 아래이며 후에 「신비한 어느 이교도의 몽상(Rêveries
d'un Païen Mystique)」을 쓰게 될 같은 학교 친구 루이

메나르(Louis Ménard)는 이렇게 말한다.

내가 그의 계층에 속해 있지 않았기 때문에 우리는
아주 가깝지는 않았다. 그러나 나는 그를 무척
존경하고 있었다. 그가 라틴어 시 실력이 뛰어났기
때문이다.

그러나 메나르 역시 그 당시 샤를이 학교 체제를
차갑게 경멸했고, 교육 제도에 비판적인 태도를 보였다고
말한다.

이때부터 샤를은 지금까지 막연하게만 느꼈던
의붓아버지에 대한 반감을 처음으로 드러내기 시작했다.
학교 제도에 대한 비판과 아버지에 대한 반감은 같은
성격의 것이었으며, 그것은 강요된 규칙에 대한
반감이었다. 오픽은 매사를 호의로 해석하는 공정한
인물이었지만 군인이기 때문에 규율과 계급 의식이 몸에
배어 있었다. 자신이 상관에게 복종했던 것처럼 부하들이
절대적으로 자신에게 복종하는 것에 익숙해 있었다. 이런
군인 의부에 대해 어린 샤를은 겉으로 순종했으나 눈물을
삼키며 안으로 반항심을 감추었다. 그러나 소년에서
청년으로 향하고 있는 이제, 내부에서 몰래 으르렁거리던

짓눌린 불만을 담아두고 있기가 점점 힘이 들었다. 교장, 교감, 학생감, 그리고 자습 감독 선생이 모두 그에게는 증오스러운 권위의 대리인, 요컨대 자신의 의붓아버지의 대리인처럼 보였다. 순종을 거부하는 이 소년의 태도는 흔히 생각하기 쉬운 무정부주의와는 다른 성격의 것이었다. 그의 반항은 강요된 명령을 거부할 뿐이었다.

이때부터 그는 자기 자신의 규율을 만들어나갔다. 이제 열일곱 살의 소년이 번쩍이는 계급장과 훈장을 더덕더덕 달고 있는 의붓아버지에 대해 비판적 태도를 취하는 것은 단순히 어머니를 빼앗긴 데서 오는 오래된 억눌린 원한 때문만은 아니었다. 이제 그는 내부에서 점점 자라나는 자신의 신체적, 정신적인 능력을 느끼게 되었기 때문이다.

이때 샤를은 사춘기에 접어든 사내아이들이 겪는 위기를 맞는다. 그의 타고난 조숙한 감각주의적 성향, 또 한편으로는 어떤 도덕적 혼란 때문에 그는 사춘기를 다른 아이들보다 더욱 심하게 앓게 된다. 어머니의 재혼 이후로 그가 받았던 엄격한 교육과 종교적인 형성 과정, 한편으로는 그가 뒤늦게 알게 된 성직자였던 생부의 과거 경력이 그에게 더욱 깊은 혼란을 주었을 것이다. 샤를이 청소년기에 겪은 가장 심한 정신적 갈등은 무엇보다 이런

내적 혼란에서 오는 것이었다. 후에도 일어났던 육체적
욕구에 대한 죄의식과 속죄하고자 하는 바람이 이 시기
샤를의 편지 곳곳에서 이미 나타나 있었으며, 그것은
평생 그를 끈질기게 괴롭히게 될 것이다. 더구나 그 당시
심취해 있던 책읽기, 특히 샤토브리앙(Chateaubriand)과
생트뵈브(Sainte-Beuve)의 작품을 읽고서 그의 갈등은 더욱
심화된다.

그 당시 그가 즐겨 읽었던 생트뵈브의 『조제프
들로름의 생애와 시, 사색(Vie, Poésies et Pensées
de Joseph Delorme)』, 그리고 그의 자서전적 소설
『관능(Volupté)』에서 그는 깊은 영향을 받는다. 민감한
영혼의 소유자 보들레르는 이 사춘기에 받은 깊은 감명
때문인지, 끝까지 생트뵈브에 대한 존경심을 버리지
않는다. 그러나 이 선배 작가는 보들레르를 재능과
독창성은 있지만 어딘가 위태로운 청년 문학도로 인정할
뿐 결코 그의 재능을 알아채지 못했다.

자신의 내밀한 감정에 대한 수치심은 때로 그로
하여금 자기 방어적인 반응을 도발적인 형태로 노출시키게
했다.

때로는 기사도적인 몸가짐, 때로는 부자연스러운

태도가 거슬릴 정도이고, 때로는 신비주의로,
때로는 부도덕성과 한계를 넘어서는 냉소주의(사실
말뿐이지만)로 가득한 강렬한 정신의 소유자…….[8]

이것이 선생들과 급우들이 기억하는 당시 샤를의
이미지이다. 그러나 그들은 샤를의 "매우 두드러진
능력"과 "재주와 섬세함"을 인정한다. 그리고 이
냉소적인 소년의 이면에는 이미 차후 파리 대학가인 라틴
지구를 흔들어놓게 될 댄디의 실루엣이 윤곽을 드러내기
시작한다.

이때부터 그의 마음속에는 이미 문학에 전념하겠다는
계획이 서서히 자리 잡기 시작한다. 부모에게 보내는
편지에서 그의 왕성한 독서욕이 나타난다. 다음은 1838년
8월 3일 중학생 샤를이 어머니에게 보낸 편지이다.

저는 현대적인 작품들만 읽었어요. 이 작품들은
사람들이 어디서나 화제로 삼고 명성을 얻고, 그래서
누구나 읽은 제일 나은 작품들이죠. 그런데 그 모든
것이 거짓되고 과장되고 엉뚱하고 부풀려져 있어요.
그 모든 것이 혐오스러워요. 위고의 시와 극작품들과
생트뵈브의 한 권의 책(『관능』)만이 저를 기쁘게 해요.

　　그해(1838년) 여름 샤를은 휴양차 피레네의 온천지 바레주(Barège)에 가 있는 부모 곁에서 얼마 동안 머물고 오는데, 피레네의 수려한 경치에 감탄하여 그 인상을 시로 옮겨놓는다.

저기 저 높디높은 곳, 안전한 길에서 멀리
농장에서도, 길에서도 멀리, 언덕 저 너머
수풀 저 너머, 푸른 풀 좍 깔린 저 너머
양떼들로 짓밟힌 마지막 잔디에서도 멀리

(……)

이 적막 속에 하늘은 흡사
물결 속에 제 얼굴을 비추어보는 것 같고
저 아래 저 산들은, 위풍도 늠름하고 괴괴하게
사람에겐 들리지 않는 거룩한 신비에 귀를 기울이는 듯

그리고 어쩌다 한 조각의 구름이 헤매며 날아가다가
고요한 호수에 그늘을 던질 때면
마치 하늘을 여행하며 지나가는 정령의
투명한 옷을, 또는 그림자를 보는 듯하다

— 「다양한 시들」에서

또는『파리의 우울』중 「과자(Le Gâteau)」의
배경도 이 여행의 기억에서 이미지를 빌려온 것이라고
앙투안 아담(Antoine Adam)은 그의『악이 꽃』주석에서
지적한다.[9] 다음은 「과자」의 도입 부분이다.

나는 여행 중이었다. 나는 항거할 수 없이 장엄하고
고귀한 경치의 한가운데 있게 되었다. 그 순간 그
경치를 바라보는 나의 영혼 속에는 무언가 일어나고
있음에 틀림이 없었다. 그곳 분위기의 경쾌함처럼
나의 생각 역시 경쾌하게 움직이고 있었다. 이제
증오나 속세의 사랑 따위의 저속한 정열은 저 밑 내
발 아래 심연의 밑바닥으로 사라져가는 구름떼처럼
멀어져 가는 것 같았다. (……) 완벽하게 고요한 어떤
위대한 움직임에 의해 야기되는 이 같은 엄숙하고
휘귀한 감각이 나를 공포마저 섞인 환희로 채워주었던
일을 나는 지금도 기억하고 있다.
— 「과자」에서

그러나 학생 시절 샤를이 장엄한 경치에 감탄하여

쓴 이 습작에는 어딘가 라마르틴이나 위고의 시에서
영향을 받은 듯한 흔적이 엿보인다. 시인 자신이 그것을
의식해서인지 그는 이 시를 『악의 꽃』에 넣지 않았다.
그리하여 초판과 재판에 들어 있지 않던 것을 보들레르
사망 후 시인의 친구였던 샤를 쿠쟁의 수고로, 1872년에
처음으로 『악의 꽃』의 잡시란에 끼워 출판하게 된다.

　이처럼 수학이나 역사보다는 문학 쪽에서 두각을
나타냈던 샤를은 시에 열광적으로 빠져들어 갔다. 또한
위고와 고티에의 시를 암송하며 자신의 문학적 재능을
시험하기 시작한다. 아직 균형이 잡히지 않은 재능이다.
그리고 이때는 조제프 들로름의 영향력이 그를 지배하고
있었다. 그러나 때로 숨겨진 재능이 번개같이 번뜩이는
독창적인 작품들이 나타난다.

　루이 르 그랑 시절의 친구였던 에밀 데샤넬(Emile
Deschanel)은 수업 시간 중에 그들이 붓 가는 대로 쓴 짧은
시를 교환했노라고 회고한다. 그러나 그때 쓰인 시들을
보면 보들레르가 즉흥적으로 쓴 시가 아니라 오랫동안
생각해서 완성한 것을 옮겨 쓴 것임을 곧 알 수 있다. 어느
보들레르 주석자의 지적처럼, 이들 시에서 이미 "놀라운
재능이 번뜩"인다. 형태의 완성과 더불어 이 시기의
시에는 벌써 시인의 시를 지배하게 될 "조숙하게 성숙해

버린 실망"이 있었다. 거기에는 인생의 모든 것을 다
알아버린 씁쓸함이 배여 있었다. "열다섯 살부터 심연에의
유혹"을 느꼈고, "르네의 한숨을 환히 꿰뚫어보았다."고
시인은 후에 고백한다. 그리고 그때는 낭만주의가 한창
기세를 떨치던 때였다. "환멸"이 이들 낭만주의의 "세기의
병"을 앓고 있는 젊은이들에게는 일종의 유행과도 같았다.
그러나 "보들레르의 환멸에는 낭만주의의 우울과는 다른
요소가 있었다." 세낭쿠르의 오베르망(Oberman)이나
샤토브리앙의 르네도 존재에 대한 환멸과 혐오, 거부감을
고백했지만 보들레르처럼 "'시든(flétri)' 영혼은
아니었다."고 포르셰는 쓰고 있다.[10]

퇴학 처분

1839년 4월 19일 샤를이 열여덟 살에 접어든 지
일주일 후 뜻밖의 사건이 일어난다. 그가 학교를 마치려면
아직 1년을 더 다녀야 할 때였다. 루이 르 그랑의 교장이
부모에게 샤를의 퇴학 처분을 통고하는 서신을 보낸
것이다. 이 서신은 그날 아침 샤를이 "급우로부터 받은
쪽지를 가져오라는 교장의 독촉을 받고도 이를 거부하고,
쪽지를 조각 내어 삼켜버렸습니다."로 시작되었다. 그러고
나서 샤를은 "교장 앞에 호출되어, 자기 급우의 비밀을

내주느니 차라리 어떤 처벌이건 달게 받겠다."라고
대답했다는 것이다.

이 젊은이는 꽤 뛰어난 자질을 타고났으나, 무척
나쁜 정신으로 인해 망쳐져서, 본교의 훌륭한 질서에
해를 끼치는 일이 빈번하였으니, 그를 귀하에게
돌려보냅니다. 본인의 유감의 뜻과 귀하에 대한
경의를 드리나이다.
교장 피에르.

그러나 오픽은 자신의 희생까지 감수하면서 친구를
지킨 샤를의 세심한 의리를 높게 평가했음인지, 샤를을
크게 나무라지 않고 샤를의 소원대로 개인 교사 샤를
라제그(Charles Lasègue)의 집에서 대학입학 자격시험
준비를 계속하도록 조처해 준다. 라제그는 후에 정신병
전문의가 되고 보들레르의 생애의 마지막 순간 그의
요청에 따라 옛날 제자의 병세를 진단하게 된다. 마침내
샤를은 대학입학 자격시험에 합격했고, 때맞추어 오픽은
여단장이 된다. 합격 소식을 아버지에게 알리고, 동시에
여단장으로 승격한 아버지의 발령을 축하하는 편지를
보낸다.

소년 시절이 끝나고 인생에 첫발을 디디는 순간 모든
것은 그에게 희망적이었던 것 같다. 이때쯤 사춘기의
위기도 안정되어 가는 듯했다. 리용 학교 시절의 급우이며
사범학교 학생이 된 이냐르도 그가 이제 "옛날처럼 착하고
너그러우며, 매우 잘생긴 청년"이 되었을 뿐만 아니라,
"진지하고 근면하며 신앙심이 두터운" 청년이 되었다고
증언한다.

자유로운 바이이 시절

샤를이 중등 교과 과정을 마치고 대학입학 자격시험을
치르는 동안 그의 의부 오픽은 승진을 거듭하며
군인으로서 정상을 향해 차근차근 길을 닦고 있었다.
그러나 여기에서부터 불행이 시작된다.

오픽은 그 당시 유력한 정권 계승자였던 오를레앙
공작(Duc d'Orléans)의 총애를 받으며 그와 정기적으로
만나고 있었다. 이 대공의 갑작스러운 죽음 이후에도 또
다른 후원자인 느무르 공작(Duc de Nemours)의 신임을
얻는다. 그가 이같이 유리한 조건을 이용하여 아내의
아들이긴 하지만 하나밖에 없는 자식 샤를에게 당당한
지위를 마련해 주려는 생각을 갖는 것은 당연한 일이었을
것이다. 그는 샤를에게 법학을 공부시켜 외교관의 길을

터주고 싶어 했다. 그러나 아들은 이런 종류의 출세에는
전혀 관심이 없었다. 이 시기 샤를은 진로 문제로 인해
부모와 많은 갈등을 겪었던 것 같다. 대학입학 자격시험에
합격하고(1839년 8월 12일) 열흘 후 형에게 보낸 편지에는
이 문제에 대한 그의 불안이 역력하다.

이제 마지막 해가 끝났어요. 그리고 새로운 종류의
삶을 시작하려 합니다. 그 모든 것이 낯설게 보입니다.
나를 사로잡는 불안들 중에서도 가장 강한 것은
불화가 야기될 직업 선택입니다. 그것이 이미 저를
불안케 합니다. 더욱이 제가 아무것에도 재능이
있다고 느끼지 못하는 만큼, 그것이 더욱 저를
괴롭힙니다. 여러 가지 취미가 있다는 것을 동시에
느끼며 그것들이 번갈아가며 우위를 차지하기 때문에
더욱 그렇습니다.

그러나 1839년에서 1840년 사이 샤를은 의부의
뜻을 따라 일단 파리 법과대학에 정기적으로 등록하고,
법과대학 곁에 있는 레스트라파드 가 11번지
바이이(Bailly)를 그의 주요 거처로 정한다. 한때
교수였으며 독실한 가톨릭 교육 사업가였던 바이이 드

쉬르시(Bailly de Surcy)에 의해 설립된 바이이 기숙사는
널따란 정원에 회의실과 도서관을 갖춘 "설익은 젊음과
학문의 집"으로 알려져 있었는데, 부유한 집 젊은이들이
이곳에 기거하며 특별한 혜택을 누리고 있었다.
그러나 '학문의 집'으로 알려진 바이이의 분위기는
학구적이라기보다는 자유분방했고, 엄숙함보다는
사치와 무절제가 지배하고 있었다. 이때 이미 보들레르의
댄디적인 기호가 모습을 드러내고 있었다. 다음은 친구
프라롱이 회고하는 이 시기의 댄디 보들레르의 모습이다.

> 지금도 그가 바이이의 층계를 내려오는 모습이 눈에
> 보이는 듯하다. 호리호리한 몸집에 긴 목, 무척 긴
> 조끼에 티없이 깨끗한 소매의 옷을 입고, 금공 달린
> 가벼운 단장을 손에 들고 유연하게, 천천히, 거의
> 춤추는 듯한 걸음으로 내려오는 모습을.[11]

샤를은 그의 기질에 맞는 이런 분위기 속에서
직업에 얽매이지 않고 자유롭게 문학에 몰두하는
문학청년들과 유대를 맺게 된다. 이곳에서 그의 중학교
때 친구가《세계(L'Univers)》의 편집을 맡고 있었으며,
이 친구의 방에서 에르네 프라롱(Ernest Prarond),

오귀스트 도종(Auguste Dozon), 필립 셴느비에르(Philippe Chennevières), 르 바바쇠르(Le Vavasseur), 쥘 비송(Jules Buisson) 등 최초의 문학 친구들을 사귀게 된다.

법과대학 등록은 가족의 기대를 잠시 잠재우는 헛된 협정에 불과했다. 그 자신은 후에 이 시기 자신의 삶을 이렇게 기록할 것이다.

파리에서의 자유로운 삶, 최초의 문학적 유대:
우르리악(Ourliac), 제라르(Gérard), 발자크(Balzac), 르 바바쇠르, 들라투슈(Delatouche).
―「자서전적 노트」에서

로베르 코프(Robert Kopp)는 그 당시 "사실주의 소설가 뒤랑티(Duranty)를 골려주기 위해 보들레르가 자신의 유대의 중요성을 과장"했을지도 모른다고 주장한다. 그리고 그 이유로 그때 보들레르가 네르발이나 들라투슈와 교제하고 있지 않았던 사실을 내세우고 있다.[12] 이때부터 이미 보들레르에게는 비위에 거슬리는 천박한 인간을 골탕 먹이는 악마적인 '골려주기' 취미를 키우고 있었던 모양이다. 이 취미는 후에 기회가 있을 때마다 발동하게 되고, 마침내 세인들에게 그에 대한 엉뚱한 이미지를 심어주는 결과가 된다. 한편 대선배 문학인 위고에게는 문학 지망생으로서 존경에 찬 편지를 보낸다.

저는 당신의 책들과 당신을 사랑합니다…….

발자크와는 처음 우연히 만난 후 이따금씩 만나고 있었다. 발자크와의 첫 만남의 장면은 인상적이다. 그들이 만난 다음날 보들레르가 프라롱에게 전한 이야기는 이렇다.

강변 왼쪽 길을 발자크와 보들레르는 서로 반대 방향으로 걷고 있었다. 보들레르는 발자크 앞에서 걸음을 멈추고 마치 10년 동안 알고 지내온 사람처럼 웃기 시작했다. 발자크 쪽에서도 걸음을 멈추더니, 다시 만난 친구 앞에서처럼 활짝 웃었다. 이렇게 둘은 첫눈에 서로 알아보고 인사를 나눈 뒤에, 같이 걸으며 잡담을 하고 좋아 어쩔 줄 몰라 하면서도 끝내 둘 다 놀라지 않았다.[13]

그러나 이 이야기 역시 전해지는 풍설에 지나지

않을지 모른다. 기질이 너무나 다른 두 인물 사이에 이
같은 공감이 쉽게 이루어질 수 있을 것 같지는 않다.
게다가 후에 보들레르는 「재능이 있을 때 어떻게
빚을 갚는가(Comment on paie ses dettes quand on a du
génie?)」(1845년)라는 제목의 에세이에서 섬세한 구석이
전혀 없는 발자크의 상스러움을 혹독하게 비판한다.

　　한편 보들레르는 이 시기 문학적 관심 못지않게
바이이 주변에서 자유로운 삶을 누리는 데 열중해 있었다.
소년기를 벗어난 그는 소녀들과 떳떳치 못한 관계를 갖기
시작한다. 라틴 지구의 거리의 소녀 사라(Sarah)를 만난
것도 이때다. 그는 '사팔뜨기(Louchette)'라고 부르던 유대
여인 사라에 대해서 『악의 꽃』에 두 편의 시를 남긴다. 이
시기에 이르면 이미 사춘기 때 보이던 육체적 유혹에 대한
죄의식과 갈등은 사라지고 인간에게 숙명처럼 내재한
쾌락과 악으로의 유혹을 의식하고 대담하게 그 세계에
뛰어든다.

　　이 시기의 시에 나타나는 대담성과 다듬어진 기법에서
그가 시인으로 성장하고 있음을 엿볼 수 있다. 사라에 관한
두 시 중 하나는 이렇게 시작된다.

　　그녀는 구두를 사려고 자기 넋을 팔았어

하지만 만약 내가 그 더러운 여자 곁에서
위선을 떨고 고상한 척하면
하느님이 웃을 테지
사상을 팔며 작가가 되려는 내가 말일세
　　―「다양한 시(Poésies Diverses) 7」에서

다른 또 하나의 시에서는 이 소녀에 대한 쓸쓸한 추억을 글로 남기고 있다.

너는 온 세상을 네 규방 안에 끌어넣겠구나
(……)
숨은 뜻을 가진 위대한 자연이
(……)
천한 짐승, 너를 가지고 하나의 천재를 반죽해 낼 때
아무리 악에 능숙한 너일지라도
그 엄청난 악에 질겁하여 뒷걸음질 친 일은 없었던가?
오 추악한 위대함! 숭고한 치욕이여!
　　―「다양한 시」에서

그가 바이이 기숙사와 라틴 가를 누비며 자유분방한 친구들과 문학에 열을 올리는 동안 그의 주머니는 점점

가벼워졌고 마침내 빚에 시달리기 시작한다. 법과대학 강의도 등록만 해둔 상태였고, 앞으로의 진로에 대해 확실한 방향을 정한 것도 아니었다. 이런 상태에서 소녀들과의 잦은 교제와 댄디로서의 품위 유지를 위한 지출이 많아지면서 빚에 쪼들린다.

이 시기에 형에게 보낸 편지들에는 방탕한 생활로 인해 얻은 피로증, 두통, 불면증 등 병에 대한 하소연과 돈을 달라는 애원이 잦아진다. 툭하면 "이것이 마지막입니다. 이것으로 그치겠어요."라고 다짐하고는 또 다음 편지에는 병 때문에 약값이 필요하니 얼마를 보내달라는 내용의 글을 써 보내곤 했다. 그리고 다음에는 ○○프랑이 더 필요한데, 아버지의 단골 양복점에 빚이 있어서, 탄로 나기 전에 빨리 갚아야 하겠다고, 그리고 또 한 번 "이것이 마지막"이라고 다짐한다. 그러나 "이것이 마지막"이 될 리가 없다.

강요된 항해

보들레르는 스무 살 되던 해인 1841년 계획에 없었던 긴 항해를 하게 된다. 그 자신은 생각해 본 적도 없고 원하지도 않았던 머나먼 인도양을 향한 항해였다.

무절제한 생활을 하고 있는 동생을 혼자 힘으로는

어찌해 볼 수 없다고 판단한 형 알퐁스가 마침내 동생의
상태를 아버지에게 알렸다. 이로 인해 급히 가족회의가
열렸고 가족들은 샤를의 문제를 의논한다. 오픽은 규율이
없고 방종한 샤를을 바로잡기 위해서는 바다 여행을
시키는 것이 최상이라고 판단하고 인도양으로 배를 태워
보내기로 결정을 내린다. 그라블린(Gravelines)이라는
프랑스의 작은 항구 출신이었던 오픽은 한때 해군이 되고
싶다는 꿈이 있었고, 해군으로서 복무하지 못한 데 대한
아련한 "회한을 가슴에 안고" 있었다. 그런 이유가 샤를을
배에 태워 긴 항해를 시키는 쪽으로 방향을 정하는 데
결정적인 역할을 했으리라.

당사자인 샤를은 파리를 떠나고 싶은 생각이 추호도
없었다. 온갖 정신 활동과 온갖 삶의 애환이 소용돌이치는
파리는 그에게 너무도 매혹적인 세계였다. 예술인들이
모이는 살롱이 있고, 그곳에 같이 어울려 문학과 예술을
논할 수 있다. 파리에는 수시로 음악, 연극 공연과
미술전 등 각종 예술 행사가 있고, 그가 그토록 좋아하는
예술품을 감상하거나 때로 그것들을 소유할 수 있는 것도
파리에서였다. 거리의 산책과 산책 중에 만나는 광경과
시민들은 그에게 몽상의 원천이 되고 사색의 계기를
제공했다. 파리의 밤 역시 그를 유혹했다. 파리는 그를

숨쉴 수 있게 하는 공기와도 같았고, 그의 시가 자양분을
취할 수 있는 토양과도 같았다.

　1841년 1월 19일 샤를은 인도의 캘커타를 향해
떠나는 '남해(Mers du Sud)' 호의 살리즈 선장을 따라
보르도에서 배에 올라 길고도 먼 항해를 떠날 수밖에
없었다. 살리즈는 항해 중 샤를을 맡아 책임지고 교육적인
여행을 시키도록 물색된 인물이었다. 오픽은, 자신과
같은 고향 출신으로 정식 선장 자격증을 소유하고 있으며
신념이 굳은 살리즈 선장이 아들을 맡기기에는 적격자라고
판단했다. 그는 아들이 긴 항해를 통해 파리에서의
자유분방한 생활을 청산하고 "작가가 되려는 되지 못한
생각"을 바꾸어 새 사람이 되어 돌아오기를 기대하는
마음에서 이 같은 결정을 내린다.

　샤를이 탄 배는 상선이었는데, 승객들은 대부분
식민지를 상대로 장사하는 상인과 식민지의 군인이었다.
오픽은 "샤를이 이 상선을 이용한 항해 중에 해상 무역
과정을 보게 될 것이고, 이것을 계기로 사업, 특히 식민지
사업에 흥미를 갖게 되기를 은근히 기대"했을지 모른다고
전기는 쓰고 있다. 한편으로는 "이 비사교적인 아이가
파리로부터 먼 곳에서 오히려 의외의 행복을 찾을지도
모른다."고. 그러나 그것은 오픽 자신의 생각일 뿐. 강요된

이 긴 항해가 샤를에게는 일종의 유배와도 같았다.

살리즈 선장은 샤를을 이를 데 없이 깍듯하게
맞이했고 선실을 직접 안내했다. 예의 바른 품행이야말로
문학에 전념하겠다는 결심과 함께 그 당시 샤를에게는
유일하게 확고한 삶의 신조였기에 곧 둘 사이에는
우호적인 관계가 성립되었다. 그러나 항해가 진행되면서
그들의 대립은 서서히 드러난다. 여행 중에 승객들은
밖에 나와 바다 경치도 구경하고 새로운 풍물에 호기심도
보이면서 승객들과 대화를 나누는 것이 상례이다. 그러나
이 젊은 청년은 이상하게 선실에만 박혀 있는 것이
걱정되어, 어느 날 선장은 조금 수줍기는 하지만 나무랄 데
없이 예의 바른 젊은이에게 접근하여 조심스럽게 대화를
시도한다.

문학, 시…… 이 모든 것들은 매우 아름다운 것이다,
그러나 그것이 직업이 될 수는 없다……. 이렇게
시작되는 그의 이야기는 단순한 선원의 철학에서 나온
것이었지만 전혀 터무니없는 논리가 아니었다. 그의
지적은 사리에 맞았고 진심 어린 마음씨까지 곁들여져
샤를을 감동시키기까지 했다. 통찰력이 예리한 살리즈는
주위의 평범한 승객들의 눈에는 도발적인 인물로 보일
수도 있는 이 부르주아 출신 젊은이의 타고난 고귀한

성품을 놓치지 않았다. 그러나 마침내 살리즈 선장은
샤를을 설득시키려는 시도를 포기한다. 자신의 이야기를
경청하고 하나하나의 지적에 정중하게 의사 표시를
하는 이 젊은이의 흠잡을 데 없는 태도에도 불구하고
문학에 대한 그의 "유일한 취미"에서, 또 시 말고는 어떤
일에도 종사하지 않으려는 그의 결심에서 그의 마음을
되돌리기에는 이미 너무 늦었음을 간파한다.

이 선량한 선장의 두서없는 이야기는 서툴기
그지없었다. 바다에서 평생을 보낸 뱃사람이 예술에
전념하고 있는 파리의 문학 지망생의 토론 상대가 될
수는 없다. 그러나 다른 사람 같으면 가볍게 웃어넘길 이
선원의 이야기에 샤를은 호의와 끝없는 인내심을 가지고
하나하나 정중하게 응수했다. 마침내 선장은 진땀이 났다.
그에게는 지금까지 만났던 어떤 악천후 속의 항해도 이
대화만큼 힘들지 않았던 것같이 여겨졌다. 아프리카 남단
희망봉을 돌아 인도양에 있는 프랑스령 부르봉 섬의 수도
생 드니(Saint-Denis)에서 살리즈 선장은 오픽 여단장에게
편지를 보내(1841년 10월 14일) 자신의 판단을 알린다.

프랑스를 떠날 때부터 벌써, 배에 있는 우리 모두는
(……) 문학에 대한 그의 유일한 취미에서, 또 어떠한

다른 일에도 종사하지 않으려는 그의 결심에서, 그가
마음을 되돌릴 것으로 기대하기에는 너무도 때가
늦었음을 알 수 있었습니다.
(……)
취미가 문학 하나뿐이어서 그와 관계없는 일체의
대화에 전혀 끼어들지 않아, 흔한 화제를 다루는 우리
선원들이나 그 밖의 승객들과 대화를 거의 하지 않고
있습니다.[14]

오픽이 기대했던 여행의 목적이 전혀 실효를 못
거두게 되리라는 것을 사람 보는 눈이 예리한 살리즈는
일찍이 안 것이다.

그러나 샤를의 입장에서는 비록 원치 않은 여행이었다
해도, 꼭 무익한 것만은 아니었다. 그가 처음으로 보게 된
새로운 지평선과 지금까지 생각지도 못했던 새로운 세계를
통해 미래의 시인은 풍요한 시적 자료를 얻게 된다. 이것이
여행에서 얻을 수 있는 혜택이었다. 내키지 않는 여행 동안
내내 부루퉁한 표정을 하고 있었지만 영리한 그가 그 점을
느끼지 않을 수 없었을 것이고, 뱃전에서 보이는 아스라한
섬과 해안, 이국적인 마을은 후에『악의 꽃』에 풍요한
이미지를 제공하게 될 것이다.

때로 그가 불편해했던 것은 마음대로 꿈의 세계를
누릴 수 있는 자유가 침해받는 것이었다. 그는 이 점에
역정이 났다. 보들레르 주석자들은 "잠시도 이야기 상대
없이는 못 견디는 보들레르가 오랜 항해 동안 외로움을
견디지 못했을 것"이라고 생각한다. 그것이 그로 하여금
두고 온 파리를 더욱 그리워하게 했고, 급기야 여행을
중단하고 도중에 돌아올 수밖에 없었을 것이라고. 그러나
그는 차라리 자유로운 고독을 원했다. 갑판 위의 공간은
그리 넓지 않았다. 그는 그곳에서 끊임없이 방해받는
수난을 면할 수 없었고, 그는 그렇게 자유를 침해받는
것이 짜증스러웠다. 방해가 되는 것은 선원들이 아니었다.
그들은 바람을 맞아 부풀어 오른 큰 돛과 함께 풍경의
일부를 이루었다. 그러나 식민지를 상대하는 약삭빠른
상인들과 무식한 군인들이 골칫거리였다.

또 하나의 골칫거리는 선장의 아들이었다. 선장은
샤를과 같은 나이의 아들이 배 위에서 이질적인 존재인
샤를의 말상대 겸 친구가 되어줄 것을 은근히 기대했다.
그러나 직업 선원학교 지망생인 이 친구는 아버지를
실망시키고 아버지의 자존심에 상처를 내기에 충분할 만큼
둔한 친구였다. 살리즈 선장은 사색의 흔적이라곤 찾아볼
수 없는 자신의 아들이 샤를과 대화 상대가 될 수 없다는

점이 실망스러웠다. 그의 관심이라고는 오직 항해술에
관한 것밖에 없었고, 지루하기 그지없는 얘기들을
반복함으로써 혼자 생각에 잠기고 싶은 샤를을 괴롭혔다.

　　그리하여 참을 수 없는 훼방꾼들로부터 벗어나기 위해
그는 방어 진지를 구축했다. 그 진지 속에 자신을 가두고
한 발자국도 나오려 하지 않았다. 이를테면 아주 솔직한
대화와 즐거움이 넘치는 공동 식사 시간 같은 경우 흔히
저속한 희롱과 신소리들이 섞이게 마련인데, 그는 우선
불쾌감을 주는 침묵으로 응수했다. 때로 가족, 조국, 종교
등에 관한 대화가 오가면 모든 사람의 빈축을 사기 십상인
경구를 차갑게 내뱉었다.

　　요컨대 그는 탁월한 도량의 소유자 샬리즈 선장을
제외한 모든 사람의 눈에 자신을 혐오스러운 존재로
보이게끔 하기 위해 별짓을 다 했다. 그때마다 샬리즈
선장은 "그토록 정중하고 교양이 풍부하고 제대로
교육받은 젊은이가 고의로 행하는 과오를 그토록 집요하게
고집하는 것"이 마음 아팠다. 머잖아 모든 승객들은 그를
페스트 환자 대하듯 슬슬 피하게 되었다. 이처럼 그는
항해중에 겪어야 했던 완전한 고립을 스스로 자초했던
것이다.

날개 꺾인 알바트로스

항해 중에 때로 예상 밖의 사건들이 있어 시인의
관심을 끌었다. 선원들은 돌고래를 잡기도 했는데, 그럴
때면 주방장은 좋은 부위의 고기를 잘라 단조로운 식사에
변화를 가져오곤 했다.

맑게 갠 어느 날, 배는 지평선 이외에는 아무것도
보이지 않는 깊은 바다 위를 떠가고 있었다. 바다는 푸르다
못해 검푸른 색을 띠었다. 그때 한 군인이 소총으로 돛대
주위를 떠돌던 알바트로스를 잡았다. 날개를 펴면 몸통이
3미터가 넘는 이 바닷새는 그 큰 체구 때문에, 육지와
육지에 가까운 항구에서 흔히 볼 수 있는 새가 아니다. 그
거구와 큰 날개를 한껏 펴고 비상하자면 한없이 펼쳐진
공간이 필요하기 때문이다. 선원들은 항해 중 바다
한가운데서 간혹 이 새를 만나게 되는데, 일단 날개를 펴고
넓은 하늘을 비상할 때면 그 웅대한 모습이 가히 "새 중의
새"요 "하늘의 왕"이라 불릴 만하다.

선원들은 날개에 총알이 박혀 부상을 입고 붙잡힌
이 새를 뱃전에 묶어놓아, 새는 며칠 동안 포로 신세가
되었다. 수부들은 이 포로를 온갖 방법으로 괴롭혔다. 긴
날개를 질질 끌며 허우적거리는 꼴을 보며 즐기기 위해
꼬챙이로 찔러보기도 하고, 괴로워하는 모습에 배를

잡고 웃어댔다. 그러나 단 한 사람 샤를만은 예외였다. 체격이 건장한 선원이 알바트로스에 다가가 달궈진 파이프로 눈을 지져 눈을 멀게 하려는 순간 샤를은 "이 잔인한 인간에게 달려들었다. 선장이 달려와 둘을 떼어놓을 때까지 발길질과 주먹질을 그치지 않았다." 이 일화는 그때 동승하고 있던 한 승객이 후에 이 배가 정박하게 될 모리스(Maurice)섬의 오타르 드 브라가르에게 얘기한 것이 나중에 여러 사람의 입을 통해 전해졌고, 이를 포르세가 인용한다. 이 사건의 기억으로부터 「알바트로스(L'Albatros)」가 쓰이게 된다.

이 시는 선원들에게 붙들려 온갖 수난을 겪는 날개 꺾인 알바트로스를 그리고 있는데, 그것은 후에 대중들에게 박해받고 신음하는 시인 자신의 알레고리가 될 것이다. "폭풍 속을 넘나들며 사수의 화살 따위는 우습게 알던" "창공의 왕자", 그러나 이제 천박한 뱃사람들 사이에 '유배당한(exilé)' 신세가 되니, 거대한 날개는 거추장스럽기만 하다. 이 신음하는 알바트로스가 바로 "이해받지 못하고" 괴로워하는 고뇌에 찬 시인의 모습이다.

흔히 뱃사람들은 재미 삼아

거대한 바다새 알바트로스를 잡는다
(……)

이 날개 달린 나그네, 이제 얼마나 서툴고 무기력한가!
좀전만 해도 그토록 아르답던 것이 어찌 저렇게
우습고 흉한 꼴인가!
어떤 이는 담배통으로 부리를 들볶고, 어떤 자는
절뚝절뚝 이제 못 나는 불구자 흉내를 낸다!

'시인'도 저 구름의 왕자를 닮아
폭풍 속을 넘나들고 사수를 비웃었건만
땅위 야유 속에 쫓기니
그 거창한 날개도 걷는 데 방해가 될 뿐.
—「알바트로스」에서

주머니에 '슬기'를 담고

이 사건 후 얼마 되지 않은 7월 말경, 남반구의 대기는
이미 초겨울 같았다. 그해 바다 날씨는 유난히 온화했고,
밤은 무척이나 아름다웠다. 이 너무나 아름다운 분위기가
오히려 사람들을 서글픔에 빠지게 할 정도였다. 지평선
위에 떠 있는 남극의 십자성은 상상을 초월할 정도로 밝게

빛나고, 그 아래에 일렁이는 물거품은 인광을 발하는
듯했다. 그러나 희망봉 부근에서 갑자기 무시무시한
폭풍우가 몰아닥쳤다. "오랜 선상 생활에서 일찍이
느껴보지 못한 사건"이라고 살리즈 선장은 후에 오픽에게
보내는 편지에 쓴다. 닷새 동안 밤낮으로 무섭게 이는 풍랑
속에 배는 뒹굴었고, 선실은 온통 물바다였다. 승객들은
추위에 떨며 신음했다.

보들레르는 이 극한 상황 속에서 냉정을 잃지 않았고,
예의와 체면을 끝까지 지켰다고 한다. 살리즈 선장은 이
청년의 침착함에 놀라움과 경의를 표한다. 이런 태도는 그
상황에서 단순한 '포즈' 이상의 것이며 "굳건한 정신력에서
얻어지는 결과"라고 주석자들은 말한다. 이 소동 가운데
돛대가 부러지고 돛의 일부는 바닷물에 쓸려 내려갔다.
닷새 후 마침내 폭풍우는 진정되었고, 이전의 아름다운
날씨로 돌아갔다. 9월 1일, 83일간의 항해 후 파손되어
운행할 수 없게 된 선박은 모리스 섬에 정박한다. 표류
끝에 배를 간신히 그곳까지 끌고 가, 배를 수리하기 위해
그곳에서 얼마 동안 체류하게 된다.

모리스섬이라는 이름은 네덜란드인들이 붙인
것이라고 한다. 1810년 영국인들의 손에 들어간 후에도
이 섬은 그대로 옛날 이름을 간직하고 있었지만,

프랑스인들에게는 프랑스 섬(île de France)이라는
이름으로 불린다. 이 섬은 오랫동안 프랑스에 소속되어
있었다. 섬의 주민은 대부분 프랑스인이었고, 그들은 이
열대 지방의 대농장 주인이었다. 이들 프랑스인 사이에서
샤를이 주목한 것은 프랑스의 옛날 풍습이 이 오래된
식민지에서 매우 끈질기게 남아 있다는 점이었다. 이미
퇴색된 아버지 세대의 정중한 존중과 예절이 식민지
태생의 백인 프랑스인들 사이에서 지속되고 있었다.
그들의 정중한 환대에 같은 정중함으로 경의를 표시하기
위함이었을까. 보들레르는 자신을 초대해 준 브라가르의
아내를 찬미하는 시를 직접 그녀에게 보내지 않고, 그녀의
남편 브라가르에게 보내는 편지에 동봉한다.

한 젊은이가 부인에게 보내는 시가 부인에게 전해지기
전에 남편의 손을 거치는 것이 적절하고 예의 바른
것이기에, 당신에게 보냅니다. 원하신다면 부인에게
직접 전해 주십시오.

이 편지에는 아직 미숙한 젊은 댄디의 어딘가
부자연스러운 포즈가 드러난다. 그 자신이 그것을
의식해서인지 그는 편지에 이렇게 덧붙인다.

제가 그토록 파리를 사랑하고 그토록 파리를
그리워하지만 않는다면 당신 곁에 가능한 한 더 오래
머물렀을 것입니다. 그리하여 당신이 저를 좋아하고
제가 겉으로 보기보다 덜 괴상야릇하다는 것을
알려드렸을 것입니다.

그가 1841년 10월 20일 자로 된 브라가르에게
보내는 편지에 끼워 넣은 「크레올 부인에게(À une Dame
Créole)」라는 제목의 소네트는 얼마 후 부르봉 섬의 생
드니에서 정박중에 완성된다. 이 시에서는 "스무 살 된
시인의 손으로 쓰인 시 치고는 독특한 매력과 숙련된
거장의 솜씨"가 엿보인다고 주석자는 해설을 붙인다.
그러나 귀부인에게 보이는 예의라든가 문체가 연애시의
범주를 크게 벗어나지 못한다. 그보다는 이국적인 정서가
풍부한 이 열대 지방의 경험으로부터 탄생한 두 편의 다른
시가 더욱 진실된 목소리를 담고 있다. 이 두 시는 시인
자신의 육체의 혼란에서 비롯되었기 때문이다. 「어느
말라바르 여인에게(À une Malabraise)」와 「이곳에서 아주
멀리(Bien loin d'Ici)」라는 시제가 붙은 작품들로, 이 두
작품은 백인이 아닌 열대 원주민 여인, 아름다운 검은
피부의 미인으로부터 영감을 얻어 쓴 것이다. 이 두 시 중

「어느 말라바르 여인에게」에 영감을 준 열대 섬의 연인은 브라가르 부인의 젖자매로, 부인보다 4개월 손위인 그녀는 후에 이 부인의 딸들의 유모가 된다. 보들레르는 백색 프랑스 여인에게 경의를 표하면서 한편으로는 두고두고 기억에 남을 인상적인 유색 여인을 훔쳐보았던 것이다.

모리스섬을 떠난 이튿날 배가 도착한 곳은 아프리카 남단 인도양에 있는 프랑스령 부르봉 섬의 수도 생 드니이다. 그들은 다시 이곳에 체류하며 배의 수리를 마무리한다. 살리즈 선장은 작업장에 매달려 있어야 했지만, 파리에서 온 이 특별한 승객에게서 잠시도 눈을 떼지 않았다. 이 젊은이의 우울증이 그를 불안하게 했기 때문이다. 항해 내내 그 어느 곳에 있어도, 위도가 바뀌고 풍경이 바뀌어도 우울증에 빠져 있던 그가 이번에는 정말로 심각한 향수병에 걸린 것 같았다. 이번에는 본인의 의지로도 어쩔 수 없는, 단순한 우울증 이상의 것임을 실감할 수밖에 없었다.

착한 살리즈 선장은 내심 겁이 났다. 젊은이가 20여 일간 섬에 정박하고 있는 동안 육지에는 한 번밖에 내려가지 않고 선실에만 박혀 있었다. 이곳에서 살리즈 선장은 오픽에게 항해의 전말을 알리는 편지를 쓴다. "오픽 씨의 부탁대로 젊은이에게 접근하여 특별한 관계를

맺었는데” 자신이 관찰한 바에 따르면 샤를이 “정신이
그릇된 청년이기는커녕 교양과 능력을 갖추었고” 문학의
길에서 벗어나도록 도움을 주려는 헛된 시도를 이제
포기할 수밖에 없다는 내용이었다.

10월 17일 남해호는 뱅갈(Bengale)을 향해 항해를
계속했고, 보들레르는 프랑스로 돌아오기 위해
알시드(Alcide)호에 몸을 실었다. 이렇게 해서 예정된
항해를 도중에 포기하고 1842년 2월 16일, 9개월 만에
보르도 항에 도착한다. 샤를은 곧 의부에게 자신의 도착을
알린다.

> 긴 산책에서 마침내 돌아왔어요. 11월 4일 부르봉을
> 떠나 어제 저녁 도착했어요. 저는 한푼도 가져오지
> 못했어요. 그리고 번번이 필요한 물건들도 부족했어요.
> (……) 그러나 주머니에 슬기를 담아 돌아온 것
> 같습니다.
> (이후 모든 인용문에서 강조 표시는 보들레르 자신의
> 강조임을 밝힌다.)

가족이 안심하기에는 편지에 샤를 특유의 잘난 척하는
어조와 문학 지망생의 멋 부린 티가 여전하다. ‘슬기’

운운하고 있지만 중학교 시절부터 후회와 결심을 수없이
되풀이하고도 같은 잘못을 반복해 온 아들을 너무 잘
알고 있던 어머니도, 동생의 방종과 우유부단함을 익히
보아온 형 알퐁스도 그가 옛날과 달라져서 돌아왔으리라고
크게 기대하지 않았다. 가족은 모두 의심의 눈초리로
그를 기다리고 있었다. 그리하여 형 알퐁스는 동생을
만나보기도 전에 오픽 장군에게 크게 기대하지 말 것을
당부한다.

오늘 샤를을 가족에게 돌아온 탕아처럼 맞이합시다.
그는 이미 자기 과오의 심각함을 알고, 그것을
고백해야 하는 두려움 때문에 그것을 편지에
쓸 수 없었을 것입니다. 아니면 그가 달라지지
않았거나…….

그리고 벌써부터 가족은 지나치게 문학과 예술에
경도되어 있는 이 반항아를 부르주아의 질서 속으로
돌아오게 할 새로운 방도가 없는지 궁리하기 시작했다.
그러나 9개월밖에 되지 않은 이 여행 동안 샤를은
많은 변화를 겪었다. 인도 여행이라는 것이 애초에
그에게는 강요된 유배와 같았고, 이 유배지의 고독

속에서 문학을 하리라는 결심은 더욱 굳어졌다. 동시에 힘들었던 여행 동안 신체는 단련되어, 정신과 육체가 훨씬 성숙되어 돌아왔다. 여행을 떠날 때 아직 청소년 티를 벗지 못했던 그가 여행중 성년이 되었고, 그것이 문학을 향한 그의 결심을 굳히는 데 더욱 이롭게 작용했다. 이처럼 가족회의에서 오픽의 제의에 의해 만장일치로 결정되었던 여행은 애초의 목적을 이루지 못한 채 실패로 끝난다.

요컨대 샤를을 문학의 길에서 돌아서게 하려던 의도와 방종한 샤를의 교정책으로 택했던 항해는 정반대의 결과를 낳고 말았다. 그가 자아를 발견할 기회를 갖게 되고 문학 쪽으로 마음을 확고하게 정할 수 있었던 것은 바로 긴 항해 동안의 고독 속에서 얻은 수확이었다. 여행을 떠나기 전까지는 앞으로 무엇을 하겠다는 계획도 없이 막연하게 문학에 대한 "예외적인 취미"로 문학 친구들과 어울리며 낭비와 방종에 빠져 있었다. 다시 파리로 돌아오면서부터 그는 본격적으로 문학의 길로 들어설 준비를 한다.

이 여행의 또 하나의 예기치 못했던 결과는, 원주민 여인의 매력과 열대섬의 이국적인 풍경이 지워지지 않는 기억으로 남은 것이다. 이 여행을 통해 검은 피부의 여인들의 아름다움에 그가 눈뜨게 되리라는 것을 오픽이 상상이나 할 수 있었을까. 그가 얼마 후에 혼혈 여인을 사랑하게 되리라는 것도 누구인들 예측할 수 있었을까.
그곳 풍경이 그의 뇌리에 줄곧 살아남아 검은 피부의
여인과 열대섬의 낙원 같은 평화로운 풍경이 묘하게 섞여
그의 마음을 점령하게 되었고, 그것은 곧 탐욕스러운
강박관념으로 자리 잡는다.

4 샤를의 독립 선언

문학 동인들과 보들레르의 댄디즘

부모의 결정으로 떠났던 강요된 남국 여행은 열광하기
쉬운 나이의 청년 보들레르에게 먼 미지의 나라의
발견이라는 예기치 않은 기쁨을 주기도 했지만, 그는
여행 내내 우울증을 떨쳐버릴 수가 없었다. 그는 이국에서
파리를 그리워했고, 그곳에서 맛보았던 것은 "덥고 푸른
나라의 끔찍한 우울"뿐이었다. 그런데 이 여행으로부터
그가 새로이 얻게 된 것은 권태를 모르는 미지의 나라에
대한 열병 같은 꿈과 그 세계로의 여행의 열망이었다.

일단 여행에서 돌아오자 이번에는 그토록 그리워했던
파리가 그를 실망시킨다. 먼 세계의 지평선이 그의 시야에
전체를 조망하는 데 필요한, 뒤로 물러설 수 있는 공간적
여유를 주었다. 이제 파리는 그 어느 때보다 더욱 평범하고

보잘것없는 세계로 보인다. 이 실망을 달래기 위해서일까? 그는 라 로통(la Rotond), 카페 타부레(Tabourey), 카페 모뮈(Momus) 등에 자주 드나들었다. 그리고 그곳에서 뮈르제(Murger), 방빌(Banville), 네르발, 샹플뢰리(Champfleury), 나다르(Nadar), 그 밖에도 당시에는 화려한 듯했지만 지금은 이름도 없이 사라진 예술가 '송사리'들과 만났다.

그가 바이이 기숙사 시절 같이 어울리던 바바쇠르, 프라롱과 다시 어울린 것도 남국 여행에서 돌아온 직후였다. 그들과 함께 후에 미술대 학장이 될 셴느비에르, 미래의 동양어 전문가 도종, 화가이면서 동시에 조각가인 뷔송 등과 어울린다. 이들은 모두 지방에서 파리로 유학 온 지방 유지들의 자제들이다. 이 젊은이들은 샤를처럼 법과대학에 등록하고 있으면서도 법률보다는 문학에 열을 올리며 문학청년의 기분을 과시하고 있었다. 그들 사이에 공통된 이 취향이 그들을 서로 끌어당겼다.

이들은 자신들의 그룹을 '노르망디파(Ecole Normande)'라고 이름 붙였는데, 그렇다고 해서 그들에게 나름의 주장이나 원칙이 있었던 것은 아니었고 단지 노르망디 출신인 바바쇠르를 따라 이런 이름을 붙이고 문학청년의 기분을 한껏 과시했다. 이들은 문학에 대한 뚜렷한 의식도 없이 그 당시 프랑스 문학 풍토를 지배하던 '보엠(bohème)' 풍조와 댄디즘에 흠뻑 젖어 무작정 예술을 사랑했다.

이 동인들과 어울리면서도 보들레르는 마음속으로는 주변의 친구들을 비판하고 있었다. 그는 진정 "남과 달리 만들어진" 인물이라고 스스로 믿고 있었던 모양이다. 곧 그가 생루이섬 외딴 곳의 오래된 저택에 거처를 정하고, 그곳에서 댄디 역을 해야 한다고 생각한 것부터가 이 같은 감정을 단적으로 드러낸 한 예이다. 적어도 그의 아버지로부터 받게 될 유산이 지탱되는 2년 남짓한 기간 동안은 그것이 가능했다. 그에게 댄디즘은 보헤미안적인 삶의 연장이라기보다는 그 삶에 따르는 저속하고 소란스러운 것에 대한 반발이었다. 댄디즘은 그 당시 예술인들 사이에서 일종의 유행과 같았지만, 댄디 하면 그중에서도 보들레르가 단연 일인자로 꼽혔다. 후에 보들레르의 친구들은 그 당시의 보들레르의 차림이 뛰어났음을 한결같이 기억한다.

검은 연미복에 고운 천으로 지은 매우 흰 셔츠를 받쳐 입고, 목의 깃은 넓게 접고, 새빨간 넥타이, 실크 모자, 엷은 장밋빛 장갑…….[15]

이것이 당시 보들레르의 모습이다. 바바쇠르는 그를
"브뤼멜(Brumel)의 의상을 입은 바이런"에 비유했다.
그러나 그의 댄디즘은 단순히 외부로 나타나는 차림새의
완벽함을 지향하는 것이 아니라, 내적인 영웅주의의
표현 방식이었다. '금욕주의의 세련됨', '정중함', '예의
바름', '자아 집중'…… 그리하여 '단장(toilette)'도 그의
눈에는 정신적인 우월함의 상징이며, 의상은 인간을
만든다는 것이다. 보들레르의 댄디즘은 타인에 대한
과시나 도발이라기보다는 도달하기 힘든 완벽한 '미'에
가까워지려는 끊임없는 관심의 결정이었다. 그리하여 그는
늘 거울 앞에 자신을 비추며 자신을 갈고닦는 엄격함을
늦추지 않았고 자신의 독특한 댄디 철학을 세웠다.

이 문제를 체계적으로 정리한 텍스트는 그의 말기
미술평에 속하는 『현대 생활의 화가(Le Peintre de la Vie
Moderne)』이다. 그는 이 책에 「댄디」(9장)라는 챕터를
따로 마련하여 줄곧 자신의 뇌리를 떠나지 않고 있던
생각을 흥미 있게 피력해 두었다.

그는 댄디즘의 역사적, 사회적 발생 기원을 밝히면서,
이는 "반부르주아, 반속물의 귀족적 반항 정신의
소산"임을 지적한다. 미술평뿐 아니라 그의 『내면의
일기』의 「마음을 털어놓고」에서도 "댄디의 우월성"을

언급한다. 여기서 그가 내세우는 댄디즘의 기본은
먼저 "부유, 한가하고 호사 속에서 자란" "우아함"의
추구이며, "직업이 없는 사람"의 자유로움인데, 그것은
몰락 이전의 영국 귀족들의 취향이다. 댄디는 대부분의
사람들이 생각하는 것처럼 "물질적인 우아함과 단장에
대한 무절제한 취향"을 가지고 있지 않으며, "우아함"의
정신도 "무엇보다 뛰어남에 사로잡혀" 있는 엄격함에 있기
때문에 그가 추구하는 외관의 멋은 속물들이 생각하는
그저 사치스럽고 화려한 것의 추구와는 다르다.

"자신을 뛰어나게 하는" 이런 취향은 그의 실제의
삶에서 "기발한 언행"으로 나타나고, "남을 놀라게 하는
기쁨과 결코 자신은 놀라지 않는 오만한 만족감"으로
나타났다. 그러나 그 당시 댄디의 왕으로 군림하던
브뤼멜이나 대부분의 아류들과 달리 그가 추구했던
것은 단순히 남을 놀라게 하려는 것이라기보다는 "남과
구별"되는 것이었다. 또 "댄디는 결코 속된 인간일 수는
없다."고 반속물성을 거듭 강조한다. 그는 글에서뿐 아니라
행동에서도 부르주아 속물들에 대한 경멸감을 시니컬하게
드러냈다. 이 같은 멸시는 그 도를 지나칠 때 대중을
경멸하는 고고한 자세와 무지하고 속된 대중에 대한
공격으로까지 나타난다.

당신들은 댄디가, 대중을 우롱하는 경우를
제외하고는, 대중에게 말을 거는 것을 상상할 수
있습니까?
— 「마음을 털어놓고」에서

그러나 언뜻 오만함으로 보일 수도 있는 이런 자세
이면에는 '자기 정화'를 위한 내적인 수련과, 고고하게
있기 위한 끊임없는 자기 감시의 긴장이 뒤따른다.

댄디는 끊임없이 고상하기를 갈망해야 한다. 그는
거울 앞에서 살고 잠자야 한다.
— 「마음을 털어놓고」에서

이처럼 그의 댄디즘은 무엇보다 스스로에게 완벽함을
요구하는 엄격함이었고, 그것은 자신에게 요구하는 일종의
내적인 도덕률이었다. 여기에 보들레르 댄디즘의 독창성이
있다.
일상의 처신뿐만 아니라, 자신의 작품에 대한
그의 태도에도 이런 엄격함이 있었다. 동인 시집
『시(Vers)』(1843년 5월) 발간을 둘러싸고 있었던 재미있는
에피소드가 있다. 노르망디파 중에서도 프라롱과

바바쇠르가 특별히 이 그룹의 주동이었는데, 이 둘은
보들레르에게 3인 시집을 내자고 제안했다. 보들레르는
이 제안을 받아들였다. 그리고 다시 재능 있는 젊은
시인 오귀스트 도종을 끌어들일 것을 제안한다. 그런데
마지막에 보들레르는 자기 몫의 원고를 빼버리고 마는데
그 경위를 바바쇠르는 이렇게 전한다.

> 그는 내게 자기 원고를 전했다. 그것은 그 후『악의
> 꽃』에 삽입된 몇 편의 초고였다. 나는 그저 무심코
> 내 의견을 말했다. 경망하게도 나는 시인의 원고를
> 고치려고까지 했다. 보들레르는 아무 말도 않고,
> 화도 내지 않았다. 그리고 동인으로서의 자기 몫을
> 돌려 받아갔다. 그가 잘한 일이었다. 그는 광목
> 같은 우리와는 바탕 천이 달랐던 것이다. 그리하여
> 우리만의 시가 간행되었다.[16]

이렇게 해서 그 시집은 바바쇠르, 프라롱,
아르곤(도종의 가명)의 이름으로 출판된다. 그러나 이곳에
보들레르는 프라롱의 이름으로 몇 편의 시들을 실었던
것으로 전해진다. 이 일화는 보들레르의 시에 대한 경건한
마음가짐과 시인으로서의 명예심을 드러낸 한 예이다.

바로 그 때문에 그 같은 안일함을 거부했을 것이라고
친구들은 해석한다.

　이 같은 엄격함은 작품 발표의 태도에서도 드러난다.
이때쯤 실제로 『악의 꽃』에 자리할 시들이 적지 않게
쓰였지만 거의 발표하지 않았고, 간혹 잡지 같은 곳에
산발적으로 발표하게 될 때도 계속 익명을 쓰고 있었다.
그 당시 《예술가(L'Artiste)》의 주간 아르센 우세(Arsène
Houssaye)라는 인물이 있었다. 후에 보들레르는 산문시집
『파리의 우울』의 헌사를 우세에게 바치게 된다.
보들레르는 1844년부터 1년 남짓한 기간 동안 다섯
편의 시를 이 잡지에 싣는데 네 편은 프리바(Privat)라는
이름으로, 그리고 한 편은 익명으로 발표한다.

　이에 대한 우세의 회고담은 흥미롭다. 우세에 의하면,
보들레르는 자기 시를 구술하여 친구 프리바에게 받아쓰고
서명케 하고는, 프리바와 함께 우세 앞에 나타난다.
프리바가 시를 낭송한다. 그러고 나면 보들레르가 그 시를
잡지에 실어줄 것을 제안한다. 우세는 모든 것을 다 알고
있으면서 모르는 척 제안을 받아들여 싣곤 했다. 이런
기발한 행동은 보들레르 주석자들이 주장하듯이 단순히
남을 골려주려는 의도(골려주기)에서 비롯된 것만은
아니다.

그 행동의 밑바닥에는 훨씬 섬세하고 까다로운
이유가 있었다. 남들 앞에서 시가 읽혀지는 것에 대해
불안감을 가졌을 것이라는 해석을 내릴 수도 있겠지만,
그보다 완벽의 경지를 추구하는 자신의 시가 그에 미치지
못한다는 생각에서 오는 불만이 컸고 자신의 이름으로
떳떳하게 발표하기까지 작품을 갈고 닦는 엄격함을
스스로에게 요구했던 것이다.

샤를의 가출

항해에서 돌아온 후 오픽과 샤를은 충돌이 잦아진다.
오픽이 샤를에게 같이 살 것을 제안했고 어머니의 간청을
물리칠 수 없어 한 집에 살고 있었지만 샤를은 불편한
것이 한두 가지가 아니었다. 정해진 시간에 식사해야 하는
불편함 이외에도, 밤늦은 시간의 외출이나 아침의 늦잠은
이 규칙적인 부모의 집에서는 허용되지 않았다.

오픽의 퉁명스러운 말투는 자신의 교육 지침이
실패로 끝난 것에서 오는 원한을 아들에게 복수하는 듯
들렸고, 어머니의 한숨 소리와 남편 몰래 그에게 보내는
탄원조의 시선은 그를 자주 괴롭혔다. 그보다 더 심각한
문제는 이 집에서는 자유롭게 글 쓰는 일에 몰두할 수가
없었다. 아들이 인생의 진로를 문학 쪽으로 정한 것을

못마땅해하는 부모가 아니던가.

　　이런 상황에서 부모의 집을 나가 독립하고 싶던
차에 1842년 4월 9일 마침 샤를은 성년이 되었고, 어릴
적 세상을 떠난 생부의 유산을 상속받게 된다. 오픽의
법적 후견을 벗어난 그는 유산 상속자로 독립인이 될
수 있었다. 어린 시절 어머니와 함께 행복하게 지냈던
'녹색의 낙원' 뇌이유 별장의 토지를 형 알퐁스와 함께
물려받게 되는데, 독립을 위해 돈이 급한 샤를은 곧 그것을
팔아치우고, 나머지 유산까지 합해서 꽤 큰 금액을 손에
쥐게 된다. 그때 그의 재산은 10만 프랑 정도였고, 그가
사용할 수 있었던 액수는 7만 5000프랑 정도이다. 이
금액은 1926년 보들레르 연구가들의 부탁으로 콜레주 드
프랑스의 교사가 그 당시의 돈으로 환산해 본 결과, 대략
45만 프랑이었다고 한다. 그로부터 백여 년이 흐른 현재의
화폐 가치로 그 액수가 얼마일지 계산이 쉽지 않지만, 한
젊은이가 부모로부터 독립하여 인생을 출발하는 데 매우
유리한 조건을 제공한 액수인 것만은 분명하다. 그 점은
그때 시인과 교류하던 작가 테오도르 드 방빌(Théodore
de Banville)이 시인 사망 후 "그(보들레르)는 굉장한
부자였다가 나중에 가난해졌다."라고 말한 것만 보아도 알
수 있다.

이렇게 그는 부모의 도움 없이 살 수 있게 되었지만 당당하게 부모의 집을 떠날 수가 없었다. 그는 어느 날 어머니에게 메모를 남겨놓고 발소리 죽여 몰래 빠져나간다. 도둑처럼 눈을 피해 탈출할 수밖에 없었던 이유는 두 가지이다. 첫째로 의부가 보낼 비난의 눈초리를 마주할 자신이 없었고, 더 큰 이유로는 어머니의 눈물과 대면할 자신이 없었다. 그래서 차라리 메모를 남기고 사라지기로 결정한다. 메모의 내용은 매우 퉁명스럽고 사무적이었다. 작가 지망생인 그가 문장력이 부족할 리 없지만, 용기를 잃지 않기 위해 일부러 간단하게 몇 자만 적는다.

그는 작품을 쓰겠다는 굳은 결심으로 최초의 독립생활을 시작한다. 처음에 그는 자신의 맹세에 충실했다. 생루이섬(베튐 강변 10번지)에 단칸방으로 된 검소한 셋집을 얻었다. 그러나 거처를 생 루이 섬으로 정한 것은 역시 "보들레르의 독창성"과 "젊은 댄디가 취하는 별난 취향"의 과시였다고 클로드 피슈아는 쓰고 있다.[17]

보통 사람들은 "센강 한복판 섬에서 왼쪽이나 오른쪽에 살지, 생루이 섬에서는 살지 않"았다고 한다. 그 당시 생루이섬에는 쉴리 다리가 없어 왕래가 어려웠고, 그곳에 가자면 통행료를 내야 했으므로 돈이 필요했다.

"보들레르가 이곳에서 살았던 최초의 유일한 예술인은
아니었더라도, 최초의 예술인 중 하나"였던 것은
사실이다. 화가 메이소니에(Meissonier)가 그보다 먼저
이곳에 방을 얻었고, 보들레르가 이사한 후 풍자화가
오노레 도미에(Honoré Daumier)도 이곳으로 옮긴 것으로
알려져 있다. 주로 상인들과 이자 생활자, 예술가들이
살고 있는 그곳은 "신비한 외딴 동네"였다고 친구들이
술회한다.

> 생루이섬은 우리에게 모리스 섬보다 더 오지로
> 보였다.[18]

"고독의 오아시스"(고티에의 표현) 같은 이곳에
있으면 "파리에서 멀리 떨어져 있는 것"같이 느껴졌던
모양이라고 친구 프리바는 말한다. 그러나 한적한 이곳은
창작에 몰두하기에는 유리했다. "그렇게 먼 곳에서 쓸쓸할
텐데"라고 친구들이 말했더니, 보들레르는 "아냐, 여우는
자기 굴을 좋아하거든." 하고 대답했다고 한다.
　이제 파리의 소란스러움으로부터 뚝 떨어진 이곳 한
고풍스러운 저택의 검소한 방에 자리를 잡고 그는 마침내
주인이 된 것에, 자유를 소유한 것에 안도했다. 자유롭게

꿈꾸고, 자유롭게 쓸 수 있었다. 밤새워 작업에 몰두하고 아침 늦게야 잠자리에 드는 것도 또한 자유였다. 그는 무엇보다 글쓰기 욕구로 갈증이 나 있었다. 때로는 도중에 작업을 중단한다 해도 다시 작업으로 돌아왔을 때 중단한 원고들이 그대로 그 자리에 있을 것이라는 확신을 갖고 싶은 욕구 또한 강했다.

때로 그는 자극이 필요했다. 그리하여 옛날 친구들과 정면의 센 강 왼쪽에 있는 화려한 투르 다르장(Tour d'Argent)에서 식사를 하거나 오데옹 광장의 뒤발 술집에 간다. 대부분 바이이 시절의 친구들이다. 여름이면 이들과 파리를 벗어나 부르주아들이 꺼리는 외곽 지대의 물랭 드 몽수리(Moulin de Mont-souris)에 자주 갔다. 그곳 숲속에서 웨이터가 술병을 준비하는 동안 즐거운 분위기와 달콤한 시간을 즐긴다. 그러나 이런 외출은 작은 방탕에 불과했다. 곧 작업에 다시 몰두할 생각을 한시도 잊지 않고 있었기 때문이다. 자신들이 쓴 시를 낭송하고 어떤 주제를 두고 열띤 논쟁을 벌이는 것도 이런 시간 동안이다. 주위의 테이블은 활기로 가득하다. 논쟁에 열을 올리고 있는 그들은 때로는 가혹하고 무자비하기도 하고 때로는 신들린 사람들처럼 열광적이다. 밤이 다가오면 이 패들은 통브 이수아르(Tombe-Issoire) 거리를 따라 달을 향해 저주를

퍼부으며 돌아온다. 보들레르는 약간 싫증이 난다. 그리고
생각한다.

오늘 하루는 잃어버렸군, 그러나 내일은 열심히 하자.

그 이튿날 갑자기 그는 오후에 양복점에 가기로 한
약속이 기억난다.

까짓것! 나는 작업을 빨리 하니까. 잃어버린 시간을
만회하기 위해 더 서두르면 되니까.

이 약속은 연기할 수가 없다. 그는 검은색 연미복이 꼭
필요하다. 풍성하고 헐렁하게 나부끼는 듯하면서 단추로
여며진 연미복을 원했다. 거기에 캐시미어 조끼. 색깔은
역시 검은색. 자신이 스케치한 그림과 꼭 같은 모양으로.
바지는 고운 천으로 만들되 몸에 딱 붙지 않게. 이것이
곰곰이 생각하고 여러 번 다시 손질해서 구석구석 세심한
점까지 정해 둔 그의 작품이다. 그에게 재단사란 창의력이
없는 단순한 기술자에 불과하다고 여겨졌다. 이렇게 해서
만들어진 양복을 그는 매일, 사시사철 입는다. 양말과
구두만 계절 따라 달라진다. 물론 앙상블은 댄디답게 약간

유행을 따른다. 넥타이는 검은색으로, 목을 속박하지
않도록 머플러처럼 편하게 맨다.

모자는 물론 테가 있는 실크 모자. 그러나 실크
모자라는 단순한 단어만으로는 설명이 충분치 않다.
모자 역시 자신이 공들여 준비한 부분이다. 모자를
위해 앙시엔코메디(Ancienne-Comédie) 거리의
생탕드레데자르(유년기의 행복한 추억의 거리) 쪽의
지베른(Giverne) 모자점에 들러 자신이 크로키한 쪽지를
모자 제조인에게 건네준다. 가장자리는 평평하고, 모자
본은 아래쪽이 나팔 모양으로 넓적하게 퍼지고, 모자의
선은 위쪽으로 갈수록 유선형으로 약간 가늘어진다. 이
크로키를 보고 지베른은 능숙하게 보들레르가 원하는
모자를 만들어낼 것이다. 지베른은 화가 들라크루아와
문인 고티에의 단골 모자점이기도 하다. 댄디답다. 글
쓰는 작업 못지않게 댄디로서의 품위 유지를 위해 시간을
할애한다.

이 시기 그는 루브르박물관에 출근하다시피 했다.
아직 무명 화가인 들라크루아에 특별히 열중한다. 이는
머잖아 그가 쓰게 될 프랑스 미술 전시회에 관한 미술평의
서곡이다.

파리 생루이섬에 거처를 정한 지 몇 달이 지난 1842년

11월, 오픽은 그들이 살던 그르넬 거리를 떠나 방돔 광장 7번지의 으리으리한 저택으로 옮겨 간다. 계속 지위가 높아지고 군에서의 입지도 상승일로에 있다. 그러나 샤를은 집을 떠난 후 몇 달 동안 별로 한 일이 없다고 생각한다. 그러던 어느 날 아침 책상에 앉아 수북이 쌓인 원고 뭉치를 앞에 놓고 펜을 드는데 문에서 요란스럽게 초인종이 울린다. 서정시인 뒤퐁의 친구인 열아홉 살 된 화가 에밀 드로이(Emile Deroy)이다. 보들레르는 자신의 초상화의 포즈를 취하러 그의 아틀리에로 가기로 약속한 적이 있었다. 그리하여 그들은 드로이의 아틀리에로 가기 위해 같이 외출한다. 그러나 그는 작품을 완성할 때까지 몇 번이나 이렇게 포즈를 취해야 할지 불안해진다.

"많아야 열 번 또는 열두 번"
"열 번으로 합시다, 그 이상은 한 번도 더 하지 않을 테니. 저는 할 일이 엄청나게 많아요"

마침내 겨울이 왔다. 베튐 강변 생루이섬의 거처는 작업에 적당치 않다는 결론을 내린다. 강가의 1층 방은 겨울에 습했다. 1843년 1월 시인은 바노 거리로 거처를 옮긴다. 드로이의 작업실에서 열다섯 번째의 포즈,

그러나 초상화는 겨우 초벌 그림밖에 되지 않았다.
모델이 초조해진다. 매번 작업 중에 붓을 놓고 이 둘은
대화로 오후를 날려 보낸다. 시작부터 한 달 반이 지나자
작품이 거의 완성되었다. 그러나 화가는 마지막으로 한
번 더 포즈를 취해 줄 것을 요청했다. 그러나 모델은 다시
나타나지 않았다. 그는 예고도 없이 사라졌고 드로이는
그의 소식을 듣지 못했다. 그는 전부터 여러 번 암시한
적이 있던 신비한 작업에 몰두하고 있으리라 짐작했다.

그리고 그의 이런 은둔을 존중했다. 그리고 어느 날
그가 바노 거리까지 찾아갔을 때 수위로부터 그가 거의
집에 들어오지 않는다는 소식을 듣는다. 그때 보들레르는
잔느 뒤발이라는 여인을 만난 것이다. 드로이가 그린
문제의 초상화는 완성되어 지금 오르세미술관에
남아 있다. 그러나 초상화를 그렸던 이 젊은 화가는
머지않아(스물세 살에) 세상을 떠나게 된다.

피모당 관의 댄디

1843년 앙주 강변 17번지 피모당(Pimodan) 관에
거처를 정한 이후부터 파리에서 보들레르의 방랑
생활이 시작된다. 그 후 그는 파리에서 25년 동안 서른
번 이상 거처를 옮긴다. 거처를 마련하기가 여의치

않으면 피신처와 작업장을 겸해 카페, 술집, 도서관 등을
전전한다.

피모당 관은 루이 14세식 사치의 절정을 보여주는
살롱을 갖추고 있었다. 보들레르가 살고 있는 곳은
사치스럽게 장식된 중앙 쪽은 아니었다. 그러나 예술인들
중 이 노른자위 쪽에 방을 갖고 있는 이들도 있었다. 이곳
피모당에는 적지 않은 문학, 미술, 음악계의 유명 인사들이
거주하고 있었고, 보들레르는 이곳에서 젊은 예술인들을
많이 만난다. 그가 후에 『인공 낙원』의 모티브가 될
마약 흡연을 경험하게 되는 것도 이 시기이다. 그의
방 아래층에는 화가이면서 음악을 사랑하는 아마추어
음악가 부아드니에(Boissard de Boisdenier)가 살고 있었다.
이 친구는 마약에 관심을 가지고 있는 몇몇 의사들과
함께 그의 살롱에 '마약 복용자 클럽'을 연다. 이곳에는
고티에, 네르발을 비롯한 문학청년들로부터 조각가
프라디에(Pradier), 데생 화가 도미에 등 그 당시 활발히
활동하고 있던 젊은 예술가들이 거의 다 모인다. 보들레르
역시 이 클럽에 참가하는데, 본격적인 복용자라기보다는
호기심에 찬 구경꾼이었다.

당시의 증인 중 하나인 방빌은 그의 『회상록』에서
보들레르가 피모당 관에 으리으리하게 사치스러운 방을

소유하고 있었다고 쓰고 있고, 화가 나다르 역시 그가
여러 개의 작업실을 차지하고 있었다고 증언한다. 그러나
이는 모든 것을 부풀려 말하는 방빌의 허풍이나 모든 것을
흐려놓는 나다르의 성격 때문에 과장된 것이다. 실제로는
다락방 아래에 거실, 작업실, 침실 등 세 개의 방을
차지하고 있었다. 각각의 방은 센 강의 오른쪽을 향하고
있었으며 전망이 좋았다.

보들레르는 거처를 선택할 때 무엇보다 작업 조건을
우선 배려했다. 그러나 그는 댄디였다. 가구를 선택하는
데도 취미를 만족시켜 줄 것들을 갖고 싶어 했다. 방빌은
그의 거처를 가득 채웠던 엄청나게 사치스러운 가구에
대해 쓰고 있지만, 실제로 보들레르는 자신이 선택한 몇
개의 가구로 만족하고 있었다. 문양이 새겨진, 관과 비슷한
떡갈나무로 된 갈색의 좁은 침대, 궤 모양의 가구, 다리가
모양새 있게 휘어진 식탁, 작은 호두나무 원탁, 이탈리아제
책상, 잿빛 커버를 씌운 넓은 안락의자 등. 벽에는 그림
몇 점과 판화가 걸려 있었고, 뻐꾸기시계 세 개가 삼중의
똑딱 소리를 반복하며 엄숙한 경고를 보내고 있었다. 조형
예술을 사랑하는 이 댄디는 또한 자신의 취향을 만족시켜
줄 만한 미술품과 소품, 골동품을 거처에 두고 싶어 했다.
그의 초상화를 그려준 드로이는 그 당시 들라크루아에

열중해 있는 보들레르를 위해 들라크루아의 「알제리
여인들(Femmes d'Alger)」을 모사해 준다.

예술품 애호가인 문학 지망생은 마음에 드는
것을 급히 사고 싶지만 그가 매달 손에 쥘 수 있는
수입으로는 불가능했다. 그러나 이곳 피모당 1층에는
다행히도 ― 아니 불행히도 ― 이 문제를 해결해 줄
인물이 있었다. 아롱델(Arondel)이라는 골동품상이 바로
그였다. 예술품을 손에 넣고 싶은데 당장 돈이 부족해
안달하는 보들레르 같은 예술품 애호가에게 그는 당연히
찾아가게 되는 인물이었다. 아니, 그런 수고를 할 필요도
없었다. 그는 줄을 치고 그 한가운데 버티고 있는 거미처럼
1층 그의 가게에 진을 치고서 희생물을 기다리고 있었다.
마침내 보들레르는 이 덫에 걸려든다.

아롱델은 발자크의 소설이나 몰리에르의 희곡에
나오는 탐욕스러운 고리대금업자, 수전노를 연상케
하는 인물이었다. 이때부터 그는 수시로 비싼 가구며
그림들로 보들레르를 유혹했고, 돈이 부족하다고 하면
어음을 내밀고 서명하게 했으며, 그 돈을 지불하지 못하면
이자를 붙여 원래의 계약에서 이자가 불어난 계약으로
갱신시켰다. 이렇게 해서 부채는 삽시간에 눈덩이처럼
불어났다.

그러나 아롱델은 신중하지 못했다. 이 예술품 애호가 청년은 자신의 수익을 올리는 데는 흥미 있는 고객이긴 했다. 그러나 눈앞의 이득에만 급급한 나머지 아롱델은 앞일을 내다보지 못했다. 보들레르가 세상을 떠났을 때 그는 돈을 받지 못하고 만다. 그리하여 시인의 어머니 오픽 부인을 상대로 소송을 걸었고, 마지막 지불은 1872년 4월 오픽 부인이 세상을 뜬 후에야 비로소 이루어진다. 그런데도 원래 요구했던 액수 1만 5000프랑의 10분의 1에 지나지 않는 1500프랑을 받았을 뿐이다.

이곳 피모당에는 보들레르의 목을 조르게 될 또 하나의 위험이 그를 기다리고 있었다. 피모당에서 멀지 않은 곳에 그가 남국 여행을 전후로 만난 것으로 추정되는 혼혈 여인 잔느 뒤발(Jeanne Duval)이 살고 있었다. 그녀는 한순간 끝없는 즐거움과 아름다운 시적 영감을 준 여인이지만, 대부분은 시인을 고통스럽게 하며 평생 시인의 운명에 달라붙는다.

검은 비너스, 잔느 뒤발

"보들레르의 인생에는 그를 유색인 쪽으로 끌어당기는 일종의 기이한 결정론, 즉 기이한 숙명이 있는 것 같다."라고 보들레르 전기는 쓰고 있다. 맨 처음

시인을 라틴 지구의 으슥한 뒷골목으로 유인했던 것도
흑백 혼혈아였다. 그리고 그곳에서 그는 최초의 성 경험을
가졌고, 곧 감염되어 병을 얻는다. 그리하여 그의 의식
속에서 방탕은 곧 죽음을 연상시킨다. 그 시기에 해당하는
1842년에 쓰인 다음의 시는 이미 인생의 쓸쓸한 경험을
맛본 청년의 회한을 보여준다.

    방탕과 **죽음**은 사랑스런 두 자매
    아낌없는 입맞춤, 넘쳐흐르는 건강
    언제나 처녀인 누더기 두른 그녀들의 배는
    영원한 노동에도 애를 배지 않는다.

    가정의 원수, 지옥의 귀염둥이,
    가난한 궁인 불행한 시인에게
    무덤과 사창가는 그들의 소사나무 그늘 아래로
    결코 회한이 찾아온 적이 없는 잠자리를 가리킨다.

    그리고 불경한 말 가득한 관(棺)과 규방은
    의좋은 자매처럼 번갈아 우리에게
    무서운 쾌락과 끔찍한 안일을 준다.

언제나 나를 묻으려나, 더러운 팔 가진 **방탕**이여,
그리고 매력적인 그 경쟁자, 오 **죽음**이여,
너는 언제나 와서 방탕의 몹쓸 도금양에
검은 삼나무를 접붙이려나?
　　　—「착한 자매(Les Deux Bonnes Soeurs)」에서

　　라틴 지구의 뒷골목에서 가진 사팔뜨기 사라와의 짧은
관계 이후 다시 혼혈 여인의 충격을 경험한 것은 부모의
강요로 떠났던 남국 여행에서였다. 열대 섬의 원시림,
그곳의 작열하는 태양 아래에서 눈부시게 아름답던 검은
피부의 여인이 준 최초의 충격을 시인은 잊지 못했다. 그의
시선은 그곳에서 열대 여인의 신체적인 특징을 좇았다. 등
가운데 밭이랑처럼 패인 굴곡, 가는 허리와 길게 유선형을
그리는 두 다리 사이에서 율동감 있게 움직이는 엉덩이의
기막힌 곡선, 이 여인들의 기억으로부터 두 편의 시「어느
말라바르 여인에게」와「이곳에서 멀리」가 쓰인다.
　　잔느 뒤발과 함께하면서 배경이 바뀐다. 열대림의
속삭임이 그녀의 "푸른 머리타래" 냄새와 함께
되살아나고, 옛날 소심했던 젊은 여행자가 몰래 훔쳐본
말라바르 여인이 대도시 파리와 그곳 안개 낀 분위기
속에서 흑백 혼혈 여인 쪽으로 길을 터주었다. 파리의

우중충한 하늘 아래 "성벽같이 두꺼운 안개 뒤에서"
사라져버린 남국의 열대림을 그리워하는 듯한 검은 피부의
여인, 원시림이 아닌 시인의 고향 파리에서 그녀는 다시
그에게 신선한 충격으로 다가왔다.

　잔느 뒤발은 누구인가? 그녀에 관한 것은 한때
포르트 생 앙투안(Porte Saint-Antoine) 극장 소속
단역배우였다는 사실을 제외하고는 분명한 것이 아무것도
없다. 만남의 시기도 확실치 않다. 보들레르 주석자들은
이런저런 사실에 의거하여 만남의 시기를 추정할
뿐이다. 항해 직후인 1842년 말 보들레르 나이 스물한 살
때쯤이었을 것이라고. 이름 역시 확실치 않다. 잔느 혹은
르메르(Lemer), 또는 프로스페르(Prosper)…….

　나이조차 확인되지 않았다. 관계 초기에 스물한
살이었던 보들레르보다 몇 살 위일 것이라는 추측만 있을
뿐이다. 그리고 그녀는 매우 빨리 노쇠해진다. 질병과
알코올 중독, 방탕 등이 이른 노쇠를 불렀을 것이라고들
한다. 그녀의 출생에 대해서도 이론이 분분하다. 고향이
생도밍고일 것이라는 말도 있고 모리스 섬이라는 주장도
있다. 또 어떤 주석자는 그녀가 마르티니크 부속 섬인
프랑스령 안틸 출신이라고 단언한다. 그 밖에도 인도
여행 당시 보들레르를 싣고 프랑스로 돌아온 알시드

호가 부르봉 섬을 떠난 후 정박한 적이 있는 희망봉에서
그녀가 태어났으며, 그곳에서 보들레르가 그녀를 만나
같이 프랑스로 돌아왔다는 주장도 있다. 그러나 어느 것도
확인된 것은 없다.

　불확실한 것은 거기에서 끝나지 않는다. 그 당시
보들레르의 애인을 그의 "흑인 애인" 또는 "검은 피부의
아름다운 아가씨"라고 부르는 친구들이 있었는가 하면,
나다르는 "흑백 혼혈"이라 했고, 프라롱은 "4분 혼혈",
즉 흑인과 백인 남녀 사이에서 태어난 혼혈 여인과 백인
남자 사이에서 태어난 여인이라고 했다. 이 역시 아무것도
확인되지 않았다.

　키에 대해서는 의견이 일치한다. "무지하게 키 큰 흑인
여인", "매우 큰 키의 혼혈 여인", "상당히 큰 키에 속하는
여인" 등. 확실한 것은 그녀가 한때 시인을 사로잡았고
한평생 시인의 운명에 붙어 다녔다는 사실뿐이다.
그리고 "현대시의 복음서"라 불리는 『악의 꽃』에 그녀가
당당하게 자리를 차지하고 있다는 점이다.

　시인은 여러 시에서 그녀의 갖가지 아름다움을 그리고
있는데, 과연 그녀는 미인이었을까? 이에 대한 친구들의
견해도 엇갈린다. 가장 가까운 친구 중 한 사람으로 꼽을
수 있는 프라롱이나 뷔송은 그녀를 미인으로 그리지

않는다.

광대뼈가 두드러지고, 누렇고 윤기 없는 피부에
입술은 붉고 풍성하게 물결치는 검은 머리…….[19]

현재 부다페스트미술관에는 화가 마네가 그린 그녀의
초상화가 남아 있는데, 그것은 1862년 그녀가 이미 40대로
접어들 무렵 제작된 것으로, 젊은 시절 당시의 잔느를
설명해 주지 못한다.

그녀의 성격과 됨됨이는 어떠했을까? 시인의 생애와
작품 속에 큰 자리를 차지한 여인 치고는 특별히 내세울
만한 점을 갖지 못한 여인이었다. 바바쇠르를 비롯한 그의
친구들은 그녀의 성격이 결함투성이였고, 시인이 그녀로
인해 무척 괴로움을 겪었다고 전한다.

그렇다, 당시의 증인들뿐 아니라 대부분의 보들레르
전기는 그녀를 갖가지 악덕으로 치장하고 있다.
"아름답지도 않고 어리석은 데다가 부정하고 탐욕스러워
시인의 모든 불행에 대한 책임이 그녀에게 있었다."라고.
그리고 그녀를 "타락한 천사, 검은 비너스"라고
부르기를 서슴지 않았다. 그러나 그녀를 잘 알고 있던
방빌과 나다르는 정반대 평가를 내린다. 그 둘은 모두

그녀가 미인이었고 매혹적이었으며 피부는 검다기보다
불투명한 편이었고, "수프 그릇처럼 깊숙한 눈"에
기막힌 머리카락을 지녔으며 걸음걸이에는 우아함과
위엄이 있었다고 주장한다. 나다르는 그녀가 "어떤
형식으로든 아무것도" 받지 않았으며, 심지어 음식점에서
자신의 음식 값을 남이 치르는 것을 거부할 정도로
깔끔하고 긍지 높은 여인이었다고 증언하기도 했다.
후에 보들레르 연구가 뤼프는 이 같은 나다르의 증언을
인용하며 어쨌든 보들레르 자신은 "그녀에게서만 휴식을
취할 수 있었다."라고 선언했음을 상기시킨다. 그리고
시인이 그녀를 자신의 "유일한 소일거리이자 유일한
즐거움이었으며, 또한 유일한 친구"라고 서슴지 않고
말했던 사실을 강조한다.

보들레르와 잔느의 관계는 최초의 몇 년을 제외하고는
순탄하지 않았다. 우여곡절을 겪으면서 만남과 헤어짐의
연속이었고, 기쁨과 갈등의 엇갈림이었다. 그녀를 만난
지 얼마 되지 않은 시기(1845년)에 그는 자살을 기도하게
되는데, 이때 유서를 남기면서 자신의 유일한 상속자로
그녀를 지명한다. 그 자살의 동기는 그녀 때문이 아니었다.
1년 남짓한 짧은 기간 동안 그가 유산으로 받은 재산이
순식간에 날아가 반밖에 남지 않은 데 놀란 그의 부모가

가족회의를 열어 그에게 금치산 선고를 내리게 된다.
그러자 낙담과 자존심의 손상과 여러 가지 좌절감이 겹쳐
그는 자살을 기도한 것이다.

이로부터 7년이 지난 1852년, 그들은 다시 헤어진다.
그러나 1년도 안 되어 자신의 행동을 자책한 그는 그녀를
돌보기 위해 다시 동거 생활로 돌아갈 결심을 한다.
그러나 그때 그녀는 이미 옛날의 건강하고 매력적인
여인이 아니었다. 알코올과 무절제로 병들어 폐인이 되어
있었다. 1859년에는 중풍에 걸려 불구가 되는데, 그는
그녀를 "사랑하는 딸"이라 부르며 돌봐준다. 그 후에도
뇌이유에 아파트를 얻어주고 자기가 죽으면 그녀를
상속자로 삼겠다는 의사를 다시 밝히며 계속 그녀의 병을
돌봐주려고 애쓴다.

1866년 생애의 마지막 순간, 그가 브뤼셀에서
졸도했다는 소식에 달려간 모친에 따르면, 그때도 돈을
요구하는 잔느의 편지가 여전히 날아오고 있었고,
시인은 돈을 보낼 수 없어 괴로워했다고 한다. 이 모든
우여곡절에도 불구하고 그는 그녀를 결코 버리지 않았고,
헤어진 지 오랜 후에 그녀가 이미 여자로서의 매력을
상실하고 거의 불구자나 다름없이 되었을 때도 그녀를
여동생처럼 또는 딸처럼 걱정했으며, 충분히 보살펴줄 수

없음을 한없이 답답해했다.

　보들레르 연구가들은 그녀가 시인으로부터 끝까지 돈을 뜯어냈다고 비난하며 "피를 빠는 흡혈귀"에 그녀를 비유한다. 그녀에 대한 시인의 충실한 애정 또한 수수께끼같이 알 수 없는 일이라며 여러 가지 그럴듯한 해석을 내리기도 한다. 정신분석학에 의거해 다음과 같이 보들레르의 수수께끼의 해답을 찾을 수 있다고 설명하는 이들도 있다. 보들레르의 리비도는 어머니에 대한 무의식이 지배하고 있으며, 그의 관능적 욕구의 근원에 있는 이 모성의 이미지로 인해 어머니를 연상시키는 백색 여인과의 관계가 그에게는 모성을 범하는 행위와 동일한 것으로 의식되었을 것이다. 그래서 그는 어머니와 정반대인 여인이 필요했으며, 이 해답과 맞아떨어지는 대상이 흑백 혼혈 여인 잔느 뒤발이었다. 그리고 그들은 으레『악의 꽃』의 다음 시구를 인용하여 시인과 그녀와의 관계를 결론짓는다.

　　쇠사슬에 얽매인 노예처럼
　　노름판을 못 떠나는 노름꾼처럼
　　술병을 못 놓는 주정뱅이처럼
　　―「흡혈귀(Le Vampire)」(FM, 31쪽)

이 시에 그려진 것처럼 "쇠사슬에 얽매인 노예처럼",
"노름판을 못 떠나는 노름꾼처럼" 시인은 잔느를
자신의 숙명으로 생각했는지도 모른다. 시인과 그녀
사이의 수많은 갈등과 불화에도 불구하고 그녀는 시인이
정열적으로 사랑했고 질투심을 느낀 유일한 정부였으며,
그녀의 악덕과 고약한 행실에도 불구하고, 말년에 늙고
병들어 한낱 "불구자로 변해 버린 미녀"에 지나지
않았지만, 시인이 죽는 날까지 돌봐야 할 '의무'로 생각한
가족 같은 존재였음을 부인할 수 없을 것이다. 1856년
9월 11일 그가 어머니에게 보낸 편지의 다음 구절은
그녀가 시인의 삶에서 차지했던 크기를 가늠케 해준다.
그때 시인은 다시 그녀와 헤어질 수밖에 없는 슬픔과
회한을 누구에게라도 토로하지 않고는 견딜 수가 없었던
모양이다.

저는 말이에요, 저는 알아요, 제게 어떤 즐거운 연애
사건이, 쾌락이, 돈이, 자랑거리가 생긴다 해도 제가
이 여인을 항상 그리워하리라는 것을, 그녀는 저의
유일한 오락이었고, 저의 유일한 즐거움이었으며, 제
유일한 친구였어요…….

이처럼 그녀는 시인으로 하여금 기쁨의 절정과 슬픔의
밑바닥을 체험케 한 여인이었다. 그러나 시인 보들레르
하면 '검은 비너스' 잔느를 떠올리게 되는 것은, 시인의
이 수수께끼 같은 집착 때문만은 아닐 것이다. 무엇보다
그녀가 시인으로 하여금 유례없이 독창적인 시를 쓰게 한
여인이기 때문이다. 『악의 꽃』의 스물두 편의 시와 『파리의
우울』의 몇 편에 해당하는 잔느 시편을 빼버린다면 두
시집은 그것만이 가진 독특한 향기를 잃고 말 것이다.

후각 몽상

보들레르는 「사랑에 관한 위안이 되는 잠언록(Choix
de Maximes Consolantes sur l'Amour)」에서 사랑은 "모든
사람들에게 해당되며, 인생에서 가장 중요한 일임을
부인해도 헛일"이라고 단언한다. 실제로 사랑은 그의
삶과 시인으로서의 사유를 지배한 특별한 테마였다.
『악의 꽃』에서도 사랑을 말하고 사랑이 영감을 준
시들이 첫 번째 장 「이상과 우울」 편의 중요한 부분을
차지한다. 그리고 사랑의 시들은 매우 복잡하고 미묘한
감정의 변화를 보여준다. 그것은 자신의 경험에서 오는
감정의 미묘함이기도 하지만, 동시에 그의 모순된 의식의
긴장에서 비롯된다.

그리하여 그의 사랑의 시들은 시인의 관능적인 사랑, 이상주의적 욕구, 또는 사디즘적 색채 등 사랑의 다양한 경향을 보여준다. 그리고 관능적인 사랑의 가장 중요한 영감의 원천이 잔느 뒤발이다. 여인의 육체적인 아름다움, 관능적인 기쁨, 동시에 악과 악마적인 어조가 가미된 복잡하고 진한 감정들이 잔느를 중심으로, 매우 정신적인 다른 여인들과의 사랑의 시들과 대조되어 부각된다.

이 관능의 주인공인 잔느는 시에 어떻게 그려져 있는가? 한마디로 요약한다면 그녀는 빛과 냄새와 움직임의 조화로운 총체로 그려져 있다. 이 끝없는 조화의 근원인 그녀는 보들레르의 상상력을 자극하여, 보들레르가 영원한 향수를 지니고 있는 저 먼 "잃어버린 나라"를 불러일으키는 풍요한 몽상의 모티프가 된다. 그리고 이 몽상은 시인이 끊임없이 도달하려 했던 시적 몽상이기에, 잔느 시편은 『악의 꽃』에서 중요한 자리를 차지한다.

보들레르는 독일 낭만주의의 계승자였다. 그에게 있어 불만만 갖게 하는 현실 속에서 창작 활동은 진정한 현실, 즉 플라톤적 의미의 잃어버린 현실을 다시 찾기 위한, 주어진 현실 밖으로부터의 초월이었다. 현재의 존재 속에서 잃어버린 자신의 '통일성(unité)'을 다시 찾으려는 번뇌하는 낭만주의적 의식 속에는 그들이 상실한 원초적인

것에 대한 향수가 있었다. 그로 인해 그들은 자신이
처해 있는 현재에서 불행을 느낄 수밖에 없었다. 그들은
자신들이 잃은 것을 다시 찾으려 했고, 비극적으로 느끼는
양극 사이의 균열에서 벗어나기를 원했다.

보들레르는 몽상(rêverie)이 이 균열에서 벗어나는
길을 열어준다고 생각했고, 그리하여 실망만 주는 현실
속에서 끊임없이 이 몽상의 상태를 견지하려 했다. 그가
후에 『인공 낙원』에서 쓰고 있듯이, "몽상의 기능은
신성하고 신비"하며 "인간은 꿈에 의해서만 자신에 속해
있으면서도 보이지는 않는 어두운 세계와 소통"(442쪽)할
수 있기 때문이다.

시인이 잔느, 특히 잔느의 육체를 작품 속에서 그토록
찬미했던 것은 그녀가 몽상을 펼쳐줄 수 있는 살아 있는
존재였기 때문이다. 그녀는 묵직한 머리타래와 특유의
이국적 향기, 그리고 때로는 춤추는 뱀에 비유되기도 하고,
때로는 망망대해를 유유히 떠가는 배에 비유되는 물결치는
듯한 몸의 움직임으로 시인의 감각을 도취 속에 몰아넣고
가장 풍요한 몽상의 길을 열어주었다.

보들레르의 시적 사고를 지배한 그녀의 위력은 몇
편의 시만 보아도 금세 드러난다. 보들레르는 의도적으로
그녀를 잔인함, 냉정함, 수수께끼 같은 신비함으로 그려

비현실적인 존재로 만든다. 도도한 위엄, 주위에 무관심한
초연한 태도, 육체의 동물적인 유연함, 금속 같은 빛을
발하는 눈빛……. 그녀는 시인의 작품 속에서 범인이
접근하기 어려운 신비한 존재가 된다.

　　다정함도 쓰라림도 보이지 않는
　　그대의 두 눈은
　　금과 쇳가루 섞인
　　차가운 두 알의 보석

　　장단 맞추어 걸어가는 그대를 보면
　　초연한 미녀여
　　막대기 끝에서 춤을 추는
　　한 마리의 뱀이랄까
　　　―「춤추는 뱀(Le Serpent Qui Danse)」에서

　　물결치는 진줏빛 옷을 입고
　　걸을 때도 그녀는 춤추는 것 같네
　　신성한 요술쟁이의 막대기 끝에서
　　박자에 맞추어 몸을 흔드는 기다란 뱀처럼
　　　―「춤추는 뱀」에서

“물결치는 듯한 진줏빛” 의상, 걸음걸이의 춤추는
듯한 리듬, 요술쟁이의 막대기 끝에서 박자에 맞추어
춤추는 뱀에 비유되는 그녀의 움직임, 시인은 그녀가 “걸을
때도 춤을 추는 듯하다”고 말한다.

그녀의 모습과 거동은 온통 움직이는 박자이며 리듬,
요컨대 음악이다. 음악의 본질이 리듬이기 때문이다.
(「이상과 우울」 편의 「음악(La Musique)」 참조.) 음악은
리듬에 의해 지속적으로 출렁이는 물결의 움직임처럼
시인의 정신을 흔들어준다.

음악은 자주 바다처럼 나를 사로잡는다!
(……)

나는 느낀다, 요동치는 배의 온갖 격정이
    내 속에서 떨고 있음을
순풍과 태풍, 그리고 그 진동이

    끝없는 심연 위에서
나를 흔들어준다. 또 때로는 잔잔한 바다,
    그것은 내 절망의 커다란 거울!
    ―「음악」에서

시인은 『내면의 일기』에서 조용히 규칙적인 리듬으로
움직이는 선박이 열어주는 몽상을 묘사하며 그 움직임을
찬미한다. (『보들레르 전집』, 1261쪽 참조.) 움직이는
여인이 만드는 리듬이 바로 이 움직이는 선박처럼 시인의
상상력을 자극하여 풍요한 몽상을 펼쳐준다.

잔느 시편을 열어주는 작품은 「이국적 향기」와 이에
이어지는 「머리타래」이다. 이 두 시에서 시인은 그녀의
머리타래와 젖가슴의 향기가 발휘하는 마술적 위력을
노래한다. 그녀의 냄새는 넓은 대기, 빛과 기쁨과 나태,
그리고 천진함과 병들지 않은 건강한 육체 등 타락 이전의
아담과 이브가 행복했던 곳인 '에덴동산'을 연상시키는
이국의 고장을 생각나게 한다.

시 「이국 향기(Parfum Exotique)」에서 시인은 먼저
여인의 독특한 이국적 내음에 취한 자신의 도취를
노래한다.

어느 다사로운 가을 저녁 두 눈을 감고
훈훈한 그대 젖가슴 내음 맡으면
단조로운 태양볕 눈부신
행복한 해안이 내 눈앞에 펼쳐진다

나태한 섬, 그곳에서 자연은 키운다
진귀한 나무들과 맛있는 과일들을
날씬한 체구에 활기 찬 사나이들
순진한 눈빛이 놀라운 여인들

그대 내음을 따라 매혹적인 고장으로 안내되어
나는 본다, 바다의 파도에 흔들려 아직도 몹시 지쳐
　있는
돛과 돛대 가득한 어느 항구를

그동안 타마린의 초록색 향기
대기 속을 감돌며 내 콧구멍을 부풀게 하고
내 마음속에서 수부들의 노래와 뒤섞이누나
—「이국 향기」에서

　시가 시작되면 그녀의 젖가슴의 냄새에 취한
도취가 그려지고, 이에 이어 곧 그 냄새는 시각 이미지로
전개된다.

　단조로운 태양 눈부신
　행복한 해안이 내 눈앞에 펼쳐진다

후각과 시각의 '감응(correspondance)'이 이루어지면서
시인의 꿈은 이곳이 아닌 저 먼 곳, 행복한 낙원을
연상시키는 나라, "나태한 섬"을 여행한다. "진귀한
나무들과 맛있는 과일들"이 풍성하고 남자들은 건강하고
여인들도 죄악을 모르고 순진한 그곳은 행복한 낙원을
연상시킨다. 여인에서 시작된 상상의 나라로의 여행은
세 번째 연의 "바다"와 "파도에 흔들려 아직도 몹시
지쳐 있는 돛과 돛대 가득한 항구"에 의해 구체화되고
강조된다.

시의 마지막에서 다시 후각에 의한 시각으로의
감응("초록색 향기")이 반복되고, 다음 연에서 후각은 청각
이미지로 확산된다.

그동안 타마린의 초록색 향기
(……)
내 마음속에서 수부들의 노래와 뒤섞이누나

이 고장은 최초의 공간, 원초적인 힘을 잃지 않고
아무것도 병과 악에 물들지 않은 행복한 고장이다. 그곳엔
모든 것이 "수액으로 가득하고", 도처에 풍요로움이
흘러넘치고, 충만한 힘이 가득하다. 남자들, 식물들,

태양…… 그곳의 삶은 영원한 "황홀경" 속에 존재한다.

나는 가리라, 거기 수액 가득한 나무와 남자가
(……) 오래오래 황홀경에 빠져 있는 곳으로

여인의 체취에 의한 상상의 여행이라는 전개를
볼 수 있었던 앞 시에 이어 다음 시 「머리타래」에서도
유사한 테마가 펼쳐진다. 보들레르는 특히 후각 이미지에
예민했다. 시인의 몽상 속에서 그녀의 머리타래 냄새는
그를 데려가는 "공중에 흔드는 손수건"이 되고, 그녀는
소멸해 버린 아득한 전(前) 세계가 그곳에 오롯이 살아
있는 심원이 된다.

오, 목덜미까지 곱슬곱슬한 머리털이여!
오, 곱슬한 컬! 오, 게으름 가득한 향내여!
황홀함이여! 오늘밤 이 어두운 규방을
그대 머릿속에 잠자는 추억으로 채우기 위해
손수건처럼 공중에 그대 머리칼을 흔들고 싶다

나른한 아시아, 타오르는 아프리카
거의 사라져버린 이곳에 없는 아득한 전 세계가

그대 깊은 곳에 살아 있네, 향기로운 숲이여!
다른 사람들 음악에 따라 노를 젓듯이
내 마음은, 오, 사랑하는 님이여! 그대 향기 따라
　　헤엄친다

후각에 의한 강력한 도취와, 이 감각이 유도하는
정신적인 움직임은 이곳에서 구체적으로 제시되었다.
"다른 사람들 음악에 따라 노를 젓듯이" 시인의 마음이
"향기 따라 헤엄친다"가 의미하는 것은 "노를 젓는다"와
다음 행의 "나는 가련다"가 시사하듯이, 후각 몽상에 의한
상상의 세계로의 여행이다. 그것은 이어지는 다음 행의
"거센 머리타래여, 나를 데리고 갈 물결이 되어다오"에서
더욱 분명해진다.
　　이처럼 그녀의 검은 머리카락은 시인의 몽상을
자극하는 "칠흑의 바다"가 되어 "돛과 사공과 불꽃과
돛대의 꿈을" 간직하고, 그녀의 "거센 머리타래"는
"영원한 열기"와 "맑은 하늘의 영광"으로 표현된 행복한
낙원 같은 세계로 시인을 데려다 주는 물결이 된다.

　　나는 가련다, 저기 수액 가득한 나무와 남자가
작열하는 풍토 아래 오랫동안 황홀함에 빠져 있는

곳으로
거센 머리타래여, 나를 데리고 갈 물결이 되어다오
칠흑의 바다여, 그대는 눈부신 꿈을 품고 있다
돛과 사공과 불꽃과 돛대의 꿈을

거기 우렁찬 항구에서 내 넋은 가득
들이마신다, 향기와 소리와 색깔을
거기서 황금빛 물결 위로 미끄러지는 배들은
거대한 두 팔 벌려 껴안는다
영원한 열기 흔들리는 맑은 하늘의 영광을

나는 담그련다 도취를 갈망하는 내 머리를
다른 바다 숨기고 있는 이 검은 머리 바다 속에
그러면 배의 흔들림이 어루만지는
내 예리한 정신은 되찾으리,
향기로운 여가의 끝없는 자장가를, 오 풍요한
게으름이여!

펼쳐진 어둠의 정자 같은 푸른 머리여
그대 내게 무한한 둥근 하늘의 푸름을 돌려주고
땋아 내린 그대 머리타래의 솜털 난 기슭에서

나는 타는 듯이 취한다, 야자유, 사향
그리고 역청 뒤섞인 향기에

오랫동안! 영원히! 내 손은 그대 묵직한 갈기 속에
루비와 진주와 사파이어를 뿌리리라
내 욕망에 그대 귀를 절대 막지 않도록!
그대는 내가 꿈꾸는 오아시스, 또 추억의 술을
두고두고 들이마시는 표주박이 아니던가?

이처럼 잔느로부터 영감을 받은 시들은 단순히
관능과 육체적인 정열만을 노래한 것이 아니다. 시의
마지막에서 노래하고 있듯이 여인은 그곳에서 갈증을 풀
수 있는 "오아시스"이며, 잃어버린 과거의 소중한 추억을
열어주는 "표주박"이다.
　이 두 편의 시만 보아도 그녀가 시인의 정신에
행사했던 위력이 어떤 것이었는지 짐작할 수 있다.
그녀에게는 뛰어난 재주도, 고전적인 아름다움도, 고귀한
영혼도, 다정한 마음도 없었을지 모른다. 그녀는 결코
단테의 시를 밝혀주었던 별에 비유되는 베아트리체가 될
수는 없다. 그러나 그녀 "검은 비너스"는 향기와 피부색과
꿈꾸는 듯한 특유의 동양적인 자태로 시인에게는 저 멀리

"사라져버린 고장"으로의 손짓이었다. 열기와 빛, 색채와
모든 나른한 삶이 그의 정신과 몸을 한껏 채웠던 그 세계의
증인이며 상징이자 신호였으며, 그 세계를 생생하게
환기시켜 주는 꿈의 원천이었다. 잔느의 존재 덕분에
시인은 그가 어렴풋한 추억과 지워버릴 수 없는 향수를
가지고 있는 다른 세계, "병과 악"으로 가득 찬 이곳이
아닌 "다른 곳(l'ailleurs)"으로 되돌아갈 수 있었다.

보들레르가 이상의 나라를 그리기 위해 자주 호소하는
이 이국 정취의 고장은 실제의 경험에서 영감을 얻은
것이다. 열아홉 살에 부모의 권유에 못 이겨 떠났던 남국
여행, 그는 이 여행 기간 내내 두고 온 파리를 향한 그리움
때문에 행복하지 않았다. 그러나 이 여행은 또한 잊을
수 없는 기억을 남긴다. 그리하여 『악의 꽃』과 『파리의
우울』의 많은 시구는 그 열대 섬의 추억으로 더욱 풍요로울
수 있었다.

파리로 돌아온 후 비참한 삶이 지배하는 파리의 우울
속에서 그는 오랫동안 그 고장의 추억에 잠기곤 했다.
몽상과 환상, 그리고 이상향의 꿈과 행복에 대한 향수로
가득한 그의 꿈으로 인해 이 추억은 현실보다 풍요하고
넓은 상상의 세계를 열어주었다. 그리하여 그는 그로부터
그 꿈의 고장의 서정적인 표현을 위한 싱싱한 이미지들을

끌어낸다. 이 이국정취의 영감은 그의 작품에서 낙원의
이미지로서 역할을 하며 매우 중요한 자리를 차지한다.
더구나 끝까지 항해를 밀고 나가지 않고 뱃전에서 바라본
먼 고장의 풍경은 지상 낙원의 존재를 환기시키는 좋은
계기를 제공한다.

　　훈훈한 네 젖가슴 내음 맡으면
　　단조로운 태양볕 눈부신
　　행복한 해안이 내 눈앞에 펼쳐진다

　　이국정취는 바다에서의 항해와 연결되어 있기 때문에
물결치는 파도의 파동은 안정과 균형과 휴식 등 행복의
예감을 갖게 해준다. 파도의 리듬은 그의 시구에 리듬을
주고 그 속에서 평화로운 물의 이미지로 떠오른다. 또
바다가 맞닿는 수평선의 모습은 제한되고 불완전한 모든
성격을 가리며 "무한"을 갈망하는 시인의 욕망을 한껏
채워준다.
　　보들레르는 『인공 낙원』 서두에 어느 미지의 여인에게
바치는 헌사 형식의 머리말을 마련해 두었다. 그곳에서
그는 여인을 숙명적으로 암시적인 존재라고 쓰고 있다.

여인은 숙명적으로 암시적이다. 여인은 그녀 자신의
삶이 아닌 다른 삶을 산다. 여인은 그녀가 따라다니며
풍요하게 하는 그 상상력 속에서 정신적인 삶을 산다.
— 『인공 낙원』에서

잔느의 실제 삶이 불행과 무질서의 연속이고, 그녀의
사람 됨됨이가 어떤 이들에게는 악덕으로 가득 찬
것으로 보였다 해도, 그것은 문제가 되지 않는다. 그녀는
시인의 상상력을 풍요하게 했고, 시인의 상상력 속에서
"그녀 자신의 삶이 아닌 다른 삶"을 살았기 때문이다.
시인은 그녀를 자연이 내려준 매력의 총체로 보았고, 이
매력은 그에게 가장 풍요한 꿈의 세계를 열어주었다.
그녀는 소리와 향기와 움직임 속에 이루어지는 신비한
존재였으며, 시인의 상상력 속에서 시의 여신이 되었다.
결국 이 끝없는 조화의 집합체인 그녀는 시인에게
보잘것없는 우리의 존재 저편에 숨겨진 잃어버린 낙원을
불러일으키는 마술 같은 존재였다.

5 본격적인 문학 활동

금치산 선고, 젊음에 작별을 고하고

보들레르 주석자들은 잔느와의 바람직하지 않은 관계,
그의 무절제한 지출로 인한 부채, 확고한 직업을 거부하고
무위도식하는 것 같은 시인의 생활 태도 등이 다시 그의
가족을 불안케 했다고 말한다. 잔느가 과연 보들레르에게
그렇게 해로운 존재였을까 하는 문제는 다른 해석을
내리게 할 수도 있다. 그녀는 그에게 때로 짐이 되기도
했지만 비길 데 없이 큰 기쁨을 주었으며, 궁극적으로는
그가 훌륭한 작품을 쓰는 데 기여했다. 그렇다 해도 잔느의
존재가 오픽 부부에게 아들에 대한 신뢰감을 심어주는 데
도움이 될 리 없었다. 그렇지 않아도 젊은 댄디의 지출이
점점 불안스럽기만 한 부모들이다. 일차적으로 취했던
남국 여행이 기대했던 결과를 가져오지 못했기 때문에

부모는 더욱 단호한 조처를 취할 수밖에 없게 된다.
무엇보다 그의 생부로부터 받은 유산이 1년도 안 되는
기간 동안 절반밖에 남지 않은 데 대해 부모는 경악을 금치
못했다. 그의 재산은 순식간에 눈처럼 녹아 사라진 것이다.
1844년 9월 보들레르의 재산에 가해진 금치산 선고는
이런 상황에서 이루어진다.

오픽의 제안으로 법원에 청원서가 제출되고(1844년
7월), 재판소의 명에 따라 8월 24일 가족 회의가 소집되고,
마침내 청원서를 접수한 지 두 달 만인 9월에 금치산
선고 판결이 내려진다. 이로써 보들레르는 법적으로
다시 미성년으로 전락한다. 이에 따라 차후 그의 재산을
감시하고 관리할 법정 후견인으로 앙셀이라는 인물이
선정되고, 이제부터 보들레르는 성년이지만 자신의
재산을 마음대로 쓸 수 없게 된다. 이에 대한 그의 반대는
맹렬했다. 이 결정으로 인한 명예의 실추는 물론이고,
자신에게 강요된 이 족쇄를 결코 받아들일 수가 없었다.

“저는 다른 사람과는 달라요.”라고 시작된 편지에서
그는 이런 조처가 철회되어야 하는 이유를 설명하고,
어머니를 설득하려고 필사적으로 매달린다.

저는 다른 사람들과는 사람됨이 달라요. (……) 우리

사이이니까 말이지만, 대체 누가 저를 감히 안다고,
제가 어디를 가고 싶어 하고 무엇을 하고 싶어
하는지를, 또 제가 어떤 것을 참을 수 있는지를 알 수
있겠어요.
― 1844년 여름 어머니에게 보낸 편지에서

그러나 그의 애원과 설득은 심각하게 받아들여지지
않았다. 그를 진정으로 알고 있는 사람은 그 자신뿐일지
모른다. 물론 이 결정으로 인해 위협받는 것은 물질적인
제약이다. 그러나 그가 편지에 밝히고 있듯이 보들레르는
"다른 사람과는 달랐다."

그에게는 이 결정이 단순히 자존심의 손상이나 물질적
제약으로 끝날 문제가 아니었다. 그것을 그의 부모와
친지들, 법정 후견인은 생각할 수 없었다. 이로 인해
그가 받은 분노와 모욕감은 시간이 지나도 누그러들지
않았다. 그로부터 15여 년이 지나 지난 일을 거리를 두고
생각할 수 있는 나이가 되었을 때에도 법정 후견인 설정은
여전히 용서할 수 없는 결정으로 비친다. 시인은 1860년
10월 11일부터 이듬해인 1861년까지 여러 차례에 걸친
편지에서 이 사건을 두고두고 돌이킬 수 없는 '과오'였다고
주장한다. 다음은 1860년 10월 11일의 편지이다.

법정 후견인! 저의 생애를 파멸시켰고, 저의 인생
하루하루를 시들게 했으며, 저의 모든 사고를 증오와
절망의 빛으로 물들인 그 무서운 과오. 그러나
어머니는 절 이해 못 해요.

또 그로부터 몇 달이 지난 1861년 1월 1일 자
편지에서, 그리고 그 후 여러 차례의 편지에서도 재차 법정
후견인 결정에 대한 분노를 토로한다.

제발 법정 후견을 생각해 보세요. 지난 17년 동안
그것이 제 속을 갉아먹었어요. 그로 인해 온갖
부분에서 제가 받은 고통을 어머니는 믿을 수도 없고
이해할 수도 없을 겁니다. (……) 그건 지금으로선
돌이킬 수 없는 일이에요.

보들레르에 관한 연구서를 냈던 피에르 장
주브(Pierre-Jean Jouve)는 『보들레르의 무덤(Tombeau de
Baudelaire)』에서 보들레르를 "저주받은 시인"으로 만든
결정적인 요인으로 역시 법원의 금치산 선고를 들고
있다. 그는 보들레르를 불행하게 만들었던 골칫거리들로
"갚아야 할 빚, 신경 질환, 잠복해 있는 성병, 법정 후견인,

불확실한 거처, 잔느” 등을 열거한 다음, 그중에서도
“최악의 적은 분명 법정 후견인”이었으며 “이 법정
후견인을 통해 오픽 부인은 보들레르를 평생 동안
괴롭혔다.”고 쓴다.[20]

주브의 주장처럼 보들레르는 그의 인생에서 가장
소중한 존재인 자신의 어머니의 “돈에만 사로잡힌
(어머니) 정신의 발명(보들레르의 표현이다)”으로 인해
평생 동안 가난과 빚 걱정에서 헤어나지 못하게 될 운명에
놓이게 된 것이다. 이 끊임없는 돈 걱정은, 그의 말대로,
차츰 그의 상냥한 마음과 정신까지도 고갈시키게 될
것이며, “아직 미완이었던 예술과 문학가”로서의 그의
장래를 방해하는 묵직한 걸림돌이었다. 그는 그 점을
억울해했다. 그 후부터 돈 걱정은 그의 뇌리에서 사라질
날이 없었고, 그가 그토록 큰 집착과 열정을 바친『악의
꽃』출판이 계획된 때로부터 7년이나 지연되었던 것도 돈
때문에 겪게 되는 작업의 어려움이 큰 몫을 하지 않았다고
말할 수는 없을 것이다. 보들레르는 불행했고 억울했던
자신의 삶을 뒤돌아보며 어머니를 원망하는 편지에
그것들을 적어 보냈다.

요컨대 저의 허랑 방탕…… 끊임없는 궁핍, 채워야 할

새로운 결손, 잡다한 귀찮은 일로 인한 기력의 감퇴가
저의 몽상의 성향을 모두 없애버렸어요.
— 1853년 3월 26일 어머니에게 보낸 편지

돈에 관한 꿈에 대해선 그만 말하겠어요, 끝이 없을
테니까요. 종이 위에 검토한 수많은 책략들! 그
많은 숫자들! 살기 위해서, 제 빚들과 제 지출을,
제 2만3000프랑을 갚기 위해, 그리고 한 재산을
만들기까지 하기 위해 얼마나 많은 기발한 방법들을
궁리했던가! 얼마나 많은 꿈들을 꾸었던가!
— 1865년 1월 1일 어머니에게 보낸 편지에서

갚아야 할 빚을 계산하며 끝없는 망상의 시간을
보내고 있는, 편지에 드러나 있는 가난하고 옹색한
보들레르는 어딘지 발자크 소설의 인물들마저 떠올리게
한다. 그가 그토록 사랑한 그의 어머니는 아들을 불행하게
만든 장본인이다. 차후 법정 후견인 앙셀로 인해 당하게
될 괴로움과 그에 대한 증오심은 부차적인 것이었다.
그리하여 보들레르는 생애의 마지막 순간까지 어머니를
원망한다.

어머니의 저주스러운 발명! 어머니의 너무 돈에만
사로잡힌 정신의 발명, 내 명예를 더럽혔고, 다시
늘어나는 빚 속으로 날 몰아넣었으며, 내 속의
상냥스러움을 송두리째 죽였고, 아직 미완성이었던
나의 예술과 문학자로서의 교육을 속박하기까지 한 그
모성의 발명. 맹목은 악보다도 더 큰 재앙을 만들죠.
— 1861년 4월 1일 어머니에게 보낸 편지에서

이 글을 쓰고 있을 때 그는 이미 심각하게 병들어
있었고 죽음을 생각하고 있었다. 마지막 순간까지도 그는
법정 후견인에 종속되어 있었던 자신의 저주받은 인생을
억울하게 생각하며 부모를 원망했다.

만약 법정 후견이 없었다면 모든 것은 탕진되었을
테죠. 그렇게 되면 일에 대한 취미를 얻었을 겁니다.
법정 후견이 행해진 지금, 모든 것은 탕진되었고, 저는
늙고 불행합니다.

9월 21일에 결정된 법률 행위는 그의 덜미를 잡았고,
그가 거부하는 바로 그 사회의 지배 속으로 그를 강제로
끌고 갔다. 보들레르를 "저주받은 시인"으로 만든

모든 요인 중에서도 이 결정은 치명적인 '과오'였다. 이미 이때부터 그의 모든 운명을 지배하게 될 선택이 이루어진다. 바로 의도적으로 사회의 끈을 끊어버리고, 옳건 그르건 간에 사회의 관습과 명령을 받아들이지 않는다는 선택이.

그 당시 그는 5만 5000프랑과 매년 들어오는 연금 수입 2600프랑을 합친 금액의 재산이 있었다. 그러나 후견인의 허락 없이는 한 푼도 쓸 수 없었기 때문에 그는 재산을 남기고 세상을 떠나면서도 끝까지 가난과 빚 속에서 비참하게 살다 갈 수밖에 없었다. 부모들이 그를 구하기 위해 취한 조치가, 결국 그의 "인생을 갉아먹는" 결과로 끝났다는 것은 실로 아이러니가 아닐 수 없다.

법정 후견인 설정 이후부터 그의 수입은 후견인 앙셀이 관리하는 재산 이자 약간과 뇌이유 별장 상속 토지를 산 사람이 일부 지불하지 못한 금액의 이자, 그 밖에 부정기적으로 들어오는 원고 수입을 합친 것이었다. 그것은 한 달 생활하는 데 그리 부족한 액수는 아니었다. 그러나 그의 유명한 낭비벽은 여전했고 다시 빚에 쪼들리게 되는데, 골동품 상인 아롱델과의 외상 거래를 끊지 못하고 있었다. 아롱델이 마음에 드는 그림, 골동품 등을 들고 와 유혹하면 그 유혹 앞에 그는 속수무책이었다.

이렇게 해서 법정 후견인이 설정된 지 채 1년이 못 되어
그는 다시 빚더미 위에 앉게 된다.

위기에서 벗어날 해결책이 보이지 않고, 여러
가지 좌절감까지 겹쳐 1845년 6월 30일 그는 마침내
앙셀에게 남길 유서를 준비하고 자살을 시도한다. 그러나
유서 내용에는 자신의 자살 동기가 빚 때문이 아니라
자신이 "남들에게 무익"하고, "자신에게도 위험하니까
자살한다."고 되어 있다.

> 나의 빚은 결코 상심거리가 된 적이 없었다. 그런
> 일들은 무엇보다도 억제하기 쉬운 것이니까. 나는
> 더 이상 살 수 없으니까, 잠자는 피로, 잠을 깨는
> 피로를 감당할 수 없으니까 자살한다. 나는 남들에게
> 무익하니까, 그리고 나 자신에게 위험하니까
> 자살한다. 나는 나 자신이 불멸하다고 믿으며, 또
> 그러기를 바라니까 자살한다.

이처럼 편지에는 법정 후견인이나 부모에 대한 비난은
전혀 없고, 자신에 대한 비난을 자살의 이유로 들고 있다.
자신이 소유한 모든 재산을 잔느에게 줄 것과 자신의
파멸을 본보기 삼아 그녀의 삶의 자세를 시정해 줄 것을

앙셀에게 간곡히 부탁한다.

보들레르의 일대기를 전하는 대부분의 사람들은 오랫동안 이 자살 사건을 일개 ‘자살극’으로 그렸다. 칼로 가슴을 찔렀으나 미수에 그친 이 사건을 “자신의 가슴이 아니라 다른 사람의 가슴”, 즉 그의 어머니의 가슴을 겨냥한 ‘자살극’이었다고까지 확대 해석했다. 그러나 뤼프는 앙셀에게 남긴 유서의 진지한 내용으로 보나 어조로 보나, 보들레르의 진실성은 의심의 여지가 없다고 반박한다.

그의 가족이 강요한 법정 판결은 그에게 인생이 송두리째 좌절되는 절망감을 안겨준 것이 분명했다. 무자비하고 모욕적인 이 사건을 계기로 그는 자신의 진정한 젊음과 작별을 고하게 된다. 곧(1846년) 그는 유일한 중편소설 「라 팡파를로」에서 잃어버린 젊음에 대한 끝없는 미련을 가지고 영영 가버린 그 ‘아름다운’ 시절을 그린다.

그때는 아침잠에서 깨어날 때 꿈으로 인한 피곤으로 무릎이 마비되거나 꺾어질 듯 아프지 않았고, 그때는 우리의 맑은 눈이 모든 자연에 미소를 보냈고, 우리의 영혼은 이론을 따지지 않은 채 삶을 향유했으며,

그때는 우리의 한숨도 소리 없이 겸허하게
새어나갔다.

자살 미수로 가슴에 입은 상처는 가벼워 금세
아물었지만, 그의 영혼에 남은 깊은 상처는 시간이 지나도
아물 줄을 몰랐다. 이때 그는 스물네 살밖에 되지 않았지만
그의 정신적인 운명은 이미 결정 난 상태였다. 이제 그는
여름의 햇살같이 반짝이던 젊음에 작별을 고하고 "분노",
"노여움", "공포", "강요된 힘든 노동"이 지배하는 존재의
겨울 속에 잠긴다.

곧 우리는 차가운 어둠 속에 잠기리
안녕, 너무나 짧았던 우리 여름의 생생한 빛이여!
(……)
모든 겨울이 내 존재 속으로 들어오리
분노, 노여움, 떨림, 공포, 강요된 힘든 노동
그리고 내 심장은 극지 지옥의 태양처럼
얼어붙은 붉은 덩어리에 지나지 않으리
　　　—「가을의 노래(Chant d'Automne)」에서

유일한 정열, 미술비평을 통한 등단

낭만, 방종, 남국 여행, 가출, 잔느와의 만남, 아롱델의
유혹, 빚더미, 금치산 선고, 자살 시도…… 이렇게
청년기의 회오리를 겪으면서도 보들레르는 창작에 대한
집념을 버리지 않고 작품들을 하나씩 완성해 나갔다. 삶이
무질서 속에 허우적거릴수록 문학을 향한 집념과 완벽에의
의지는 더욱 굳어지는 듯했다.

자살 사건 직후 오픽 부인은 아들을 방돔 광장의
호사스러운 자신의 집으로 데려간다. 그러나 그는 부모의
집에서 오륙 개월밖에 버티지 못하고 뛰쳐나온다. 집을
나온 이유는 어머니에게 보낸 편지에 적혀 있다. 첫째로
"무시무시한 마비 상태에 빠졌기에 좀 기운을 내고
힘을 되찾기 위해 고독이 무척 필요하기 때문"이며,
둘째는 "어머니의 남편이 바라는 대로 되기가 나로서는
불가능하며, 따라서 더 이상 그 집에 산다는 것은 그의
재산을 훔치는 짓"이라고 생각했기 때문이라는 것이다.

집을 나온 후 정신적인 불안정과 경제적인 어려움이
본격적으로 시작된다. 이때부터 그의 거처는 수없이
바뀌었다. 가구들은 압류당해 팔려나갔다. 잠시 코르네유
거리 5번지 오데옹 호텔 맞은편에 있는 코르네유호텔에서
숨을 돌린 후, 코크나르 거리 33번지로, 다음은 마레 뒤

탕플 거리 25번지, 그리고 라피트 거리 32번지, 포크스톤 호텔, 다음은 이름도 없는 어느 싸구려 호텔…….

그의 파리 순례는 끝이 없었다. 때로는 빚쟁이를 피해 친구 집으로 몸을 피할 때도 있었다. 그 시절 어머니에게 보내는 편지에서는 그가 겪고 있는 비참한 모습이 생생히 드러난다. "돈 없이 이삼 일 전부터 거처와 가구를 구하러 다니던 중에 지난 월요일 저녁 피로와 권태와 굶주림에 녹초가 되어……"라고 쓰여 있는 편지도 있고, "내의와 장작도 없이 사흘간 침대에 그대로 누워 있었다."는 구절도 있다. 어떤 대목에서는 "저는 마지막 한계에 이르렀다고 느껴집니다."라고 절망을 호소하기도 했다.

그러나 극심한 빈곤 속에서도 그는 글 쓰는 일은 중단하지 않았다. 그는 창작 작업에 전념할 수 없는 자신의 게으름을 늘 못마땅해했으며, 불평과 후회가 떠나지 않았다. 그러나 그는 끝없이 작업을 계속했다.

상식적인 사람들의 눈에 비치는 모범적인 문학인이란 어떤 사람인가? 대부분의 사람들에게 근면하게 작업하는 작가의 모델은 대충 이런 사람일 것이다. 매일 서재에 박혀 진행중인 작품에 몰두하여 꾸준히 상당량의 원고를 써나가는 작가. 그리하여 출판사의 주목을 받고, 많은

열렬한 독자들이 생기게 되고, 마침내 명성을 얻어
아카데미에 들어가는…….

그 시절 작가들 중에 위고를 그 전형으로 꼽을 수
있다. 그는 매일 아침 마치 작업대 앞에 선 목수처럼
좁은 책상에 앉아 깃털 펜으로 종이를 긁어내려 갔다.
가끔 날달걀 한 개를 삼키기 위해 작업을 중단하지만
이내 다시 작업으로 돌아간다. 그는 하루하루를 열정을
갖고 베를 짜듯 보내며 문학에 평생을 바쳤다. 그야말로
일개미 같은 놀라운 노력이었다. 보들레르는 분명 이런
스타일로 작업했던 작가는 아니다. 그러나 그 역시 대단한
작업가였다. 그가 목표로 하는 매일의 작업량은 그에게
거의 언제나 이룰 수 없는 이상에 불과했는지 모른다.
그러나 그 이상에 이르려는 꿈을 결코 버린 적이 없었다.
그는 창작 작업만이 유일하게 생산적인 방법임을 알고
있었다.

그는 청년기부터 숨이 다하는 순간까지 끈질기게
엄청난 작업에의 열정을 버리지 않았고, 그에 이르지
못함을 자책했다. 파리 산책으로 또는 저녁 외출로 오후
시간을 흘려보낸 것을 얼마나 자주 후회하며 자책했던가!
집에 돌아와 채워져 있지 않은 원고들을 보며 얼마나
회한의 아픔을 느꼈던가! 그러나 그가 추구하는 질서는

어떤 정해진 날짜와 정해진 시간에 어떤 일을 반드시
완성하는 그런 정확성에 있는 것은 아니었다. 그것은
자신이 키워 자신의 예술과 자신의 테크닉에 부여하는
어떤 내적인 질서이다. 그것은 그의 인생에는 결여되어
있었던 엄격한 질서이며, 안이함에 대한 거부였으며,
완벽을 향한 집착이었다.

자살 시도 2개월 전에 보들레르 뒤파이(Baudelaire
Dufays)라는 이름으로 「1845년 미술전(Salon de 1845)」을
발표한다. 뒤파이는 어머니의 성이다. 이처럼 그는
어머니의 성을 조금씩 철자만 바꾸어 뒤에 붙여 계속
익명으로 작품을 발표한다. 72쪽에 지나지 않는 이 미술
에세이는 젊은 작가를 일약 최고의 미학가로 부상시킨다.

오늘날 보들레르는 "현대시의 시조"로 불린다. 그러나
그가 시인보다 미학가로서 먼저 명성을 얻기 시작했다는
것도 흥미롭다. 그는 검토와 논증에서 재능이 두드러졌다.
스물네 살의 보들레르는 사생활은 표류하는 듯했지만 예술
분야에서는 자신의 위치와 방향을 분명히 하고 있었다.
미술전에 출품된 작품들의 목록을 만들고, 작품들을
스타일에 따라 정리하고 분류하는 그의 논리에는 빈틈이
없었다. 이 괴짜, 이 반항아는 아름다움에 대한 감각뿐
아니라 논리에 대한 감각도 타고났던 것이다.

그는 어린 시절부터 회화와 조형 예술을 사랑했다. 미술의 세계는 그 자신이 자서전적인 글에서 쓰고 있듯이 "나의 그의 "위대한, 유일한, 원초적인 정열"이 아니었던가. 미술이 그의 사고에서 차지하는 중요성은 아무리 강조해도 지나치지 않다. 그는 지칠 줄 모르고 미술관을 드나들었고 열렬한 호기심과 취미를 가지고 화가들의 아틀리에를 방문했다. 친구들은 그가 루브르박물관 앞을 지나게 되면 그곳을 들르지 않고 그냥 지나친 적이 없었다고 회고한다. "껑충껑충 계단을 올라 자신의 새로운 정열의 대상인 그림 앞에서 경의를 표한 뒤 이내 다시 되돌아오기도 했다." 그때그때 그가 빠져 있는 어떤 화가의 그림을 보기 위한 잠시 동안의 방문일 경우도 있었다. 진정 미술의 세계는 그의 "유일한 정열"이었다.

7월 왕정 시기 프랑스에서 미술전은 연례행사로 루브르에서 열렸다. 출품된 작품을 선정하는 것은 미술 아카데미였다. 이 시기, 특히 루이 필리프 통치 시기에는 내내 개혁적인 참신한 예술은 미술전에 발을 붙이지 못했다. 진부한 주제를 고수하는 관치 예술의 대표들이 이들에게 보여주는 반감은 완강했다. 그리고 그 시기 프랑스에는 루브르의 미술전 이외에 특별한 미술 전시회가 따로 없었다. 자연히 아카데미 심사위원들이 미술계에

군림했다. 그들은 참신하고 젊은 미술가들에게 창피를
주고, 그들의 분노를 코웃음으로 무시했다. 여러 번
심사위원들에게 배척당하는 희생자가 된 화가들 중에는
이 난장판 같은 미술계의 소용돌이 속에서 다시 모험할
생각을 아예 버리는 이들도 적지 않았다.

　이들 불운한 화가 중에 들라크루아가 있었다.
그는 25년 동안 끈질기게 작품을 출품했고, 번번이
거절당했다. 재야 예술인 중에는 들라크루아를 열렬히
옹호하는 인사들이 있었다. 이들이 해마다 아카데미
결정에 항의해도 허사였다. 예컨대 고티에, 귀스타브
플랑슈(Gustave Planche), 쥘 자냉(Jules Janin), 테오필
토레(Théophile Thoré) 등이 《라 프레스》,《라 르뷔 뒤
몽드》,《콩스티튀시오넬》등을 통해 들라크루아를
옹호하는 글을 실었지만 아카데미는 그런 것쯤은 전혀
개의치 않았다. 게다가 이들 불행한 화가들에게 유일한
위안이었던 오를레앙 공작이 갑자기 사고로 사망한다.
그는 아카데미로부터 거절당한 작품 중 상당수를 사들여
자신의 팔레루아얄(Palais Royal)의 회랑을 장식해 왔었다.
그중에 코로(Corot)의 그림과 바리(Barye)의 청동상,
그리고 들라크루아의 작품들이 있었다.

　「1845년 미술전」에서 가장 흥미로운 부분은

들라크루아에 관한 부분이다. 이 글에서 보들레르는
들라크루아를 본격적으로 옹호하기 시작한다. 그러나
그것은 단순한 찬미가 아니었다. 그는 이유를 제기하고
그에 대한 해답을 제시하는 분석적이며 기술적인 방식을
취했다. 젊은 나이에 보들레르는 이미 그러한 방식에
뛰어났다. 그때까지 가장 열렬한 들라크루아 옹호자들도
전혀 언급하지 못한 점을 그는 지적했다. 작품의 주제가
그의 관심의 대상이 되지 않았다. 혹 주제를 논하게
될 때에도 구성, 배치, 빛과 어둠의 분배 등 기술적인
완성도까지 언급했다. 그리고 그는 특히 그에게 가장
중요한 관심의 대상인 색채 쪽으로 서둘러 다가갔다.

그는 최초로 색조에는 음악적 표현과 유사한 언어가
있으며, 음악에서의 청각의 역할처럼 미술에서는
시각이 우리 영혼의 깊은 곳에 감동적이며 정신적인
신비스로운 동요를 유발한다고 생각했고, 그것을 글
속에 드러냈다. 그는 들라크루아의 색채가 "잔인할
만큼의 독특함"을 가지고 있으며, "언제나 피비린내 나며
끔찍하다."고 보았다. 이를테면 「마르쿠스 아우렐리우스의
유언(Dernières Paroles de Marc-Aurèle)」에서 "하모니는
어렴풋하고 깊숙하며, 녹색과 붉은색의 균형이 우리의
넋을 즐겁게 한다."고 쓴다. 그는 들라크루아 작품 속에서

녹색과 붉은색을 팔레트의 기본적인 음표들로, 바꾸어
말해 회화의 오케스트라로 보았다. 그는 이 인상들을 후에
「등대들(Phares)」(FM)에서 이미지로 옮겨놓는다.

들라크루아, 악마들이 넘나드는 피의 호수
그곳은 언제나 푸른 전나무 숲으로 그늘이 지고
어두운 하늘 아래 기이한 군악대들
베버의 숨죽인 한숨인 양 지나간다.
―「등대들」에서

샹플뢰리는 《르 코르세르 사탕(Le Corsaire-Satan)》에
보들레르의 「1845년 미술전」에 관한 기사를 이렇게 쓴다.

이 작은 책자는 흥미를 자아내며, 기발하고, 진리이다.
보들레르 뒤파이는 디드로보다 패러독스가 덜하면서
디드로처럼 대담하다. (……) 그에게는 많은 생동감이
있고 스탕달과도 매우 유사한 점이 있다. 두 사람은
회화에 대해 가장 잘 썼다.

최초로 출판된 「1845년 미술전」에 이어 다음해
5월 「1846년 미술전」이 나오고, 그 사이에 1846년 1월

《르 코르세르 사탕》에 「본 누벨 바자의 고전 미술관」이
발표된다. 그는 계속 보들레르 뒤파이라는 가명을 쓰고
있다. "스물네 살의 신인이 내놓은 이 에세이들은 숙련된
솜씨와 대담함, 풍요함이 놀랍다."라고 보들레르 연구가
뤼프는 감탄을 금치 못한다.

> 이들 글은 보들레르가 이미 예술의 주요 문제를
> 탐색했음을, 그리고 그가 그 이후 그로부터 벗어나지
> 않을 미학의 거의 모든 요건을 확고하게 형성하고
> 있었음을 보여준다.[21]

「1846년 미술전」은 그 형식과 성격이 전해의
미술비평과 판이하게 달랐다. 본격적인 비평에 들어가기
전에 「비평이 무슨 소용인가(À Quoi Bon la Critique?)」라는
장을 서두에 붙여, 비평의 의미와 현대 예술의 위치 등에
관해 자신이 생각하고 있는 원칙을 체계적으로 정리한다.
그리고 이어지는 본문은 그 원칙을 작품을 통해 보고하는
형태로 전개된다. 1846년부터 일간지에 게재했던 다른
미술 에세이들도 보고서의 수준을 뛰어넘어 미학 전반의
문제에 접근하고 있었다. 그리고 이때부터는 일반 대중이
아니라 미술에 정통한 전문가와 감식가들을 향해 글을

썼다.

「1845년 미술전」은 들라크루아에 이어 초상화, 풍경화, 소묘, 판화, 조각 등 각기 다른 장르의 작품을 차례차례 다루며 예술가와 작품에 대한 해설과 비평을 곁들인 보고서의 형식을 취했다. 이는 보들레르 관점의 독창성을 인정한다 해도 전통적인 비평을 크게 벗어나지 못한 것이다. 후에 시인 자신이 「1845년 미술전」을 그의 작품 전집에 넣기를 원치 않았던 것은 분명 이런 이유 때문이었을 것이다. 미술 작품과 화가에 관한 일화를 이야기하는 통속적인 비평에는 작품 자체의 검토보다 말들의 기지가 우세하다. 그는 그런 비평을 헛된 것이라고 생각했고, 예술의 원칙과 미학 추구에 전념했다. 대부분의 경박한 독자에게는 지루할 뿐인 이런 미술평은 비평가의 심미안과 감식력을 알아볼 수 있는 미술 전문가들을 위한 것이었다. 당시 엄청난 인기를 얻고 있었던 평론과 저널리즘의 왕자, 자만심 가득한 자냉의 재기발랄한 글은 곧 잊혀져 버렸지만, 보들레르의 비평은 오늘날까지 매우 깊은 여운을 남기며 현대적 관심사로 남아 있다. 오늘날의 비평이 그의 글에서 교훈을 얻고 있는 것이다. 「1846년 미술전」의 주옥 같은 글들이 코크나르가 어두운 뒷골목의 초라한 거처에서 스물다섯 살 청년에 의해 쓰였다는 것을 생각하면 지금도 여전히 감동스럽다.

그가 "최상의 비평", 즉 "시적이고 즐거운" 비평은 "차갑고 수학적이고 설명적인 것이 아니라, 또 하나의 지적이고 민감한 정신에 의해 숙고된 그림"이라고 정의했듯, 그의 글은 단순히 독창적인 관점에 머무르는 것이 아니라 그것을 훨씬 초월하고 있다. "아름다운 그림이란 예술가에 의해 숙고된 자연이기에, 한 그림에 대한 최고의 보고서는 그것이 또 하나의 소네트이며 엘레지이다." 이렇게 이해된 비평이야말로 비평이 검토하려는 예술과 마찬가지로 창조적이며 시적이다.(「1846년 미술전」 참조.) 그 과정 역시 예술 창조와 동일한 과정을 내포하기 때문이다. 때로 그는 자신이 이른바 "순수 비평"이라고 부른 단순한 감상만 있는 1차원적인 비평으로 만족할 때도 있다. 그러나 대부분의 경우 그의 비평은, 「1846년 미술전」 서두에서 쓰고 있듯이, 창조적이며 시적인 비평이 되기 위해 애쓴다. 그리하여 많은 경우, 후에 『악의 꽃』에 등장할 시와 유사한 형태를 취한다. "그림에 대한 최상의 보고서는 그것이 또 하나의 소네트이자 애가(哀歌)"이기 때문이다.

여기서 그는 각기 다른 경향에 속하는 작품들의 독창성과 가치를 공평하게 평가하려는 의도에도 불구하고 다시 색채 쪽으로 기우는 기호를 드러낸다.
데생은 '물질주의' 또는 '자연주의'로 끝나는 데 비해
색채는 '이상주의자'이고 '정신주의자'로서 보는 사람을
"꿈꾸게 하며 피안을 감지하게 한다."는 것이다. 이처럼
그의 미술평에서는 색채에 관한 인상적인 정의들이 매우
두드러진다. 특히 그는 색채를 조화로운 소리의 멜로디에
비유하고 있다.

> 하모니는 색채 이론의 기본이다. 멜로디는 색채의
> 총화 또는 총괄적인 색채이다. 멜로디는 결론을
> 원한다. 그것은 모든 효과가 전체적인 효과를 위해
> 협력하는 앙상블이다. 우리의 젊은 화가들에게는
> 대부분 멜로디가 결여되어 있다. 어떤 그림이
> 선율적인지 아닌지 알 수 있는 좋은 방법은 주제나
> 선들을 볼 수 없을 만큼 멀리 떨어져서 그림을 보는
> 것이다.
> ―「색채에 관해(De la Couleur)」에서

미학에 관한 보들레르의 독창적인 글들을 대하면,
그의 생각 중 상당한 부분이 18세기 선배 미학가들로부터
비롯되었음을 발견하게 된다. 뒤 보(l'abbé Du Bos)로부터

케일뤼(Caylus), 디드로(Diderot), 팔코네(Falconet),
드 쿼시(Quatremère de Quincy), 레싱(Lessing),
실러(Schiller)……. 그는 특히 스탕달의 예술론을 매우
주의 깊게 읽었다. 스탕달과 보들레르 사이에 부인할 수
없는 유사함이 발견되는 것은 당연한 귀결이다. 그럼에도
그는 여러 면에서 반스탕달적인 방법으로 나갔다. 「1845년
미술전」에서 보들레르가 견지하는 관점은 스탕달의
관점과 매우 유사하다. 그러나 미술비평에 관한 스탕달의
생각은 진지하게 받아들일 수 없다. 그는 작품이 아니라
작가의 개성과 인격 제시에 뛰어났다. 그의 방식은 특히
만족이나 무관심, 불쾌감 등 직접적인 감각에서 멈춘다.
반면 보들레르는 훨씬 더 광범위한 지각 능력을 지니고
있다. 그뿐 아니라 일관되고 체계적인 미학 코드를
사용하고, 그를 통해 정당한 근거와 이유가 있는 판단을
내린다.

미술전의 내용은 매우 기본이 되는 미학과 시 예술에
관한 부분에만 제한시킨다 해도 풍요하고 인상적인 관점을
한없이 소개할 수 있다. 그 후에도 끝없이 발표되는 그의
미술평은 단순한 비평이 아니라 그 자신의 미학에 관한
보고서의 성격을 갖는다.

「젊은 문학인들에게 주는 충고」

1845년을 전후해서 보들레르의 미술평뿐 아니라 서평과 에세이 들이 여러 신문, 잡지에 계속 나타난다. 가장 많이 투고한 잡지는 우세가 편집장으로 있는 《라르티스트(L'Artiste)》와 《르 코르세르 사탕》이다.

보들레르는 바이이 시절부터 《르 코르세르 사탕》에 글을 기고하고 있었다. 이 잡지의 기고가들은 대부분 라틴 지구의 좁고 어두운 골목에서 어렵게 살아가는 젊은 예술인들이었다. 보들레르는 이 잡지에 기고를 하면서부터 이들과 친분을 맺게 된다. 재능 있는 소설가 바르바라(Barbara), 작곡가 피에르 뒤퐁, 화가 봉뱅(Bonvin)과 쿠르베(Courbet)…… 이 예술인들은 뮈르제가 작품 속에 그린 바 있는 비참한 삶을 살고 있는 굶주린 무리들이었다. 그들의 빈약한 감상주의, 무질서한 도덕관념, 허풍스러운 행동이 이 세련된 댄디 보들레르를 유혹할 리 없었다. 그는 극심한 시련과 가난 속에서도 의상뿐 아니라 감정, 정신 모두가 섬세하게 갈고 닦이길 바랐기 때문이다. 그러나 전혀 새롭고 이질적인 이들의 세계가 그의 경험과 생각을 풍요하게 했음을 부인할 수 없다. 그는 인생에서 처음으로 진정한 가난, 헐벗음, 고통 등을 가까이서 볼 수 있었던 것이다. 사실 그는 넉넉지는

않아도 살아가는 데는 부족하지 않은 수입이 있음에도
불구하고, 어떤 때는 이틀씩 굶기도 했고 어떤 때는 내의가
없어 침대에서 일어나지 못하기도 했다. 그러나 그의
친구들 사정은 더 나빴다. 이들의 예술은 내일을 알 수
없는 불안정하고 덧없는 삶을 살고 있는 상황으로부터
영향을 받았다.

그들에게 순수한 형식미의 추구가 관심이 될
수는 없었다. 그 당시 예술계를 주름잡던 방빌의
네오파가니즘도 루이 메나르의 네오헬레니즘도 그들을
유혹하지 못했다. 그들은 비록 보기 흉한 것일지라도
직접적인 현실에 집착했고, 그것을 가능한 한 충실하게
작품 속에 재현시키려 했다. 그것은 요컨대 "인생의
단면"을 작품에 그리는 리얼리즘의 미학이었다. 곧
이들 그룹에서 사실주의가 나오게 되었고, 소설에서는
샹플뢰리, 회화에서는 쿠르베가 그 주요 인물로 꼽힌다.

보들레르의 정신주의가 그들의 사실주의와 어울릴
수는 없었다. 그러나 그들과의 잦은 접촉이 한때 그를
유혹했던 파르나스파의 '예술지상주의(l'art pour l'art)'와
결별하는 데는 결정적인 계기가 되었다. 그렇다고 해서
그 학파 최고의 대표들인 고티에나 방빌에 대한 찬미를
거두는 것은 아니었다. 그들처럼 보들레르는 예술에는

형태의 완성을 위한 세심하고 끈질긴 노력이 필요하다고
믿었다. 그러나 진실을 중시하는 그의 마음은 지나치게
과장적인 미학 역시 받아들일 수 없었고 그들의 작품에
드러나는 무신앙적 물질주의는 그의 신비주의적 열망과
어긋나는 것이었다.

그리하여 이 두 경향의 어느 것에도 그는 만족할 수
없었으며, 각각 상호 보완적인 부분만을 자신의 미학으로
채택했다. 후에 있게 될 리얼리즘과 파르나스파에
대한 공격은 변절도 미학의 변화도 아니며, 부분적인
공감에서 비롯되는 애매함을 일소하려는 일종의 시정의
촉구였다. 그 당시 그가 가장 큰 감동을 경험한 것은
호프만(Hoffman)의 환상적인 세계와, 그 시기 프랑스에
소개된 미국 소설가 포의 작품에서였다.

그러나 《르 코르세르 사탕》 주변의 예술인들과의
우정은 그의 삶의 자세와 글에 적지 않은 영향을 준다.
활기에 찬 이 젊은이들과의 접촉에서 삶에 대한 확신과
열정을 확인했으며, 그것이 1846년을 전후해서 계속
발표되는 글에 건강과 활기와 낙관적인 색채를 띠게 했다.
또한 예술과 인생에서 지나친 기교를 경멸하는 그들의
태도 역시 그에게 순수함에 관한 찬양을 낳게 했다. 그
영향 때문인지 이 시기에 발표된 그의 에세이에는 건강한

삶의 태도와 건전한 도덕이 드러난다.

　　실제 그의 삶은 빚과 가난, 질병, 그리고 이루지 못한 작품 계획들로 암담하기만 한데 이 시기의 모든 글은 기지와 해학이 번득인다. 「재능이 있을 때 어떻게 빚을 갚는가?」에서도 기한이 다가오는 빚쟁이의 절박함을 그리며 작가가 어떻게 이 위기를 모면하는지 매우 익살스럽게 이야기한다. 툭하면 골동품상인 아롱델에게 어음을 써주고 빚에 쫓기던 그였기에 이 글은 더욱 실감이 난다.

　　1845년 4월 15일 자 《레스프리 퓌블릭(L'Esprit Public)」에 기고한 에세이 「젊은 문학인들에게 주는 충고(Conseils aux Jeunes Littérateurs)」에서는 문학과 함께 시인의 도덕성, 정신건강학 등에 관한 자신의 생각을 상세하게 서술한다. 문학에서 번득이는 갑작스러운 영감이란 존재하지 않으며 오직 "매일의 끈질긴 작업"을 통해서만 "대향연"에 이를 수 있다. 그리고 "명성에 관해서는 일찍이 벼락같이 떨쳐진 명성이 있는지 자신은(나는) 알지 못하며"; "차라리 성공이란 산술적, 기하학적 비율로서"; "번번이 눈에는 보이지 않는 그 이전의 여러 성공의 결과"라고 말한다. 또 노력하지 않고 불운을 탓하지 말라면서 의지와 노력의 힘을 재차 강조한다. 또 실생활에서 "결코 빚쟁이를 만들지 말라."고 자신의 쓰라린 체험을 말한다. 대충 이런 식으로 전개되는 이 에세이를 대하면 아버지 같은 과장된 어조가 우리를 미소 짓게 만든다. 그는 스물다섯이라는 젊은 나이에 자신의 경험과 자신이 이미 범했던 과오를 빌미로 젊은 동업자들에게 훈계를 하고 있는 것이다.

그러나 충고를 필요로 하는 젊은 작가란 다름 아닌 보들레르 자신이다. 강한 정신의 소유자로서 화가 들라크루아를 예술의 경쟁 상대로 마음에 두고 있는 능숙한 책략가가 아닌 또 하나의 보들레르, 자신의 삶을 다시 일으켜 세우려고 안간힘을 쓰는 까다롭고 침울하고 우유부단한 청년, 파리 산책가이며 불규칙적인 작업 습관을 스스로 책망하고 있는 나약한 보들레르, 이 글에서 그는 실은 자신을 채찍질하고 있다.

6 에드거 앨런 포의 발견

프랑스 2월 혁명

보들레르의 삶은 일련의 모순 속에서 전개되었다.
그중에서도 보들레르의 모순이 가장 두드러지는 것은
1848년 2월 혁명을 전후로 그가 취한 일련의 행동들이다.
댄디이며 귀족주의자인 그는 일관되게 반사회주의,
반혁명, 반민주, 반대중적인 자세를 고수했다. 오로지
예술에 정열을 불태웠던 그는 정치, 혁명, 사회 등의
문제에는 체질적으로 관심이 없는 듯했다. 그런 그가 잠시
동안이나마 혁명의 소용돌이에 휘말려 성난 시위자들
사이에 끼여 시가전에 참여하기도 하고,《사회 복지(Salut
Publique)》라는 사회주의 이념의 신문을 내는 등 열광적인
혁명가로 변신한 모습을 보인 것이다. 이에 대해 보들레르
주석자들은 각기 다른 그럴듯한 해석을 내린다.

그때의 상황은 이렇다. 1848년 2월 프랑스에서 2월 혁명이 발발한다. 2월 혁명은 1830년의 7월 혁명 이래 세 번째로 일어난 혁명이다. 이 혁명으로 인해 프랑스의 왕 루이 필리프가 물러나고 임시정부가 조직되어 프랑스에서 왕정이 끝나고 최초로 공화정이 시작된다. 그러나 그 이후에도 혁명의 기세는 사그라들지 않았고, 사회주의적 민중 시위가 계속되며 노동자들의 반란이 이에 가세한다. 그해 11월에 루이 나폴레옹이 대통령으로 선출되고, 제2공화국이 열린다.

이 격동의 시기 2월 혁명의 와중에 보들레르는 몇 가지 작품 발표를 제외하고는 글쓰기를 중단했던 것 같다. 1948년 1월《르 코르세르 사탕》에 샹플뢰리의 단편소설에 관한 서평을, 7월에는 포에 관한 최초의 번역 「최면술하의 계시(Révélation Magnétique)」를, 그리고 11월에 「살인자의 술(Le Vin de l'Assassin)」을 발표한다. 이것이 그해에 나타난 집필 활동의 전부이다.

2월 혁명이 발발한 어느 날 시가전으로 흥분한 시위자들 사이에서 총을 들고 있는 보들레르가 친구들의 눈에 들어온다. 그리고 얼마 후 그는《르 코르세르 사탕》에 함께 기고하던 샹플뢰리, 투뱅과 함께《사회 복지》라는 신문을 낸다. 이 신문은 자금난으로 2호로 끝나지만,

그는 스스로 신문을 들고 가두판매에 나서기도 하며 매우
활동적인 사회주의자 같은 모습을 보인다. 그리고 그후
이번에는 거꾸로 보수적인 경향의 신문《국민 논단(La
Tribune Nationale)》의 편집 책임자가 된다.

이 같은 일련의 행동은 보들레르 연구가들을
당혹스럽게 했다. 이는 대단한 모순이며 자가당착이라고
그들은 입을 모았다. 언제나 무식한 대중을 무시했던
댄디이자 예술애호가인 그는, 사회주의자를 미술과 예술에
대한, 순수 문학에 대한 적이라고 생각해 왔기 때문이다.
불과 2년 전에 쓴 「1846년 미술전」에서도 반공화적인
태도를 공공연하게 내세웠던 그였다. 친구들도 그의
태도에 놀라움을 금치 못했다. 그는 평소 정치 같은 것에는
관심이 없었던 인물이다.

> 보들레르는 정치를 무시할 뿐만 아니라 멸시하고
> 있었다. (……) 그러므로 내 친구가 그렇게 흥분한
> 것을 보고 우리는 무척 놀랐다.[22]

이런 전향이나 돌변에 대해 보들레르 자신은 누구를
배반했거나 자신의 신조를 버렸다고 생각하지 않았다. 그
어떤 경우에도 특정한 목표를 향해 칼날을 세운 적이 없고,

그 어느 경우에도 이해관계로 움직인 적이 없기 때문이다.

나에게는 우리 시대의 사람들이 생각하는 확신이
없다. 나에게는 야심이 없기 때문이다. (……)
악당들만이 확신을 가지고 있다. 무엇에 대한
확신인가? 꼭 성공하는 것이 필요하다는 확신이다.
― 「마음을 털어놓고」에서

"보들레르는 혁명을 사랑했다."라고 그의 친구
아슬리노는 말한다. 그리고 그것은 정치, 이데올로기,
이해관계와는 무관한, 기존 질서나 체제에 대한 반발이자,
사회적인 동시에 형이상학적인 반항이라고 그는
덧붙였다. 어울리지는 않지만 그에게 '사회적'이라고
말할 수 있는 것은 그 당시 그가 가난과 고통에 깊은
연민을 가지고 있었기 때문이다. "냉정하고 세상 물정
모르는 귀족주의자라고 여겨졌던 시인이 사실은 가장
다정하고 가장 진심이 가득하고 가장 인정이 많고 가장
대중적"이었다고 평했던 마르셀 프루스트는 보들레르를
올바르게 보았던 것이다. 천박한 대중을 경멸했던 이
댄디는 고통받는 모든 자들에게 누구보다 뜨거운 연민의
정을 가지고 있었다. 피에르 뒤퐁의 「노래와 샹송」에

부치는 글 서문에서 이 연민의 목소리는 길게 진동했고,
죽음 시편의 두 번째 시 「가난한 자들의 죽음(La Mort des
Pauvres)」 역시 진실된 깊은 목소리를 담고 있다.

아! 우리를 위로하고 살아가게 하는 것은 죽음
그것은 삶의 목표, 그리고 유일한 희망
선약처럼 우리 몸을 돌아 취하게 하고
우리에게 저녁까지 걸어갈 용기를 준다

폭풍에도 눈이 내려도 서리가 와도
그것은 캄캄한 우리 지평선에서 깜박거리는 불빛
그것은 책에도 적혀 있는 이름난 주막
우리는 거기서 먹고 자고 쉴 수 있으리

그것은 '천사', 자력 가진 손가락 속에
잠과 황홀한 꿈의 선물을 쥐고
헐벗은 가난한 자들의 잠자리를 마련해 준다

그것은 '신'들의 영광, 그것은 신비한 곳간
그것은 가난한 자의 지갑, 그리고 그의 옛 고향
가보지 못한 '하늘'을 향해 열려진 회랑!

— 「가난한 자들의 죽음」에서

처음 이 시는 죽음에 대한 일반적인 개념을 말하기
위해 「죽음(La Mort)」이라고 명명되어 있었는데, 후에
「가난한 자들의 죽음」으로 제목이 바뀐다. 인생이라는
험난하고 힘든 여행 동안 인간을 위로해 주고 지탱해 주는
신비한 세계로서의 죽음의 개념은 특히 가난한 자들에게
해당된다고 시인은 느꼈던 모양이다.

예술을 이해하지 못하는 무식한 대중에 대한
보들레르의 경멸은 익히 알려져 있다. 그가 노동자 또는
사회주의자나 민주주의 신봉자를 거부하는 이유는 예술에
대한 신앙심과도 같은 성실한 믿음 때문이었다. 그는
민주주의를 '사치'의 적, 즉 조형 예술과 문학의 적으로
믿고 있었다. 그러나 이들을 거부한다고 해서 공화주의
신봉자들 중에 친구를 갖지 않은 것은 아니었다. 메나르와
그의 다락방에서 만난 리즐, 리용 친구 피에르 뒤퐁……
이들은 모두 보들레르와 같은 나이였다. 그들의 호의와
다정다감한 성격, 그리고 그들의 순수함이 그에게 강한
인상을 주었다.

한편으로 화가 도미에, 쿠르베, 투뱅, 피에르 뒤퐁과의
교류가 사회적인 문제에 관한 그의 관심을 일깨웠다.

그리하여 봉기가 발발하기 이전에 스스로 의식하지
못했더라도 이미 그의 선택은 이루어져 있었다. 1848년
혁명은 그런 종류의 모든 운동과 마찬가지로 수많은
불순한 동기들로 더럽혀져 있었다. 그렇다고 혁명을
지배하는 순수하게 정신적인 열정이 감소되는 것은
아니었다. 그리고 이 열정은 보들레르의 성향에 매우 잘
부합되었다.

보들레르가 최초의 폭동 때부터 행동에 뛰어들었던
것은 아니다. 2월 22일 저녁 그는 혁명의 참상을
목격했다고 한다. 그날 그는 한 파리 경찰이 무기 없이
달아나려는 시위자의 가슴에 총검을 꽂는 장면을 목격했던
것이다. 그곳에 같이 있었던 친구 투뱅은 "이 끔찍하게
잔인한 행동"이 틀림없이 결정적인 충격을 주었을
것이라고 증언한다. 그리고 24일 보들레르는 총을 들고
바리케이드에 있었다.

2월 최초의 총성은 카퓌신(Capucines) 거리에서
울렸다. 이미 그곳에는 바리케이드가 세워져 있었다.
23, 24일 밤 오래된 성문 밖 거리는 혁명의 열기로
가득했다. 날이 밝자 파리 전체에 전운이 감돌았다.
생앙투안 거리에서 군중과 경찰이 충돌했고, 다음으로
에콜, 그리고 발루아, 생오노레…… 이렇게 차츰 확대되어

나갔다. 급기야 혁명군은 튈르리 공원으로 몰려갔고 루이
필리프는 겁을 먹고는 마차를 타고 뇌이유를 거쳐 파리를
빠져나갔다. 이때 보들레르는 시위자들과 함께 있었다.
독서를 통해 가졌던 어렴풋한 혁명의 기억, 또는 실제로
경험했던 시위의 추억, 1830년대의 파리로부터 1834년
리용의 폭동, 그리고 1844년 그도 참여했던 생루이 섬에서
통행세를 징수하는 기업에 대한 파리 시민의 항거 등이
차례로 머리에 되살아났을 것이다.

그날의 소요는 훨씬 큰 규모였다. 뷔시 네거리에서
시위자들은 무기를 파는 가게를 약탈했다. 보들레르
역시 이곳에 있었다. 그는 "핏빛같이 붉은 넥타이를 매고
혁명에 관한 장광설을 늘어놓고 있었다."고 후에 한 친구는
증언한다. 그는 "손에는 총을 들고 허리에는 탄약통"을
메고 있었다. "내가 총을 쏘았지."라고 우연히 그곳에
있었던 뷔송에게 말했다고 전해진다. "그러나 보들레르는
과장하고 있었던 것"이며, "어쩌면 독한 포도주를 마시고
제정신이 아니었을지도 모른다."라고 친구는 덧붙이기도
했다.

그때 시인은 센 또는 마자린 거리에 살고 있었던
것으로 친구들은 추측한다. 이곳은 초반부터 시위자들에게
점령당한 거리였다. 2년 전에 문을 연 바바리아인

앙들레가 경영하는 맥주집이 보들레르가 태어난 오트페유
거리 26번지에 있었고, 무기를 든 시위자들이 아침부터
이곳에 밀려들었다. 얼마 후 옆 바리케이드로부터
부상자들이 옮겨져 왔다. 스물아홉 살 쿠르베 역시
그곳에서 멀지 않은 아르프 거리 89번지에 아틀리에를
가지고 있었고, 앙들레 술집에서 기거하고 있었다.
보들레르는 1846년경 모뮈(Momus) 카페에서 만나 알게
된 이 화가와 1846년부터 1848년까지 이 맥주집에서 가끔
만나곤 했다. 이 두 친구는 2월 24일 앙들레 맥주집에서
만났고, 둘이 함께 소요중인 "군중 틈에 끼어 쉴 새 없이
손짓"을 하는 모습이 친구들의 눈에 띄었다. 회화에서도
혁명주의자였던 쿠르베는 정치에서도 마찬가지였다.
　　그런데 보들레르는 후에 자신이 1848년에 혁명
진영에 끼어 시가전에 참가했던 일에 대해『내면의
일기』에서 이렇게 적고 있다.

　　2월의 끔찍스러운 일들.
　　민주주의의 광기와 부르주아의 광기.
　　자연적인 범죄애.
　　―「마음을 털어놓고」에서

이처럼 그는 혁명의 회오리 속에 끼여든 자신의
행동과 혁명 자체에 대해 부정적인 결론을 내린다.

1848년이 재미있었던 것은 오직 저마다 거기서
공중누각과 같은 유토피아를 그리고 있었기 때문이다.
쿠데타 때의 나의 격분. (……) 또 하나의 보나파르트!
이 무슨 수치냐!
— 「마음을 털어놓고」에서

한편 오픽은 혁명의 회오리에도 전혀 타격을 받지
않고 공화정하에서 세 번이나 정치 체제가 바뀌는
동안에도 여전히 출세 가도를 달린다. 네 번째로 왕정에서
공화국으로 일변한 2월 혁명 후 그는 외교관으로
영전한다.

디종 체류

혁명의 소요 후 정치가 안정된 것은 아니지만 적어도
거리에는 평온이 찾아왔다. 이것은 곧 보들레르에게는
자신이 서명한 어음이 만기가 되어 지불 독촉을 받을 때가
왔다는 의미였다. 빚쟁이들과 고리대금업자 아롱델은
기다렸다는 듯이 그를 추적했고, 시인은 그들을 따돌리기

196

위해 파리 안에서 거처를 바꾸는 것만으로는 부족하다고
판단했다. 법정 후견인 앙셀 역시 멀리 떠나도록 종용했다.
그는 앙셀의 제안을 받아들이기로 했다. 멀리 시골에
틀어박혀 급한 빚을 갚을 수 있을 만큼의 원고를 쓰기
전에는 파리에 돌아오지 않겠다는 결심을 한다. 마침
기자직에도 싫증이 났고 정치 토론도 지긋지긋하던
차였다. 파리에서는 이제 변화의 표상인 작업복이 수없이
팔려나가고 있었다.

그는 시골 체류 계획을 세웠다. 이번에는 소설을 통해
문학으로 회귀한다는 계획이었다. 이 소설들은 후에 그
자신이 "악을 있는 그대로 그려야 한다."라고 썼듯이,
권선징악적 소설이 아니었다. 그가 수첩에 메모해 둔
"한 괴물의 교훈", "순결한 정부", "중학교에서 일어난
범죄", "얼간이의 정부" 등의 제목은 그 계획과 썩 잘
어울린다. 일단 시작하면 끝까지 밀고 나갈 방법도 가지고
있는 듯했다. 계속하고 싶은 욕망을 줄 수 있는 아름다운
문장으로부터 시작한다는 것도 그중 하나였다. 그러나 이
모든 것은 계획일 뿐이었다.

그는 1849년 12월 디종을 향해 출발한다. 음산한
겨울에, 시인은 우울하고 비통한 기분에 쌓인 채 그곳에
도착한다. 시골의 고요함이 그의 가슴을 조여 왔다.

그곳에는 아는 사람도 친구도 같이 이야기를 나눌 사람도 없었다. 호텔 식당에서 만나는 투숙객들과의 대화가 고작이었지만, 이 대화도 금세 견딜 수 없다고 느끼지 않을 수 없었고, 결국 식사마저 자기 방에서 혼자 하기로 작정한다. 이 괴상하게 까다로운 손님은 이제 호텔 안주인의 눈에 수상쩍은 인물로 비쳤다. 복장도 예의도 나무랄 데 없었지만 어딘지 보통 사람과 다르다. 이 손님은 혼자 방에만 틀어박혀 무엇을 하는 것일까? 이곳에서도 외로움을 자초한 그는 혼자 방에 틀어박혀 과연 작업에 몰두하고 있었던 것일까? 사실은 그러지 못했다. 호텔의 손님은 대부분 여행이 잦은 외근 사원이거나 외판원 들이었다. 밤늦게까지 있다가 겨우 잠들려고 하면, 이들은 새벽 일찍 일어나 휘파람을 불며 부산스레 외출 준비를 하느라 그의 늦은 잠을 방해한다. 결국 비몽사몽 뒤척이다 거의 점심때가 다 되어 일어난다. 정신이 맑을 리가 없다. 오후 시간도 그리 알뜰하게 사용하지 못한다. 몽롱한 기분에서 벗어나기 위해 저녁쯤 산책을 나간다. 시골 거리의 자질구레한 소음 속에 카페에 들어서면 계산원 아가씨 앞에서 곱슬곱슬하게 멋낸 턱수염을 뽐내고 있는 경기병에게서 시선이 멎는다. 우울의 포로가 된 그에게 기운을 북돋아주는 광경은 아니다. 참담한 기분에 젖어

걷다가 미로 같은 어두운 골목길에서 길을 잃는다. 잔뜩
찌푸린 듯한 덧문이 닫힌 건물들을 따라 보도에 발부리를
부딪히며 계속 걷는다. 마침내 합승마차 소리가 들리고
멀리 불 켜진 호텔 현관이 눈에 들어온다. 호텔의 밤
근무자가 하품을 하며 열쇠를 건네준다. 이렇게 돌아온
그에게 유일한 친구이자 구세주는 로다놈 아편이다. 차츰
복용량이 늘어나고, 마침내 위장이 탈이 난다. 이제 온종일
침대에 누워서 지내야만 한다. 그리고 설상가상으로 이미
완치되었다고 생각했던 옛날의 그 수치스러운 병이 다시
고개를 쳐든다. 이러한 절망과 고독 속에서 그는 하루에
수십 번씩 갚아야 할 부채를 계산했다. 디종에서의 이
서글픈 체류는 그의 생애 마지막 몇 년 동안 벨기에에서
지내게 될 불행했던 삶의 예고편과도 같았다.

보들레르는 더 이상 견딜 수가 없었다. 아파트도
구하지 않은 채 잔느를 그곳으로 데려오겠다는 결심을
한다. 그는 즉각 그녀에게 편지를 보낸다. 내려오기 전
뇌이유로 가서 법정 후견인 앙셀을 만나 가불을 해오도록
지시한다.

그러나 그와 앙셀의 관계는 그 몇 년 동안에도 별로
개선되지 않았다. 공증인으로서, 법률 고문으로서 앙셀은
자신의 입장을 고수했고, 자신의 고객에게 점잔을 떨면서

원칙에서 벗어난 모든 요구에 완강히 귀를 막고 있었다. 앙셀의 이런 태도에 대한 보들레르의 분노는 이제 극에 달해 있었다. 게다가 최근 다분히 위험한 보들레르의 혁명적 사고와 소요 때의 그의 행동은 사회 질서를 무엇보다 존중하는 이 공무원의 빈축을 사기에 딱이었다. 그러나 이 두 사람은 수다스러운 데다가 대화와 토론을 좋아했기 때문에 서로 만나기만 하면 기꺼이 격렬한 토론을 벌였다. 서로 생각이 전혀 다르기 때문에 그들의 토론은 신랄했다. 그러나 이 같은 잦은 충돌로 인해 그들은 자신들도 의식하지 못하는 사이에 오히려 서로에게 애착을 갖게 된다. 앙셀은 이 젊은 친구의 역설을 반박하면서도 자신을 수시로 망연자실케 하는 그의 역설을 즐기게 되었고, 보들레르 쪽에서도 이 공무원의 요지부동하게 굳어버린 정신과 감정은 받아들일 수 없지만 이 나이 지긋한 관리가 지닌 자기 나름의 확고한 인생 철학에 친근감을 갖게 된다. 그리하여 앙셀은 시인에게 나이 든 아버지 같은 묘한 친근감을 갖게 되었고, 필생(筆生)이나 제본업자에게 원고를 맡기고 찾아오는 등 시인의 잡다한 원고 심부름도 마다하지 않았다.

　그러나 잔느가 앙셀을 상대로 한 교섭은 수확이 없었고, 그녀는 빈손으로 디종에 내려온다. 가벼운

주머니로 혼자도 아닌 호텔 체류를 더 이상 감당할 수
없어, 그는 잔느와 파리로 돌아오고 만다. 결국 디종행은
처음 계획한 일을 제대로 착수해 보지도 못한 채 끝난다.

에드가 앨런 포

1848년은 또한 보들레르 문학에 에드거 앨런 포의
등장을 알리는 해이기도 하다. 1848년의 열광 뒤에 체험한
실망은 그에게 허탈감만 남겨주었고, 이후 몇 년 그는
침체기를 맞는다. 문학적인 면에서도, 애정 면에서도 이
시기 그는 좌절감만 맛보고 있었다. 어머니나 잔느와의
관계도 행복하지 못했다. 오픽과 함께 콘스탄티노플에 가
있는 어머니에게 보내는 편지에는 자신에 대한 어머니의
가혹함을 언급하는 구절이 있고, 잔느에 대한 사랑도 이미
식었음을 알려주는 구절도 있다.

저는 오래전부터 오로지 의무로 그녀를 사랑할
뿐입니다. (……) 부정한 행실이 아무리 많고 성격이
아무리 잔혹하다 해도, 그녀가 어떤 선의와 헌신의
불꽃을 보여주었을 때는 그것만으로도 이해를 초월한
남자, 특히 시인은 그녀에게 보답해야만 한다고
생각하기에 충분합니다.

이처럼 그가 침체의 늪에서 허우적거리고 있을 무렵 그는 미국 작가 포를 발견한다. 스탕달이 그랬듯이 보들레르는 새로운 이론과 미학을 분명히 구상하고 창작을 시작했다. 1846년 이후 그는 자신의 위대한 도약을 스스로 믿으며 작품의 완성을 기대하고 있었다. 그러나 자신이 나아갈 길을 확실하게 정하고 나서 문학적인 탐색과 다른 예술 분야의 모방, 번역, 비평 등 잠시 모색의 기간을 갖는다. 그리하여 스탕달처럼 독창적인 미학을 실천하기 위한 기회를 하나도 놓치지 않으려 부심했던 그는 잠시 자신만의 독창성을 단념한 듯하다.

이 같은 침묵의 시간은 차라리 필요한 것인지도 모른다. 자신이 취할 여러 원칙과 새로운 장르를 정하는 일에는 스스로에 대한 엄격함이 요구된다. 그것은 오랫동안 어둠 속을 더듬으며 견뎌야 하는 인고의 시간을 필요로 하기 때문이다. 그러나 미학이나 시론은 완전히 새로운 것을 만들어내는 발명 분야도 아니고 말장난도 아니다. 아직 젊은 예술인은 자신이 원하는 쪽으로 방향과 길을 정할 수 있지만, 그것을 제대로 실행할 경험이 부족하다. 스탕달의 경우처럼 보들레르도 그러했다. 1846년의 힘찬 출발 후 또 하나의 새로운 출발을 하기 전의 이 단절이 그에게는 더욱 심각하게 느껴졌다.

삶 또한 그에게 심한 타격을 준다. 1848년의 혁명은 그에게 정신적인 충격을 주었다. 잔느는 그를 끊임없이 피곤하게 했고 건강은 악화되었다. 편집장이나 잡지사 국장들과 끊임없이 부딪쳐야 하는 데서 오는 긴장도 그의 창작 의욕을 꺾었다. 그리고 이 시기 부모에 대한 증오심은 절정에 이른다.

1846년에는 자살 기도, 가족과의 불화, 경제적인 고통, 건강 악화에도 불구하고 계속 낙관적이었고, 예술에 정진하려는 의욕도 가득했다. 그는 「젊은 문학인들에게 주는 충고」에서 자신을 '불운아(guignon)'라고 생각지 않는다고 분명한 어조로 말한다. 그로부터 불과 몇 년, 포에 관한 연구를 시작하면서 이 피할 수 없는 '불운아'에 대한 오랜 심사숙고로부터 글을 시작하는 것은 심경의 변화를 말해 준다. 특히 이때 해시시[23]와 아편이 그의 삶에 들어온다. 『악의 꽃』의 서문과도 같은 첫 번째 시 「독자에게(Au Lecteur)」에서 이미 그는 "능숙한 화학자"가 만들어낸 환각제 때문에 맥을 못 추는 의지의 나약함을 환기시킨다.

악의 베갯머리엔 '사탄 트리스메지스트'
우리의 홀린 정신을 서서히 흔들어 재우니,

그러면 의지라는 우리의 귀금속도
이 능숙한 화학자의 솜씨에 온통 증발하고 마네
—「독자에게」에서

그렇다고 보들레르가 자신의 작품에 필요한 영감과
착상을 해시시 복용으로 얻어냈다고 말할 수는 없다. 그는
해시시를 영감의 근원으로 보는 것을 거부했고, 그것이
창작에 방해가 된다고 생각했다.

해시시는 고독한 즐거움에 속한다. 그것은 한가하고
불행한 자들을 위해 만들어졌다. (……) 해시시는
무익하고 위험하다.
—「술과 해시시에 대해」에서

그런데 이처럼 정신이 우울 속으로 빠져들면서 불행한
선배 작가들에게 귀를 기울이게 되었다. 그렇다고 최초의
감탄의 대상들을 부인하는 것은 아니었다. 호프만도, 죽은
지 얼마 되지 않은 발자크도, 들라크루아도 여전히 그의
스승으로 남아 있었다. 그러나 그의 관심이 기울어지는
것은 이미 활기를 부여해 줄 그들의 교훈 쪽이 아니었다.
이때 그는 불행의 선배들인 드 퀸시와 포에 공감한다.

보들레르가 언제 포의 작품을 접하게 되었는가?
그리고 포가 『악의 꽃』의 시인에게 어떤 영향을 끼쳤는가?
이 문제가 바로 보들레르 연구가들의 "펜에 많은 잉크를
흐르게 한 문제이며, 그럼에도 불구하고 아직까지
시원한 답을 얻지 못한 문제"이다. 포 작품의 번역물들이
1845년부터 프랑스에 나오기 시작했기 때문에, 포가
프랑스에 전혀 알려지지 않았던 것은 아니다. 보들레르가
처음 포의 작품을 접한 것은 1847년 이자벨 므니에(Isabelle
Menier)가 푸리에(Fourier)적 공상적 사회주의 성향의
신문인 《평화 민주주의(La Démocratie Pacifique)》에 포의
「검은 고양이」를 번역하여 게재했고, 이 작품을 통해
보들레르가 포를 알게 된 것으로 보들레르 연구가들은
짐작하고 있다.

포의 작품을 처음 대하면서 보들레르는 별다른 반응을
보이지 않았던 것 같다. 그러나 포를 차츰 알게 되면서
그에 대한 공감이 싹텄고 급기야 그의 전 작품을 완역할
결심을 하기에 이른다. 포를 향한 그의 관심과 열정은
그가 강조했고 과장하기조차 했던 두 작가 사이의 "동류
관계(identification)"로 인한 것이다. 그는 1864년 테오필
토레에게 이렇게 써 보낸다.

왜 제가 그토록 끈질기게 포를 번역하는지 아세요?
그가 저를 닮았기 때문이죠. 제가 처음 그의 책을
열었을 때, 제가 꿈꾸어 오던 주제뿐 아니라 제가
생각했던 **문장**을 그가 20년 전에 썼었다는 것을
발견하고 놀라움과 황홀감을 느꼈습니다.

그가 그 방대한 작품을 번역하면서 보였던 집요함과
열정에 대해 주석자들은 신비에 가까운 일이라고들
말한다. 근 15년에 걸쳐 이 작업에 전념하며 많은 번역서를
냈고, 이 번역서들 중 어떤 것에는 오랫동안 공들여 작업한
해설을 곁들였기 때문이다. 이 해설은 미학의 원칙과
방향을 제시한 글로서 중요한 미학적 의미를 지닌다.
또한 이 번역물들이 보들레르의 문학 활동 전체에서 가장
많은 수입을 가져다주었다는 점도 지적하지 않을 수 없다.
그중에서도 긴 해설을 붙인 『이상한 이야기(Histoires
Extraordinaires)』와 『신 이상한 이야기(Nouvelles Histoires
Extraordinaires)』는 여러 차례 재판을 찍는 등 매우
뚜렷한 성공을 거두었고, 이 덕분에 역설적이지만 포는
자신의 나라인 영어권보다 프랑스에서 더 사랑 받는
작가가 되었다. 그리하여 그 나라의 비평가 맨셀 존스(P.
Mansell Jones)와 시인 엘리엇(T. S. Eliot)은 보들레르가

포의 취약점을 모르고 그의 중요성을 과대평가했다고
역설하였으며, 이 평가가 많은 반향을 일으켰다.

보들레르는 중학교에서 배운 약간의 영어 실력을
갖추고 있었는데, 그 수준은 대단한 것이 아니었다. 초기에
출판된 번역서에서는 적지 않은 오류가 발견된다. 그가
포에 대한 동류적인 직감에 도움을 받았다 해도 확실한
번역가가 되기 위해서는 긴 시간 동안의 노력이 필요했다.
미국 남부의 어떤 표현은 끊임없이 문제를 야기했고,
그는 그 표현들을 사전에서 찾을 수 없었다. 또 하나의
어려움은 1849년 볼티모어에서 세상을 떠난 포의 생애에
관해 참고할 만한 좋은 전기를 확보하는 일이었다. "그의
전집은 사후인 1860년 2월 18일 비로소 하나로 모아졌기
때문에 자신은(나는) 포가 이끌던 잡지를 빌리려고 파리에
살고 있는 미국인들과 교류하기 위해 인내심을 발휘해야만
했다."라고 그는 후에 리용의 문학평론가 아르망
프레스(Arman Fraisse)에게 보내는 편지에 쓴다. 이런
의도에 따라 그는 1852년부터 1856년 사이에 윌버포스
만(William Wilberforce Mann)이라는 미국인을 만난다.
아슬리노는 자신이 동행했던 보들레르의 방문에 대해
이렇게 증언한다.

속옷 차림의 미국인은 신발을 신으려 애쓰며 번역가의
질문을 받았다. 그는 포에 대해 호의적인 의견을
갖고 있지 않았다. 그에 따르면 포는 이상한 성격의
인물이었다. (……) 층계에서 보들레르는 모자를
사납게 눌러쓰며 "저 작자는 양키일 뿐이야."라고
내게 말했다.[24]

마침내 그가 번역한 포의 단편소설이 1854년《르
페이(Le Pays)》에 실리기 시작했고, 뒤이어 『이상한
이야기』(1856), 『신 이상한 이야기』(1857), 『아서 고든
핌의 모험(Les Aventures d'Arthur Gordon Pym)』(1858),
『유레카(Eureka)』(1863), 『기이하고 심각한 이야기(Les
Histoires Grotesques et Sérieuses)(1865) 등이 계속해서
출판된다. 이처럼 보들레르의 문학적 삶은 많은 부분이
포의 작품 번역에 바쳐진다. 그리하여 『악의 꽃』이
출판되기 전까지 그는 대중에게 흔히 포 작품 번역가로
알려져 있었다. 이들 번역 작품 중 일부에 첨가한 다양한
소개글과 주석에서 그는 이 작가에 대한 감탄을 분명한
어조로 표명한다.

이들 주석을 검토한 후 어떤 이들은 진정 보들레르가
포에 매혹되었으며, "포의 미학은 보들레르의 사상과

예술의 주요 요인이었다."라고 선언했다. 보들레르의
친구 아슬리노는 이런 해석을 내리는 데 공헌한 증인 중
하나이다. 그는 보들레르가 "처음 작품을 읽으면서부터
여러 측면에서 자신과 유사한 이 미지의 천재에 관한
감탄으로 타오르고 있었으며", 자신은 "그같이 완벽하게
그토록 빠르고 절대적으로 받아들이는 모습은 본 적이
없었다."고 주석을 단다.

그런데 아슬리노의 문제의 주석들이 최근 전부
출판되어 이 일화의 정확성 여부에 관해 강한 의문이
제기되고 있다. 보들레르가 포를 처음 접한 것은 1847년
또는 1848년으로 추정되는데, 1847년에서 1850년 또는
1851년 사이에 아슬리노와 보들레르는 거의 만나지
않았다는 사실이 밝혀졌다. 아슬리노는 친구 보들레르에게
호의를 가지고 있었고, 보들레르 사후에까지 그가 보여준
충실한 우정을 생각할 때, 이 훌륭한 청년 아슬리노를
의심할 수는 없지만, 사건 이후 20년이 지난 뒤에 쓰인
주석들과 연구에는 아무래도 자신이 본 것과 남으로부터
들은 믿을 수 없는 이야기 사이에 혼동이 있었을 것이라고
뤼프는 추정한다. 한편 미국의 보들레르 연구가 중 하나인
밴디(W. T. Bandy)는 보들레르가 1852년까지 포에 대해
열두 개의 단편소설을 읽었을 뿐이며, 그때까지 포의

시작품이나 이론서는 읽지 않았다는 사실을 결정적으로
제시한다. 이 두 분야의 작품은 그가 쓴『에드거 포, 그의
생애와 작품들』이라는 제목이 붙은 포에 관한 본격적인
해설 출판 이후에야 읽게 된다는 것이다. 그리고 그 이전에
그의 미학은 거의 결정적으로 확립되어 있었다. 그의
미학이 계속해서 조금씩 달라졌다 해도, 그것은 미학의
변화라기보다는 그 자체의 방향 속에서 진전한 것일
뿐이다. 보들레르 자신이 주장한 "독특한 충격"은 어떤
발견이나 계시보다는 자신과의 '유사성'에서 온 것이었다.
보들레르 자신이 두 사람의 미학의 만남을 예로서
인용하는데, 그것이 결과적으로 '열광'이니 '모방'이니
하는 주장을 내세우게 하는 동기를 제공케 했다고
주석자는 말한다. 실제로 최초의 번역물이 출판되었을 때
그곳에서 드러나는 것은 흥미의 표시일 뿐 열광이라고
말할 수는 없었다. 이를테면「최면술하의 계시」에 붙이는
주석에서는 이렇게 쓰고 있다.

우리가 읽으려는 포의 이 작품은 때로 추론이
지나치게 희박하고, 때로 분명치 않고, 어떤 때는
기이하게도 대담하다.

그러나 시인이며 이론가로서의 포를
발견하면서(1852년경) 그에 대한 열광이 자라난다. 포에
관한 보들레르의 관심 중 보들레르의 영향을 받은 시인, 즉
말라르메와 발레리 등이 가장 흥미 있게 여긴 것은 「시학의
원칙(Le Principe Poétique)」과 「시의 기원(La Genèse
d'un Poème)」에 제시된 시작(詩作) 방법론과 시작법에
관한 분석이다. 발레리는 「해변의 묘지(Le Cimetière
Marin)」에서 특별히 포나 보들레르가 관심을 가졌던
방법을 시도한다.

포와 보들레르의 관계에 관한 주석자들의 관심이 주로
이 문제 쪽에 있기 때문에, 적어도 보들레르가 이 부분에서
포를 어떻게 생각하는지 알아볼 필요가 있다. 보들레르는
「포에 관한 신 주석(Notes Nouvelles Sur Edgar Poe)」에서
아직 번역물을 출판하지 않은 「시의 기원(La Genèse
d'un Poème)」에 관해 언급한다. 그는 이 에세이가 "약간
무례함으로 얼룩져 있는 것 같으나 이런 종류의 글은
영감(靈感)의 지지자들"을 위해서는 도움이 된다고 쓴다.
그러나 이곳에서 그가 말하고 있는 '영감'을 그는 믿지
않았기에, '영감'에 관한 다음과 같은 언급은 그의 계산된
반박임을 알 수 있다.

어떤 작가들이 무질서에 절대적인 신뢰를 가지고
두 눈을 감은 채 걸작을 쓰겠다는 포부로 천장에
제멋대로 던진 글자들이 마루 위로 시가 되어
떨어지기를 기다리면서 자연스러움을 가장하는
것처럼, 포는 ― 내가 아는 한 그는 진정 영감에서
착상을 얻은 작가들 중 한 사람이다 ― 자연 발생을
감추고 냉정함과 숙고를 가장하는 부자연스러움을
보인다.[25]

이것은 이 '냉정함'과 '숙고'에서 포의 결정적인
독창성을 보았던 발레리와 정반대되는 해석이다. 그보다는
1856년 생트뵈브에게 보낸 편지에서 포에 관한 그의 주된
관심이 드러난다. 포가 어떤 점에서 자신의 흥미를 끌고
있는지 이 글에서 분명하게 밝히고 있기 때문이다.

첫 권은 대중을 유인하기 위해 쓰였다. 곡예, 추측,
거짓말 등 (……) 사람들은 포를 곡예사로만 보는 척할
수도 있다. 그러나 나는 그의 시와 단편소설의 초자연적인
성격까지 철저하게 파고들 것이다. 그는 '곡예사'로서만
미국인이다. 그 나머지는 거의 반미국적인 사상이다.
게다가 그는 자신과 같은 나라 국민을 극도로 조롱했다.[26]

그가 포 번역서에 붙인 서문에서 가장 두드러진
요소는 그의 말대로 "미국 숭상주의(américanisme)에
대한 격렬한 항의"였고, 그의 진정한 찬미 대상은 다른 데
있었다. 그가 혐오스러운 미국 숭상의 대표적 본보기인
'곡예(jonglerie)'에 관대했던 것은 단지 포에게서 자신의
미학의 기본을 이루는 '초자연주의(surnaturalisme)'와
'총화(unité)'의 철학을 알아보았기 때문이다. 그는 이
점에서 자신의 정신주의의 충실한 메아리를 알아본
것이며, 그렇기에 포를 자신의 정신적인 '형제'로
생각했다. 그것이 그로 하여금 포를 신비주의 시인으로
분류하도록 했고, 그의 죽음을 계기로 다음과 같이
감동적인 조서(弔書)를 쓰게 했다.

존재 법칙을 찾아내려고 애썼고 무한을 갈망했으며
좌절감으로 인해 방탕의 술 속에서 불쾌하고
지긋지긋한 위안을 찾았던 당신들 모두, 그를 위해
기도하소서.

이는 단순히 멋을 부리기 위한 글이 아니었다.

지금 그의 육신은 그가 그 존재를 어렴풋이 예감했던

것들 사이에 떠돌고 있습니다. 보이지 않는 것을
보았고 이해했던 그를 위해 기도하소서. 그는 당신을
위해 중재에 나설 것입니다.

이로부터 10년 후, 아니 그 이후까지도 이 말을 그는
반복한다. 말기에 쓴 『내면의 일기』의 다음 글이 그것을
증명해 준다.

모든 힘과 정의의 저장고인 신에게 매일 아침 기도할
것. 그리고 신과의 중재자인 포와 마리에트에게
기도할 것.
—「정신건강학」에서

이 같은 정신적인 높이에서, 또한 그가 1846년부터
진정한 낭만주의의 중요한 성격으로 요구했던 이
"무한에의 갈망"에서 그는 포의 위대함을 보았던 것이다.
이것을 발레리는 보지 못했다. 그는 단순히 그의 시 쓰기에
적용된 능숙한 시작법의 엄격함만을, 요컨대 '곡예'의
수준만을 감지하는 데 그쳤다.
1848년 일련의 정치 사건으로 인해 휩싸였던 흥분이
그를 엉뚱하게 '참여(engagement)' 쪽으로 몰고 갔고,

쿠데타 이후 "모든 논쟁의 국외자로 남아 있겠다는
결심"을 했던 것이 예술 작품의 여러 조건에 관해 더욱
정확한 관점을 갖게 했다. 포는 바로 이 시기에 보들레르가
균형을 되찾고 다시 자신의 자리로 되돌아가는 데
도움이 되었다. 포는 매우 정교하고 능숙한 정신주의와
초자연주의 예술의 본보기를 보여주었다. 그리하여
1848년부터 마지막 순간까지 포의 존재는 보들레르의
뇌리에서 떠나지 않았다. 그는 "드 메스트르와 에드거 앨런
포는 나에게 추론하는 방법을 가르쳐주었다."라고 후에
『내면의 일기』(1166쪽)에 쓴다. 보들레르가 특별히 포에
집착했던 이유는 이 미국 작가에게서 어떤 새로운 미학적
지침을 발견했기 때문이 아니다. 그보다는 포에게서 다름
아닌 자기 자신의 이미지를 보았다고 하는 것이 옳을
것이다. 포는, 보들레르가 그곳에 자신을 비추어보는
거울과 같았다. 그는 정열적으로 포를 찬양했고, 항상 그를
자기와 동류로 생각했다.

　　개인적인 불행과 계획 실천의 지지부진, 그리고
의지박약으로 자신에 대한 비관에 빠져들던 바로 그
무렵, 그는 포를 누구보다 더 잘 이해할 수 있었다. 포의
진정으로 비참한 인생이 뼈저리게 그에게 파고들었다.
그리하여 포의 죽음 앞에서 자기 자신에 대해, 1846년

자신의 능력에 대한 자신감과 희망과 기대에 차 있을
때 부인하던 리캉트로프(Borel le Lycanthrope)의
'불운아(guignon)' 테마를 떠올렸다.

숙명적인 운명이 있다. 각 나라 문학에는 이마의
구불구불한 주름 속에 신비한 글자로 씌어진
불운아라는 단어를 가진 이들이 있다.[27]

그리하여 이때부터 그의 옛 스승들, 독창성과 환상의
대가들, 호프만과 발자크가 불행한 포처럼 '불운아'의
표본이 된다. 자신을 포와 동일한 인물로 보려는
의도가 때로 도를 넘어서 포에 관한 해석에 그 특유의
명암을 강조했다. 이를테면 포는 「윌리엄 윌슨(William
Wilson)」에서 청년 시절 묘사에 특히 영국의 유서 깊은
지방 도시의 낡은 멋을 그리며 "오, 이 철기 시대의
아름다운 시절이여." 하고 볼테르를 인용한다. 이에 대해
보들레르는 성이 차지 않아 뉘앙스의 강도를 높여 이렇게
쓴다.

나는 여기에서 유폐의 어두운 시절이 전율하는 것을
느낀다. 독방 감금의 시간, 버려진 나약한 유아의

불안, 우리의 적이었던 선생을 향한 공포, 폭군 같은
친구들에 대한 증오, 마음의 고독, 이 모든 어린
시절의 고통을 에드거 포는 느끼지 못했다. 수많은
우울의 주제가 그를 설득하지 못했다.

그는 포에게서 모범생이면서 엉뚱한 실수를 저지르고
학교에서 쫓겨난 학생, 그리고 양부모 밑에서 불행하고
외로운 어린 시절을 보내야 했던 불운한 인간을 알아보고
독특한 감동에 사로잡힌다. 그것은 바로 그 자신의
이미지가 아닌가. 그 역시 루이 르 그랑에서 수업 시간에
친구들과 돌린 쪽지 사건으로 졸업을 얼마 남겨놓지
않은 채 학교에서 쫓겨나 집에서 혼자 대학입학 자격시험
준비를 해야 했고, 어린 시절 평생을 두고 지워지지
않는 깊은 애정의 상처를 경험했다. 아버지가 돌아가신
후 독차지했던 젊고 아름다운 어머니의 재혼으로 인한
배신감, 엄격한 군인 출신 의붓아버지에 대한 반감, 그리고
리용 기숙사생 시절의 우울증…….
　보들레르가 포를 만났을 때는 정치적 소용돌이와 그로
인한 실망에서 아직 벗어나지 못한 상태였다. 그리하여
그는 주석에서 미국 전기 작가들은 "지나치게 민주주의
신봉자들이라 그 나라의 위대한 인물을 증오한다."라고

덧붙인다.

그는 포가 가난한 댄디임을 알아보고 더욱 공감을
느낀다.

조악한 천으로 지은 프록코트, 잘 알려진 술책에
따라 목까지 단추가 채워져 있고 (······) 이 모든 것과
함께 거만한 태도, 고상한 몸가짐, 눈은 지성으로
빛나고······.

이 또한 보들레르 그 자신의 이미지이다. 그가 포에게
매우 헌신적으로 관대하고 다정한 양어머니 마리아
클렘(Maria Clemm)을 기이할 정도로 찬양한 것도 예사롭지
않다. 어딘지 자신을 결코 이해하지 못했던 자신의
어머니와 포의 양어머니를 대조시켜 "거의 신격화된
이미지"를 부각시키며 은근히 어머니를 원망하려는 듯한
의도가 느껴지기 때문이다.

보들레르가 미국 작가 포에게서 다름 아닌 자신의
이미지를 발견하고 동류애를 느꼈던 것처럼, 작업
방법에서도 자신과 유사한 경향을 발견한다. 그중에서도
포가 아편에 의해 작품을 풍요하게 하는 꿈같은 몽상을
얻었던 흔적을 그는 포의 소설에서 발견한다. 이들 꿈이

곧바로 영감 자체일 수는 없었다. 그러나 의식이 돌아오면
포는 이 꿈의 환영과 경쟁하기 위해 모든 지혜와 방법을
동원했다. 그리하여 이들 환영은 작품에 풍요함과 동시에
해결해야 할 문제를 남겼다. 이로 인해 보들레르는 더욱더
포에게 동류적인 친근감을 갖게 된다.

포의 소설들은 또한 회화와 조각에서 몽상의
원천을 얻었으며, 보들레르는 이 점에서도 포와 자신이
유사하다고 고백한다. 그러나 이 점에 대해서는
유사하다는 표현이 적절치 않은 듯하다. 조형 예술에 대한
소양과 감각은 보들레르가 단연 우세했기 때문이다. 조형
예술은 어린 시절부터 "그의(나의) 유일한 정열"이었다.
조형 예술이라면 세계에서 가장 큰 특권을 누리는 도시
파리에서 태어났고, 그곳에서 그 특권을 최대한 누리며
자랐기 때문에, 주위에 미술품이 부족했던 포와는 상대가
되지 않았다. 보들레르가 작품 구성을 위해 대부분의
사고와 감정, 그리고 상징의 내용물과 이미지를 빌려온
곳은 문학 작품이 아닌 미술의 세계였다.

주석자들이 문제를 제기한 보들레르와 포의 관계는
영향이라기보다는 두 정신의 만남이라고 하는 것이
더 적절하다. 보들레르는 생애 마지막 시기인 1865년
자신의 문학 활동에 대해 총괄적인 결산을 하면서 이렇게

고백했다.

> 나는 포를 번역하느라 많은 시간을 잃어버렸다.
> 그런데 내가 그로부터 끌어낸 가장 큰 수확은, 남
> 말 하기를 좋아하는 몇몇 사람들로 하여금 내가 내
> 시들을 포에게서 빌려왔다고 말하게 하는 것이었다.
> 그런데 그 작품들은 내가 포를 알기 10년 전에 쓴
> 것들이다.[28]

이에 대해 코프는 "비록 보들레르의 시가 포에게서
아무것도 빌린 것이 없다 해도, 그가 문학의 길에서 잠시
길을 잃고 사회주의적 문학과 사실주의 문학에 기울어지고
있던 순간에 예술에 대한 그 자신의 신념을 되찾는 데
포는 결정적인 역할을 해주었으며, 그것이 바로 포의
공로였다."라고 평가한다. 포의 가장 큰 가치는 시의
목적이 진리의 제시에 있는 것도 가르침에 있는 것도
아니며, 미의 추구는 그 자체 이외의 다른 어떤 목적도
가지고 있지 않다는 신념을 보들레르가 되찾도록 한
것이다. 보들레르 또한 그 점에 공명했다.

영혼이 무덤 뒤에 놓인 찬란함을 엿볼 수 있는 것은

시에 의해 시를 통해서이며, 음악에 의해 음악을
통해서이다.
―『신 이상한 이야기』의 번역 서문에서

보들레르는 시인의 역할이 이 초자연적인 '찬란함'에
이르기 위해 신비한 '감응'을 직감에 의해 포착하는
것이라고 생각했고, 포와의 만남을 계기로 그 점을 다시
확인할 수 있었다.
　감응 이론과 아날로지(analogie)의 망 조직을 정확하게
포착하고 있던 그는 이 이미지들을 풀어 자신이 나타내려
했던 생각들에 접목시켰다. 있는 그대로의 자연을
재현하는 것은 그에게 아무 의미가 없었다. 그리하여
자연은 그의 작품에서 설 자리를 찾지 못한다. 그곳에는
이미 인간 정신에 의해 인공적으로 정련된 세계가 있을
뿐이다. 생애의 마지막에 만난 스승들, 포와 토머스 드
퀸시가 이미 그 자신의 것이었던 초자연의 세계로, '인공
낙원'의 세계로, 이미지의 세계로 더욱 멀리 나가도록 그를
부추겼다.
　보들레르는 포에게서 자신의 가장 깊은 고통과 미학적
확신을 발견한 것이다. 실용주의가 우세한 문명 속에서
미를 향한 정열에 불타는 이 영혼의 고독, 그것은 보들레르

그 자신의 고독이었다. 또한 예술과 '인공 낙원'에 의해
이 고독에서 벗어나려는 의지를 보들레르는 이해할 수
있었고, 그것을 함께할 수 있었다. 이 정신적인 동류
관계는 보들레르의 포 작품 번역이라는 예외적인 운명에
의해 표현되었다. 그는 매우 불완전한 영어 실력에도
불구하고 이 시도에 주저 없이 뛰어들었고, 긴 시간에
걸친 끈질기고 열정적인 이 번역 작업은 많은 시간이 흐른
후에도 모방자들의 추종을 허용하지 않는 것이다.

7 풍요로운 작품 활동의 재개

상징주의를 예고하며

1851년 4월 9일은 그의 나이 서른이 되는 날이었다.

그동안 회오리 같은 혼돈 속에서 끼어들었던 정치와
그 후의 환멸, 불안정한 애정 생활, 빈곤, 병고, 절망,
그리고 포의 문학 세계와의 만남…… 이렇게 어둠 속을
더듬어 길을 찾는 시련을 거친 후 보들레르는 다시
문학으로 돌아온다.

디종에서 파리로 올라온 후 피갈 거리 46번지,
그리고 다시 잔느와 레퓌블리크(République) 거리
95번지로 옮겨, 이곳에 자리 잡고(1851년까지) 문학에
몰두하려 한다. 1850년에 이미《가족 잡지(Magazine de
Familles)》에 「오만의 징벌(Le Châtiment de l'Orgueil)」과
「정직한 자들의 술(Le Vin des Honnêtes Gens)」을, 그리고

7월에는《프랑스 시 선집(Anthologie des Vers Français)》에
「레스보스(Lesbos)」라는 제목으로 작품을 발표한다.

1851년 나이 서른에 접어들면서 그해 3월 7일부터 네
차례에 걸쳐《의회 통신(Le Messager de l'Assemblée)》에
「술과 해시시(Le Vin et le Hachish)」를, 그리고 그다음 달
4월 9일에 역시 같은 잡지에 열한 편의 소네트를 「지옥의
변경(Les Limbes)」이라는 총제목으로 발표한다. 「악한
수도승(Le Mauvais Moine)」, 「이상(L'Idéal)」, 「고양이들(Les
Chats)」, 「연인들의 죽음(La Mort des Amants)」, 「예술가의
죽음(La Mort des Artistes)」 등이 그것들이다. 「술과
해시시」는 후에 『인공 낙원』에 자리 잡게 된다.

이 작품들과 함께 처음으로 샤를 보들레르라는 저자
이름을 밝힌다. 보들레르는 서른 살까지 작품을 발표하지
않은 작가라는 명성을 스스로 구축했다. 기껏해야 몇 편의
미술평을 발표했다. 그러나 시에 대해서는 거의 발표하지
않았고, 혹 발표를 하게 되어도 이름을 빌려 썼다.
보들레르의 친구였고 그의 청년기에 대한 가장 믿을 만한
증언자인 프라롱은 그 점을 이렇게 말했다.

우리가 영원히 잊히기를 바라지 않는 작가들 중
누구보다 중요한 한 시인이 있다. 그는 때로 자신만을

위해, 또는 훌륭한 시를 사랑하는 친구들을 위해 시를
암송하면서 시 한 편도 출판하지 않은 채 명성을
얻었다. 이 시인은 루브르박물관 전시회를 계기로
현대 회화의 입문서를 쓴 샤를 보들레르이다.

보들레르가 원고를 가지고 가면 잡지사 편집장은
"우리는 그런 터무니없는 것들은 싣지 않아요." 하고
모욕적인 언사를 서슴지 않았다. 또 마지못해 허락한다
해도 그의 원고를 잡지의 하찮은 글들 사이에 끼워 넣는
것이 고작이었다. 문제의 잡지에 열한 편이나 되는
보들레르의 시를 실을 수 있었던 것도 그 잡지의 문학란을
보들레르의 친구들이 담당하고 있었기 때문이다. 그러나
그때 쓰인 이들 작품은 오늘날 확고한 명성을 얻고 있다.
그중에서도 「연인들의 죽음」은, 그 후 40년이
지나 밀려오는 상징주의 물결의 먼 원천 중 하나로
꼽힌다. 이 시는 신비주의의 힘찬 약동과 순수, 그리고
독특한 음악성에 의해 언제나 계보 추구에 부심하는
문학해설자들을 혼란스럽게 하는 독창적인 역작이다.
규칙적인 10음절과 중간 휴지가 신비한 분위기를 묘하게
배가시키며 네르발의 어떤 소네트를 연상시키는, 프랑스
시로서는 극히 드문 본보기를 보인다.

우리는 갖게 되리, 가벼운 향기 가득한
침대를, 무덤처럼 깊숙한 긴 의자를
그리고 선반 위엔 우리를 위해
더 아름다운 하늘 아래 피어난 진기한 꽃들을

우리의 가슴은 다투어 마지막 불꽃을 태우는
두 개의 거대한 횃불이 되어
우리 둘의 정신, 쌍둥이 거울 속에
두 개의 빛을 비추리

장밋빛과 신비한 푸른빛으로 빛나는 어느 날 저녁
우리는 진기한 빛을 서로서로 주고받으리
긴 흐느낌처럼 이별을 아쉬워하며

후에 한 천사 문을 방긋이 열고 들어와
기뻐하며 정성껏 흐려진 거울과
사그라든 불꽃을 되살려내리
—「연인들의 죽음」에서

이 시는 드뷔시(Claude Debussy)가 음악으로 편곡한
다섯 편의 시들 속에 들어 있다. 이즐 아당(Villiers de l'Isle-

Adam)도 이 시에 특별한 애착을 보였다고 한다. 그는 이 시를 테크닉의 관점에서도 "성공시킨 힘든 곡예"라고 평했고, 역시 음악으로 옮기려는 시도를 했던 것으로 전해진다.

1851년에도 프랑스 정계는 여전히 소란스러웠다. 나폴레옹과 의회의 마찰이 잦아졌다. 그리하여 정부 요직의 고급 관리들이 대거 교체되고 외교관의 이동이 있을 것으로 예상되었다. 이 혼란 속에서 오픽은 영국에서 스페인으로 부임지가 바뀌었을 뿐, 축출의 위협을 받지는 않는다. 이들 부부는 6월 중순 영국을 떠나 마드리드로 가기 전 잠시 파리에 체류한다. 언제부터인가 보들레르는 어머니에게 계속 원망의 마음을 품고 있었다. 불과 6개월 전 어머니에게 보내는 편지에도 어머니를 '죄인'이라고 쓰고 있고, 어머니와 떨어져 있는 동안에도 그 생각을 떨치지 못했다.

그러나 막상 '죄인' 어머니가 돌아왔을 때, 그리고 어머니를 대하는 순간 모든 비난과 원망은 눈 녹은 듯이 사라져버렸다. 날씨가 아름다운 날 이들 모자는 파리 산책을 나갔다. 어린 시절 어머니와의 행복했던 산책을 생각나게 하는, 얼마만인지 모를 산책을! 때로 화해한 연인들처럼 생클루까지, 때로 베르사유까지도 갔다.

시인은 후에 이 축복받은 시간에 대한 추억을 두고두고
간직할 것이다. 그러나 이 휴전과도 같은 화해는 너무
짧았다. 7월 말 오픽 부부는 마드리드를 향해 출발했고, 그
전날 밤 보들레르는 어머니에게 진지하고 엄숙한 맹세를
한다. 가능한 한 수입원이 되는 일을 열심히 해서 빚을
늘리지 않겠다는, 이미 백 번도 더 했던 맹세이다. 그러나
그로부터 채 6개월도 지나지 않아 그의 숙명은 그로
하여금 다시 어머니와의 약속을 깨지 않을 수 없게 만든다.

앙셀 씨에 대한 제 입장이 정리되어 어머니께서
송금하시지 않아도 된다고 할 뻔했어요. 그런데
바로 그런 제가 어머니에게 영원한 호의를 호소하게
되었습니다. 이 편지를 쓰는 순간 제게는 20프랑이
남아 있어요. 그 돈이 서서히 날아가는 것을 보며
공포심을 갖게 될 것입니다.

보들레르, 샹플뢰리, 몽슬레 등에 의해 1851년
창간된 잡지 《극 주보(La Semaine Théâtrale)》가 1852년 초
자금난에 헐떡이고 있었다. 그러나 폐간되기 바로 직전인
2월, 이 잡지는 마지막 호에 보들레르의 시 두 편 「아침의
어스름(Crépuscule du Matin)」과 「저녁의 어스름(Crépuscule

du Soir)」을 싣는다. 사그라지기 전 마지막으로 황홀한 빛을
발하는 석양처럼 잡지는 아름다운 빛으로 한껏 타오르며
사라진 것이다.

이 두 시 제목에 공통으로 쓰인 단어 '어스름'도 이에
걸맞은 상징적 의미로 부각된다. 시인은 이 두 시 중에서
새벽보다는 저녁 쪽에 더 의미를 두고 있는 듯하다. 두
번째 연의 여섯 행에 걸쳐 하루의 마지막 시간을 그리고
있는데, 잘못 보낸 낮 시간에 대한 아쉬움과 자신에 대한
비난이 섞이며 의식의 외침 같은 감탄의 표현이 담겨 있다.
그리고 "정신을 맑게 하는 어둠" 속에서 회한의 고통이
진정되리라는 희망이 섞여 있다.

때는 바야흐로 매혹의 저녁, 범죄자의 벗
저녁은 다가온다, 살금살금, 공범자처럼
커다란 규방처럼 하늘은 서서히 닫히고
초조한 사나이는 야수로 변하여 간다

오 저녁, 사랑스러운 저녁, "오늘 하루 일했노라!"고
말할 수 있는 자가 원하는
사랑스러운 저녁, ― 그 저녁은 달래준다,
격심한 고통에 시달리는 마음도

그 이마 무거워진 끈질긴 학자도
잠자리로 돌아가는 꼬부라진
노동자들도

그러나 시의 나머지 대부분은 어둠에 속한다.
도시의 어둠은 해가 지면서 시작되는 무시무시한 활동의
회화이거나, 피곤에 지친 도시 전체가 벗어나지 못하는
절망의 몸부림이다. 저녁의 어스름은 고된 하루의 해방의
문이 아닌 어두운 지옥 같은 세계로의 열림이다.

그동안 몹쓸 악마들 대기 속에서
사업가처럼 부시시 잠 깨어
날아다니며 문이고 차양을 두드려댄다.
바람에 시달리는 어스름 빛을 건너
'매음'은 거리에 불을 켜고
개미처럼 나갈 구멍을 트고
습격을 꾀하는 적병과 같이
사방으로 은밀한 길을 뚫어
인간에게서 먹을 것을 훔쳐내는 구더기처럼
진창의 도시 한복판에 우글거린다

이 엄숙한 시간, 내 넋이여, 조용히 생각하라
그리고 저 아우성에 귀를 막아라
지금은 환자의 고통이 심해지는 시간!
어두운 밤은 그들의 목을 조른다.
— 「저녁의 어스름」에서

같은 시기 보들레르는 열두 편의 시를 고티에에게
보내《르뷔 드 파리》에 실어 달라고 부탁한다.《르뷔
드 파리》는 1852년 3월 1일에서 31일 사이 포에
관한 보들레르의 연구 논문인 「에드거 포, 그의 삶과
작품들」을 실으면서도 이 열두 편의 시 중 두 편(「성
베드로의 부인(Le Reniement de Saint Pierre)」과 「인간과
바다(L'Homme et la Mer)」만 게재를 허용한다. 포에
관한 이 글은 매우 중요한 미학 연구서로, 후에 『이상한
이야기들』의 서문으로 쓰인다.《극 주보》가 폐간되고
곧 보들레르는 샹플뢰리, 몽슬레, 토마(André Thomas),
바셰(Armand Bachet), 아믹(Henri Amic) 등과 함께《올빼미
철학자(Le Hibou Philosophe)》를 창간할 계획을 세운다.
편집 책임은 보들레르에게 주어졌고, 자금 지원은 아믹이
맡는다. 아믹은 이 일의 착수금으로 보들레르에게 2만
2000프랑의 선금을 약속했다. 꼬인 인생의 실마리가 풀릴

서광이 보인다고 생각했다. 보들레르는 즉시 앙셀에게
편지한다(1852년 3월 5일). 자신의 비참한 삶의 목격자인
법정 후견인 앙셀에게 앞으로 다가올 이 행운을 알리기
위해서이다. 그러나 자신의 계획에 대해 알리기가 무섭게
보들레르는 그 가능성이 희박하다는 사실을 의식하지 않을
수 없었고, 동시에 이 노회한 공증인이 이 새로운 환상을
어떤 미심쩍은 미소로 받아들일지 짐작이 간다. 그리하여
환상 속에서도 매우 가슴 아픈 통찰이 내비치는 다음의
말을 덧붙였다.

저는 제 편지를 다시 읽었습니다. 이것이 당신에게는
미친 짓으로 보일 것 같군요. 항상 그랬을 테지만요.

미친 짓, 그렇다. 그러나 진정한 광기도 이보다는
덜 고통스러울 것이다. 끊임없이 자신을 떠나지 않는
궁핍으로부터 벗어날 길을 찾아, 논리와 노력을 다한
계획이 마지막에 가서 허사로 끝나는 쓰라린 경험을
반복하는 것만큼 사람을 미치게 하는 일이 또 있을까.
　이 편지가 쓰인 날로부터 3년 후(1855년 1월 25일)
진짜 광기가 『실비』, 『오렐리아』, 『동방 여행』, 『공상
시집』의 작가 네르발을 자살로 몰고 간다. 어느 겨울밤

파리의 비에유랑테른 거리에서 자살한 네르발의 서글픈
종말이 문학계의 모든 이들을 비탄에 잠기게 했다. 그러나
냉정하게 생각해 보면 네르발의 운명은 보들레르와
비교할 때 차라리 가볍고, 그의 죽음은 행복했다고까지
말할 수 있다. 광인 네르발의 삶이 서글프고 비참했음에는
의심의 여지가 없다. 그러나 그것은 모든 근심으로부터
해방된 삶이기에, 사람을 미치게 하는 절망 같은 것은
없다. 네르발의 광기는 그로 하여금 아무것에도 집착하지
않게 해주었다. 그것은 끊임없는 탈주였다. 그는 초대받은
손님들이 지루해져서 슬슬 하품을 시작하는 시간이 되기
전에 인사도 없이 슬그머니 사라지는 손님과 같았다. 그는
이미 먼 환상의 세계로 가기 위해 길을 나선 것이다. 외과
의사인 그의 아버지는 일요일마다 식탁을 차려놓고 아들을
기다릴 것이다. "이렇게 하면 그 젊은 친구가 돌아올
거야."라고 말하며. 그리고 생전에 사실 그는 늘 돌아오곤
했다. 언제나 예고도 없이, 아무렇지도 않게 불시에
나타났다. 마치 전날 밤에도 그곳에 같이 있었던 사람처럼
스스럼없이 아버지에게 입맞춤을 한다. 그리고 돌아갈
때도 마찬가지로 예고 없이 연기처럼 사라지곤 했다.

비정상적인 정신 상태로 인해 — 그 자신은 그것을
현실 속의 꿈의 분출이라고 불렀다 — 정신병 요양소의

특별한 치료가 필요했던 마지막 몇 년, 네르발이 보인
기이한 언행 중에는 어딘가 해탈한 자의 순수함이 깃들어
있다. 금종이로 만든 넥타이핀을 꽂고 다닌다든가, 푸른색
줄에 살아 있는 게를 끌고 팔레루아얄을 산책하기도 했다.

뭐라고, 게가 개보다 형편없다고? 나는 조용하고
진지하고 바다의 비밀을 알고 있으며 짖지도 않는
게를 더 좋아하지.

그의 사랑 역시 꿈과 신화와 불가능한 고장으로
도피와 같았다. 다정다감하고 겸허한 이 인간은 아가씨들
앞에서 수줍음으로 얼굴을 붉히면서도 자신의 불꽃의
대상을 맞이할 침대를 준비해 두고 있었다. 떠돌이 방랑의
인생에 방해가 되는 거추장스러운 가구는 친구 고티에의
집에 맡겨졌다. 그것을 오랫동안 보관하고 있었던
고티에는 이렇게 말한다.

엄숙한 순간 사라져야 했을 것이다. 그러나 성녀는
그녀를 위해 세운 성전에 결코 내려온 적이 없었다.

보들레르에게는 반대로 모든 것이 그를 속박하는

사슬이었고, 그를 무겁게 짓누르는 주체할 수 없는
짐이었다. 상상의 사랑의 축제를 위해 세워진 침상
따위는 없었다. 유독 어음 거절이 많은 날 밤 기진맥진한
한 남자와 알코올 중독 혼혈아가 불행을 위로하기 위해
결합한 서글픈 잠자리가 있었을 뿐이다. 갈색의 육체는
해가 갈수록 점점 쇠잔해져 갔다. 그녀에 관한 모든
것은 이미 이야기되었다. 그것은 그녀의 육체가 영감을
주었음직한 시들이 이미 다 씌어졌음을 말한다. 이제
그녀에게 남은 것은 주름투성이의 얼굴과 뼈만 남은
형체에 불과했다. 수액이 다 빠진 나무의 껍질처럼 만지면
까슬한 피부 껍질만이 남아 있었다. 그녀는 실로 그에게
돌봐야 할 짐에 불과했다.

　빚쟁이에게 쫓기고 잔느와의 동거가 견딜 수 없어
때로 그는 집을 나와 조용한 카페로 피신한다. 3월 말
어머니에게 보내는 편지가 그러한 심경을 말해 준다.

　중앙우체국 정면에 있는 카페에서, 소음과 주사위
　놀이며 당구 놀이가 벌어진 한가운데서 편지를
　씁니다. 좀 더 조용히, 그리고 좀 더 편안하게
　생각하기 위해서죠.
　가끔 10시(밤)에서 10시(아침)까지 일해요. 조용한

시간을 갖고, 제가 동거하는 여자의 참을 수 없이
귀찮은 언동을 피하기 위해 밤에 일할 수밖에
없어요. 때로는 글을 쓰기 위해 집에서 도망쳐 나와
도서관으로, 독서실로, 술집으로, 아니면 오늘처럼
카페로 갑니다.
— 1852년 3월 27일 편지.

그러나 일종의 양심의 가책 같은 것이랄까, 이 귀찮은
동반자와의 관계를 끊지 못했다. 공유한 10년간의 삶 후에
그럴 권리가 자기에게는 없단다. 그러나 1852년 그의
인내심은 마침내 한계에 이른다.

잔느는 제 행복에만 장애가 되는 것이 아닙니다.
(……) 제 정신력의 향상에도 방해가 되니까요. 옛날
그녀에게는 몇 가지 자질이 있었습니다. 그러나 지금
그녀는 그것을 잃었습니다. 저 또한 통찰력을 갖게
됐죠. 당신의 노력에 조금도 감사하지 않고, 오히려
과실과 악의로 당신을 화나게 하는 사람, 당신을
하인이나 소유물로 생각하는 사람, 정치나 문학에
관해 한마디도 나눌 수 없는 사람, 당신이 손수
가르침을 주겠다 해도 아무것도 배우려 하지 않고,

당신을 존중하지 않고, 당신의 연구에 흥미도 없는
사람, 만일 출판하는 것보다 돈이 더 생긴다고 하면
기꺼이 불에라도 원고를 던질 여자, 집에서 당신의
유일한 오락거리인 고양이를 쫓아버리고, 당신에게
고통을 준다는 이유로 그 대신 개를 들여놓는 여자,
(……) 이런 존재와 한 집에 산다는 것이 가능할까요?

그러나 그는 잔느를 버리지 않는다. 잠시 집을 나가
그녀와 헤어져 있을 계획을 세울 뿐이다. 잔느에게는 이
계획을 숨기고 있었다. 그에게는 그럴 만한 다른 이유가
있었기 때문이다. 그는 마음속 깊은 곳에서 자신은 뚜렷이
의식하지도 못한 채 불행과 악으로부터 자신을 구해 줄
영원한 마돈나를 찾고 있었다.

보들레르의 마돈나들

보들레르에 관해 연구가들이 가장 많이 언급한 것 중
하나가 그의 이중성이다. 특히 선과 악의 이중성, 이 두
극 사이의 끊임없는 갈등에서 보들레르 시의 토대뿐만
아니라, 인간 보들레르의 모든 것을 보았다. 방탕과 뜨거운
관능 쪽으로 불안하게 끌리며, 동시에 때 묻지 않은 순결한
사랑에 목말라 하고, '검은 비너스' 잔느 뒤발과의 파란

많은 애정에 미련을 버리지 못하면서도 동시에 누이같이 다정한 위안의 말과 모성애적 어루만짐을 갈망하는 복잡한 욕구, 그것을 유독 보들레르만이 갖고 있는 그 특유의 이중적 욕구라고 할 수 있을까? 그것은 그만의 문제이기에 앞서 모든 인간의 심리 밑바닥에 있는 공통 욕구일지도 모른다. 그러나 그의 경우에는 어린 시절 커다란 기쁨의 원천이던 특별한 애정 경험이 그의 심리를 지배하는 커다란 요인으로 자리하고 있는 듯하다.

아주 어린 시절부터 어머니의 토시에 얼굴을 묻고 무한한 기쁨을 누렸던 아이, 어머니의 냄새와 어머니의 몸단장에서 관능적인 도취를 맛보았던 아이, 그 아이가 바로 커서 시인이 된 보들레르이다. 어른이 되어서도 그는 마음속 깊은 곳에 어린 시절 충만하게 누렸던 행복에 대한 꺼지지 않는 향수를 지니고 있었으니, 그것은 다사로운 애정, 특히 더럽혀지지 않은 순수한 애정에 대한 진정되지 않는 갈증이다.

'검은 비너스' 뒤발과 관계를 지속하면서도, 한편 이 잠재적 욕구를 만족시켜 줄 다른 스타일의 애정을 동시에 갈망하고 있었으리라는 짐작을 낳게 하는 시인의 애정 편력들이 있다.

그중에 보들레르가 후에 『인공 낙원』의 헌사에 J.

G. F.라는 머리글자로 표시한, 아직까지 그 수수께끼가
시원스레 풀리지 않은 여인이 있다. 포르셰는 이 여인이
조각가 프라디에의 소개로 루브르박물관에서 만난
줄리에트 젝스 파공(Juliette Gex-Fagon)일 가능성이 크다고
말한다. 줄리에트는 부르주아 예술가들 사이에 잘 알려진
"분홍색 피부에 구릿빛 머리카락"을 가진 아름다운
여인이었다. "그녀 역시 보들레르처럼 인도삼이나 아편에
의해 실현되는 '인공 낙원'에 취향을 가지고 있었고,
이 공동의 취향이 쉽게 두 사람을 맺어주었던 것"으로
짐작된다. 그리하여 "그녀는 자연스럽게 보들레르를
사랑했다."라고 포르셰는 쓰고 있다. "보들레르는 그런
그녀에게 자신의 고뇌를 털어놓았고, 그녀는 최선을 다해
그를 위로했다." 포르셰는 또한 그들의 관계를 사랑과
열렬한 우정, 정신적인 상호 이해의 완벽함, 영혼의
상호적 교류, '낙원'의 문턱에서 공범으로서의 상호 교감
같은 것을 들어 요약한다. 그의 말대로 아편 끽연실, 눈에
보이지 않는 미지의 세계로 가는 길목에서 신비한 세계에
입문한 사람들 사이에 이루어지는 야릇한 공감을 통해
그들 사이에 우정이 맺어졌을 것이다. 같이 경험한 체험,
같이 들이마신 아편이 낳은 병적인 쾌락을 향한 연대감,
이런 것은 충분히 사람들을 가깝게 만들 수 있다. 그가

『인공 낙원』에 붙인 (J. G. F에게, 친애하는 친구로 시작되는)
유명한 헌사의 마지막 부분에서 그에 대한 해답을 얻을 수
있다.

그대는 움직이는 군중의 물결 속을 런던의
옥스퍼드 거리에서 헤매며, 마음과 생각은 땀에
젖은 이마와 열에 들떠 회색이 된 입술을 닦아주던
먼 「엘렉트라」에게 보내고 있는 우울하고 고독한
산책가(토머스 드 퀸시)를 알아보게 될 것이오.
그리고 그대가 여러 번 그의 악몽을 지켜주었고,
가볍고 다정한 손길로 무서운 꿈들을 쫓아주었던
오레스트(보들레르 자신)의 감사의 마음을 짐작할
것이오. C. B.
　　―『인공 낙원』에서

『인공 낙원』이 출판된 1859년 줄리에트는 병들고
건강이 악화되어 이미 "시선은 모든 변환의 세계인
다른 하늘"을 향하고 있었음에도 불구하고 보들레르의
마음속에 "여전히 살아 영향력"을 발휘하고 있었다.
그 점은 『인공 낙원』의 헌사에 선명하게 드러나 있다.
그런데 보들레르는 자신에게 소중한 이 엘렉트라를 왜

그토록 끈질기게 비밀에 붙이고 있었을까? 그가 자신의
은밀한 삶이 노출되는 것을 극도로 꺼렸던 점 이외에도,
줄리에트가 속해 있는 그룹에 자신과의 관계가 알려져
그녀에게 누를 끼치게 될 것을 염려한 특별한 조심성
때문이었을 것이라고 사람들은 추측한다. 이런 이유로
인해 아직도 문제의 J. G. F.가 포르셰를 비롯한 몇몇
연구가들이 주장하는 줄리에트인가 하는 문제는 여전히
명쾌하게 해결되지 않은 채 남아 있다.

J. G. F.가 베일에 싸인 인물인 데 반해 시인의
마음을 얼마 동안 차지했고,『악의 꽃』에 상당한
자리를 차지하고 있으며, 그 존재가 의심의 여지 없이
확인된 두 명의 마돈나가 있다. 그중 한 여인은 「가을의
노래(Chant d'Automne)」를 비롯해『악의 꽃』의 많은
시에 영감을 준 마리 도브렁(Marie Daubrun)이라는
이름의 연극배우이다. 「가을의 노래」가 처음 잡지《르뷔
콩탕포렝(Revue Contemporaine)》에 발표되었을 때, 시인은
그 시를 바치려는 인물, 마리 도브렁을 M. D.라는 약자로
표시한다. 후에『악의 꽃』2판에서 이 이름은 사라진다. 이
여배우에게 정열을 바쳤던 시인은 보들레르만이 아니다.
방빌 역시 보들레르와 거의 같은 시기 그녀에게 소설과
시 등을 바치며 그녀의 미를 찬미한다. 마리 도브렁을

사모했던 사람은 이들 이외에도 여럿 있었던 모양이다.
보들레르는 그것을 개의치 않았다. "보들레르는 그녀에게
편지와 시를 보내며 그저 바라보는 것으로 만족하는
듯했다."라고 한 친구는 증언한다.

보들레르가 그녀를 만난 것은 1852년
오데옹극장, 예술인들이 드나드는 극장 뒤쪽
3층 특별석의 복도에서였다. 무릇 여배우들의
삶은 무대의 조명에 다 드러나는 법, 그녀에
관한 이야기는 충분하고도 남으리만치 알려져
있다. 1828년 출생했고, 보들레르보다는 일곱 살
아래이며, 1846년 몽마르트르극장에서 데뷔했고,
같은 해 보드빌(Vaudeville)로 옮겨 1848년에
포르트생마르탱(Porte-Saint-Martin) 극장으로……. 이렇게
도브렁은 차곡차곡 여배우로서 경력을 쌓아가고 있었다.
흰 피부에 기막힌 금발, 단아하고 부드러운 얼굴 윤곽에,
어딘지 우수에 차 있는 듯한 그녀는 관객을 사로잡았다.
극 평론가는 그녀의 '유연성'을 찬양했고, 그 당시 모든
연예계 기자들은 그녀를 마돈나의 모습으로 그렸다.

그녀에게 편지를 보내던 1852년에 보들레르는
잔느와는 헤어져 있었다. 일차적으로 잔느의 존재가
그의 불행을 가중시켰기 때문에, 그녀에게서 벗어나야

할 필요가 더욱 컸던 것이다. 그러나 잔느와 정반대인 여인들의 존재가 그의 결심을 현실화하는 데 결정적인 역할을 하지 않았다고 누구도 단정할 수 없을 것이다.

보들레르가 그녀에게 보낸 편지들을 종합해 보면 마리 도브렁은 이미 마음을 준 다른 남자가 있기 때문에 그를 사랑할 수 없다고 선언한 듯하다. 그러나 보들레르는 이에 대해 원한을 갖기는커녕 오히려 이상한 안도감을 갖는다. 이미 주사위는 던져졌고, 이 목적을 향해 계속 밀고 나가야 한다는 근심으로부터 벗어난 데 대한 해방감 같은 것이다. 그리고 그때부터 마리에게 깊은 존경의 마음을 편지에 띄워 보내며 그녀가 출연하는 극장 주변을 맴돌았다. 그의 말대로 그녀는 그에게 '경배'의 대상이기 때문에, 그녀를 육체적인 욕구로 '더럽힐' 생각 같은 것은 아예 없었다. 그는 편지에 이렇게 쓴다.

내가 그대에게 느끼는 사랑은, 기독교인의 신에 대한 사랑과 같소. 이 신비한 무형의 숭배에, 그리고 당신의 의지에도 불구하고 내 영혼을 당신의 것과 연결시켜 주는 이 감미롭고 순결한 매력에 때로 매우 수치스럽고 세속적인 이름을 붙이지 마시오.

그대로 인해, 마리, 나는 강해지고 커질 것입니다.
페트라르카처럼 나는 나의 로르를 불멸의 존재로
전하리다. 나를 지키는 천사가 되어주오, 나의
여신이여, 나의 마돈나여, 나를 미의 길로 안내해
주오.[29)]

이처럼 외로운 시인의 마음속에서 그녀는 시인을
위로하고 지켜주는 여신이자, 어느 곳에서나 시인을
따라다니며 '미'를 향한 길을 안내해 주는 마돈나로까지
상승한다.

그 당시의 증인들은 보들레르가 마리에게 보였던
은근하고 정중한 애정 표시를 기억하고 있었다. 저녁이면
오데옹 극장이나 포르트 생 마르탱 극장 출연자 대기실로
통하는 복도에서 신중하고 은밀하게 여배우에게 경의를
표하는 보들레르와 부딪치곤 했다고 한다. 그러나 경애의
대상인 마돈나는 매우 자유분방했고 보들레르에게는
관심도 없었던 모양이다. 보들레르의 충직한 우정의
표시도 그녀의 마음을 움직이는 데 도움이 될 수 없었다.

그리고 이 시기 그녀는 방빌과 동거 중이었다는
얘기도 있다. 보들레르는 그런 것도 개의치 않고 계속
그녀에게 관심을 표시했다. 그러나 방빌은 달랐다.

그리하여 이 두 작가 사이에 마리를 사이에 두고 얼마 동안 가벼운 연적 관계가 있었던 모양이다. 그러나 그들은 계속 서로 만났고, 계기가 있을 때는 말이나 글로 서로를 축하해 주었다. 그녀를 향한 보들레르의 애정은 세속적인 연인 관계를 초월한 특별한 성격의 것이었기 때문에 세속의 잣대로 헤아릴 수 없었고, 속인들의 눈에 그녀가 시인의 애인으로 보일 리도 없었다. 그녀가 영감을 준 「독약(Le Poison)」으로부터 「어느 마돈나에게(À une Madone)」에 이르는 아홉 편의 시(FM 중 「이상과 우울(Spleen et Idéal)」 편)에 그려진 여인은 뜨거운 정열이나 관능의 대상이 아니다. 신비한 매력과 우수에 젖은 듯 아름다운 눈을 가진 여인,

> 당신의 눈길은 안개로 덮인 듯
> 신비로운 눈, 푸른색인가, 잿빛 혹은 초록빛?
> 정다운가 하면 꿈꾸는 듯, 그러다 냉혹하게 바뀌며
> 무심하고 파리한 하늘을 비추네
> ― 「흐린 하늘(Ciel Brouillé)」에서

뜨거운 여름보다는 맑은 가을을 생각나게 하고, 격렬한 정열보다는 "가을의 사랑"이라는 표현으로 정의될

수 있는 여인,

　　당신은 맑은 장밋빛의 아름다운 가을 하늘!
　　허나 내 가슴에 슬픔이 바닷물처럼 밀려왔다가는
　　썰물에 그 씁쓸한 진흙같은 쓰라린 추억을
　　내 실쭉한 입술에 남기는구나

　　그대의 손길 허탈한 내 가슴 쓸어주어도 헛일
　　그 손이 찾는 것은, 사랑하는 사람아, 어느 여자의
　　잔혹한 이빨과 손톱이 이미 할퀸 곳
　　내 심장 찾지 마오, 짐승이 이미 먹어치운 것을
　　　　—「한담(Causerie)」에서

　　애인이라기보다는 다정한 누이 또는 어머니의
이미지를 떠오르게 하는 여인이었다.

　　아이야, 내 누이야, 생각해 보렴
　　거기 가서 함께 살 즐거움을!
　　한가로이 사랑하고
　　한가로이 죽으리
　　그대 닮은 나라에서!

—「여행에의 초대(L'Invitation au Voyage)」(51쪽)

그러나 사랑해 주오, 따사로운 마음, 어머니가
되어주오
배은망덕한 자에게도, 심술궂은 자에게도
연인이건 누이이건
찬란한 가을날 또는 지는 해의
짧은 따사로움이 되어주오.
—「가을의 노래」에서

이들 시에서 갈구하는 애정은 뜨거운 욕정이 아니다.
그것은 어머니의 기억과 연결된 다정한 애무와 위로의
손길을 갈망하는 노래이다. 마치 어머니의 무릎에 이마를
대고 두 눈을 감은 채 은혜를 잊고 배은망덕했던 아들인
자신을 후회하며 어머니에게 속삭이는 듯, 시인은
읊조린다.

덧없는 인생이여! 무덤은 기다린다, 탐욕스러운
무덤은
아! 당신의 무릎 위에 내 이마 올려놓고
따가운 흰 여름을 그리워하며

247

만추의 따스한 누런 햇볕을 맛보게 해주오!
— 「가을의 노래」에서

　　보들레르에게는 또 하나의 마돈나가 있다. 아폴로니
사바티에(Apollonie Sabatier)라는 이름을 가진 "하얀
피부의 마돈나"이다. 흔히 사바티에 부인, 또는 예술가들
사이에서 일명 '여의장(Présidente)'으로 불리던 이 여인은
벨기에 은행가 모셀망(Hippolyte Alfred Mosselman)의
정부였으며, 1847년부터 화류계에 군림했다. 미모가
뛰어난 그녀는 일찍이 한 음악회에서 이 금융계의 왕의
눈에 띄게 되었고, 모셀망이 프로코 거리(지금의 피갈
광장)에 호화로운 아파트를 얻어주어 그곳에 살게 되었다.
모셀망은 거대한 광산 소유주의 아들이며 벨기에 대사
부인인 르 옹(Le Hon) 백작부인의 동생이었다.
　　이 한량은 흠잡을 데 없이 완벽한 그녀의 아름다움을
혼자만 차지할 수는 없다고 생각했음인지 어느 날 브장송
출신의 젊은 조각가 클레쟁제(Clésinger)를 부른다.
모셀망은 "완벽한 예술품"을 그대로 남겨 대중도 감상할
수 있도록 하고 싶다는 자신의 소망을 그에게 알리고,
이 조각가는 곧 그녀를 모델로 작품 제작에 들어간다.
이 작품은 「사랑의 꿈(Rêve d'Amour)」이라는 이름으로

1847년 살롱에 최초로 전시되었다. 그러나 문제의 작품은 그들의 예상과는 달리 세인들의 주목을 끌지 못했다. 지금도 이 흉상은 루브르박물관에 가면 볼 수 있다.

첫 번째 시도에 자존심이 상한 모셀망은 제2의 시도를 생각한다. 자존심이 상한 것은 성질이 팔팔한 젊은 조각가도 마찬가지였다. 이번에는 자세를 완전히 바꾸어 사람들의 시선을 확실하게 사로잡을 수 있는 방향으로 제작하기로 했다. 작품 제목은 「뱀에 물린 여인(Femme Piquée par un Serpent)」이다. 마치 견딜 수 없는 관능의 포로가 된 듯 몸을 한껏 뒤로 젖히고 누워 있는 흰 대리석의 거대한 나상이 파리 명사들 앞에 전시되었을 때, 이 작품은 일대 센세이션을 일으켰다. 그 성공은 대단했다. 모셀망의 애타주의(?)는 목적을 달성한 셈이고, 클레쟁제는 하루아침에 유명해졌으며, 아폴로니의 육체미는 전설적일 정도로 부각되었다.

이 여인은 일요일 저녁이면 프로코 거리에 살롱을 열고 시인, 평론가, 미술가, 조각가 등 예술계의 유명 인사들을 초대했다. 고티에가 이 살롱의 단골손님 중 하나였고, 그는 편지를 보내며 아름다운 시로 그녀의 아름다움을 찬미했다. 고티에 이외에도 우세, 네르발, 플로베르(Gustave Flaubert), 생트뵈브, 뮈세(Alfred de

Musset), 뒤 캉(Maxime du Camp) 등 많은 작가들이 이곳을
드나들었고, 화가들 중에는 메이소니에, 리카르(Gustave
Ricard) 등이 있었다.

그녀는 성격이 활달하고 개방적이며 이성 관계도
자유분방한 편으로 숙녀인 척하는 새침데기가 아니었다.
그녀의 미모에 대해서는 재론의 여지가 없지만, 특히
그녀의 "목구멍 깊은 곳에서 흘러나오는 듯 맑고 티 없는
미소"는 모든 것을 정화시켜 주는 듯했다고 전해진다.
우정 관계에서는 남자처럼 충실하고 신의 있으며, 착하고
남 돌봐주기를 좋아하는 이 여인을 플로베르는 "성품이
뛰어나고 특히 건강한 여인"이며, "무엇이든 말할 수 있고
또 무엇이든 할 수 있는 여인"이라고 평했다.

보들레르는 1851년부터 프로코 거리에서 열리는
그녀의 저녁 만찬에 끈질기게 드나들었다. 보들레르가
그녀를 처음 본 것은 그보다 훨씬 이전인 1847년 피모당
관 체류 시절에 클레쟁제와 쿠르베가 드나들던 모뮈
카페에서였다. 1853년 5월 9일 그녀에게 익명으로 보낸
시 「고백(Confession)」에는 달 밝은 어느 밤, 늦은 시각
파리 시내를 함께 산책하며 그녀가 시인에게 했던 고백을
상기시킨다. 이 시의 분위기로 보아 "어쩌면 연극 공연에
같이 갔었거나 생음악이 흐르는 어떤 카페에서 시간을

보낸 후 파리 시내를 같이 거닐게 되었을지도 모른다."라고
포르셰는 쓰고 있다.

　　한 번, 꼭 한 번, 사랑스럽고 다정한 여인이여
　　　　미끈한 당신의 팔이
　　내 팔에 기대었다(내 넋의 어두운
　　　　밑바닥에서 그 추억은 바래지 않았네)

　　밤은 깊었다, 새 메달처럼
　　　　보름달이 길게 펼쳐지고
　　엄숙한 밤은 잠든 파리 위로
　　　　강물처럼 넘쳐흐르고 있었지

　　그리고 집들을 따라 대문 아래로
　　　　고양이들은 살금살금 빠져나가
　　귀를 쫑긋세우고, 또는 정다운 그림자인 양
　　　　우리를 천천히 따라오고 있었다
　　(……)

　　별안간 창백한 달빛 아래 피어난
　　　　허물없는 친밀감 속에

빛나는 쾌활함만 울리는
　　소리나는 악기, 당신의 입에서
(……)
구슬픈 가락, 야릇한 가락 새어나왔다
(……)
나는 때때로 회상했었다, 그 황홀한 달을,
　　그 적막을, 그 우울감을,
그리고 가슴속 고해실에서 속삭인
　　그 무서운 고백을
—「고백」에서

보들레르가 사바티에 부인에게서 구했던 이미지는
맑고 건강한, 악에 물든 영혼을 씻어 주고 어두운 넋을
빛으로 채워 주는 여인이었다.

소금기 밴 공기같이
그녀 내 생명 속에 스며 퍼지고,
만족할 줄 모르는 내 넋 속에
영원의 맛을 부어준다.

정다운 오두막집 분위기

풍겨주는 신선한 향주머니
밤새 은밀히 연기 보내는
망각 속에 버려둔 향로
(……)

내게 기쁨과 건강을 주는
그지없이 착한 님, 그지없이 고운 님에게
내 천사, 불멸의 우상에게
길이길이 축복을!
　—「찬가(Hymne)」에서

「오늘밤 그대는 무엇을 말하려는가……」에서는
시인의 "시든 마음"이 "이 너무도 아름다운", "이 너무도
착한" 여인에 의해 갑자기 되살아남을 노래한다.

오늘 저녁 무엇을 말하려는가, 외로운 넋이여?
무엇을 말하려는가, 내 마음, 일찍 시든 마음이여
더없이 아름답고 착하고 사랑스러운 여인에게,
그 거룩한 눈길에 너는 불현듯 피어났지.
　—「오늘밤 그대는 무엇을 말하려는가……」에서

천사, 순수함, 맑음, 가벼움, 빛 등 이 시에 등장하는
일군의 어휘들은 신도송(信徒頌)을 생각나게 한다. 시인은
사랑하는 여인을 육체라는 껍데기가 없는, 빛과 가벼운
공기로만 이루어진 아주 맑은 천상의 존재로 만든다.
그리하여 그녀는 "공중에서 춤추는 횃불"이 되고, 「영혼의
새벽(L'Aube Spirituelle)」에서는 "고통에 지친" 시인 앞에
홀연히 나타난 "영혼의 푸른 하늘" 같은 존재가 된다.

    아직도 꿈속에서 고통받는 기진한 사내 앞에
    접근 못할 영혼의 푸른 하늘이
    심연의 매혹 풍기며 펼쳐지고 파고든다
    그처럼 귀중한 여인이여, 맑고 순수한 존재여
    ──「영혼의 새벽」에서

    때로는 저무는 저녁 하늘의 아름다운 빛깔과 꽃
냄새와 소리가 어우러져 만들어내는 행복한 몽상의 원천이
되어 시인의 우울을 달래준다.

    이제 바야흐로 줄기 위에서 떨며
    꽃마다 향로처럼 향기 풍기고,
    소리, 향기가 저녁 하늘에 감돈다

우울한 원무, 나른한 현기증!
―「저녁의 하모니(Harmonie du Soir)」에서

그러나 "너무도 맑은" 천사 같은 여인으로 그려진
마돈나는 시인의 고통과 공포와 "가슴 저미는 회한을" 알
수나 있을까! 그녀는 시인이 겪는 고통의 동반자가 될 수는
없는 듯하다.

쾌활한 「천사」여, 그대는 아는가, 고뇌를
치욕을, 회한을, 흐느낌을, 권태를
그리고 종이 구기듯 가슴을 짓누르는
저 무서운 밤들의 어렴풋한 공포를
쾌활한 천사여, 그대는 아는가, 고뇌를?
―「공덕(Réversibilité)」에서

보들레르는 사바티에 부인에게 1852년부터 익명으로
편지와 시를 보내기 시작하여 1854년까지 일곱 편의
시를 보낸다. 1857년『악의 꽃』소송 사건을 계기로
사바티에 부인은 마침내 익명의 주인공을 알게 되고, 이
청년 시인의 순수한 열정에 감동받는다. 그리고 급기야는
시인에게 모든 것을 허락했던 모양인데, 그때부터 오히려

그녀를 향한 시인의 열정은 시들어버린다. 그녀에게서
그가 구했던 것이 세속적인 쾌락이 아니었기 때문일까?
그것은 뜨거운 욕망도, 회오리같이 격렬한 열정도 아닌
새벽하늘의 푸르름 같은 순수였으며, 그녀는 자신을
고뇌의 구렁에서 구해 줄 마돈나였기 때문이리라. 그러나
그녀에 대한 소년같이 순수한 정열은 사라졌다 해도
그녀로 인해 쓰인 이 시들은 영원히 아름답게 남아『악의
꽃』에 빛을 더해 주고 있다.

　　이처럼 보들레르가 이들 세 여인을 통해 구하고
찬미했던 이미지는 묘하게도 어린 시절 향긋한 냄새와
다정한 손길로 어린 소년을 다독거려주고, "푸른 녹색
낙원"을 무한한 행복으로 채워주던 어머니의 이미지와
만난다. 삶의 문턱에서 짧은 순간 만끽한 티 없는 기쁨과
"앳된 사랑"으로 이루어진 행복은 두고두고 시인의
뇌리를 떠나지 않고, 계기가 있을 때마다 그에게 끝없는
향수를 자극했던 듯하다.

외젠 드시시, 「샤를 보들레르」(1917년)

보들레르가 그린 샤를 아슬리노(1850년)   보들레르가 그린 잔느 뒤발

보들레르의 자화상(1844년)

보들레르의 자화상

에밀 드로이, 「샤를 보들레르」(1844년)

펠릭스 브라크몽,
「샤를 보들레르」(1861년)

펠릭스 브라크몽,
출판되지 않은 『악의 꽃』
서문 일러스트

루이 귀스타브 리카르,
「사바티에 부인」(1850년경,
카르나발레 미술관)

루이 귀스타브 리카르,
「사바티에 부인」(1850년경,
카르나발레 미술관)

오귀스트 클레쟁제,
「사랑의 꿈(사바티에 부인의 흉상)」
(1847년, 루브르박물관)

오귀스트 클레쟁제,
「뱀에 물린 여인(사바티에 부인의 흉상)」
(1847년, 오르세미술관)

「보들레르와 사바티에 부인」
(1985년)

샤를 보들레르(1855년)

콩스탕탱 기,
「잔느 뒤발의 초상화」

콩스탕탱 기,
「관리와 창녀 들이 있는 실내 풍경」
(19세기, 워싱턴 내셔널 갤러리)

콩스탕탱 기,
「문 앞에 있는 세 명의 여인」
(19세기, 카르나발레 미술관)

콩스탕탱 기,
「부채를 들고 있는 여인들」
(19세기, 메트로폴리탄 미술관)

콩스탕탱 기, 「상류사회」
(1880년경, 워싱턴 필립스 컬렉션)

콩스탕탱 기,
「극장 안의 세 여인」
(1866년경, 카르나발레 미술관)

콩스탕탱 기,

「프랑스 제2제정 황제의 생일날 행렬」(1859년)

콩스탕탱 기, 「한 남자와 두 여인」
(19세기, 카르나발레 미술관)

콩스탕탱 기, 「숲에서의 산책」
(1985년, 워싱턴 내셔널 갤러리)

에두아르 마네,
「샤를 보들레르」(1865년)

외젠 지로,
「플로베르의 캐리커처」(1868년경)

펠릭스 나다르,
「샤를 보들레르」(1859년)

에두아르 마네, 「부채를 든 여인(잔느 뒤발)」(1862년)

에두아르 마네,
「스테판 말라르메」
(1876년, 오르세 미술관)

에두아르 마네, 「자화상」
(1878년, 도쿄 아티존 미술관)

에두아르 마네,
「부채를 든 여인」(1873년, 오르세 미술관)

에두아르 마네, 「카페에서」
(1879년경, 월터스 미술관)

에두아르 마네, 「풀밭 위의 점심」(1863년, 오르세 미술관)

에두아르 마네,「발코니」
(1869년, 오르세 미술관)

에두아르 마네,「철로에서」
(1873년, 워싱턴 내셔널갤러리)

귀스타브 쿠르베, 「샤를 보들레르」(1848년)

샤를 메리용, 「퐁네프」(1853년, 워싱턴 내셔널갤러리)

샤를 메리용,
「시장 근처 피루에트 거리, 파리」
(1860년, 워싱턴 내셔널갤러리)

샤를 메리용, 「작은 다리」
(1850년, 워싱턴 필립스컬렉션)

샤를 메리용,
「노트르담 성당, 파리」
(1854년, 워싱턴 내셔널갤러리)

샤를 메리용,
「노트르담 펌프, 파리」
(1852년, 클리브랜드 미술관)

샤를 메리옹, 「시체 안치소, 파리」(1854년, 메트로폴리탄 미술관)

샤를 메리옹, 「흡혈귀」(1853년, 워싱턴 필립스컬렉션)

샤를 메리용, 「생에티엔뒤몽 성당」
(1853년, 톨레도 미술관)

샤를 메리용,
「탑을 가진 집이 있는 직조공의 거리, 파리」
(1852년, 워싱턴 내셔널갤러리)

외젠 들라크루아,
「말 위에서 재규어에게 공격당하는 자」
(1855년, 프라하 국립미술관)

외젠 들라크루아,
「시장 근처 피루에트 거리, 파리」
(1860년, 워싱턴 내셔널갤러리)

외젠 들라크루아, 「예수님의 장례식」(1859년, 도쿄 국립서양미술관)

외젠 들라크루아, 「마르쿠스 아우렐리우스의 유언」(1844년, 리옹 미술관)

외젠 들라크루아,
「갈릴리 바다의 폭풍 가운데 잠드신 예수님」
(1841년, 45.7 x 54.6cm, 캔자스시티 넬슨-앳킨스 미술관)

외젠 들라크루아,
「돈 주앙의 난파」
(1840년, 루브르미술관)

앙리 팡탱 라투르, 「들라크루아의 초상화 앞에서」
(1864년, 앞줄에서 흰옷이 화가 라투르, 오른쪽이 보들레르)

에티엔 카르자, 「샤를 보들레르」(1862년)

보들레르 기념비
(파리 몽파르나스 묘지)

폴 베를렌과 아르튀르 랭보

'권태'와 '우울'

1852년 오픽 부부는 파리로 돌아와 세르슈미디 거리 91번지에 자리를 잡는다. 곧 방문객들이 줄을 이었다. 마드리드의 기후 때문에 오픽의 건강이 몹시 상해 있었지만, 제2제정의 상원의원이 되어 돌아온 오픽은 자신의 지체를 유지하기 위해 하루를 손님 접대일로 정한다. 시인은 "어머니의 저주스러운 월요일"이라며 이 '의식'을 비웃는다. 사람들로 둘러싸이는 이런 의식을 보들레르가 좋아할 리 없었고, 그는 당연히 모임에서 제외되었다. 월요일을 제외한 다른 날에는 어머니를 방문하도록 허락되었다. 물론 오픽과 마주치는 것을 피하기 위해 사전에 이루어진 둘만의 약속을 통한 방문이어야 했다. "어머니 집 방문이 제게는 늘 불편을 주어요."(1853년 6월 27일)라고 그는 어머니에게 편지한다.

편지로 어머니와 함께 한두 시간 이야기를 나눌 수
있는 시간을 알려주실 수 없으세요……? 저녁 식사나
점심 식사, 또는 산책이라도 할 수 있으면 근사하겠죠.
그러나 그것들은 꼭 필요하다고는 말할 수 없는
사치이죠…….

이제 잔느와 헤어진 지도 꼭 1년이 되었다. "그녀를
절대로 다시 보지 않겠어요."라고 그녀를 떠나기
전날에(1852년 3월 27일) 그는 편지에 썼다.

그녀는 자기 하고 싶은 대로 하겠죠. 지옥에 가고
싶으면 그렇게 하라지요. 저는 제 인생의 10년을 이
투쟁 속에 낭비해 버렸습니다. 제 젊은 시절의 모든
환상은 사라졌어요. 이제 제게 남은 것은 영원한
쓰라림뿐입니다.

분노가 섞인 선언이다. 그러나 실제로 시인은 이미
늙어버린 자신의 애인을 버리지 않는다. 그는 한 달에 두세
번 시간 나는 대로 돈을 주기 위해 그녀를 찾아간다.

그런데 이제 그녀는 심각하게 병들어 있다. 다음은
1853년 3월26일의 편지이다.

완전히 비참한 상태에 처해 있어요. (……) 그 같은
파멸 앞에서, 그처럼 깊은 우울 앞에서 저는 눈에
눈물이 가득해짐을 느낍니다. 그리고 솔직히 말해
가슴은 저에 대한 비난으로 가득합니다. 저는 그녀의
보석과 가구들을 두 번이나 잡혔죠. 저 때문에 빚을
지게 했죠, 그녀를 괴롭혔고. 그리고 마지막으로
저 같은 사람이 어떻게 처신해야 하는지 모범을
보이기는커녕, 그녀에게 항상 방탕과 떠돌이 삶의
본보기만을 보여주었습니다.

1853년 오픽은 온천 치료를 위해 아내와 함께
바레주로 떠난다. 이때 보들레르는 피갈 거리의 시끄럽고
축축한 호텔 1층에 혼자 살고 있었다. 어머니 덕분에
지난해 저당잡힌 원고를 겨우 되찾을 수 있었던 그는
방대한 포 번역 작업에 "영웅적인 열정"으로 몰두한다.
　같은 해 11월 15일, 시인은 어머니에게 편지를 띄워
장례를 치러야 할 '누군가'에 대해 언급하며 비용이
140프랑인데 60프랑이 부족하니 송금해 달라고 부탁한다.

제발 이런 글은 쓰지 마세요, "샤를, 나를 슬프게
하는구나." 등등. 또는 "절도 있게 사는 사람이라면
언제나 이런 것쯤은 지불할 수 있는 충분한 돈을
가지고 있는 법"이라든가. 거절하시려거든 분명하게
거절하시든가, 아니면 돈을 보내시든가 하세요.

이 '누군가'는 다름 아닌 잔느의 어머니인 것으로
알려졌다. 그는 12월에 어머니에게 또다시 부탁 편지를
쓴다. 이번에는 장작을 사기 위해서이다. "얼마라도
좋으니 언 손가락으로 침대에서 글을 쓰지 않아도 되게"
돈을 보내달라는 내용이다. 집 주인은 집세 지불을 툭하면
어기는 이 젊은이를 푸대접하기 시작했고, 채권자들은
집에 찾아와 그를 못살게 했다. 그리하여 1854년 2월
보들레르는 생트안느 거리 61번지 요크 호텔(Hôtel
d'York)로 피난한다. 그곳에서 그는 어머니를 부르는
횟수가 잦아졌다. 불행 가운데서 무엇보다 어머니의
따뜻한 애정이 필요했다. 어머니를 본 지도 너무
오래되었다.

어머니, 걱정 마세요. 여기에 함정은 없어요, 돈
때문이 아니라니까요.

그러나 약속이 지켜지지 않을 때도 있었다. 그리하여
어머니는 방문을 자제했다. 오픽 부인은 아들 찾기를
삼가는 것이 "샤를의 장래를 위해" 잘하는 일이라고
순진하게 생각하고 있었다. 이 벌로 인해 아들이 자성하고
삶의 태도를 고치기를 바라는 마음에서였다. 이 치료책의
이유야 어떠했든 시인은 그로 인해 고통을 겪는다. 그는
신음하고 간청했다.

저는 결코 어머니를 뵐 수 없겠죠, 어머니께서 오고
싶지 않으시니. 그것은 잘못된 계산이에요. 어머니는
제가 어머니를 뵙는 데서 어떤 행복을 느끼는지 믿지
못하실 거예요. (……) 자, 좀 상냥하게 대해 주세요.
무엇 때문에 오늘 생트안느의 요크 호텔로 저를 보러
오실 수 없는 거예요? (……) 돈은 거절하세요, 그리고
저를 야단치러 오세요. 제게 욕설을 퍼부으세요.
하지만 적어도 오세요. 두 가지를 한꺼번에
거절하지는 마세요.

포르셰는 이 편지를 소개하며 편지의 어조로 보아
애인에게 사랑을 구걸하는 하소연 같다고, 시인을
버림받은 남자에 비유한다. 오픽 부인은 아들의 어떤

하소연에 이르면 더 이상 버티지 못한다. 아들에게 너무나
자주 속아왔건만 이 편지 속에서 또 하나의 아들의
목소리를 알아볼 수 있기 때문이다. 그것은 오로지
어머니만이 찾아낼 수 있는 사랑의 갈구이다. 그리하여
어머니는 바람난 아내가 남편 몰래 집을 빠져나가듯
구실을 만들어 마차를 부르고 생트안느 거리로 달려간다.

　　요크 호텔에서, 어머니는 아들의 침대에 앉아 불쌍한
아들의 너무 더럽고 초라한 방을 둘러보며 가슴이
미어진다. 이 가난한 아들의 어머니는 프랑스 제1제정의
상원의원의 아내이며, 지난해만 해도 마드리드 주재
프랑스 대사 부인이었다. 그런데 자신의 아들은 어떤가.
일찍 세상을 떠난, 품위와 교양을 갖춘 전남편과의
사이에서 태어나 부모의 사랑을 독차지했던 하나밖에
없는 귀한 아들이다. 아들은 서른네 살의 나이 차이라는
상식을 벗어난 그 두 사람의 결합에 하늘이 내려준 선물
같았고, 그녀 자신에게 값진 보물이었다. 집에 돌아와서도
아들의 비참한 모습이 뇌리에서 떠나지 않는다. 참을 수
없어 아들에게 자신의 심정을 서툰 표현으로 적어 보낸
모양이다. 이것이 또 아들의 자존심을 건드렸는지 이에
대한 아들의 편지는 씁쓸하다.

가난 속에서 제 인격이 실추되는 것에 대해 어머니는
염려하시지만 알아두세요, 누더기를 걸치고 살
때이건, 적당히 넉넉하게 살 때이건, 저는 항상 제
몸단장에 두 시간을 바쳤다는 것을. 이런 바보 같은
소리로 어머니의 편지를 더럽히지 마세요.

보들레르는 실제로 누더기를 입은 적이 없었다.
때로 옷이 해졌을 때는 있었을지언정 그의 셔츠는 항상
하얗고 깨끗했다. 가난과 희고 깨끗한 셔츠, 이것은 쉽게
떠올릴 수 있는 이미지가 아니다. 그러나 그의 경우는
달랐다. 그는 댄디였으며, "우아한 복장의 추구는 댄디의
귀족주의적 정신의 상징"이라고 생각했고 이것을 몸소
실천했다.

시인의 가난한 삶에 또 하나의 우울을 더해 주는
존재는 잔느였다. 잔느는 그에게서 완전히 떠난 것이
아니었다. 때로 그를 찾아와 그를 절망의 나락으로
떨어지게 했다.

잔느는 어느 날 아침, 시인이 자고 있는 이른 시간에
그의 방에 불쑥 나타났다. 아, 그녀는 얼마나 늙고
쇠잔해졌는지! 새벽의 파리한 안개 아래에서 그녀는
한층 더 쇠약해 보였다. 알코올 냄새도 났다. 그녀는

신음하며 의자에 쓰러지듯 주저앉는다. 괴물같이 마른 그녀는 옛날의 그녀가 아니다. 「가여운 노파들(Les Petites Vieilles)」(FM)에서 시인은 읊조린다.

고도 꼬불꼬불 주름 같은 골목길,
모든 것이, 공포조차 매혹으로 바뀌는 거리에서
나는 엿본다, 내 숙명적인 기질을 따라
늙었으되 매력적인 기이한 존재들을
(……)
저 쪼그라진 괴물들도 옛날에는 어엿한 여인
— 「가여운 노파들」에서

얼마 후 그녀는 갑자기 그 큰 키를 세우고 일어선다. 그녀는 낮은 천장 때문에 더욱 커 보인다. 잠시 그녀는 많은 요구로 시인을 들볶던 옛날의 애인으로 되돌아간다. 잔소리를 해대며 이것저것 훑어보고는 꼬치꼬치 캐묻는다. 그러고는 거미 다리같이 긴 손가락으로 마지막 동전 한 닢까지 다 긁어 주머니에 담고서 거리로 나선다.

미모도 영광도 이미 옛날의 꿈, 지금은 아무도
그대들 알아주는 이 없다! 버릇없는 주정뱅이

지나다가 그대들에게 추잡한 욕지거리 퍼붓고
비겁하고 상스런 애새끼는 그대 발치에서 깡총댄다

살아 있는 것이 창피한 듯 오그라진 그림자처럼
무서워하며 등을 구부리고 담벼락을 따라간다
그리고 그대들에게 인사하는 이 아무도 없다
얄궂은 팔자들이여
목숨 다하여 죽음만을 기다리는 인간 잔해들이여

그러나 나는 멀리서 다정하게 그대들 지켜본다
불안한 눈으로 위태로운 발걸음을
오, 이상하게도 그대들 아버지나 되는 듯
그대들 몰래 은밀한 즐거움을 맛본다!
―「가여운 노파들」에서

밖은 잔뜩 찌푸린 하늘, 안개와 비, 그리고 꽉 막힌
하수도관의 꾸르륵거리는 소리……. 또 답답한 하루가
시작될 모양이다. 지루한 하루는 현기증 나는 시인을
집어삼킬 컴컴한 허공처럼 그를 기다린다. 이런 날이면
마법 같은 포의 주문도 그에게 효과가 없다. 아무것도
그에게 열정을 되찾아줄 수 없다. 감당할 수 없는 정신과

육체의 무기력증이 찾아온다. 점토 그릇에서 물이 조금씩
스며나가듯이 몸에서 모든 힘이 다 빠져나가는 듯한 탈진
상태가 찾아온다. 그리하여 모든 작업은 중단된다. 이때
시간은 절름발이처럼 느리게만 흘러간다.

절름절름 끌고 가는 세월보다도 더 느린 것은 없다
— 이제부터 너는, 오 살아 있는 물질이여, 어렴풋한
　공포에 싸여
안개 낀 사하라 사막 오지에서 졸고 있는 화강암에
　지나지 않는다.
—「우울 2」에서

권태의 방에서는 유리에 와 부서지는 세찬 빗소리,
신음하는 듯한 바람 소리, 멀리서 울리는 종소리,
아궁이에서는 장작의 탁탁 튀는 소리, 벽시계는 계속
같은 말을 뇌까리고……. 그러나 이것들은 아직 문학적
이미지로 그려진 것이 아니다. 그것은 실제로 시인이
살고 있는 시간에 속해 있는 일상사이며, 후에 시구 속에
고정될 요소이다. 이것은 이를테면「우울 1」의 "비 오는
날" 풍경이다. 물론 이 의기소침한 시간에는 그 무엇이
되었건 간에 글 한 줄 쓸 수가 없다. 육체적으로도 그것이

불가능하다. 그러나 보들레르가 자신만의 시적 분위기
속에 잠기는 것은 바로 이런 순간이다.

'장마철'은 도시 전체에 화를 내
항아리째 죽죽 퍼붓는다
이웃 묘지의 파리한 주민에게는 음산한 추위를
안개 낀 교외에는 죽음의 그림자를

내 고양이는 마룻바닥에 깔고 잘 짚을 찾으며
옴에 걸린 야윈 몸을 부산스레 흔들고
늙은 시인의 넋은 추위 타는 허깨비의
서글픈 소리 지르며 홈통 속을 헤맨다

종소리 신음하듯 울부짖고, 연기 나는 장작은
파닥파닥 소리 내며 감기 걸린 괘종시계에 반주하는데
한쪽에선 수종(水腫)에 걸려 죽은 노파가 남긴 유산

퀴퀴한 냄새 풍기는 한 벌의 트럼프 속에서
멋쟁이 하트의 잭과 체커의 퀸은
음산하게 그들의 지난날 사랑을 속삭인다.
　　—「우울 1」에서

　　이 소네트의 처음 10행은 묘사적이다. 그러나 나열식의 무미건조한 자연주의적 묘사와는 거리가 멀다. 감정과 몽상이 섞인 내적인 전개이다. 예를 들어 고양이의 이미지를 보자. "야위고 옴에 걸린" 고양이, 그것은 주인처럼 야위고 고통받는 존재에 대한 은유이다. 그리고 주인의 사랑을 받고 있지만 영양 상태가 나쁜 고양이이다. 주인이 가난하기 때문이다. 마룻바닥에는 양탄자도 없다. '마룻바닥'에 잠자리를 만들어야 한다. 아궁이에서 타고 있는 장작은 어떤가. "연기를 내는" 장작은 마르지 않은 질 나쁜 장작으로, 근처 싸구려 숯장수에게서 사왔음직하다. 굴뚝은 연기를 잘 빨아내지 못한다. 작은 집의 너무 좁은 아궁이에서는 흔히 있는 일이다. 그리고 안개 속에서 신음하듯 울부짖는 종소리, 이 세 가지 이미지를 제1단계 이미지라고 부른다. 그것은 눈으로 보고 귀로 들을 수 있고 느낄 수 있는 직접적인 사물에 의거한 이미지이다.

　　다음은 제2단계 이미지이다. 비 섞인 돌풍이 내는 소리는 "추위 타는 허깨비의 서글픈 목소리"에 비유되고, 시계 역시 추위를 탄다고 생각한다.

　　"감기 걸린 괘종시계"를 보자. 허깨비도 계절의 영향을 벗어나지 못하고, 시계 역시 감기에 걸려 있다. 시인은 현실에서 실제로 감지되는 소리로부터 출발하여,

마침내 감각의 세계로 돌입한다. 이 중간 단계의 중개적인
이미지들은 소네트의 두 부분 사이에서 다리 역할을 한다.
그리고 마지막의 4행에서 제3단계, 즉 환각의 단계로
접근한다.

먼저 시인은 두려움을 가지고 수종병에 걸려 죽은
노파의 숙명의 유산, 퀴퀴한 냄새 나는 트럼프를 언급한다.
사물들도 인간과 같은 운명을 갖는다. 이것들이 우리에게
행복 또는 불행을 가져다준다. 그리고 이곳에서 시간은
흐른다. 신음하듯이 불어대는 광풍, 이것이 비에 젖은
무거운 날개처럼 창문 유리에 부딪히며 부서지는 소리를
낸다. 그리고 갑자기 트럼프는 놀랍게도 살아 움직인다.
그들은 죽음의 위협을 느끼며 "그들의 지나간 사랑을"
음산하게 이야기한다. 그리고 시인은 냉소한다. 그러나
시인의 움푹 파인 볼에는 뜨거운 눈물이 흐른다. 그는
이 무서운 존재들을, 이 망령들을, 모든 서글픈 세계의
대표들을 측은히 여긴다. 그들은, 이 비참한 존재들은 모두
우리의 형제이다. 그들도 우리처럼 죄인이다.

여기에서 시는 보들레르의 뇌리를 떠나지 않는
강박관념에 접근한다. 그에게는 과일 속에 숨은 벌레처럼
그의 영혼과 육체를 파먹어 들어가는 하나의 생각이 있다.
불행의 근원을 파고들어 가면 인간의 원죄로까지 거슬러

올라간다는……, 원죄의 흔적을 존재 속에 지니고 사는 한 인간은 불행할 수밖에 없다는, 그리고 이 고통이 최고조에 이르는 곳이 바로 대도시의 서글픈 삶이다. 인간의 고통은 이곳에서 최고의 토양을 찾고, 한 세대 한 세대 전해지면서 더욱 확대되어 마침내 뿌리를 내리고 가지를 뻗어 가난과 고통과 죄악으로 이루어진 울창한 숲을 이룬다. 그리고 원죄의 흔적이 소멸되지 않는 것처럼 원죄의 결과인 인간 고통도 치유될 수 없다.

이제 다시 소네트의 네 번째 행을 보자. "안개 낀 교외에는 죽음의 그림자를." 이 행은 특별히 두드러지게 추상과 구체의 혼합을 제시한다. 오랫동안 비평가들은 보들레르의 '산문적 문체(prosaïsme)'를 비판해 왔다. 그러나 그곳에 바로 보들레르적 문체의 기교가 있다. 소네트 몸체의 제자리에 놓였을 때는 이 산문투가 의도적인 의미를 띠고, 예술적인 효과가 되면서 강한 시적인 가치를 갖는다. 그리고 다음 행의 "이웃 묘지의 파리한 주민"에서 왜 '이웃'인가? 그는 어떤 묘지로부터 멀지 않은 곳에서 글을 쓰고 있다. 바빌론 거리일 것으로 짐작된다. 이 거리는 그 자신 영원한 안식처를 찾아가게 될 몽파르나스와 멀지 않다. 혼수상태와 같은 날들 동안 시인은 옷을 입은 채 이 거리의 어느 방 침대에 움직이지

않고 누워 있다. 이렇게 시간이 흐르면 이곳에 저녁이
오고, 거리에 가스등이 켜진다. 그리고 유리창을 통해 이미
어둑한 방으로 가스등의 불빛이 흘러들어 온다.

몽파르나스, 메닐몽탕, 몽마르트르 쪽으로 날이
저물면 시인은 도시의 묘지들을 상상한다. 이 좁은 면적의
묘지들은 실제로 좁지 않다. 수도의 둘레 속에 포함되어
있기 때문에 좁다고 할 수 있지만, 그 안에 빼곡히 들어찬
관들로 인해 실제로는 얼마나 넓은가. 오늘날 사람들이
무수히 지나다니는 이 장소들에서 시인의 생각은 몇
세기의 시간을 가로질러 옛날의 파리 납골당까지
달려간다. 시간의 물결이 삼켜버린 옛날의 납골당은
지금 흔적도 없다. 그러나 옛날의 납골당은 우글거리는
장터나 저녁이면 들끓는 음란으로부터 가까이 있었고,
거리의 소음과 섞여 훨씬 친근했다. 현대의 묘지는 벽으로
차단되고 조용하며 밤이면 모든 문이 닫혀, 이튿날 아침이
되어 수위가 제복을 입고 다시 나타나 망자들의 카드
정리와 사무실 일을 시작할 때까지는 죽음 같은 정적이
흐르는 곳이다. 이런 생각에 이르면 시인은 몸서리치기
시작한다. 이런 시간, 망자들은 고통이 가중된다. 이 고통
속에서 육신의 일부가 남아 있다면 몸은 더욱 창백해질
것이다. 이 추운 날 무덤 속에서,

망자들에게는, 가엾은 망자들에게는 커다란 고통이
    있네.
—「마음씨 착한 하녀」에서

시인은 갑자기 어린 샤를로 되돌아간다. 그리고 그의
곁을 영원히 떠나 저 묘지에서 추위에 떨며 신음하고 있을
망자들을, 아버지를, 하녀 마리에트를 생각한다. 그는
한순간 방의 한구석에서 웅크리고 울고 있는 마리에트를
보는 듯했다.

망자들에게는, 가엾은 망자들에게는 커다란 고통이
    있네
'시월'의 구슬픈 바람이 그들의 대리석 묘비 주변에
휘몰아치고, 묵은 나뭇가지를 쳐 내릴 때
(……)
그녀가 영원한 잠자리 속에서 빠져나와
내 방 한쪽 구석에 웅크리고, 자애로운
눈으로 다 자란 이 어린이를 정답게 바라본다면
그 움푹 꺼진 눈에서 떨어지는 눈물을 보고,
그 경건한 영혼에 나는 무엇이라 대답할 수 있을까?
—「마음씨 착한 하녀」에서

아니, 그것은 거리의 가스등 불꽃이 갑작스러운 바람 때문에 흔들렸기 때문이다. 호텔 주인이 실내화를 끌고 걸어오는 소리가 복도에서 들린다. 그리고 그의 방을 두드린다.

"보들레르 씨 계십니까?"

그러나 그에게는 아무것도 들리지 않는다. 방에서는 아무 대답도 없다. 방문 아래로 편지들이 미끄러져 들어온다. 그리고 이 편지들은 며칠씩 마룻바닥에 그대로 남아 있을 것이다. 이 의기소침한 시간들은 후에 시구 속에 고정되어 '우울' 또는 '권태(ennui)'의 내용을 구성하게 될 것이다. 그는 이 순간들을 "내 무서운 우울들"이라고 어머니에게 보내는 편지에 쓴다. 그의 작품 속에서 '권태'와 '우울'은 같은 뜻으로 쓰일 때가 많지만, 그의 권태는 흔히 이 어휘가 갖는 일시적인 나태나 피로감과는 다르다. 또한 낭만주의의 권태는 더더욱 아니다. 노도 같은 감정의 부르짖음이나 폭발도 아니다. 보들레르의 권태는 끝없는 공허감이며 너무 완벽하고 너무 영원한 것이어서 불멸의 크기로까지 확대된다.

절름절름 끌고 가는 세월보다 더 느린 것은 없네
눈 잦은 해의 겹치고 겹친 무거운 눈송이 아래

305

권태가 (……)
불멸의 크기로 커질 때
―「우울 2」에서

이 우울의 포로가 되면 단순한 시간의 흐름조차
그에게는 '구토(nausée)'를 불러일으킨다. 구토와 유사한
혐오감으로 인해 의지는 무력해지고 그 무엇이 되었든
의욕은 사라진다. 1857년 7월 플로베르는『악의 꽃』
초판을 읽은 후 저자에게 편지한다.

아! 당신은 존재의 지겨움을 알고 있습니다그려!

플로베르가 언급하고 있는 "존재의 지겨움"은
낭만주의 시인들에게서 흔히 나타나는 애가조의
신음이나 교만한 우울과는 거리가 멀다. 플로베르 자신도
병적인 우울증을 가지고 있었다. 그는 이 편지를 쓰면서
신경증의 발작으로 괴로웠던 자신의 시간들을 떠올렸을
것이다. 그러나 투박한 표현인 이 '지겨움'은, 기질이
건강한 사람의 마음으로부터 나오는 진실의 소리이다.
그것은 허공 속에 침몰되는 것을 거부하는 자유로운
영혼의 외침이다. 플로베르가 권태로 포효한다면,

보들레르는 권태 속에서 마치 무덤 속의 사자처럼
꼼짝하지 못했다고나 할까. 그는 정신의학에서 "본질적인
우울증(ennui essentiel)"이라고 이름 붙인 일종의
환자이다. 그러나 언어의 일시적인 유행에 현혹당할
필요는 없다.

문학, 정치, 심리학 등 인간 지식 활동의 모든
분야에서처럼 정신의학도 병을 실제로 파악하지는 못한
채 이름을 붙이는 것으로 만족한다. 이 어휘는 얼마 동안
유행한다. 그러나 곧 신선미를 잃고, 전문가들은 진보라는
환상을 갖기 위해 그 분야의 새로운 용어를 또 만들어낸다.
그리하여 우리는 부당하게 전제된 전문 용어들 속에서
살고 있다. 몇십 년 전만 해도 의사들은 보들레르의
이 신경질적인 증세를 "주기적인 신경 쇠약증"이라고
규정했다. 또 보들레르의 죽음을 매독으로 인한 전신
마비로 돌리는 시기도 있었다. 보들레르의 모든 신경
질환을 열아홉 살 때 감염된 성병의 탓으로 돌리기도 했다.
이 병이 물론 신경의 결함을 개선시키는 데 도움이 될 리
없다. 그러나 문제는 그것을 병의 직접적인 원인으로 보는
데 있다. 여기에도 여전히 결과를 원인으로 보는 오류가
있다. 또 어떤 이들은 마약 복용이 보들레르의 불행의
원인이라고 주장한다. 마약의 상용은 심각한 후유증을

가져왔고, 그것이 겹쳐 병이 악화되었을 수 있다. 그러나
마약 남용 이전에 먼저 병이 있었다.

그 원인이 어떤 것이었든 간에 우울은 보들레르의
삶을 떠나지 않았고, 그것이 문학 속에서 어느 누구도 흉내
내지 못할 독특한 주제로 살아나 보들레르 특유의 시적
분위기를 만들어냈다.

계속되는 빈곤과 뜻밖의 기회

1854년 초, 오픽 부인이 피갈 거리에 널린 빚을
갚아주어 보들레르는 피난처였던 요크 호텔을 떠나 피갈
거리의 1층 방으로 돌아온다. 그러나 그곳에 오래 있지
않는다. 두 달 후 사전, 책, 원고, 헌 옷가지들을 챙겨 파리
서쪽으로 떠난다. 거리의 소음과 습한 방, 끊임없는 방문객
등이 보들레르가 내세운 이사 이유이다. 보들레르는
파리에서 이런 서글픈 이사를 수없이 했다.

이제 센 거리 35번지 마로크호텔(Hôtel du Maroc)에
도착한다. 옛날 잔느와 함께 살던 곳이다. 그는 이제
늙어버린 옛날 애인의 방문을 거절하고 있다. "가련하고
병들고 옷도 제대로 입지 않은" 그녀가 보고 싶지 않았기
때문이다. 옛날에는 "예쁘고 건강하고 우아했던" 여인이
그렇게 변한 모습을 보고 싶지 않은 것이다. 그에게

서글픔만 주는 애인은 그렇게 따돌릴 수 있지만, 그의
발자취를 따라 좇아오는 빚쟁이들을 막을 도리는 없었다.
툭하면 아롱델이 찾아온다.

이른 아침 눈을 뜨면 침대 발치에 유령처럼 서 있는
아롱델이 보인다. 이 위인은 목소리만은 부드럽다. "저런!
아직 자고 있군!"

어느 날 창문으로 보니 이 인물이 이마의 땀을 닦으며
길을 건너고 있다. 미처 피할 시간이 없다. 기껏해야
화장실로 숨는 수밖에. 이 고리대금업자는 호텔 주인의
뒤를 따라 층계를 올라오고 있다. 두 사람은 벌써 방에
들어섰다. 아롱델은 조용히 앉아 기다린다. 호텔 주인은
옛날부터 이곳에 묵었던 이 고객이 이제 거의 친구처럼
생각된다. 그가 문 뒤에 숨어 있는 것도 안다. 이 음산한
방문객을 방에서 떠나도록 눈치껏 종용한다. 호텔 주인
덕분에 겨우 구출되었지만 이런 연극도 매번 성공할 수는
없는 일, 빚쟁이 등쌀에 글도 제대로 쓸 수 없다.

이런 상황에서 벗어나기 위해 희곡을 쓸 계획을
세운다. 1849년 이미 시도했다가 실패로 끝난 계획이다.
이번에는 실현 가능성도 있어 보인다. 저녁 만찬에서
보들레르가 「살인자의 술(Le Vin de l'Assassin)」을 암송하는
것을 들었던 연극배우 티세랑(J.-H. Tisserant)이 오데옹

극장에서 공연할 극본을 써줄 것을 요청한 것이다. 이
시를 토대로 가난, 주벽, 범죄로 이루어진 5막짜리 대극을
쓸 것을 약속했고, 보들레르는 이 시나리오를 약속대로
티세랑에게 보낸다. 그러나 어찌된 일인지 이 시나리오는
공연되지 않았다. 그 밖에도 생마르탱 극장의 비극배우를
위한 시나리오나 연극평 등을 시도하지만 기대와 달리
그에게 금전적인 도움을 가져다주지 못했다.

1854년 11월 시인은 센 거리의 마로크 호텔을 떠난다.

언제나 하인과 요리사를 둘 수 있을까, 그리고
가정부도.

가난과 빚에 시달리면서도 이 댄디의 호기는
여전하다. 그런 처지에 여전히 요리사, 하인 운운하고
있다.

제게는 가족이 필요해요. 그것이 제가 일을 하고, 덜
낭비할 수 있는 유일한 방법이에요.

호텔에 세 들어 살거나 여기저기 빚쟁이를 피해
다니는 생활에 지쳐 자기 집을 마련해 불안정한 생활을

청산해야 한다는 절실한 생각으로 법정 후견인 앙셀에게
선불을 해달라고 교섭을 한다. 그러나 앙셀은 그 부탁을
수락하지 않는다. 이때 앙셀은 뇌이유 시장이 된다.
그리하여 공증인 권리를 다른 사람에게 맡겨 금치산자의
재산을 관리하게 하고, 자신은 법률고문으로 남는다.

　　이 시기에 보들레르는 포 번역물을 보관할
장소가 마땅치 않아 큰 어려움을 겪고 있었다. 그는
《르 페이》의 뒤탁(Dutacq)에게 이 원고들을 가져간다.
뒤탁은 보들레르에게 호의적이었지만 편집진 중
코엔(Cohen)이라는 인물은 "그런 터무니없는 것"은 실을
수 없다고 완강하게 버틴다. 포의『이상한 이야기』를 두고
말이다. 몹시 피곤하고 기진맥진해진 시인은 엉뚱하게
어머니에게 분풀이를 하고서 화를 달래려 한다. 그
후 곧 후회하고 사과하는 편지를 계속 보내지만, 오픽
부인은 그해 말까지 아들의 편지를 뜯어보지도 않은 채
돌려보낸다. 그리고 아들의 만나자는 청도 거부했다.

　　1855년 보들레르는 3월 한 달 동안 여섯 번이나
이사한다. 이제 그는 인쇄소에서 살며 일한다.

　　아주 큰 결심을 하고 제 방에서는 일할 수 없으므로
인쇄소에서 살며 일해요.

설상가상으로《르 페이》와 계약이 성사되어 이 신문에
포의 번역물을 연재 중이던 때의 편지이다.

어떻게 저의 책이 계속 진행될 수 있었는지, 어떻게
제가 병에 걸리지 않았는지 알 수 없는 일이에요.
하지만 더 이상 이런 생활을 계속할 수는 없어요.

계속되는 편지의 내용으로 보아 잔느와는 그 사이
다시 동거에 들어갔다가 헤어진 모양이다.

저와 잔느의 관계, 14년간의 그 관계는 끝났습니다.
저는 그렇게 헤어지지 않으려고 인간적으로 할 수
있는 일을 다 했어요. 그 상심과 싸움이 보름 동안이나
계속되었어요.

잔느에 대한 지겨움을 호소하던 그가 이 결정적인
결별 후 겪은 상심은 이만저만이 아니었던 것 같다. 이로
인해 잠을 못 자고 계속 울며 지냈다.

하여간 끝장났어요. (……) 저는 이름 모를 분노에
사로잡혀 있어요. 열흘간이나 잠을 못 잤고, 줄곧

구토증이 났고, 남의 눈을 피해 있어야만 했어요, 계속
저는 울고 있었으니까요.

애정 문제로 불행할 뿐 아니라 궁핍마저 극에 달한다.
계속 돈 문제로 쪼들리며, 어머니에게 보내는 편지마다
급히 변제해야 할 빚 독촉 때문에 바로 돈을 보내달라는
부탁이고, 후견인 앙셀에게는 친구들에게 돈을 구걸하러
다녀야 하는 굴욕을 하소연한다. 때로 잡지사 또는
출판사에 머잖아 간행될 소설이나 기타 작품을 약속하며
선불해 달라고 호소하는 일이 잦아진다.
　어머니에게는 단념하지 않고 계속해서 용서를 비는
편지를 보낸다. 마침내 어머니로부터 편지가 온다. 그러나
아직도 모자간에 화해가 이루어지는 건 아니다. 그의
말대로 이런 "캄캄한 암흑" 속에서 "회반죽 속에서 살고
들끓는 벼룩 속에 잠자고…… 이 호텔에서 저 호텔로
전전하던" 중 예기치 않은 기회가 주어진다. 1855년
만국박람회가 파리에서 열리고, 이 박람회의 조형미술
부문에 관한 평을 써달라는 의뢰가 들어온 것이다.
　만국박람회는 5월 15일 개막되었다. 개막식은 새로
지은 산업관에서 황제 부부가 참석한 가운데 성대하게
거행되었다. 조형 미술 행사는 몽테뉴 거리에 입구가 있는

몽테뉴관 내의 조형미술관에서 이루어졌다. 이미 미술 전시회의 기사를 쓴 적이 있는 보들레르는 이번 박람회에 관심이 갔다. 미술 부문에 출품한 화가는 프랑스 700명, 영국 150명, 벨기에 115명, 미국에서 온 사람들 등 무려 2000명이 넘었다. 과연 대규모의 박람회다. 각 전문지들은 이 거대한 행사에 관한 기사를 경쟁적으로 준비했다. 포의 번역을 연재하고 있던《르 페이》가 보들레르에게 미술 부문을 맡겼고, 원고료도 번역 원고료보다 훨씬 높은 수준이었다. 행사가 계속되는 여섯 달 동안 매주 계속해서 여러 단에 걸쳐 쓰는 기사였다. 돈이 급한 그에게는 모처럼 찾아온 횡재가 아닐 수 없었다.

5월 20일, 그의 최초 기사는《르 페이》의 2면 3단을 차지했다. 그런데 어찌된 일인가. 기사를 의뢰한《르 페이》와 독자들은 당황하지 않을 수 없었다. 만국박람회의 미술전 내용을 소개하고 안내하는 글이 있으리라는 기대와 달리 기사는 엉뚱하게 비평 방법에 관한 것이다. 미술에 채택된 현대적 개념과 미학 이론에 관한 개인적 견해를 피력하고 있었던 것이다. 몽테뉴관에서 이미 전시회를 보았던 독자들 또는 지금부터 전시회를 보러 갈 독자들은 작품 이해에 도움이 될 해설을 기대했을 텐데 그에 관한 언급은 없고, 미술 전시회에 관해서는 기사 끝에 몇 줄 적어 넣었을 뿐이다. 미술에 관한 소박한 선입관을 가지고 전시장을 찾는다면 기대에 어긋날 것이라는 내용이다.

한 주일이 지나 두 번째 기사가 나온다. 이번에는 기사가 송두리째 들라크루아에 관한 글로 채워져 있었다. 이 기사는 미술평 그 자체로는 현대적 감각이 뛰어난 훌륭한 비평이다. 이 미술평은 보들레르의 미학과 예술의 원칙을 읽을 수 있는 자료로, 오늘날에도 그 가치를 인정받는다. 그러나 10여 개국에서 2000여 명이 참여한 만국박람회의 전시회에 관한 기사에서 특정 화가의 작품에 관해서만 처음부터 끝까지 언급한다는 것은 상식을 초월한 일이다.

세 번째 기사는 전부가 앵그르(Jean-Dominique Ingres)에 관한 것으로 준비되었다. 이미 두 차례 기사가 나간 후 심한 공격을 받아 네 번째 기사와 그 이후의 기사에서는 절대 한 예술가에 관해 다루지 않겠다고 맹세를 했지만 이미 때는 늦었다. 6월 6일부터는 루이 으노(Louis Enault)가 그의 뒤를 이어 매주 한 번씩 11월까지 전시중인 조형예술에 관한 글을 쓰게 되었다. 이에 대해《르 페이》의 편집진과 독자들은 만족해했다. 그러나 보들레르 연구가들은 말한다. "109회에 걸쳐 쓰인 으노의 문예란 기사를 오늘날 누가 기억이나 하는가.

보들레르가 쓴 세 개의 기사만 후세가 기억하고 있다.”

　　보들레르 자신도 그 글이 일간지에 싣기에는 시사적인 성격과 너무 동떨어진 것임을 모를 리 없었다. 그 자신이 4회부터는 그런 식으로 쓰지 않겠다며 사과하고 약속하는 편지를 보냈다. 그러나 신문사에서는 이를 일축해 버렸다. 이에 대해 보들레르 연구가들은 비평가로서의 보들레르의 결벽증이 그런 결과를 가져왔다고 해석한다. 이미 쓴 3회분의 글은 자신이 잘 알고 있는 프랑스 화가와 미술에 관해 평소 생각하고 있던 바를 정리한 것이다. 다시 말해 그는 처음 대하는 그 시대의 외국 화가들에 대해 깊은 연구 없이 상식적인 소견을 피상적으로 늘어놓고 싶지 않았을 수 있다. 첫 번째 기사에서부터 그 점이 드러났다. “이탈리아에서 다빈치나 라파엘로나 미켈란젤로의 후예들을 발견할 것이라는 선입견을 가지고 만국박람회를 찾는 사람은 의외의 놀라움을 발견하게 될 것이다.”라고 기사에 덧붙인다.

　　영국 화가들의 전시는 매우 훌륭하며 오래도록 끈기 있게 연구할 보람이 있다. 그러나 아직 더 연구하고 싶다. (……) 이 유쾌한 일을 뒤로 미루는 것은 지극한 예절이다. 나는 더 잘하기 위해 지체하는 것이다.

— 「1855년 만국박람회(Exposition Universelle de
1855)」에서

진지함이 엿보이는 글이다. 그가 『악의 꽃』을 오랜
세월 동안 발표하지 못하고 그토록 시간을 끌어온 것도
이 같은 심정에서였다. 당장은 중간에서 중지해야
하는 굴욕과 모처럼 돈을 얻을 좋은 기회를 박탈당하는
불이익을 감수해야 했지만, 그는 차라리 그쪽을 택한
것이다.

그해 그에게 또 하나의 기회가 주어졌다. 《르
페이》에 미술평 1회분을 싣고 2회분을 아직 싣지 않은
6월 1일, 《되 몽드(Deux Mondes)》가 처음으로 「악의
꽃」이라는 제목으로 보들레르의 열여덟 편의 시를 싣는다.
그러니까 1855년 5월, 같은 달에 두 번의 기회가 잇달아
그에게 주어졌던 셈이다. 《르 페이》에서의 실패는 그
책임이 전적으로 필자 자신에게로 돌아왔다. 이 기사의
내용이 훌륭하다는 것을 아무도 부인하지 않았지만
저널리스트적인 시각에서 볼 때 편집 책임자들의 판단은
옳았다. 일간 신문의 입장과 이 행사의 상황을 참작했어야
했다. 보들레르 또한 자신에게 무엇을 요구하는지 잘 알고
있었다.

《되 몽드》는 전혀 다르게 일을 추진했다. 많은
주저 끝에 보들레르의 시 게재를 수락한 편집자는 시
출판에 앞서 독자들에게 일종의 경고의 글을 덧붙인다.
"여러분들이 읽게 될 이 시들을 출판하며 우리는 우리에게
활기를 띠게 했던 정신이 다양한 다른 방향의 시도에
얼마나 알맞은지 한 번 더 보여줄 수 있다고 믿는다."로
시작한 이 글은 계속해서 "우리가 이들 시 속에 그려진
내용을 공유하지 않는다 해도 우리 시대 여러 징후의
하나로 알아두어야 하며, 출판이 격려가 되는 경우가
있는 것 같다."는 요지의 글을 첨부한다. 이 글의 대강의
분위기로 보면 보들레르를 어린 학생 취급해 다음에는 더
잘할 수 있도록 격려하기 위해 출판해 준다는 얘기다. 그가
이런 푸대접을 처음 당하는 것도 아니다. 이미 1850년
《가족 잡지》가 그의 시를 출판하며 이와 유사한 주석을
붙인 바 있다.

이 참신한 두 시는 『지옥의 변경(Les Limbes)』이라는
제목이 붙은, 곧 간행될 시집에서 뽑아온 것이다.
이 책은 현대의 젊은 세대의 열망과 우수를 대신할
것이다.

1851년《의회 통신》이 열한 편의 시를 실을 때도
비슷한 주석이 붙어 있었다.

이들 작품은 곧 미셸 레비에서 출판될 샤를
보들레르의『지옥의 변경』에서 발췌했다. 그것은
현대의 젊은이들의 정신적인 동요의 역사를 서술하고
있다.

보들레르 자신은 이런 예고 또는 경고의 글을
삽입하는 것에 반대할 의사가 없었다.《가족 잡지》와
《의회 통신》에 붙은 주석의 유사함으로 보아 보들레르
자신이 그러한 조처를 충고한 것 같다고 주장하는 사람도
있다. 독자층을 알고 있는 보들레르는 자신의 시가 야기할
격렬한 반응을 예견했고, 그리하여 미리 조심스러운
조처를 취하는 것도 나쁘지 않다고 판단했을지 모른다.

『악의 꽃』이 되기까지
보들레르가 시집의 제목으로 이미 오래전부터
생각하고 있던 "지옥의 변경"에서 지금의 『악의 꽃』으로
바뀐 경로는 이렇다. 1852년 『지옥의 변경』이라는
책이 보들레르의 시집보다 먼저 출판된다. 이로 인해

보들레르는 자신의 책을 같은 이름으로 예고하기를
포기한다.『악의 꽃』이라는 최종적인 제목을 우연히
끄집어낸 것은 어느 날 저녁 카페 랑블랭(Lemblin)에 있던
한 무명 기자 이폴리트 바부(Hyppolyte Babou)였다. 이
제목에는 주의를 사로잡는 독특한 매력이 있지만, 비록 이
무명 기자가 우연히 이 제목을 생각해 내지 않았더라도,
이 책의 운명이 크게 달라지지는 않았을 것이다. 그러나
"악의 꽃"이라는 다소 도발적인 의미의 격렬함이 처음에
독자들의 반감을 자극하여 오히려 사람들의 시선을 끄는
데 도움이 되지 않았다고 말할 수는 없다. 그로부터 몇 년
후인 1862년 알프레드 드 비니(Alfred de Vigny)는『악의
꽃』2판을 보낸 저자에게 회답하는 편지에서 이렇게 쓴다.

> 이 "악의 꽃"들이 제게는 얼마나 선의 꽃이었으며,
> 얼마나 저를 매혹시켰는지 당신에게 말하고 싶습니다.
> 그리고 또 그토록 감미롭게 봄의 향기를 풍기는 이
> 꽃다발을 향해 그것에 상응하지 않는 이런 제목을
> 붙인 당신을 부당하다고 생각합니다.

비니가『악의 꽃』에 내린 이 견해는 책의 내용을
제대로 보지 못한 무미건조한 평이다.『악의 꽃』의 성격은

정반대 쪽에 있었기 때문이다. 그는 시인의 위대함을
예감했지만 그의 시가 담고 있는 본질을 진정으로
이해하지 못한 것이다. 어쨌든《뒤 몽드》에 보들레르의
열여덟 편의 시가 실리면서부터 그에 대한 중상과 공격이
시작된다.

공격의 포문을 연 것은《르 피가로(Le Figaro)》였다.
그해 11월 4일 기사는 루이 구달(Louis Goudal)의 이름으로
맹공격을 가한다.

납골당과 도살장의 구역질나고 냉랭한 시, 사상으로
이루어진 한심스러운 빈곤 등등.

이렇게 시작하는 기사는 실로 가관이었다. 그리고
보들레르의 작품집을 출간하기로 했던《뒤 몽드》편집진의
태도가 바뀐다. 처음에 그는 그것을 알아채지 못했다. 그는
큰 출판사에서 자신의 시를 허락한 데 대해 1년 이상이나
기대를 걸고 있었다. 어머니에게는《뒤 몽드》에서
자신의 책이 나올 것이라고 편지로 알리기까지 했는데,
보들레르의 이름은 신문에 나오지 않았다. 그러나 그것이
별 의미는 없었다. 이미 출판된 열여덟 편의 시가 보들레르
시의 운명뿐 아니라 프랑스 시의 역사에 특별한 의미를

갖기 때문이다. 이때의 독자 반응이 오랫동안『악의 꽃』의
운명을 지배하게 된다. 한쪽에서는 야유, 일부였지만 다른
한쪽에서는 감탄에 찬 놀라움, 이것이 미래에 찾아오게 될
영광의 발아였다.『악의 꽃』출판과 그것이 야기한 소송
사건은 이 상반되는 반응을 두드러지게 하고 확대시킨
것에 지나지 않는다.

보들레르는 시 이외에도 여러 에세이들의
출판을 시도한다. 그러나 여러 해 전부터 원고를 들고
이곳저곳으로 편집장을 찾아다녀 보지만 소득이 없다.
「조형미술의 희극성의 본질에 대하여」라는 에세이를
싣기 위해서였는데, 이 글의 다소 학술적인 제목이
편집진의 구미를 돋우지 못했다. 그런데 같은 해인
1855년 7월 이름 없는 한 잡지가 이 떠돌이 신세가 된
원고에 낮은 문을 열어준다. 문제의 이 에세이는 처음에
"캐리커처"라는 대작품집의 서문으로 쓸 예정으로
집필되었다. 그러나 후에 이 계획이 바뀌어《르 프레장(Le
Présent)》에 두 개의 글로 나뉘어 발표된다. 하나는
「프랑스 풍자화가들(Quelques Caricaturistes Français)」이고,
다른 하나는「외국 풍자화가들(Quelques Caricaturistes
Etrangers)」이다.

1855년 여름, 보들레르는 센 거리 57번지에서

27번지로 다시 주소를 바꾼다. 1855년 한 해는 여러 면에서 그에게 잔인한 해였다. 만국박람회는 그에게 씁쓸한 경험을 남겨주었고, 어머니는 완강하게 그를 보는 것을 거절했다. 12월 다시 마레뒤탕풀 거리로 옮긴다. 그러나 가구가 없다. 냄비도 없고 침구도 속옷도 없다. 땅바닥에서 자고 아무데서나 일해야 한다. 싸구려 식당도 이리저리 옮겨 다니는 호텔 생활에도 진력이 나 있다. 그에게 거처를 정하는 것은 무엇보다 시급한 문제이다. 그래야 마음의 안정을 찾고 일도 할 수 있다. 또한 그는 누구보다 우아하고 사치스러운 방을 갖고 싶어 하는 댄디이다. 이제 그는 꿈속에서도 아름답고 무엇보다 조용한 집을 그린다.

저는 가구 딸린 싸구려 호텔과 싸구려 식당에 완전히 지쳤어요. 그것이 저를 죽이고 저를 독살시켜요. 감기와 편두통, 열, 그리고 하루에 두 번씩 외출해야 하는 것, 눈과 진흙과 비에도 지쳤어요.

집은 아름답고 특히 조용합니다. 그리하여 저는 어엿한 신사처럼 살게 될 것입니다. 마침내! 그렇게 되면, 어머니에게 말씀드렸듯이, 진정 젊어질 수 있을

것입니다. 저에게는 남의 눈에 띄지 않는 삶이 절대
필요해요, 그리고 우아하고 절제 있는 삶도요…….
― 1855년 12월 20일 편지에서

'질서', '아름다움', '사치', '쾌락' 등이 지배하는 방에
대한 소망은 그의 삶으로부터 시작하여 차츰 그의 작품
속에 뚜렷한 자리를 차지하게 될 것이다. 그가 사랑하는
여인과 함께 가서 살고 싶은 나라, "한가로이 사랑하고,
사랑하다 행복하게 죽어갈 수 있는" 나라에도 이 바람이
그려져 있다. 그 나라는 세월에 의해 반들반들하게 닦여진
가구들, 깊은 거울, 진귀한 꽃들, 동양의 풍요로움 등 모든
것이 사치와 은밀한 아름다움으로 가득하다. "거기엔
모든 것이 질서와 아름다움/ 호화로움과 고요, 그리고
쾌락뿐"이다.

내 아이, 내 누이여
    생각해 보렴
거기 가서 함께 사는 감미로움을!
    한가로이 사랑하고
    사랑하다 죽으리
그대 닮은 그 고장에서!

그곳 흐린 하늘에
젖은 태양이
내 마음엔 그토록 신비로운
매력 지녀
눈물 통해 반짝이는
변덕스런 그대 눈 같아

거기엔 모든 것이 질서와 아름다움
호화로움과 고요 그리고 쾌락뿐
세월에 닦여
반들거리는 가구가
우리 방을 장식하리
진귀한 꽃
향긋한 냄새
호박의 어렴풋한 냄새와 어울리고
호화로운 천장
깊은 거울
동양의 찬란함
모든 것이 거기선
넋에 은밀히
정다운 제 고장 말 들려주리

거기엔 모든 것이 질서와 아름다움
호화와 고요 그리고 쾌락뿐……
— 「여행으로의 초대」에서

그가 후에 『파리의 우울』 중 「이중의 방(La Chambre
Double)」에서 그리게 될 이중의 방은 특히 그의 일상의
강박관념의 표출이다. 현실 속의 추하고 비참한 방과
꿈속의 황홀한 초자연적인 방. 보들레르의 작품 속에서
방의 테마는 뚜렷한 자리를 차지한다.

일종의 몽상과 같은 방, 진정 정신적인 방, 이곳에
고여 있는 움직이지 않는 분위기는 가벼운 장밋빛과
하늘색으로 물들어 있다. 이곳에서 넋은 욕망과
회한의 냄새가 가미된 나태의 목욕을 한다. (……)
가구들조차 기다랗고 나른하게 나태한 형태를 띠고
있다. 그것들은 식물이나 금속처럼 몽유적 생명을
띠고 있는 것 같다. 천들조차 마치 하늘처럼, 꽃처럼,
또 저무는 태양처럼 말없는 언어를 속삭인다. 벽에는
아무런 구역질 나는 예술품 등속도 없다. 이 같은
설명할 수 없는 인상이나 순수한 꿈에 비추어볼 때
설명된 예술, 실증적 예술이란 하나의 모독적 행위일

뿐이다. 이곳에서는 모든 것이 충분한 정확성과
동시에 감미로운 모호함의 조화를 소유하고 있다.
— 「이중의 방」에서

아들의 편지에 어머니의 마음이 움직였음인지,
앙셀을 통해 매달 40프랑씩 정기적으로 아들에게 보내고
있던 오픽 부인이 상당한 금액을 아무 말 없이 보내온다.
어머니로부터 1500프랑을 받은 보들레르는 먼저 잔느에게
500프랑을 보낸다.

1855년 12월 말, 그의 서른다섯 번째 생일이 머지않은
때이다. 잔느와 헤어진 지도 4년, 이 결별의 기간 동안
그녀는 어떻게 생계를 해결하고 있었을까. 시인은 계속
그녀에게 돈을 보내지만, 그것은 부정기적이었고 액수도
얼마 되지 않는다. 이에 대해서 보들레르는 언급한 적이
없고, 따라서 아무것도 알려진 것이 없다.

1856년 1월 9일 보들레르는
앙굴렘뒤탕플(Angoulême-du-Temple) 거리로 또다시
거처를 옮긴다. 이번에는 어머니로부터 받은 돈을
가지고, 작업하는 데 그 어느 때보다 유리한 새로운
거처를 장만했다. 이제 매트리스와 냄비도 준비했다.
침대도 앙셀에게 부탁해 사들였다. 작업에 몰두할

결심도 그 어느 때보다 새로웠다. 그리고 이곳에서 다시 잔느와 동거에 들어간다. 그러나 새로운 기대로 시작한 이곳의 삶도 오래가지 않았다. 조용하고 우아한 거처가 음산하고 시끄러운 지옥으로 바뀌는 데는 오랜 시간이 걸리지 않았다. 6월 6일 그는 다음 계약까지 아직 기간이 남아 있는데도 불구하고 그곳을 떠나 다시 호텔 생활로 들어간다. 볼테르 거리 19번지의 볼테르 호텔이다. 이곳은 후에 음악인 바그너와 소설가 오스카 와일드가 머물게 될 곳이기도 하다.

1856년은 포의 『이상한 이야기』 번역이 마무리된 해이다. 막심 뒤 캉, 바르비 도르빌리(Barbey d'Aurevilly), 에두아르 티에리(Edouard Thierry), 퐁 마르탱(Pont Martin) 등이 만장일치로 번역가를 칭찬했다. 보들레르가 열광하고 있는 원작가 포에 관해서는 회의를 가지면서도 번역가에 대해서는 칭찬이 대단했다. 포는 이처럼 자신의 나라 미국에서 알려지기 전에 보들레르 덕에 프랑스에서 먼저 명성을 얻는다.

말라시의 출판 혁명

1856년은 번역물의 성공뿐 아니라 작가로서의 생애에도 가장 중요한 행운이 다가온 해이다. 《뒤 몽드》에 열여덟 편의 시가 발표되자 경쟁적인 공격이 있었지만, 『이상한 이야기』를 낸 출판사의 발행인 미셸 레비(Michel Lévy)는 외쳤다. "나는 보들레르의 시를 출판하는 것을 망설였다. 그러나 이제 나는 결심이 섰다!"

그러나 1년 6개월 후, 미셸은 또 주저했다. 이런 상황에서 시인의 친구 풀레 말라시(Poulet-Malassis)가 그를 위해 모험을 시도하겠다고 나섰다. 이미 오래전에 쓰였는데도 오랫동안 출판되지 않았고 잡지에 싣는 것조차 거절당하기 일쑤였으며, 혹 게재가 허락되어도 해명의 주석을 첨부했던 그의 시를 전부 출판하고 미술평까지 내겠다고 제의해 왔던 것이다. 그리고 계약 전에 수표를 보내왔다. 줄곧 궁핍 속에서 다시는 그러지 않겠다고 다짐해 놓고 어머니에게 손을 벌리면서 가슴 아파했고, 법정 후견인 앙셀에게는 자신의 재산이건만 수없이 구걸하다시피 가불을 부탁해야 했던 그는 말라시가 이루 말할 수 없이 고마웠다.

말라시는 파리 서쪽에 있는 지방 도시 알랑송(Alençon)의 인쇄업자의 아들이다. 1847년에 고문서학교에 입학, 1848년 혁명 때에는 사회주의 헌장의 신봉자였고, 보들레르처럼 시가전에 몸을 던졌었다. 그 후 6월 시가전 뒤에 추방당했다가 사면되어 다시 파리로 돌아와 보들레르와 만난다. 두 사람은 서로 호감을 가지고 있었다. 마음에 드는 친구에게 늘 그러하듯이 보들레르는 그를 만나면 어깨를 두드리며 친근감을 표시했다. 곧 그의 부친이 세상을 떠나자 말라시는 알랑송으로 돌아가 그의 매형과 함께 가문의 인쇄소와 출판사를 맡게 된다. 그러나 이 혈기 넘치고 쾌활한 젊은이는 조용한 지방에서 지방 신문 인쇄 정도의 활동으로 만족할 수 없었다. 그리하여 자신이 선택한 작가들의 작품 출판 계획을 세운다.

코코 말페르셰(Coco-Malperché)라는 별명으로 보들레르가 불렀던 말라시는 무신론자이고 유물론자이지만 기지가 있었고, 문화적인 소양과 안목도 있었다. 특히 인쇄업자로서 그의 노력은 찬탄할 만했다. 그는 당시 잠자고 있던 프랑스 인쇄술을 일깨우는 개혁을 가져왔다. 말라시는 훌륭한 종이, 아름다운 인쇄 문자, 붉은색으로 처리한 제목의 글자, 화려한 이니셜, 꽃무늬 컷, 여백의 컷 등을 좋아했다. 그는 마침내 뷔시 거리 4번지에 출판사를 차리고 1857년 『악의 꽃』을 시작으로 고티에, 생트뵈브, 방빌 등 후에 프랑스 문학사를 장식할 대가들의 작품을 출판한다.

『악의 꽃』 최초의 계약은 당사자 간에 1856년 12월 30일에 이루어진다. 1300부를 찍기로 하고, 원고를

1857년 2월 4일에 넘긴다. 텍스트가 우아하게 인쇄되고
완벽하게 책이 만들어지도록 어느 것도 소홀히 하지
않았다.

　말라시는 후에 사업상의 이익을 초월한 모험심으로
계속해서 프랑스 정부에게 기소당할 책들을 출판한다.
그러다가 소송과 벌금, 선불 형식의 약속어음 발행
등으로 재정이 파탄에 빠져, 마침내 사업을 매부에게
맡기고 자신은 파리 출판만 맡는다. 그렇지만 급기야
1862년, 결손이 당시 금액으로 3만 3000프랑에 이르러
파산 지경에 이르게 되고, 1863년 출판사를 정리하여
벨기에로 도피한다. 그리고 그 이듬해, 역시 파리에서
도망쳐 그곳을 찾은 보들레르를 만나게 된다. 그래서
이들은 "숙명적인 인연"으로 맺어진 듯하다고들 말한다.
말라시는 그곳에서도 프랑스 정부의 미움을 살 반항적인
성격의 책들과, 보들레르의『악의 꽃』중 삭제 처분을 받은
여섯 편의 시를 포함한 새 시집『표류물(Les Epaves)』등을
출판하여 본국에서 두 번이나 궐석 재판에 처해져 유죄
선고를 받는다.

　말라시는 시인이 사망한 지 2년 후인 1869년에 파리로
돌아와 여생을 출판에 바치다가 1878년 사망한다. 이러한
'숙명적인' 만남 덕분에 보들레르의『악의 꽃』은 햇볕을 볼

수 있게 된 것이다.

『악의 꽃』, "새로운 떨림"

1857년은 보들레르의 『악의 꽃』이 출판된 해이며, 동시에 프랑스 문학사를 『악의 꽃』으로 장식한 해이기도 하다. 그해 『악의 꽃』이 기소되어 벌금을 물고 여섯 편의 시가 삭제 명령을 받은 사건이 기록에 남아 있다. 그리고 묘하게도 같은 해에 플로베르의 『보바리 부인(Madame Bovary)』이 같은 운명에 처한다. 그러나 이 책은 무죄 언도를 받아 소송에서 풀려난다.

앞서 지적했듯《뒤 몽드》에 「악의 꽃」이라는 이름 아래 열여덟 편의 시가 발표되자 이에 대해 부정적인 반응과 열광의 목소리가 동시에 있었다. 보들레르는, 그에 대한 평가가 어떤 쪽에 있었건, 이때부터 주목받기 시작했다. 그는 이미 교정쇄에 머물고 있는 시인이 아니었고, 카페의 시인도 아니었다. 그의 얼굴에는 이미 성숙함이 두드러져 있었다. 이제 그에게는 댄디의 부자연스런 꾸민 태도도 없었고, 얼굴에는 자신과 확신이 있었다. 그리고 그는 1848년의 공화주의자도 아니었다.

『악의 꽃』 출판을 준비하는 동안 보들레르의 태도는 일변한다. 살림을 알뜰하게 꾸려나가지 못해

돈을 구걸하고 빚을 지고 빚쟁이에 쫓겨 이곳저곳
도망 다니다시피 거처를 바꾸어 파리에서만도 서른세
번이나 주소를 옮긴 그였으나, 인쇄 시작과 동시에 일에
열중하는 그의 태도는 주위 사람들을 놀라게 했다. 판단과
계산이 정확하고 일에 대한 치밀함과 꼼꼼함이 지나치다
못해 출판사에서는 진저리를 쳤다. 그 전해 겨울『악의
꽃』출판이 언급된 이후 6월 25일 판매에 이르기까지
말라시에게 보낸 인쇄에 관한 편지가 무려 서른네 통에
이른다. 어느 날(2월 10일)에는 하루에 두 차례나 편지를
보내 철자의 크기, 여백, 책의 모양, 부피 등에 이르기까지
시시콜콜 지시한다. 교정지를 두 부씩 보내 달라, 그래야
원고 한 벌을 가지고 있다가 기회가 닿으면 신문이나
잡지에 발표하여 근간의 광고 효과도 거둘 수 있다는
내용도 있다. 어느 날에는 활자 크기에 대해 의논하고,
또 언젠가는 글자 모양에 대해, 혹은 책이 너무 얄팍하여
볼품없게 되지 않을까 걱정하기도 하고, 인쇄 용지까지
직접 살펴보고 싶다고도 한다.

　　3월 16일 편지에는 고티에에게『악의 꽃』을 바치기로
한 헌사에 대해 언급한다. 한 문장을 짧게 잘라 아홉
행에 걸치게 한 이 헌사의 위치, 행간, 글씨체 등에 관해
당부하고 또 전반적으로 활자가 너무 크다고 지적한다.

이 편지를 부치고 나서 부랴부랴 이 헌사는 시집의 맨
첫머리에 붙이는 것이 좋지 않겠느냐고 다시 의견을
전한다. 마침내 출판사 측에서는 화를 낸다. 말라시는 말이
없었지만 그의 동업자이자 매형인 브루아즈(De Broise)는
불평이 대단했다.

그러나 보들레르는 조금도 양보하지 않았다. 헌사의
글자를 전부 한 단계 작은 활자로 교체하여 다시 조판해
달라면서 그 비용도 자신이 보상하겠다고 나온다. 이
요구가 받아들여져 재교정지를 받자, 다시 다른 지시를
해온다. 인용부의 반복이 이상하다, 헌사의 3, 4행은 좀
두드러지게 하고, 매 쪽의 윗 여백에 있는 책 이름과 본문
사이의 거리가 너무 좁다…….

이렇게 세심한 데까지 주의를 기울여 작업하고 있는
동안에도 4월 20일《르뷔 프랑세즈(Revue Française)》에
아홉 편의 시를, 5월 10일에는《라르티스트》에 세 편의
시를 발표해서, 근간 시집에 대한 광고를 잊지 않는다. 이
같은 철저함이『악의 꽃』의 완성을 더디게 했다.

1857년은 보들레르의 삶에서 또 다른 의미로 중요한
해이다.『악의 꽃』인쇄가 막바지에 이른 4월 28일, 몇 달
전부터 기운이 쇠잔해 가던 오픽이 예순여덟 살의 나이로
세상을 떠난다. 이로써 그동안의 모자 관계가 새로운

양상을 띠게 된다. 연락을 받고 그는 곧 셰르슈미디로
달려갔다. 그는 어머니가 눈물에 젖어 있는 것을 보았다.
프랑스의 장군이었고 대사였으며 제1제정의 마지막
상원의원이었던 오픽의 장례식은 당연히 성대하게
거행되었다. 노트르담 성당에서 몽파르나스 묘지까지,
상원의원들과 제정의 대표들 앞에 검은 상복을 입은 그가
서 있었다. "장례 행렬을 앞장서 가고 있는 그의 품위와
위엄이 인상적이었다."라고 보들레르 전기 작가는 적고
있다.

보들레르는 생각했다. 의부가 세상을 떠난 지금,
어머니는 자신이 기댈 수 있는 보호자가 아니라 자신이
보호해야 할 연약한 존재라고. 장례식 후, 그는 어머니에게
자신의 심경과 각오를 편지를 통해 알린다.

이 몇 줄 속에서 어머님은 (……) 제 태도와 동시에
장래 제가 어떻게 행동할지에 관한 설명을 발견할
것입니다. 이 사건이 제게는 엄숙한 일이었어요.
(……) 어머니, 저는 가끔 당신께 무척 가혹하고
점잖지 못했어요. 그러나 저는 누군가가 어머니의
행복을 책임지고 있거니 하고 생각했던 거예요. 이
죽음에 직면해 제 가슴을 친 생각은, 실로 차후 그

책임을 질 사람이 당연히 바로 저라는 것이었어요. 이때껏 저 자신에게 허용했던 일체 — 무관심, 이기주의, 난폭한 무례, 불규칙하고 고립된 생활 속에 항상 일어나는 그 모든 일 — 가 이제 제게는 금지된 셈이지요. 어머니의 여생에 특별히 새로운 행복을 만들어드리기 위해 인간적으로 모든 것을 다 할 것입니다.

그리고 그는 어머니의 재산을 치밀하게 정리해 드린다. 우선 가구를 처분하고, 오픽 장군의 말과 마구, 마차를 정리하여 3만 2000프랑을 만들어 어머니에게 보고한다. 오픽 부인은 모범적인 아내의 전형이라고 할 수 있다. 그러나 오픽은 계속 높은 지위에 있었지만 세상을 떠날 때 이렇다 할 재산을 남기지 않았다. 봉급의 전부를 체면 유지를 위한 비용으로 써버렸기 때문이다. 그리하여 미망인이 된 오픽 부인은 갑자기 넉넉한 생활에서 다소 옹색한 처지로 전락한다. 그리하여 신중한 그녀는 오픽이 1855년에 별장으로 사두었던 옹플뢰르에서 살기로 결정하고 그곳으로 내려간다.

오픽 부인은 다행히 6월부터 정부에 연금 신청을 해서 6000프랑을 황제로부터 받을 수 있게 된다. 그것은

살아가는 데 부족하지 않은 금액이다. 그렇게 상중에서도
어머니의 문제는 정리된다. 보들레르는 계속해서
어머니에게 세심한 배려를 아끼지 않았다. 어머니가
애독하는 책이 너무 낡았기 때문에 제본사에게 맡겨 책을
말끔하게 닦고 새 책처럼 장정하게 하기도 하고, 편지로
모친을 위로한다.

제가 어머니께 부탁드리는 것은 단 한 가지뿐이에요.
그것은 어머니의 건강과 오래 사시는 것, 가능한 한
오래 사시는 일에 전념하시는 것이에요.

6월 13일, 시집 증정 대상자 명단과 광고 문안까지
만들어 출판사에 보내고, 『악의 꽃』이 드디어 서점에 나와
판매가 시작된다. 이 책은 "분노와 인내심으로 쓰인 15년
동안의 노고의 결실이다." 저자는 책을 엄숙하고 간결한
형태로 고티에에게 바친다. 그러나 7월 5일 《르 피가로》의
귀스타브 부르댕(Gustave Bourdin)은 분노에 찬 목소리로
공격의 포문을 연다.

보들레르의 정신 상태를 의심할 때가 있다. (……)
이 책은 온갖 광란과 마음의 온갖 부패가 개방된

병원이다. 치료하기 위해서라면 모르되 그것은 이미
불치의 병이다.

그러나 이 글을 보면 보들레르가 일부 독자들에게는
오래전부터 인정받고 있었음을 알 수 있다.

샤를 보들레르는 약 15년 전부터 소수 개인 그룹에게
위대한 시인으로 자리 잡고 있었다. 그들의 허영심은
그를 신 또는 거의 신과 같은 존재로 추대하는 데 꽤
멋진 이론을 대고 있었다. 그들이 자신들을 그보다
열등하다고 자인하는 것은 사실이다.

이 기사는 격렬한 반응을 일으켜 파리 주재 외국
특파원들조차 이에 화답하듯 이 문제를 기사화했다.
이로부터 이틀 후 7월 7일, 내무부 공안국은 검찰에
기소장을 보낸다. 7월 13일《르 피가로》는『악의 꽃』에
관한 공격을 재개한다. 그리고『악의 꽃』이 곧 압류에
들어갈 것이라는 소문이 돌았다. 보들레르는 이런 일을
마치 예상했다는 듯이 말라시에게 출판사에 남은 책들을
급히 감추어두라고 당부하고, 자신은 대리점에 있는 쇤
부를 안전한 곳에 옮겼다고 덧붙인다. 출판사는 시인의

지시에 따라 감추어두었던 200부를 파리로 비밀리에
운송한다. 그리고 보들레르의 예상대로 숨겨진 책들은
정가의 몇 배 가격에 거래되었다. 6프랑 정가인 책이
40프랑에, 어떤 것은 심지어 60프랑에도 팔렸다.

7월 14일, 정부 기관지 《세계신보(Moniteur
Universel)》가 보들레르를 열렬히 옹호하는 평론가
티에리(Ed. Thierry)의 서평을 싣는다. 그 당시 정부의
세 장관(《세계신보》를 주관하는 국무장관과 강경파인
내무장관, 법무장관) 사이에는 이 문제에 대한 의견이
엇갈려 있었다.

7월 17일, 검찰청은 공안국의 기소 제청을 정식으로
수리하고 지은이와 펴낸이를 심문하고 시집을 압류하기로
결정한다. 검찰에 출두한 시인은 세 시간 동안 심문을
받는다. 대단치 않은 파문으로 끝나 오히려 유리한 광고
구실이 되리라고 낙관했던 시인은 예상과 달리 일이
불리하게 진행되자 다급해진다. 그리하여 《세계신보》를
주관하는 국무장관에게 포의 번역서 연재와 변호 기사
게재에 관해 사의를 표명하고 변호를 부탁하는 편지를
보낸다. 그러나 이 편지를 보면 『악의 꽃』에 대한 시인의
긍지는 조금도 수그러들지 않았다.

소생은 어제 국무장관께 일종의 비밀 변호 같은 것을
부탁드릴 생각이었습니다만, 그 같은 일은 거의 저의
유죄를 시인하는 일이 되리라는 생각이 들었습니다.
저는 제가 유죄라고 여겨지지 않습니다. 반대로 저는
오로지 악에 대한 공포와 혐오만을 불러일으키는 책을
냈다는 것이 매우 자랑스럽습니다.

　7월 13일 또다시 Z. Z. Z.라는 익명으로 격렬한 비방의
글이 《브뤼셀 신문(Journal de Bruxelles)》에 실려 여론을
불리한 쪽으로 몰고 갔다. 《르 프레지당》(7월 23일)과
《세계신보》(7월 14일)에 『악의 꽃』에 대한 긍정적인
보고서가 있었을 뿐이다. 《르 피가로》에 실린 기사가
전체적인 분위기를 지배하기 때문에 그를 인정하는
애호가들이 비방의 기세를 꺾기 위해 그들의 능력 범위
안에서 백방으로 애써도 별 효과가 없었다. 도르빌리는
《르 페이》에, 아슬리노는 《르뷔 프랑세즈》에 기고하지만
그들의 글을 실어주지도 않았다.
　이때 『보바리 부인』의 작가 플로베르가 편지를 보내
시인을 격려한다.

　저는 우선 귀하의 시집을 처음부터 끝까지

탐독했습니다. (……) 그리고 일주일 전부터 한 줄 한
줄, 한 마디 한 구절을 다시 읽고 있습니다. 솔직히
말씀드려 이 시집은 제 마음에 들고 저를 매혹합니다.

8월 14일, 『악의 꽃』을 지지하는 네 편의 서평이
『『악의 꽃』 저자 보들레르 옹호론(Articles justificatifs pour
Ch. Baudelaire, Auteur des Fleurs du Mal)』이라는 소책자로
간행되어 그 당시 여론과 당국의 과격한 조처를 무마하려
했다. 이 책자는 《세계신보》와 《르 프레지당》에 이미
발표된 두 편의 기사와, 당국의 간섭으로 발표가 저지된
도르빌리와 아슬리노의 글을 합쳐 만든 것이다. 이곳에서
도르빌리는 『악의 꽃』을 단테의 『신곡』에 비유한다.
다음은 도르빌리의 서평이다.

과연 『악의 꽃』의 저자 속에는 단테가 들어 있다.
그러나 그것은 전락한 시대의 단테이며 무신론의
현대적 단테, 볼테르 이후 성 토마스를 가지지 못한
시대에 나타난 단테다. (……) 전자(단테의 시집)는
지옥에서 돌아오고, 후자(보들레르의 시집)는
지옥으로 들어간다. 전자가 더욱 강인하다면 후자는
감동적이다.

8월 16일, 잡지《라 크로니크(La Chronique)》가
"오래전부터 간행된 작품 중에서 가장 아름다운 작품
가운데 하나"라는, 시인에게 매우 호의적인 서평을
내준다.

보들레르의 변호사 귀스타브 셰 데탕주(Gustave Chaix
d'EstAnge)는 자신의 고객인 보들레르에게 생트뵈브에게
도움을 청하라고 권유한다. 그러나 이미 플로베르를
소송에서 도왔던 이 원로는, 말로는 보들레르에 대해
칭찬을 보내고 누구누구를 찾아 부탁하는 것이 좋다고
권유하면서도 자신은 이 일에 뛰어들려 하지 않는다.

8월 18일, 소송 이틀 전 마침내 보들레르는 플로베르
뒤에 황후 마틸드(Princesse Mathilde)가 있었음을 듣게
된다. 재판관들을 무마하기 위해 백방으로 애쓰던 그는
이때 사바티에 부인을 떠올린다. 1852년부터 사바티에
부인을 자신의 수호천사로 삼고, 익명으로 시와 편지를
바쳐 오고 있었던 보들레르이다. 유명 인사들과 친분을
쌓아온 그녀는 유력 인사와 손이 닿기에 유리한 위치에
있었다. 이제 자신을 감출 때가 아니었다. 그리하여 그는
5년 동안 지켜오던 익명의 마스크를 갑자기 벗게 된다.

자, 처음으로 진짜 필명으로 당신에게 편지합니다.

그러나 그녀의 활약에도 불구하고 결국 보들레르는
이 소송에서 유죄 판결을 면치 못한다. 그를 짓누르기 위해
움직이기 시작한 운명의 바퀴를 정지시키기에는 이미
때가 너무 늦어 있었다. 그리고 이 일을 계기로 사바티에
부인과의 관계는 보들레르가 생각지 않았던 방향으로
전개된다. 오랫동안 자신에게 시와 편지로 순수한 사랑을
바쳐왔던 주인공이 시인 보들레르였다는 것을 알고 감동한
그녀는 자신의 모든 것을 허락할 의사를 비친다. 그러나
시인은 오히려 그녀의 정열을 부담스러워한다. 시인이
그녀에게서 구했던 것이 오로지 시인의 길을 밝혀주는
'횃불' 같은 존재, 또는 구원의 마돈나였기 때문일까? 사실
이에 대한 주석자들의 해석은 분분하다.

『악의 꽃』이 이 세상에 나오려는 시기, 고독이 어느
때보다 더 보들레르를 조여 왔다. 그러나 그는 그녀에게
장문의 편지를 보내 그녀의 제의를 회피했다.

며칠 전만 해도 당신은 여신이었습니다. 그리고
그것은 매우 편리하고 매우 아름답고 매우 신성한
것이었죠. (……) 당신은 이제 여자입니다.

편지의 마지막에서 그녀에게 내뱉듯이 던진

'여자(femme)'라는 단어가 가지는 어감은 지금까지
그녀에게 가지고 있었던 "매우 아름답고 매우 신성한"
이미지와는 거리가 먼 것이다. 그 점은 여인에 대해
지독하게 경멸적인 정의를 내린 『내면의 일기』의 구절들을
보면 알 수 있다. 정신성이 결여되어 있고 본능적인
욕구만을 가지고 있는 여인은 천박하며, 항상 숭고하기를
바라며 끊임없이 거울 앞에서 자신을 갈고닦는 '댄디'와는
정반대라고 규정하고 있으니 말이다.

> 여인은 댄디와 반대이다.
> 따라서 여인은 혐오감을 갖게 한다.
> 여인은 배고프면 먹으려 하고 목마르면 마시려 한다.
> 여인은 암내를 피우고(……)
> 여인은 **자연스럽다**. 따라서 혐오스럽다.
> 그러니까 여인은 항상 천박하다. 다시 말해 댄디와는
> 반대이다.
> (……)
> 댄디는 끊임없이 숭고하기를 열망해야 한다. 그는
> 거울 앞에서 살고, 잠도 거울 앞에서 자야 한다.
> (강조는 보들레르 자신)
> ― 「마음을 털어놓고」(1272~1273쪽)

그러나 시인은 계속해서 그녀에게 편지도 보내고
선물도 보내며 친구로 남아 있었다. 사바티에 부인 역시
시인의 거절로 인한 자존심의 상처에도 불구하고 계속
시인에게 좋은 조언자, 좋은 친구 역할을 마다하지
않았다. 그러나 마음속으로는 잔느 뒤발 때문에 자신이
보들레르에게 거절당했다고 생각했다. 그리하여 자신이
가지고 있는 『악의 꽃』에 삽입되어 있는 보들레르가
스케치한 혼혈 여인의 초상화에 "그의 이상!"이라고
써 넣었다. 그러나 그녀의 생각은 잘못된 것이었다.
보들레르는 그 전해 잔느와 헤어졌고, 그가 그녀에게
돌아가는 일이 있다면, 그것은 의무감 때문이었다. 자신이
딸이라고 부르는 그녀 곁에서 '아빠'이며 후견인의
역할을 수행하기 위해서였다. 이제 그녀는 더 이상 그에게
유혹적인 여인이 아니었다. 그녀는 돌봐야 할 존재,
책임이며 의무였다.

1857년 8월 20일, 제6회 경범 재판 피고석에는
사기꾼들이나 포주 대신 작가 보들레르가 앉아 있었다.
공쿠르의 증언에 따르면, 그는 머리를 짧게 깎고 사형
선고를 받은 사람같이 검은 옷을 입고 법정에 나타났다고
한다. 의부 오픽이 세상을 떠난 지금, 그에게 도움을
줄 수 있는 사람은 아무도 없었다. 검사 피나르(Ernest

Pinard)는 지난 2월 『보바리 부인』의 저자를 고발했던
바로 그 인물이었다. 아슬리노의 증언에 따르면, 변호사
셰 데탕주는 고객을 변호하기는커녕 검사의 기세에 눌려
미리 지쳐버린 모양이다. 재판은 공중도덕, 미풍양속의
이름으로 『악의 꽃』을 유해하다고 규정하고, 여섯 편의 시
삭제와 지은이에게는 300프랑, 출판주(두 명)에게는 각각
100프랑의 벌금을 명한다. 보들레르는 이 판결에 당연히
항의했다. "무죄 판결을 받으리라고 예상했소……?"라는
아슬리노의 질문에 "무죄로 인정된다고? 나는 명예 보상을
받으리라 기대했소."라고 시인은 대답했다.

명예의 보상, 그것은 레지옹도뇌르(Légion d'Honneur)
훈장에 의한 것이거나, 더욱 정확히는 정부 지원을 받는
단체의 지휘가 있어야 가능한 일이다. 그것은 프랑스
제2제정을 모르는 생각이었다. 제2제정의 부동산 투기와
철도청 투기 같은 엄청난 음모를, 제정의 가장 유명한
인물들인 미레(Mirès)나 밀로(Millaud) 같은 정상배들이
연루되어 있는 스캔들을, 그리고 한편으로는 제정의
엄밀한, 기실은 괴상한 도덕주의를 모르는 순진한
생각이었다.

그러나 보들레르는 상소를 포기한다. 그는 황후에게
벌금 삭감을 청원했고, 오랜 유예 끝에 1858년 1월 20일

벌금이 50프랑으로 줄어든다. 그러나 여전히 삭제 명령을
받은 여섯 편의 시를 책에 넣어 출판하는 일은 불가능했다.
그리고 명예 회복이 이루어지기까지는 한 세기라는 긴
시간이 필요했다. 1949년 8월 31일에야 프랑스 최고
재판소는 1857년의 판결을 파기하고 판결 정지 명령을
내렸다.

『악의 꽃』에 대한 법정의 판결은 저자에게 불리한
하나의 전설을 만들어놓았다. 즉 괴기함과 죽음을
연상시키는 기분 나쁜 분위기, 남을 놀라게 하는 데서 얻는
귀족적 쾌락…… 이것들을 그의 시의 성분으로 치부해
버리는 하나의 전설을 만드는 데 기여했다. 그리하여
풍자화가들은 그를 풍자의 소재로 삼았다. 1858년《코믹
잡지(Revue Comique)》에 루이 마르슬랭(Louis Marcelin)은
고집스럽고 사악한 아이의 얼굴을 하고 괴상한 꽃 냄새를
맡고 있는 보들레르를 만화로 그렸고, 나다르는『악의
꽃』에 빠져 있는 딸에게 분노하는 부모의 모습을 그린다.

그러나 한편에서는 이 판결이 있고 나서 시인을
옹호하기 위한 글을 발표하는 작가들도 있었고, 플로베르,
생트뵈브, 위고 등 선배 문인들은 그에게 격려 편지를
보내왔다.

귀하의 고귀한 서신과 아름다운 책을 받았습니다.
예술이란 창공과 같은 것이어서 무한한 분야입니다.
귀하는 최근에 그 점을 증명해 보였습니다. 귀하의
"악의 꽃"들은 별처럼 빛나고 눈부십니다. (……)
현 제도가 줄 수 있는 아주 진귀한 훈장, 귀하는 방금
그것을 받았습니다. 현 제도가 정의라고 부르는 것이,
윤리라고 부르는 것이 귀하를 처벌했습니다. 그러나
그것은 또 다른 영예의 관이지요. 시인이여, 박수를
보냅니다.

이것은 위고의 편지이다. 그는 보들레르와는 기질이
반대되는 이질적인 시인이다. 보들레르가 자신에 대해
때로는 찬양의 서평을, 때로는 매우 비판적인 평가를
내리고 있다는 사실을 알고 있으면서도 위고는 2년 후
다시 보들레르의 예술을 극찬하는 글을 보낸다.

당신은 전진하고 있습니다. 당신은 예술의
하늘에 뭔가 알 수 없는 무시무시한 광선을
비추었습니다. 당신은 새로운 떨림(frisson nouveau)을
만들어냈습니다.

9 예술가들과의 감동적인 만남

　『악의 꽃』 1판과 2판 인쇄 사이에는 3년 반이라는
세월의 간극이 있다. 궁핍과 우울 가운데서도
보들레르에게 이 기간은 모든 분야에서 매우 풍요한
시기였다. 아편과 해시시에 관한 에세이, 문학비평,
미술평, 새로운 시적 시도 등 1857년 『악의 꽃』 발표 이후
여러 장르의 글이 쏟아져 나왔다. 1857년 풍자화가에 대한
미술평을 시작으로 플로베르의 『보바리 부인』 서평, 포의
작품(『아서 고든 핌의 모험』) 번역, 고티에 연구, 「1859년
미술평」, 『인공 낙원』, 그리고 『내면의 일기』에 들어갈
「봉화」와 「마음을 털어놓고」의 글과 노트가 차곡차곡
쌓여갔다. 그러고도 이미 햇볕을 본 작품보다 앞으로
나오게 될 작품이 더 많이 있음을 예고하는 징후가 있었다.
시인이며 문학비평가이자 미술평론가인 그는 이처럼 크게

열린 각기 다른 길에서 계속 정진하고 있었다. 1842년부터
1846년 사이의 왕성한 창작 활동이 1848년을 전후하여
정치 참여와 포의 발견 등으로 잠시 망설임의 소강
상태에 있는 듯하다가 다시 1857년을 계기로 1858년에서
1861년까지 눈부신 분출을 보인다.

어머니 곁에서

『악의 꽃』 출판과 법정 사건, 그리고 유죄 판결…….
그러나 보들레르는 이미 문학계에서 주목받고 있는
작가였다. 일부 안목 있는 작가들은 그를 프랑스 문학에
변화를 가져올 독창성 있는 작가로 주목했다. 새로운
세대의 젊은 작가들은 그를 자신들에게 갈 길과 새로운
지평을 제시해 주는 스승으로 생각했다. 그러나 여전히
시인의 삶은 궁핍과 가난에서 벗어나지 못했다.『악의 꽃』
출판이 그에게 이렇다 할 경제적인 도움을 가져다주지
못했고, 게다가 벌금 300프랑은 그에게 또 하나의 버거운
짐이었다. 그리하여 1857년 황후에게 탄원하여 벌금을
50프랑으로 삭감받고, 정부로부터『신 이상한 이야기』
번역 보조금으로 100프랑을 지급받는다. 그러나 이것들이
그에게 큰 도움이 되지는 못했다.
　시인은 집필 활동으로 분주한 가운데서도 마음은

무기력과 우울에 시달리며 1858년 초, 처음으로 어머니가 계신 북해의 항구 옹플뢰르에 가고 싶다는 마음을 고백한다. 그때 어머니는 파리를 떠나 항구도시 옹플뢰르의 바다가 굽어 보이는 벼랑에 세워진 일명 '장난감 집(Maison Joujou)'에서 은거하고 있었다. 그의 마음속에 옹플뢰르는 어린 시절 부친이 사망한 직후 어머니와 하녀 마리에트와 함께 지낸 행복한 추억의 낙원 뇌이유를 생각나게 했다.

정말 옹플뢰르로 갈 생각을 했어요. 그러나 감히 그 말을 못 했죠. (……) 경박한 잡념에서 멀리 떨어져 집필에 열중함으로써 철저히 저자신의 게으름에 '인두질 치료'를 할 생각이에요.

『악의 꽃』 출판을 둘러싸고 겪어야 했던 고통스러운 체험은 쉽게 잊히지 않았다. 무식하고 잔인한 사회에 짓밟힌 상처도 좀처럼 회복되지 않는다. 하루라도 빨리 자신을 괴롭힌 이곳 파리를 떠나고 싶다. 그는 어머니 곁에서 휴식과 안정을 찾고 싶은 마음을 편지에 띄워 보낸다. 이것이 또한 오픽 부인의 바람이다.

제가 그토록 고통을 겪었고 그토록 시간을 허비한
이 저주받은 도시를 떠났으면 해요. 누가 알아요, 제
정신이 그곳에서 휴식과 행복 가운데 다시 젊어질지?
제 머릿속에는 스무 편가량의 소설과 두 편의
극작품이 있어요. 저는 웬만하고 천박한 명성을 원치
않아요. 바이런, 발자크, 샤토브리앙처럼 사람들을
압도하고 놀라게 하고 싶어요.

시인은 출발을 예고한다. 처음에는 한 달 후, 그리고
일주일 후. 그러나 계절이 바뀌고 한 해가 저물어도
옹플뢰르는 여전히 먼 곳에 있고, 그는 여전히 파리에 발이
묶여 있었다.
    그러는 사이에 어머니의 생일이 다가온다. 정원수
전지용 톱, 어머니가 좋아하는 차와 읽을거리들을
어머니에게 보낸다. 그중에는 위고의 『세기의 전설(La
Légende des siècles)』도 들어 있고, 후에 그가 「현대 생활의
화가」라는 제목의 미술평을 바치게 될 화가 콩스탕탱
기(Constantin Guys)의 데생도 있다. 어머니 곁으로 하루
빨리 가고 싶지만 사정이 호전되지 않는다. 1858년
3월에는 미술 출판사에서 포의 번역물을 낼 예정인
코르베유에서 며칠을 지낸다. 모든 실망에도 불구하고

그는 영웅적인 작업에 몰두한다. 이렇게 힘든 한 해를
보내며 1월부터 시인의 건강이 급격히 나빠진다. 오른쪽
다리가 뻣뻣하게 붓고, 기이한 통증이 있었다. 그는 다시
이 고통과 곧 옹플뢰르로 달려가고 싶은 마음을 편지에
적는다.

계속되는 공포는 무엇일까요? 특히 수면 중에
일어나는 이 숨 가쁜 증상과 두근거림은?

내 방에서 바다를 볼 수 있을까요?

이 갑작스러운 통증과 위기가 지나면 돈 걱정 속에
빠져든다. 돈 문제가 해결되어야 파리를 떠나 옹플뢰르로
갈 수 있다. 그리고 계획한 많은 일이 있다. 넘겨야 할
원고, 잡지사 국장이나 편집위원들과의 만남⋯⋯. 파리를
떠날 날이 요원하기만 하다. 고독이 다시 그를 무섭게
짓누른다. 그러나 그는 이 무서운 공허감을 채워줄 구원의
마돈나 사바티에 부인을 찾지 않는다. 그녀는 훌륭한
친구이며 동시에 그에게 어둠 속에서 길을 밝혀주는
구원의 여신이 아니던가. 편지에는 "내가 언제나 사랑할
아주 오랜 친구처럼 당신 앞에 포옹을 보낸다."라고

쓰면서도 이 신격화된 여인 앞에서는 불행의 밑바닥에서도 댄디의 품위를 잃고 싶지 않다. 그리고 이때가 시인의 또 하나의 여신 도브렁이 마르세유에 가 있던 시기이다. 한 주석자는 "그녀는 그곳 항구의 레스토랑에서 방빌과 부이야베스[30]를 먹고 있다."면서, 시인이 그녀에게 바치는 보상 없는 일방적 충심을 꼬집는다.

하늘에는 캄캄한 밤이 있을 뿐 그를 구해 줄 별이 없다. 이런 시간은 검은 비너스 잔느의 시간이다. 잔느는 이제 늙고 추하고 어리석고 악랄한 비뚤어진 병자다. 그러나 그는 그녀를 생각한다. 그가 혼자 산 지도 7년 9개월이나 되었다. 시인은 외로움을 더 이상 견디지 못한다. 볼테르 호텔은 견디기 힘들다. 그는 1858년 11월 중순쯤 볼테르 호텔을 나와 잔느가 살고 있는 보트레유 거리 22번지 거처로 옮기고, 그곳에서 1859년 1월까지 머문다. 그리고 그 사이 12월 중순 알랑송의 말라시의 집에서 12일 동안 체류한다.

이제 시인에게는 숙명의 여인인 잔느와의 동거가 다시 시작될 모양이다. 보트레유로 가기 전 그는 잠시 옹플뢰르에 들러 어머니를 포옹하고 돌아온다. 돌아와서 곧 말라시에게 보낸 편지에 그는 이렇게 적는다.

보트레유와 옹플뢰르. 저는 방금 그 장소를 보러 갔어요. 옹플뢰르는 바다 위 높이 세워져 있어요. 그리고 정원 자체가 작은 장식과 같지요. 모든 것이 즐거움을 주게 되어 있어요. 그것이 제게 꼭 필요한 것입니다.

이제 그는 다시 잔느 곁으로 돌아왔다. 그러나 그녀의 존재는 곧 그가 한동안 잊고 지냈던 불행을 다시 느끼게 해주었고, 시인은 다시 견딜 수 없는 혐오감에 사로잡힌다. 잔느의 알코올 중독은 결별 후 고독의 시간 동안 더욱 심해졌다. 윤기를 잃은 그녀의 검은 피부는 특히 잠에서 깨어났을 때 주름으로 인해 돌 같은 잿빛으로 보였고, 그녀의 쉰 목소리, 기분 나쁜 웃음소리…… 이런 것에 대한 혐오감으로 자신의 삶이 더욱 비참하게만 여겨졌다. 12월 31일 술병을 줄곧 손에 들고 있는 잔느를 보트레유에 혼자 남겨둔 채 그는 파리를 떠나 드디어 오랫동안 원하던 장난감 집의 어머니 곁에 도착한다.

시인 사후 그 지방에서는 그 집을 '보들레르의 정자'라고 불렀다. 지금 그 정자는 온데간데없고 그 자리를 옹플뢰르시립병원이 차지하고 있다. 이미 1917년부터 오픽 부인의 집은 사라졌고, 정원의 나무들만 몇 그루

그 자리에 남아 있다. 옹플뢰르의 어머니 곁에서의
몇 달 동안의 체류가 그의 창작욕에 새로운 불씨를
지펴주었다. 이 장난감 집에는 큰 베란다가 있었다.
그곳은 마드리드에 있는 프랑스대사관에서 보던 것과
매우 닮은 전망을 보여주기 때문에, 오픽은 스페인 체류를
기억하여 이 별장에 스페인식 망루를 세워둔 모양이다.
모래사장으로부터 계단을 이용해 곧장 정원으로 올라갈
수 있다. 보들레르는 그곳에서 바다를 보며 감회에 젖었다.
그곳으로부터 옹플뢰르의 오래된 양로원 건물이 보이고,
항구 입구와 센 강의 기슭까지 먼 전망이 펼쳐졌다.

　　파리에서 멀리 벗어난 이곳 항구에서 처음 맛보는
감미로운 인상들 이외에도, 이곳에서는 창문 너머로
가방을 들고 찾아오는 아롱델을 보지 않아도 된다는
안도감이 있었다. 이곳에서 바다를 보며 시인은 이미
그의 나이 스무 살때 인도양 여행 중에 써두었던 시
「알바트로스」를 다시 손질한다. 물결을 타고 끝없이
떠나는 여행자들의 이야기를 통해 인간 정신의 지적
모험과 그 덧없음을 노래한 「여행」을 쓴 것도 이때이다.

　　어느 날 아침 우리는 떠난다. 머릿속은 불꽃으로
　　타오르고

마음은 원한과 서글픈 욕망으로 가득한 채
그리고 우리는 간다, 물결치는 바다의 선율을 따라
유한한 바다 위에 우리의 무한을 흔들며
(……)

우리는 보았다, 별과 물결을. 모래밭도 보았다
예기치 않은 재난과 사고에도 숱하게 부딪혔으나
우리는 여기에서처럼 종종 권태로웠다.

보랏빛 바다 위 태양의 찬란한 빛이
저무는 석양 속 도시의 휘황한 빛이
우리의 가슴속에 불안한 정열을 불붙여
매혹적인 석양빛 하늘 속에 우리는 잠겨들고 싶었다
―「여행」에서

이 두 시는 그곳에서 인쇄되어 교정쇄 형식으로
친구들에게 전달된다. 특히 「여행」에 대해 도르빌리는
열광했다. 바다의 빛나는 태양에 바치는 「가을의 노래」는
"옹플뢰르의 석양의 반영일지도 모른다."고, 어느 『악의
꽃』 주석자는 적고 있다. 시인은 「가을의 노래」에 어머니의
손길 같은 위로의 빛을 듬뿍 쏟아 넣는다.

아무것도, 당신 사랑도, 규방도, 난로도
바다 위에 반짝이는 태양만 못하네

그렇지만 사랑해 다오, 사랑하는 이여! 어머니가
되어다오
은혜 저버린 사람에게도, 심술궂은 사람에게도
애인이여, 또는 누이여, 빛나는 가을날의
또는 지는 해의 잠시의 다사로움이나마 되어다오
　　　　　　　　　　　　　―「가을의 노래」에서

그 밖에 후에 「파리 풍경」을 채우게 될 「일곱
늙은이들」도 옹플뢰르 체류와 무관하지 않다. 시인은 그곳
먼 항구에서 바다를 바라보며 무한한 바다가 가져다주는
먼 고장의 풍경만을 꿈꾸는 것이 아니었다. 그의 상상력은
바다를 떠나 사람들이 우글거리는 파리의 거리로
달려갔다. 이 시와 「가여운 노파들(Petites Vieilles)」을 함께
묶어 "파리 환상(Fantômes Parisiens)"이라고 이름했고,
그것은 『악의 꽃』 2판에 첨부될 「파리 풍경」(1861년)
편에 자리를 차지하게 된다. 「파리 풍경」 편에 속하는
시들 중 오스망 백작의 도시 계획으로 수도 파리에 가해진
변화에서 영감을 받고 태어난 「백조(Le Cygne)」가 있다.

루브르박물관 두 모퉁이 사이 한 구획에 네르발에게
소중한 두아에네 거리가 있고, 모습을 바꾼 카루젤 광장이
있다. 이곳에서 그는 세월의 변화에 항거하는 마음의
끈질김과 시간과 함께 가버린 행복했던 어린 시절의
향수를 노래한다.

앙드로마크, 그대를 생각하오! 이 작은 강물은
옛날 그곳에 미망인 당신의 무한한 고통을 비추던
초라하고 서글픈 거울, 당신의 눈물로 불어난
이 가짜 시모이 강은

내가 새로 생겨난 카루젤 광장을 지날 때
내 풍요한 기억력을 되살아나게 해주었다
옛날의 파리는 지금 간 곳이 없네
(도시 모습은, 아! 인간의 마음보다 더 빨리
변하는구나!)

(……)
파리는 변한다! 그러나 내 우울 속에선 무엇 하나
꼼짝하지 않는다! 새 궁전도, 발판도, 돌덩이도
성문 밖 낡은 거리도, 모두가 내게는 알레고리가 되고

내 소중한 추억은 바위보다 무겁다.
— 「백조」에서

어느 날 아침 전보 한 통이 날아왔다. 이 전보로
인해 옹플뢰르에 대한 꿈은 깨어졌다. 잔느가 뇌출혈로
졸도했다는 내용이었다. 충격은 가벼웠지만 한쪽 팔이
움직이지 않았다. 부랴부랴 그는 파리로 올라와 잔느를
뒤부아요양소에 입원시키고, 파리에서 보름 동안 체류한
후 다시 4월 중순 옹플뢰르로 돌아가 6월 말까지 파리로
돌아오지 않는다. 그리고 계속해서 작품이 쏟아져 나왔다.
4월 20일 포의 『까마귀(Corbeau)』, 5월 20일 「머리타래」,
그리고 아슬리노의 저서 『이중 생활(La Double Vie)』에
대한 서평과 고티에 연구, 그 다음은 60쪽 정도의 미술평
「1859년 미술전」이 발표된다. 4월 15일부터 산업관에서
열리는 이 전시회에 개막식부터 참석해 전시실을 재빨리
둘러보고 기억을 되살리기 위해 카탈로그를 챙긴 다음,
미술평을 쓰기 위해 옹플뢰르로 떠난다.
　「1859년 미술전」의 미술평은 오늘날까지도
미술가들에게 도움이 될 미학 이론을 많이 담고 있다. 특히
그는 예술에 있어서의 상상력의 역할과 사상적 조예의
필요성을 강조한다. 그는 19세기 미술의 후퇴 이유를 이

중요한 기능의 감소와 대부분의 예술인에게 해당되는
문화적 깊이의 결여에 두었다. 왜냐하면 문화는 상상력을
메마르게 하기는커녕 오히려 상상력의 자양분이 되기
때문이다. 또 한편으로는 이 시기 사진술이 발전하기
시작한다. 그가 인간 문명의 여러 분야에 사진술이 가져온
공적을 인정하면서도 동시에 그것이 몰고 올 폐해를
경고했던 것도 바로 이 상상력의 손상 때문이었다. 또
코로의 젖은 듯한 잿빛, 쿠르베의 강력한 초록색, 시인의
상상력을 즐겁게 하는 외젠 부댕의 변덕스러운 구름에
찬사를 보내면서도 자연을 복사하는 데 만족하는 풍경화를
열등한 장르로 보았던 것도 같은 이유에서였다.

그 어느 때보다 보들레르의 미술평이 활기를 띤
시기가 이때이다. 그는 1845년 미술평을 시도한 이래
이 분야를 결코 소홀히 다룬 적이 없었다. 미술평은
계속 전진해 왔으며, 동시에 자신의 시 창조에 미학적
견해를 조화시켜 왔다. 그러나 회화, 조각, 판화에 관한
정열이 이 몇 년 동안 가장 강렬하고 분명하게 그를
사로잡는다. 「1859년 미술전」은 진정한 미학 개론이며,
이 글을 미술평으로 한 것은 미학 개론을 피력하기 위한
구실에 불과하다고까지 말할 수 있다. 그리고 이를 위해
들라크루아가 극찬의 대상으로 뽑혀 그 중심에 자리

잡는다.

특히 「1859년 미술전」의 3장 「기능의 여왕(La Reine des Facultés)」과 4장 「상상력의 지배(Le Gouvernement de I´Imagination)」는 '상상력'이라는 이름 아래 사실은 들라크루아의 예술을 찬양하는 글이다.

> 들라크루아의 상상력! 그의 상상력은 심오한 종교의 경지까지 상승하는 것을 결코 주저해 본 적이 없다. 하늘이 그의 것이라면 지옥과 전쟁도 그의 것이며, 낙원의 순수함뿐만 아니라 음욕까지도 그에게 속한다. 이것이 바로 화가-시인의 전형이 아니겠는가! 들라크루아야말로 가장 보기 드문 선택된 예술인 중의 하나이다. (……) 그의 상상력은 모든 뜨거운 불꽃과 모든 진한 주홍색으로 발화한다. (……) 그는 영감을 받은 그의 캔버스 위에 피와 빛과 어둠을 차례차례 쏟아놓았다.
> ─「1859년 미술전」에서

보들레르는 미술비평을 시작하면서부터 그의 최초의 작품인 「1845년 미술전」에서 들라크루아를 "고금을 통해 가장 독창적인 화가"라고 열렬히 찬사를 보내기 시작했고, 모든 미술전 비평을 통해 꾸준히 그에 대한 정열을 증명해 보였다. 들라크루아에 관한 마지막 글은 이 화가의 죽음(1863년 8월 13일)을 계기로 쓰였다. 화가의 생애, 품성, 예술 등을 광범위하게 다루고 있는 이 글은 이미 여러 미술전을 통해 시사하고 설명했던 들라크루아의 세계와 동시에 자신이 그때까지 굳혀온 미학을 그 속에 정리하고 있다. 들라크루아에 관한 마지막 글을 쓰고 있을 때 시인 자신도 이미 죽음을 가까이 두고 있었다. 그의 중요한 작품들은 이미 거의 다 쓰였고, 그의 미학적 원칙도 더 이상 움직이지 않고 있었다. 그는 자신의 미학을 화가 들라크루아와 또 한 사람, 음악인 바그너 연구를 통해 정리한 셈이다.

그리고 또 한 사람의 화가, 샤를 메리용(Charles Meryon)이 보들레르의 관심을 사로잡는다. 파리의 풍경을 동판 부식으로 재현한 이 화가의 훌륭한 작품을 그는 열렬하게 찬미한다. 메리용의 풍경을 그는 이렇게 요약했다.

나는 어떤 대도시의 자연스러운 엄숙함이 이보다 더 시적으로 표현된 것을 별로 보지 못했다. 쌓아올린 석재들의 장엄함, 손가락질하듯이 하늘을 가리키는

종탑들, 창공을 향해 연기를 토해 내는 산업의 방청탑,
건물의 튼튼한 몸통에 매우 역설적인 어떤 미의
구조물을 접목시킨 보수중인 기념비들의 놀라운
교수대들, 분노와 원한으로 가득한 소란스러운 하늘,
그 속에 포함된 모든 비극을 연상함으로써 확대된
전망들의 깊이, 문명의 고통스럽고 영예로운 배경을
구성하는 이들 복잡한 요소들 중 어느 하나도 빼놓은
게 없다.
—「1845년 미술전」에서

메리용의 작품을 비평하면서 보들레르가 표현하고
있는 것은 화가의 회화 속에 그려진 파리이며, 동시에
자신의 작품 속에 그려진 파리이다. 윗글에서 묘사하고
있는 대도시의 무한한 풍경 속에 포함된 모든 비극에
대한 생각으로 더욱 '복잡하게' 엮어진 전망의
'깊이(profondeur)'와 '복합성(complexité)', 이 두 요소는
메리용의 회화의 주요 성격이며, 그것이 또한 보들레르
시를 이루는 특징적인 성격이다. 사실 도시는 단지 건축
구조로만 이루어진 것이 아니다. 도시는 또한 시민들과
시민들의 삶으로 이루어진다. 그것이 이 화가의 그림에
깊이를 더해 준다.

「파리 풍경」을 채우게 될 대부분의 시들이 1859년에 쓰인 것을 감안할 때 이 두 예술인의 만남은 특별한 의미를 띤다. 보들레르가 메리용의 그림을 만난 것도 1859년이었다. 그는 이 화가를 만난 순간 직감적으로 이 화가의 천재성을 알아보았다. 화가의 환상적인 재능에 한없이 끌려 그를 직접 만나 오랜 시간 동안 대화를 나누기까지 했던 모양이다. 그리고 기이한 인연인 듯 이 화가가 자신처럼 포와 공감하고 있음을 발견하고 그에 더욱 집착했다. 이 집착은 보들레르의 「파리 풍경」과 『파리의 우울』에 뚜렷한 흔적을 남겨놓게 된다. 그 일례로,

두 손으로 턱을 괴고, 내 높은 지붕 밑 다락방
꼭대기에서
나는 보리라

하고 시작되는 「파리 풍경」편의 첫 번째 시 「풍경(Le Paysage)」은 노트르담 성당의 탑 위에 세워진 흡혈귀 조각상이 두 손으로 턱을 괴고 파리를 내려다보고 있는 메리용의 판화(「흡혈귀(Strige)」)에서 시작된다. 1860년 2월 보들레르는 어머니에게 판화집을 선물로 보내며, 그 안에 판화들에 대한 설명을 끼워 넣는다. 여기에서

메리용의 이 판화에 감탄을 표하며 이렇게 쓴다.

대체 그 친구가 어떻게 그 심연 같은 허공에서 유유히
그림을 그릴 수 있었는지 알 수 없어요.

보들레르는 앞의 메리용의 파리 풍경에 관한 묘사에
위고의 「개선문에서」를 덧붙이고, 그것을 위고에게
보낸다. 그리고 마지막으로 화가 메리용의 특징으로,
예전에 해군이었던 그가 "불안한 도시의 검은 위엄을
그리기 위해 대양의 엄숙한 모험에 작별을 고했음"을
상기시킨다. 그러나 "잔인한 마귀가 메리용의 뇌수를
건드려", "바야흐로 싹트는 그의 영광과 그의 작업"이
중단될 수밖에 없음을 아쉬워하며 그가 회복되었다는 좋은
소식을 간절히 기다린다는 기원을 덧붙인다.
주브는 그의 책 『보들레르의 무덤』에서 시인
보들레르와 화가 메리용의 만남은 "근본적으로
극적인"[31] 것이라고 쓴다. 판화 속에 표현된 메리용의
파리는 보들레르의 파리처럼 고통을 겪고 있는 파리이기
때문이다.
메리용은 보들레르가 태어난 해인 1821년, 파리에서
영국인 의사와 파리 오페라 극장 소속 발레 단원인 스페인

무용수 사이에서 사생아로 태어난다. 그의 비극적인 삶은
출생에서부터 운명 지어진 듯했다. 그를 불행 속으로
몰아넣은 광기의 발작도 유전적인 원인에서 시작되었다.
그의 어머니 역시 발광한 상태에서 세상을 떠났기
때문이다. 그는 파리에서의 비극적인 삶과 고통을 자신의
판화 속에 쏟아 부었다. 주브는 메리용의 파리를 설명하기
위해 귀스타브 제프루아(Gustave Jeffroy)의 글을 인용한다.

> 메리용은 사라져가는 것을 그리워하는 사람들의
> 부류에 속한다. (……) 사실 메리용의 경우 깊이
> 사무친 이 같은 회한이 창조에까지 깊어진다.[32]

이것은 바로 「백조」에서 보들레르가 노래하고 있는
파리이다. 잃어버린 행복에 대한 노스탤지어와 사라져가는
것에 대한 아쉬움……. 시인은 읊조린다.

> 옛날의 파리는 지금 간 곳이 없네
> (도시의 모양은, 아!
> 인간의 마음보다 더 빨리 변하는구나!)
> (……)
> 파리는 변한다! 그러나 내 우울 속에선 무엇 하나

꼼짝하지 않는다!
—「백조」에서

　도시의 어느 구역과 외진 구석에서 사라져가고 있는
것, 붕괴되어 가고 있는 것, 그리고 그것에 대한 아쉬움,
그것이 이 두 예술인의 삶과 작품을 적시고 있는 향수이다.
「파리 풍경」을 차지하게 될 「백조」, 「가여운 노파들」,
「일곱 늙은이들」 등의 시들은 모두 1859년에 쓰였다.
그리고 바로 그해에 보들레르는 대중의 무관심으로
파산 직전에 있는 잡지에 「1859년 미술전」을 발표했고,
그곳에서 메리용의 판화에 열광적인 찬사를 보낸다. 이
글은 1859년 그 자신이 쓴 시들에 대한 훌륭한 해설이다.
　보들레르가 화가 메리용의 회화에 찬사를 보내며
자신이 쓴 시들을 위고에게 바친 것은 우연이 아니다.
보들레르, 메리용, 망명중인 위고, 이들은 모두 자신의
고통을 파리 속에 투사한 예술인이었고, 도시를 대양에,
대양을 도시에 결부시킨 초자연주의자였으며, 파리 속에서
자신을 느낀 환각자였다.
　들라크루아로부터 시작하여 포, 고티에, 드 퀸시
그리고 수많은 화가들과 문인들……. 보들레르만큼 예술
분야의 천재들을 찬미했던 시인도 드물 것이다. 병, 빚,

절망감 같은 불행과 싸우면서도 천재적인 예술인에게
열광하고, 그들이 당하는 부당함 앞에 분노하고, 과감한
자세를 취하는 그의 열정은 사그라들 줄을 몰랐다.
보들레르가 메리옹에 관해 열광할 때도 이 화가는
프랑스에서 전혀 인정받지 못하고 있었다.

그리고 그가 말기에 가장 큰 열정을 기울인 대상은
데생 화가 콘스탕탱 기스와 혁명적인 음악인 리하르트
바그너였다.

'현대 생활의 화가' 콘스탕탱 기

1859년 8월 15일 프랑스 제2제정은 그 절정기를
맞는다. 이날 황제의 생일을 축하하기 위한 시가 행렬이
방금 이탈리아에서 돌아온 군대에 의해 아침 9시부터
오후 3시까지 장장 여섯 시간 동안 성대하게 거행되었다.
보들레르가 이 행렬에 참가했는지는 알려지지 않고
있지만, 그의 새로운 친구 기가 그린 이 행렬의 모습에
관한 보들레르의 해설은 인상적이다.

마구들, 반짝임, 음악, 단호한 시선들, 진지해 보이는
묵직한 콧수염들…… 경기병들의 날렵하고 경쾌한
멋, 포병이나 공병대 같은 특수 부대의 어딘지

369

학자연하고 학구적으로 보이는 표정. (……) 여기
열광하는 대중 앞에 보병 종대가 정지한다. (……)
햇볕과 비와 바람으로 그을린 이 모든 얼굴에서
보이는 평온함 가운데 단호하고 대담한 성격.

이것은 그가 1860년에 발표한 미술 에세이 「현대
생활의 화가」에서 발췌한 것이다. 1859년경 보들레르는
그 얼마 전부터 파리에 체류하고 있는 한 영국 신문사 파견
데생 화가 기와 매우 독특한 우정을 나눈다. 그는 이 데생
화가를 모델로 위의 제목이 붙은 열세 장으로 되어 있는 긴
미술평을 발표한다. 어머니에게는 이 친구를 "매우 기이한
인물"로 소개했고, 말라시에게는 "환상적인 인물"이라고
설명했으며, 그 자신은 그와 교류하던 1860년 당시 쉰다섯
살인 그를 "기 영감"이라고 불렀다. 보들레르가 이 미술
에세이를 통해 소개하는 기라는 인물은 이렇다.

우선 기는 괴짜, 기인이었다. 세계 각처를 안 가본
데 없이 돌아다녔고, 여러 나라 언어를 자유자재로
구사하는 세계인이었다. 그리고 상상하기 어려울 만큼
겸손했다. 신문사에 소속되어 일하고 있는 언론인이라면
직업상 광고와 선전의 기수라고 할 수 있을 텐데, 그는

자신이 화제의 주인공이 되는 것을 끔찍이도 싫어했고,
사람들과의 접촉에 대해서도 마찬가지로 섬세한 절제를
보인다. 그렇기에 보들레르가 그에 관한 미술 에세이를
쓰겠다고 의사를 밝혔을 때 그는 매우 분개했고, 그것을
친구에 대한 일종의 배신으로까지 생각했다. 그리하여
그 일로 두 사람은 자칫 사이가 나빠질 뻔했던 모양이다.
그러나 시인이 자신의 의도를 설명하고, 오랫동안 간곡히
부탁하여 결국 이 수줍은 화가의 허락을 받아낸다. 그러나
그의 이름을 밝히지 않는다는 조건이 붙어 있었다.
그리하여 이 에세이에서 시인은 그를 G 씨(Monsieur의 M에
Guys의 G를 따서 M. G.)로 불렀다.

오랫동안 삽화가 들어 있는 영국 신문에서 활약했던
그는 재빠르게 모든 상황을 지각하여 연필 끝으로 사물의
움직이는 이미지를 순식간에 묘파할 수 있었다. 당시
사진을 찍으려면 아틀리에의 조명 아래 꽤 긴 시간 동안
포즈를 취할 것을 요구하던 시절에, 그는 코닥 카메라를
휴대한 옛날 리포터의 선조이며 스냅 사진의 선구자와
같았다. 이 빠른 상황 포착 능력으로 그는 유럽의
전쟁터에 파견되어 전쟁터에서 크로키를 보낸 최초의
파견 화가였다. 1854년에서 1855년 사이 그는 여러
전쟁터로부터 삽화가 함께 인쇄되는《런던 뉴스(Illustrated

371

London News)》에 진실의 외침 같은 놀라운 전쟁 장면의
크로키들을 보내온다. 그리고 그 전례를 다른 많은
나라에서 따른다. 그리고 역시 신문사 특파원으로 터키,
스페인 등 세계 각지를 돌아다녔고, 마침내 파리의 삶의
광경들을 그려 보내는 임무를 띠고 파리에 오게 되었다.
파리 특파원 제의는 런던으로부터 왔다. 그 당시 유럽
대륙의 예술과 환락의 중심지인 파리의 관찰자로서 그보다
나은 인물이 없었다.

그는 눈에 비치는 광경을 있는 그대로 크로키하지
않았다. 그의 동공은 사진기의 렌즈처럼 신속하고 정확한
기록 기관이었다. 그리고 다음으로 그 기록을 토대로
뇌의 신비한 작업이 뒤따른다. 그는 눈에 들어오는
잡다한 외부 세계로부터 개성과 전형을 표현할 수 있는
정수만을 간직하기 위해 단순화된 특징만을 허용했다.
그리고 거기에 분위기를 살리는 데 필요한 빛과 그림자를
덧붙인다. 그리하여 낮에는 수많은 거리의 광경으로부터
이미지를 기록하고 밤에는 기억의 기록을 정리하여 그
정수를 뽑아내는 연금술사가 된다.

작업의 첫 단계는 거리에서 수집한 광경을 묘사한
노트를 그림책이 아닌 기억 속에 저장하는 일이었다.
그는 파리에 있는 동안 정오 전에 일어나 본 적이 없었다.

점심을 재빨리 해치우고 거리로 나간다. 이미지 사냥을
위해서이다. 그리고 밤늦은 시각이 되어서야 돌아왔다.
이때부터 작업의 두 번째 단계가 이튿날 새벽까지
계속된다. 열에 들뜬 듯 램프 불 아래에서 욕설과 저주를
퍼부어가며 펜을 들었다 던졌다, 붓을 물감에 적셨다 다시
묽게 했다, 그러다가 물감을 엎어 종이에 물감을 튀기고,
그러면 그것을 찢고 다시 시작한다. 계속 중얼거리며, 밤의
정적과 방의 무질서 한가운데서 작업에 열중하고 있는
그는 마치 미치광이 같다. 그러나 이 가운데 기억으로
혼잡한 머릿속에 무수히 쌓인 광경의 크로키들은 하나씩
완성되었다. 아니, 광경들의 반란이라 하는 것이 더 적절한
표현이다. 그리하여 기름 램프의 노란색이 새벽빛으로
창백해지기 시작하면 그는 마침내 기억의 주머니를
비우고는 마지막 욕설을 내뱉고 침대에 몸을 던졌다.
이 화가의 노도 같은 광기와 현대적 관심사를 현장에서
습득하고자 하는 의욕은, 스스로 '현대성'이라 불러 마땅한
복잡하고 부패하고 부조화와 거짓으로 가득 찬 현대의
삶을 운문과 산문으로 표현하고자 열중하고 있던 시인
보들레르를 열광시키지 않을 수 없었다.

보들레르는 이 글에서 기를 단순히 그림에만 능한
화가라고 부르고 싶어 하지 않으며, 기 자신도 "일종의

귀족주의적 절제가 섞인 겸허함"으로 이 타이틀을
거부하고 있다. 자신은 그를 댄디라고 부르고 싶은데, 그럴
만한 충분한 이유를 가지고 있다. 댄디라는 단어는 "이
세상 모든 정신 구조에 대한 기민한 이해력"을 포함하고
있기 때문이다. 기를 처음 보았을 때 예술가라기보다는
차라리 "세계의 시민"을 만난 듯했다는 것이다. 예술가는
매우 제한된 의미만을 가지고 농부가 농토에 집착하듯
그림물감에만 집착하는, 시야가 좁은 그림에만 능한 순수
노동자인 데 반해 자신이 소개하는 기는 세계의 정신적인
활동에 두루 관심을 가지고 있는 세계의 시민이라고 했다.
보들레르는 그를 때로는 광범위한 의미의 사교계의 인간,
때로는 예술애호가 딜레탕트, 혹은 현대의 반항아 댄디,
도시 대중의 물결에 매혹되어 있는 대중의 인간 등으로
다양하게 그리는데, 이 인물을 통해 실상 그가 그리는 것은
다름 아닌 '현대성'의 창시자 보들레르 자기 자신이다.

이 인물을 모델로 그는 자신이 되려 했던 현대 생활의
관찰자로서의 역할과 정열, 호기심, 테크닉 등을 제시한다.
현대 생활의 진정한 화가가 되기 위해서 "예술인은 끝없는
호기심과 지칠 줄 모르는 정열로, 보고 느끼려는 열의로
활기를 띠어야 한다."고 시인은 여전히 현대 생활의 화가
기를 모델로 말한다. 대중에 대한 기의 호기심과 정열로

인해 보들레르는 그를 어떤 가공의 회복기의 환자에
비유하며 흥미롭게 그려낸다. 이 "회복기의 환자"는 "최근
죽음의 망각 지대로부터 살아 돌아왔기 때문에" 거리에
무한한 호기심을 보인다. 그는 병으로 모든 것을 망각할
뻔한 지점까지 가보았기 때문에 모든 것을 다시 기억하고
싶은 욕구로 뜨겁다.

> 이 시대의 가장 강력한 화필로 쓰인, "대중의
> 인간"이라는 제목을 가진 어떤 회화를 기억하는가?
> 한 회복기의 환자는 카페의 유리창 뒤에서 넋을
> 잃고 군중을 주시하며 머릿속으로 자신의 주변에서
> 움직이고 있는 다른 모든 이들과 생각을 섞는다.
> 그는 최근 죽음의 망각 지대로부터 살아 돌아왔기
> 때문에, (……) 모든 것을 망각할 지점에까지 가보았기
> 때문에 모든 것을 기억하기 시작하고, 모든 것을
> 다시 기억하기를 뜨겁게 갈망한다. (……) 호기심은
> 숙명적이고 저항할 수 없는 정열로 바뀌었다.
> ─「현대 생활의 화가」에서

그는 예술가가 항상 정신적으로 이 "회복기의 환자"
상태에 있기를 바란다.

정신적으로 항상 회복기의 환자 상태에 있는 예술가를
상상해 보세요, 그러면 G 씨의 성격의 열쇠를 얻게 될
것입니다.
―「현대 생활의 화가」에서

파리라는 대도시, 대중의 물결 속에서 활발한
상상력과 호기심을 타고난 이 고독한 산보자는 관조의
즐거움에 빠져 거리를 서성거린다. "그는 간다, 달린다,
그리고 찾는다." "그는 무엇을 찾는가?" 그는 단순한
산보자의 그것보다 훨씬 높은 목적을 가지고 있다. 그는
거리에서 만난 광경 속에서 '현대성'이라 불러 마땅할
어떤 것을 찾는다. 현대 생활의 화가 역할은 화가 기스의
역할이기에 앞서, 현대 생활의 화가가 되려 했던 시인이며
비평가인 보들레르의 역할이었다.

「1845년 미술전」, 「1846년 미술전」, 「현대 생활의
화가」 등 일련의 보들레르의 미술비평의 주요 주제는
현재였다. 현재 속에 살고 있으며 현재의 의상을 입고
현재의 언어를 말하는 현대인의 주제, 그리고 이 현대가
여러 측면에서 가장 효과적으로 전개되는 도시의 주제가
바로 그것이다. 현대와 도시라는 주제는 보들레르의 시와
미학에서 기본 주제 중 하나이다. 그는 일찍이 「1846년

미술전」, 특히 18장 「현대 생활의 영웅주의에 대해」에서
대도시에 어떤 미와 영웅주의가 살아 있음을 보이기 위해
"대도시의 지하를 떠도는 부랑하는 수많은 존재들"을
상기시킨다. 그리고 이제 「현대 생활의 화가」에서 파리
풍속의 데생 화가 기를 통해 자신의 뇌리를 줄곧 차지하고
있었던 이 현대성의 테마로 돌아온다.

　　열세 장으로 되어 있는 이 에세이는 「미, 유행, 행복」,
「풍속의 크로키」, 「예술가와 사교계의 인간, 대중들의
인간, 아이」, 「현대성」, 「기억술의 예술」, 「전쟁의 역사」,
「화려한 행렬과 축제」, 「군대」, 「댄디」 등 흥미 있는
내용뿐 아니라 글의 제목에서부터 시대를 앞선 뛰어난
현대적 감각을 보여준다. 그 밖에도 「화장에 대한 찬사」와
「여인과 아가씨들」은 유행을 주제로 한 현대성의 미학이
이론적으로 정리되어 있는 흥미 가득한 텍스트이며,
반자연관, 인공미의 찬양 등 자연의 미를 거부하는
보들레르 미학의 모태를 보여준다.

　　보들레르는 자연에 대해 독특한 생각을 가지고
있었다. 그는 자연에 대한 정의를 이렇게 내린다. 자연은
그 자체로는 전혀 아름다울 게 없고 의미도 없다. 자연은
의식도 없고 단순히 거기에 있을 뿐이다. 그래서 '미'는
자연적인 것에 있는 것이 아니라, 반대로 인공적인 것에

있다. 보들레르가 인공적인 것을 사랑하는 것은 본능과
자연스러운 욕구에 대한 증오로부터 시작한다. 먹고
마시고 자는 행위로 만족하는 것은 동물과 다를 것이
없는 단순 욕구이며, 자연은 인간에게 이 자연적 욕구와
범죄만을 부추길 뿐 아무것도 가르쳐주지 않는다. 인간은
어머니 뱃속에서부터 범죄의 취미를 타고났기 때문에
무엇보다 "범죄는 근본적으로 자연스러운 것"이며,
"덕은 반대로 인공적이고 초자연적인 것"이다. 본능적인
충동이나 자연스러운 욕구에 자신을 맡기는 것은 영혼과
정신이 결여된 동물과 다를 바 없다고 생각했고, 이런
이유에서 그는 자연을 거부한다. 그는 유행을 "자연스러운
삶"이 지닐 수 있는 "천박하고 세속적이고 추한
것"으로부터 벗어나려는 인간 정신의 반항으로 그리고
있다.

　자연에 대한 거부와 "천박함에 대한 혐오"라는 점에서
특히 9장 「댄디」는 의미 있다. 보들레르는 들뜬 혈기
속에서 댄디 생활을 하던 청년 시절부터 같이 어울리던
주위의 소란스러운 '보엠' 친구들을 비판했고, 댄디즘은
줄곧 그의 뇌리를 떠나지 않고 있던 문제였다. 이 글
이외에도 『내면의 일기』 여러 곳에서 댄디에 관한 글이
발견된다. 그러나 댄디즘은 어느 특정한 부분에 국한되어

있다고 말할 수 없다. 댄디즘은 그의 삶의 원칙이었으며,
동시에 그의 미학과 작품 전체에 광범위하게 연결되어
있기 때문이다.

그는 이 글에서 댄디즘을 "마치 결투처럼 괴상"하며
발생부터 모호한 어떤 '제도(institution)'에 비유한다.
그리고 이 제도에는 구속을 싫어하는 그들의 대단한
성격에도 불구하고 모두 따라야 하는 엄격한 계율이
있다. 이 계율 중에는 '미'의 추구를 향한 열정을 키우는
일과, 또한 "느끼고 생각"해야 하는 절대적인 의무가
포함되어 있다. 그들은 이런 종류의 의무 이외에 "유용한
것"에 봉사하는 어떤 직업도 가지고 있지 않다. 사랑도
댄디에게는 특별한 목적이 될 수 없으며, 금전 문제도
중요하지 않다. 그런 천박한 정열은 "천박한 인간들을
위해" 있는 것이다. 보들레르의 댄디는 흔히 알려져 있듯이
"물질적인 우아함과 단장에 대한 무절제한 취향"을
가지고 있지 않다. 『내면의 일기』에서 단장에 대한 찬양이
반복되는 것은 겉으로 나타나는 옷차림에 대한 집착
때문만은 아니다. 그것은 자연을 벗어나 끊임없이 고귀한
인간이 되고 싶은 그의 열망의 표출이다.

'품위(distinction)'를 중시하는 댄디에게 완벽한
단장은 "완벽한 간결함"에 있다. 간결함은 자신을

빼어나게 하는 최상의 방법이다. 댄디는 무엇보다
'독창성(originalité)'을 추구한다. 특히 댄디즘은 다른
사람에게서 행복을 찾는 것보다 더 강한 일종의 "자신에
대한 신앙(culte de soi-même)"에 있다.

이렇게 나열하고 있는 이 특징들을 지배하는 주된
성격은 혐오감을 주는 천박함에 대한 반항이다. 그리하여
댄디는 천박한 인간일 수 없다. 그가 범죄를 저지를 수도
있지만, 만일 그 범죄가 어떤 천박한 원인에 의해 행해진
것이라면 댄디에게 그 불명예는 치명적이다. 여기서 그는
댄디의 정신주의를 말한다.

기이한 정신주의(Étrange spiritualisme)!
—「댄디」에서

그는 댄디즘을 정의하면서 "우월한 인간"을 생각한다.
그리고 이 우월한 인간은 결코 어떤 한쪽에만 치우친
'전문가'가 아니며 부유하지만 일을 사랑하며 "한가하고
전반적인 교육을 받은 인간"이라고 생각한다. 한가함은
돈이 없을 때는 빚을 만들고, 빚 때문에 근심만 늘어나게
하지만, '감성', '명상', '댄디즘', '딜레탕티즘'에 관한 한
자신에게 많은 이득을 준다. 자신이 부분적으로 커질 수

있었던 것은 이 한가함 덕분이다. 이 한가함과 여유를 갖지
못한 대부분의 예술인을, 그는 "기를 쓰고 일만 하는 매우
무식하고 천박한 노력가"(「마음을 털어놓고」, 1291쪽)라고
쓰고 있다.

그러나 누가 그의 유명한 댄디즘을 단순히 단장이나
한가함의 문제로 요약된다고 말할 수 있겠는가. 이런
세부는 중요한 관심의 외적인 표현에 지나지 않는다.
댄디에게 극히 일반적이고 상식적인 것으로 보이는
사랑, 돈, 우아함도 결코 댄디즘에 필수불가결한 요소가
아니라 단지 부수적인 것에 불과하다. "이런 것들은
완벽한 댄디에게 그의 정신의 귀족적 우월함의 상징에
불과하다."고 그 자신은 분명히 말하고 있다. 낮이건
밤이건 그 어느 때나 갖추어야 하는 "흠 잡을 데 없는
단장"에서부터 "가장 위험한 곡예에 이르기까지", "댄디가
갖추어야 하는 모든 복잡한 물질적인 조건들"은 더 큰
관심사를 위해 "의지를 강하게 하고 영혼을 단련시키기
위한 정신건강학"에 불과하다. 그들의 궁극적인 관심사는
차원 높은 정신주의이며, 실리와 관계없는 '미'의
추구이다.

보들레르는 기를 댄디로 정의하면서, 그 이유를 "그의
정신의 귀족적 우월함"(1178쪽)에 두었다. 그리고 이

우월함은 무엇보다 일반 속인들로부터 그를 구별하게 하는 '품위(distinction)'에 있다고 규정한다. 이 품위에 의해 그들은 작위를 가진 귀족보다 더욱 품위 있는 "타고난 귀족(aristocratie naturelle)"이라 할 수 있으며, 단장이나 물질적인 우아함도 이 완벽한 댄디에게는 자신을 속인들과 분리시키는 방법이며, 품위의 상징일 뿐이라는 것이다.

무엇보다 '품위'를 중요하게 생각하는 이 댄디는 천박함에 대한 증오와 일종의 "자신에의 신앙"에 의해 스스로 냉담하고 거만한 인물로 자처한다. 무식한 대중과 천박한 부르주아에 대한 보들레르의 경멸은 익히 알려져 있다. 샤토브리앙의 르네(René)처럼 그는 대중에 대한 혐오감을 거리낌 없이 드러낸다.

그가 생각하고 있는 댄디 역시 천박한 대중을 경멸하는 인물, 대중을 우롱하기 위해서가 아니면 그들과 대화조차 나누지 않는 인물로 제시된다. 그러나 보들레르는 쉽사리 "감동을 받지 않으려는 흔들리지 않는 결심으로부터 오는 이 차가운 태도"에서 댄디 특유의 '미'를 찾았으며, 일상의 삶에서 그것을 실천했다.

그는 「댄디」 장을 사회현상학적 분석으로 끝내는데, 댄디즘은 특히 귀족주의가 부분적으로 흔들리고 민주주의가 아직 정착하지 못한 혼란기에 나타난다고

설명한다. 그는 댄디를 "민주주의의 밀물(marée montante
de la démocratie)" 속에 잠긴 귀족적 위대함의 마지막
증거를 대변하는 계층으로 규정한다. 이처럼 사회 변화로
인해 소외되는 부류를 대표하는 댄디를 보들레르는 현대
생활의 특징적인 현상으로 주시했다. 댄디는 현대의
새로운 '미'의 산 표본을 제시하고 옛 영웅들의 자리를
대신하고 있기 때문이다.

대략 이런 내용을 담고 있는 댄디에 관한 그의 글
속에서 선명히 떠오르는 것은 바로 보들레르의 모습이다.
자연을 증오하는 예술가, 자연스러운 욕구를 경멸하고
이를 억제하기 위해 인위적 노력을 경주한 예술가,
「화장에의 찬사」, 「여인과 아가씨들」 등을 통해 암울한
현대 사회에서 '악'으로부터 자란 꽃처럼 피어난 유행의
덕을 찬양한 미술평론가 보들레르는 그 자신이 정의한
댄디이다. 아름답기 위해 모든 노력을 다해 자신을 변형,
수정하려 했던 댄디처럼, 그는 자연에 대항하여 자연을
자신의 열망에 따라 개조하고, 그로부터 새로운 인공미를
제시했기 때문이다.

완벽함을 탐내는 예술가, 평범함을 두려워했고
천박함을 가장 증오했으며 '미'에의 접근만이
천박함으로부터 멀어지는 유일한 길이라 생각했던 미학가,

현대를 예고했고 우리를 둘러싸고 우리를 압박해 오는 "현대 생활의 영웅주의"를 누구보다 먼저 알아보았으며 "우리의 넥타이와 장화 속"(866쪽)에도 현대의 독특한 '미'가 있다고 확신에 찬 글을 쓴 '현대성'의 창시자, 보들레르는 화가를 모델로 그 자신 그렇게 되려 했던 이상적인 댄디 예술가의 이미지를 그려놓았다.

댄디즘은 또한 "미에 대한 생각을 키우고", "느끼고", "생각하는" 일 이외의 다른 모든 유용성을 거부하는 정신의 귀족주의에 의해, 또한 "인간 자존심의 최고"의 욕구에서 나온 "대항과 반항"의 정신에 의해, 그리고 여기서 비롯되는 그들 특유의 거만한 태도와 냉담함에 의해, 요컨대 "독창성"과 "자신에의 신앙"을 신조로 삼은 엄격함에 의해 보들레르가 추구한 미학과 길을 같이한다.

「현대 생활의 화가」는 시대를 앞서간 미학적 측면에서의 역작이며 회화적 환기와 재치, 섬세한 아름다움으로 빛나는 걸작이다. 그러나 1860년에 쓰인 이 기사는 《라 프레스》, 《르뷔 데 뒤 몽드》, 《르 콩스티튀시오넬》 등에서 계속해서 거절당했다. 그로부터 3년 후, 1863년 《르 피가로》의 편집장이 이 글을 삭제 없이 전부 싣는 것을 수락한다. 그동안 인정받지 못하던 보들레르의 재능이 갑자기 새롭게 인정받기 시작했다는 말인가? 그에 대한 설명은 구차스럽다. 편집장 빌름상(Villemessant)은 내심 갚아야 할 빚이라고 할 만한 고마움을 기에게 느끼고 있었고, 기에 관한 글을 실어주는 것이 빚을 갚는 계기라고 생각했다. 기가 런던만국박람회 때《르 피가로》와 영국 주요 일간지들 사이에서 호의적인 중계 역할을 해 그에게 도움을 준 일이 있었다. 그리하여 기 대신 보들레르가 그 빚을 받은 것이다.

바그너에 열광하며

1860년 1월과 2월, 프랑스에서 열린 바그너 음악회는 보들레르를 바그너 음악의 열렬한 애호가로 만들었다. "이 계절 이 음악은 내 생애 가장 큰 즐거움 중 하나였다. 이 같은 상승감을 느낀 것은 15년 전이었다."라고 시인은 말라시에게 고백한다. 15년 전, 그것은 바로 들라크루아의 그림과의 만남을 말한다.

시인은 15년 전 들라크루아에 열광했던 것처럼 바그너의 음악에 감격하여 자신의 이 흥분과 감격을 음악가에게 편지로 알린다. 그리고 그 이후부터 끊임없이 "오늘밤은 어디에서 바그너 음악을 들을 수 있을까?" 하고 자문했다고 한다. 그는 편지에서 자신이 "알 수 있는 한 가장 큰 즐거움을 준 음악"이라고 감사를 표하고, "처음

듣는 순간부터 자신은 그 음악에 정복당한 것 같았으며, 그것은 자신이 이 음악을 미리 알고 있었던 것처럼 느꼈기 때문"이라고 했다. 그리고 그런 착각이 어디에서 오는지 생각해 보았는데, 그것은 "이 음악이 그(나)의 것"처럼 여겨졌기 때문이라고 했다. 그가 일찍이 포의 글을 읽고 "이것은 나의 것이다."라고 선언했던 것과 같은 일치감을 다시 경험하고 바그너의 음악 세계에 심취한다.

그러나 바그너의 음악이 처음 프랑스 대중 앞에 선보였을 때 프랑스의 음악지들과 신문들은 연일 계속해서 혁명적인 이 음악가를 온갖 독설로 공격했다. 벨기에 음악평론가 페티(Fétis)는 "미래의 음악이어야 할 이 음악이 이미 과거의 음악"이라고 꼬집었고, 대부분의 음악인들은 이 음악에 야유와 냉소를 서슴지 않았다. 특히 음악인 베를리오즈(Berlioz)의 악랄한 평가는 시인 보들레르를 분노케 했다. 이는 프랑스의 수치이며 자신은 음악에는 문외한이지만 이대로 묵과할 수 없다고 선언하며 《르뷔 외로페엔(Revue Européenne)》에 2회에 걸쳐 바그너를 옹호하는 글을 싣는다.

그는 이에 앞서 바그너에게 보내는 편지에 자신을 "음악에 대해 아는 바가 없고, 음악 교육이라고는 베버와 베토벤 몇 곡을 들었을 뿐인 미지의 인물"로 소개한다. 그 자신의 말대로 그는 음악에는 '문외한'이며, 음악에 관한 세부 지식이나 테크닉 상의 문제에는 어두운 편임에도 불구하고 바그너 음악에 대한 훌륭한 해설을 발표해, 그가 주장했던 "최고의 평론가가 될 수 있는 시인의 자질"을 충분히 시위한다.

보들레르는 자신을 음악의 문외한이라고 말하고 있지만, 그가 음악을 사랑하지 않는다거나 그의 시가 음악과 무관하다는 말은 아니다. 간단한 예로 그의 소네트 형식의 시 「음악」을 보아도 그렇다. 무엇보다 『악의 꽃』의 음악성은 널리 인정받고 있다. 보들레르의 시는 의미뿐 아니라 이미지와 음악성에 의해 독자에게 "파고드는 암시력(puissance suggestive)"으로 성공을 거둔 시이다. 『악의 꽃』의 시인을 "말의 마술사"라고 부르는 것도 우연이 아니다. 그리고 이 말의 마술사 보들레르를 가능케 한 것이 단어와 단어의 배열에서 얻어지는 완벽한 음악적 효과이다. 선택된 단어 각각의 소리 자체가 주는 효과와 그 소리가 우리에게 불러일으키는 심리적 울림, 그리고 그 조화가 소리에 주는 깊은 배려 — 그는 시구의 음악적 효과에 제일 역점을 두고 있다. 그의 시는 마침내 하나의 음악을 이루고 있다고 해도 과언이 아니다. 그리하여 발레리는 후에 그를 "우리의 시인들 중 음악에 따르고 음악에 간청하고 음악에 물은 최초의 시인”이라고 했다.

오늘날 보들레르의 바그너 옹호는 그 타당성과 권위가 충분히 인정되고 있다. 혁명적인 바그너 음악이 프랑스 대중에게 선보여졌을 때 프랑스 음악계의 냉소 앞에서 일부 소수의 친구들과 애호가들이 너무 무모하게 바그너를 위한 투쟁을 시도하던 무렵, 보들레르야말로 바그너 음악에 대한 확고한 판단과 공감을 가지고 과감한 필치로 그의 음악과 이론을 옹호하고 나선 유일한 사람이었다. 물론 순수하게 음악 기법상의 문제라면 그보다 훌륭하게 논할 수 있는 음악평론가가 있을 것이다. 그러나 그 누구도 바그너 예술의 천재적 면모를 그같이 확고한 이해에 기반하여 설명해 주지 못했다. 그것은 1860년대의 보들레르가 미에 대한 갈망과 미학적 완성을 향한 노력으로, 또는 심리적 불안과 도덕적 갈등으로 바그너와 동류였기 때문이다. 바그너 음악을 모든 예술의 총화가 이루어지는 최고의, 포괄적이며 보편적인 예술로 정의하고, 바그너 음악이 최고 예술의 실현을 위한 음악과 시의 결합을 의미하며, 그곳에 뛰어들어 태양과 빛과 함께 다시 젊어질 수 있는 바다와 같다고 했을 때, 그리고 “음악이 인간의 오감의 세계를 넘어서 전혀 미지의 세계를 열어”주며 청취자를 광적인 기쁨의 절정 속에 몰입시켜 그 속에서 표현할 수 없는 미의 계시를 준다고 그가 주장했을 때, 이 모든 것에서 보들레르가 추구하고 있었던 미학을 볼 수 있다.

시인은 바그너의 음악 속에서 자신의 내밀한 갈망을, 더 정확히는 그 자신을 보았으며, 결국 천재를 대변하는 숭고한 모험에 뛰어드는 것을 주저하지 않았다. 그가 포에 빠져들었을 때, 아니 그 속에서 자신의 이미지를 보았을 때, 포 전 작품의 번역을 결심한 결단력과 용기를 상기한다면 이 점 역시 쉽게 납득이 간다. 일찍이 들라크루아를 만났을 때 그가 자신의 미의식을 확실히 할 수 있었으며 화가에 대한 비평을 통해 스스로를 설명할 수 있었던 것처럼, 바그너와의 만남 역시 두 예술인 상호간에 자양분이 되는 정신과 정신의 만남이었다.

창작 활동에서와 마찬가지로 비평 작업에서도 시인은 어떤 정신과의 감동적인 만남에 접해 "떠는" 영혼의 "전율"을 경험한다. 「1846년 미술전」이 미학의 여러 원칙에서 시작하여 들라크루아에 관한 논리로 그처럼 경쾌하게 전개된 것도 들라크루아를 통해 그 자신의 미학 이론을 옹호했기 때문이며, 자신과 화가의 입장을 혼합했기 때문이다. 보들레르의 운명은 모든 정신세계의 왕자들과의 계시적인 만남에 접해 전율하는 그것이다.

오늘은 들라크루아, 내일은 포, 또 어느 날에는 기, 그리고
죽음에 앞서 바그너를 만남으로써 그의 예술은 정신과
오감의 총화 속에 하나로 용해되는 예술의 상호 융화를
실현했다.

10 『파리의 우울』과 계속되는 절망

자살의 유혹

1861년 2월, 아니면 3월에 쓴 것으로 추정되는
편지다.

아! 어머니, 아직 우리에게 행복해질 시간이
있을까요? 저는 감히 그것을 믿을 수 없어요. 마흔 살,
법정 후견인, 엄청난 빚, 끝으로 무엇보다 고통스러운
것은 상실되고 쇠퇴한 의지력! 정신 자체가
쇠퇴했는지 누가 압니까?

무엇보다 말씀드리고 싶은 한 가지 것은 (……)
어머니를 향한 제 애정이 날로 커진다는 것이에요.
저는 지난 시절을, 끔찍한 날들을 생각해요. 인생의

덧없음을 생각하며 시간을 보내요. 제 의지는 자꾸
녹슬어 가고 있어요.
수많은 계획과 초안이 두세 상자 속에 쌓여 있어요.
감히 그것을 열 수도 없어요. 무엇을 제가 실행할 수
있을까요. 결코 아무것도 실행할 수 없을 거예요.

오랫동안 우송되지 못한 채 서류들 사이에 남아
있었던 이 편지를 시인 자신은 쓴 날짜조차 기억하지
못한다. 편지 속에 쓰인 내용은 그의 실의와 절망이 어떤
것인지 짐작하게 한다. 예술에 대한 시인의 정열은 식을 줄
몰랐고 예술 활동에 대한 의지를 거듭 채찍질하지만 그가
얻은 결과는 대중의 박해와 가난뿐이었다. 젊었을 때는
크게 신경 쓰지 않던 사회의 냉대가, 이제 나이 마흔을
바라보게 되자 날로 심각해지는 건강과 함께 그를 심한
절망과 상실감 속에 빠트렸다. 이 가운데에서 어머니에
대한 애정은 더욱 애틋해지는 모양이다. 어떻게 해서라도
자신이 하고 있는 일이 형편없는 것이 아니라는 것을
어머니에게 알리고 어머니를 기쁘게 해드리고 싶건만
결과는 무엇 하나 신통한 것이 없다.
　『악의 꽃』 출판 이후 꾸준히 각종 비평, 에세이와
새로운 장르의 작품을 시도했다. 또 새로운 시를 발표하여

서른다섯 편의 시가 보강된 2판이 2월 초 말라시의
출판사에서 인쇄되었다. 새로 삽입된 이 시들은 새로
첨부된「파리 풍경」편과 함께 찬양해 마지않을 불후의
역작들이다. 특히「파리 풍경」은 점차 커지고 있었던,
대도시의 서정시에 대한 보들레르의 관심의 결과로서
앞으로 나오게 될 산문 형식의 시집『파리의 우울』의
예고편과 같다. 이 시기의 작품에서는 대도시의 주제와
현대적 관심사가 유감없이 과시된다. 게다가 2판은 초판의
텍스트에 비해 매우 놀랍고 훌륭한 많은 변화를 가져왔고,
시집 전체의 구조도 대폭 수정되어 초판보다 훨씬 완벽한
구조를 갖추었다. 시인 자신도 처음으로 자신의 작품에
만족하고, 1월 초『악의 꽃』인쇄가 완성되었을 때
어머니에게 그것을 고백한다.

> 제 인생에서 처음으로 저는 거의 만족이에요, 이 책은
> 거의 훌륭해요. 그리고 이 책은 모든 것에 대한 저의
> 증오심과 혐오감의 증거로서 남게 될 것입니다.

그러나 이 새로움과 완성을 향한 노력을 아무도
주목하지 않았고, 비평은 거의 무관심으로 일관했다.
출판된 지 9개월이 지나서야 겨우 최초의 서평이 나올

정도였다. 그가 처음으로 자신의 작품에 대해 만족했던 노력의 산물이 또다시 겪어야 하는 사회의 무관심에 그는 다시 실망했고, 그렇잖아도 가중되던 절망의 골은 더욱 깊어졌다. 그리하여 그가 보낼 증정본들은 발송되지도 않은 채 한 달 동안 방치되어 있었다.

좌절감뿐 아니라 시인의 건강도 날로 심각해졌다. 쇠약증, 조로 현상, 그리고 매독의 재발……. 그는 죽음을 생각하기 시작했다. 이 생각은 이미 1859년 말라시에게 보낸 편지에도 나타나 있었고, 1860년에서 1861년 사이 우울하고 슬픈 시기 동안 자살에 대한 생각이 그의 머릿속을 집요하게 파고든다.

1860년 말쯤으로 추측되는 어느 친구에게 보낸 날짜가 없는 편지에도 이 같은 절망감이 서려 있다. 이 편지는 잔느와 동거에 들어갔다가 그녀의 집에 붙어살고 있는 그녀의 오빠라고 하는 혼혈 남자의 존재로 기분이 상해 있던 시기에 쓰인 것으로 추측된다.

자네에게만 할 수 있는 몇 마디 말을 덧붙이겠네. 나는 자살의 가장자리에 있고, 비겁함이나 회한과는 다른 어떤 이유가 나를 지탱해 주고 있다네. (……) 특히 두 달 전부터 나는 무기력증과 불안감을 주는 절망 속에

빠져 있네. 네르발을 공격한 것과 같은 병의 공격을
받은 것 같아. 생각할 능력도 잃고, 글 한 줄 쓸 수 없게
될까 봐 공포스럽네.

그는 절망 속에서 네르발의 비극적 운명을 생각하며
광기의 발작을, 사고 능력의 상실을, 글 한 줄 쓸 수 없는
극한 상황을 두려워하고 있었다. 이 두려움은 그에게
치명적인 것이었다. 사고 능력의 상실이 그에게는 존재
이유의 상실을 의미하기 때문이다. 그리고 절망 속에서
어머니를 생각했다.

자살이라는 생각이 다시 제게 찾아왔어요. (……)
온종일 그 생각이 저를 괴롭혀요. (……) 저는 줄곧
기도했어요, 두 가지만을 얻기 위해서. 제게는 살아갈
힘을, 어머니께는 오랫동안 살 수 있는 힘을 달라고요.
— 1861년 4월, 어머니에게 보낸 편지에서

게다가 건강은 날로 심각한 징조를 보인다.
숨가쁨증과 신경통, 악몽, 구토증 등 온갖 병이 시인을
괴롭힌다.

제가 그토록 자주 얘기하던 한심한 구토증이 이제
습관이 되었어요.
— 1860년 8월의 편지에서

악몽도, 고뇌도, 귀를 치는 온갖 소음이 들리는 이
견딜 수 없는 증세도 여전해요. 특히 공포, 갑자기
죽을지 모른다는 공포, 너무 오래 살 거라는 공포,
어머님이 세상을 뜨시는 것을 보게 되리라는 공포,
잠드는 두려움, 잠을 깨는 그 지긋지긋함.
— 1862년 12월의 편지에서

신체적 고통은 계속되어, 이번에는 걷기도 힘들
정도의 통증이 나타난다. 다리가 붓고 구부릴 수도 없다.
그러나 그가 의사의 치료를 받았다는 흔적은 남아 있지
않다. 여기저기서 배워 익힌 민간요법으로 자신이 혼자
해결해 나간 모양이다. 숨이 가쁜 증세는 에테르 캡슐로,
위통은 아편으로 다스렸고 찬물 샤워도 치료책 중
하나였다.
온갖 병의 고통과 삶의 절망 앞에 자살을 생각하면서
한편으로는 자신이 계획한 작품의 집필이 끝나기 전에
죽음이 찾아올까 봐 초조감에 시달렸다.

내가 만일 불구가 되거나, 내가 해야 하며 할 수 있을
듯한 모든 일을 하기 전에 내 두뇌가 파괴되는 것을
느끼게 된다면!

이렇게 자살의 유혹에 빠져 있을 때 그 같은 마비
상태에서 그를 구해 준 사건이 바그너의 음악 세계와의
만남이었다. 천재적인 음악인 바그너의 음악은 그에게
잠시나마 열광과 활기를 되찾아주었다. 프랑스인들의
무지함으로 희생물이 된 음악인을 옹호하기 위해 그는
인쇄소에서 아침 10시에서 저녁 10시까지 무섭게 일하며,
이 격렬한 작업이 자살에 대한 강박관념을 그에게서
몰아내 주었다.

마침내 고정관념(자살)은 피할 수 없는 격렬한 일에
쫓겨 사라졌죠. 사흘 동안 인쇄소에서 즉석으로
쓴 「바그너론」 말입니다. 인쇄를 하려는 집념이
없었더라면 결코 저는 그런 힘이 없었을 거예요.
— 1861년 2월, 아니면 4월 초의 편지에서

음악인 바그너는 공연의 실패와 이에 따르는 시끄러운
잡음을 뒤에 남기고 프랑스를 떠나면서 자신을 열렬하게

옹호해 준 보들레르를 고맙게 생각했을 것이다. 그러나
1년 전부터 시인을 만나고 그의 편지를 받으면서도 자신이
만나고 있는 인물이 누구인지 짐작하지 못했다. 샹플뢰리
정도의 문학인으로 짐작했는지도 모른다고 보들레르
주석자는 쓰고 있다. 이것이 보들레르의 비극이었다.
불후의 작품을 남길 예술인이 그 시대의 무지한 대중에게
인정받지 못하고 조롱의 대상이 된다는 것도 불행이지만,
다른 예술가, 아폴론의 도장이 찍힌 이 정신적인
형제의 공감을 얻지 못한다는 것이 그에게 무엇보다 큰
불행이었다. 시인이 그토록 찬양했던 들라크루아 역시
그에게 냉담했고, 끝까지 시인의 진가를 알아보지 못한 채
세상을 떠난다.

　　바그너 옹호 투쟁이 끝나자 보들레르는 다시 환각이
교차하는 무서운 무기력증에 시달린다. 그가 참가했던
바그너 투쟁의 흥분과, 짧은 시간에 그토록 훌륭한 음악
해설서를 쓸 수 있었던 자신의 지적 능력에 대한 새로운
인식이, 그리고 어쩌면 바그너 예술의 역동성으로 인해
그에게 작용했을 신비한 활력소의 전이가 그를 잠시
삶으로 돌아오게 했다. 이제 그 흥분이 가시고 삶을
마감해야 한다고 생각했던 이유들이 다시 고개를 들기
시작했다.

그를 우울하게 하는 또 하나의 비극적인 사건이
있었다. 그의 이복형 알퐁스가 뇌출혈로 쓰러져
전신불수가 되어 그해 세상을 떠난다(4월 14일). 얼마
후 그가 세상을 떠날 때 보들레르 역시 반신마비에 언어
기능을 상실한 상태였다. 이미 1월부터 그는 기이한 병의
징조를 예감했고 두려워한다.

나는 내 히스테리를 공포와 동시에 즐거움을 가지고
키웠다. 이제 나는 줄곧 현기증을 느낀다. 오늘,
1862년 1월 23일 나는 기이한 징조를 예고받았다. 내
위로 **정신박약의 날갯바람**이 지나가는 것을 느꼈다.
—『내면의 일기』에서

이제 꿈속에서 또렷이 들리는 불길한 소리가 있었다.
그것은 현실이 아닌 환각의 소리였다. 그는 그 속에서 살고
있었다.

아카데미 회원 입후보
이미 "저주받은 시인"으로서 불행의 내리막길을
걷고 있던 보들레르는 설상가상으로 또 하나의 불행을
자초한다. 예술의 길을 자신의 최상의 길로 생각했던 그가

아카데미 회원에 입후보하겠다는 엉뚱한 계획을 세운 것이다. 이 계획은 그가 세상일에 얼마나 어두운지를 보여주는 단적인 예이다. 아카데미란 그 구조 자체가 문학인들의 모임으로 그치는 것이 아니라 일종의 살롱과 같은 성격을 지니고 있다. 보들레르의 뛰어난 재능을 인정할 수 없어서가 아니라, 문제는 이른바 아카데미라고 하는 곳에 속한 회원들에게 그가 인정받고 있느냐 하는 것이다. 대중에게 비친 보들레르라는 작가의 이미지처럼, 아카데미 회원들은 그를 몇 년 전 법정에서 유죄 판결을 받았던 수상쩍은 방랑 시인 또는 무례한 '악마' 정도로 기억하고 있었다. 보들레르에 대한 사람들의 선입견을 단적으로 말해준 생트뵈브의 재미있는 지적이 있다. 이 문학 선배는 보들레르의 진정한 문학적 재능은 포착하지 못하면서 그의 귀공자다운 면모에는 민감했던 모양이다.

확실히 보들레르 씨는 만나보아야만 훌륭한 면모가 보인다. 낯설고 괴상한 인간이 들어올 것으로 예상하고 있었는데, 실제로 마주하게 되는 것은 예의 바르고 공손하며 모범적인 후보, 말씨는 섬세하고 모습은 완전히 고전적인 귀공자이다.

그러나 대부분의 회원들은 그의 작품을 제대로 읽지도 않았고, 그를 후보로서 신중하게 고려하지도 않았다. 애초부터 그가 아카데미라는 틀에 박힌 단체의 회원으로 선출될 가능성은 전무했다.

그런데 명석한 의식의 소유자인 그가 왜 이렇게 어리석은 일을 벌였을까? 보들레르 전기 작가는 그의 편지와 여러 상황을 근거로 몇 가지 결론을 내린다. 우선 이 일에 그가 관심을 보인 첫 번째 이유로 이 직책에 따르는 보수를 꼽는다. 시인이 겪고 있는 가난과 빚에 시달리는 상황을 생각하면 그럴듯한 추측이다. 그러나 그는 정작 아카데미 회원의 보수가 정확하게 얼마인지도 모르고 있었다고 한다. 그리고 그가 "늙은 바보들"이라고 부르는 아카데미 회원들의 인정을 받을 생각이 추호도 없지만, "어머님이 공적인 명예에 엄청나게 중요성을 두고 있으니까" 만일 기적적으로 성공하면 어머님께 무한한 기쁨을 드릴 것이라는 기대가 있었다.

그리고 동시에 또 하나의 엉뚱한 기대를 했을지도 모른다고 짐작한다. 즉 아카데미에 당선되면 법정 후견인을 둔 아카데미 회원이란 상상할 수 없으니, 법정 후견인으로부터 해방되어 자신의 재산을 맘대로 할 수

있는 권리를 찾을 수 있으리라는 것이다. 그의 눈에 법정
후견은 자신의 "인생을 갉아먹은 어머니의 저주스러운
발명품" 아니던가! 그의 "인생 하루하루를 시들게 했고,
모든 사고를 증오와 절망으로 물들인 무서운 과오". 그는
이 숙명의 멍에에서 벗어나고 싶었을 것이다.

거기에 덧붙여 또 하나의 가정을 해볼 수 있다.
아카데미에 입후보하면서, 이를 통해 지금까지 짓밟힌
명예 회복의 기회를 갖고 싶다는 욕구가 크게 작용했을
것이라는……. 그는 내심 아카데미의 문턱을 넘는 데
성공함으로써 지금까지 자신에게 쏟아지던 의심의
눈초리를 대번에 멈추게 할 수 있으리라는 기대를 했을
수 있다. 이처럼 시인은 외적인 현실을 고려하지 않은
채 순전히 자신의 관점으로 이 문제를 바라보았다.
그것이 그로 하여금 자신의 무모함을 알지 못하게 했다.
어머니에게 입후보 계획을 알리는 편지에는 "아카데미
회원이 되는 것이 진정한 문학인이 얼굴을 붉히지
않고 청원할 수 있는 유일한 명예"라고 생각하며, 법정
후견인이 자신의 이 계획에 걸림돌이라고 말한다.

그가 아카데미에 입후보했다는 소식이 전해지자
신문과 잡지는 새로운 먹이감을 발견한 이리 떼처럼 이

소식에 달려들었고, 일제히 야유의 기사를 실었다.

생트뵈브 아저씨는 아카데미를 여러 분과로 나눌 것을
제안한다. 문법 분과, 연극 분과, 평론 분과, 웅변 분과
등등. (……) 보들레르를 도대체 어느 분과에 끼워
넣을 것인가? 시체 분과라도 없다면 말이다.
―《파리 시평(Chronique Parisienne)》(1861년 2월 2일
자)에서

10리 밖에서도 도살장 냄새가 풍기는 언어의
야만성들이 있다. 한 손에 그의『악의 꽃』을 들고,
다른 한 손으로는 코를 막고 읽어야 한다.
―《르 피가로》(1861년 12월 12일 자)에서

'시체 분과' 운운하는 것은『악의 꽃』중
「시체(Charogne)」라는 제목을 가진 시를 빈정대는 것이다.
그러나「시체」는 '시체'라는 단어가 갖고 있는 음산한
뉘앙스나 괴기 취미와는 거리가 먼 작품이다. 이곳에서
시체는 자연이 가지는 파괴력과 동시에 창조적인 풍요함의
증거로서 제시된다. 시체의 부패에 의한 자연 해체의
과정이 예술 창조에 비유되어, 썩어가는 시체는 신의

질서를 가장 잘 완수하는 자연으로 그려져 있다. 그러나 사람들은 그의 작품을 제대로 읽지도 않고 선입견만으로 그를 판단하고 야유했다.

시인은 곧 실상을 깨닫고 세상 돌아가는 일과, 무모한 일에 뛰어든 자신의 어리석음을 한탄하며 어머니에게 편지한다.

얼마나 많은 음모, 얼마나 많은 수수께끼가 있는지! 그런데 저는 분명히 보지도 못한 채 온갖 구름 잡는 일에 뛰어든 거예요.

그러나 일단 주사위는 던져졌고 이 일을 돌이킬 수 없으니 끝까지 버티겠다고 고집하며, 여러 통로를 통해 아카데미 회원들을 설득하려고 매달린다. 그리고 언제나 그랬던 것처럼, 그는 한번 시작한 일에 온갖 열의를 다 쏟는다. 그러나 결국에는 사회의 위선과 현실을 절감하고 입후보 7개월 만에 사퇴하는 것으로 이 일은 마감된다.

이 소용돌이 속에서 육체적 피곤과 정신적 실망으로 시달릴 대로 시달린 시인이 마침내 사퇴를 결심했을 때 느꼈을 허탈감이 어떠했을지 짐작이 간다.

가장 단순한 진실을, 이를테면 그토록 지겨운 작업,
그것이 사실은 인생을 괴로워하지 않는, 또는 덜
괴로워하는 유일한 방법이라는 것을 깨닫는 데 얼마나
오랜 시간의 피로와 징벌이 필요했던가!

실로 시인이 이 사실을 "깨닫는 데 얼마나 오랜 시간의
피로와 징벌이 필요했던가!" 이제 그는 심신이 극도로
피로하다. 지금까지의 열기를 식히고 어머니 곁에서 모든
것을 잊고 싶어서인지 옹플뢰르로 가고 싶다고 편지에
쓴다. 그러나 그 소망도 쉽게 실현될 수 없다. 파리는 그를
놓아주지 않는다.

어머니를 저의 유일한 구원(……)으로 생각합니다.
기어이 옹플뢰르로 돌아가고 싶어요. 그러나 그전에
할 일이 얼마나 많은지!

이 시기의 또 다른 편지에서는 모든 사람을 피해
숨어버리고 싶은 인간 혐오증을 호소한다.

저는 파리를, 특히 일체의 사람을 만나는 것을
피하기 위해 파리에서 도망치려는 거예요. 그러나

옹플뢰르에서 또다시 파리의 형벌을 당하고 싶지
않아요. 누구와도 교제하고(me prostituer) 싶지
않아요.

드디어! 드디어! 이 달 말에는 지긋지긋한 인간의
면상을 멀리 피할 수 있을 것이라고 생각합니다.
파리족이 얼마나 타락했는지 (……) 지독한 퇴폐!
도르빌리, 플로베르, 생트뵈브를 제외하면 누구와도
얘기가 통하지 않아요. (……) 되풀이 말하지만 저는
곧 인간의 얼굴을, 무엇보다 프랑스인의 면상을 멀리
피하게 될 거예요.

파리 전부가, 아니 인간이라는 얼굴이 곧 그를
괴롭히는 폭군이 된다. 파리인의 타락에 대한 거부감,
프랑스인들의 저속함에 대한 혐오감을 편지뿐 아니라
산문시와 각종 에세이 형식의 글들에 쏟아놓는다.

마침내! 혼자가 되었군! 이제 늦은 시각 지쳐빠져
구르는 몇 대의 마차 소리밖에는 아무 소리도 들리지
않는다. 몇 시간 동안은 휴식까지는 아닐지라도
정적을 가질 수 있을 것이다. 마침내! 인간의

얼굴이라는 폭군은 사라지고 이제 나는 나에 의해서만
고통받을 것이다. (……) 가증스러운 삶! 공포의 도시!
　　—「새벽 1시」,『파리의 우울』에서

　이곳에서 시인은 지옥 같은 파리에서 살았던 한나절
동안의 혐오스러운 삶을 되새기며 이제 밤의 정적과 고독
속에서 낮 동안 만난 저속한 사람들에게 짓밟힌 자신과
시인으로서의 존엄성을 되찾기 위해 기도한다.

　내가 사랑했던 자들의 영혼이여, 내가 찬양했던
자들의 영혼이여, 나를 강하게 해 주소서, 나를
지켜주소서. 그리고 세상의 허위와 썩은 공기를
멀리하게 해 주소서. 그리고 당신이여, 나의 신이여,
내가 형편없는 인간이 아니며, 내가 경멸하는
자들보다 못하지 않다는 것을 나 자신에게 증명해 줄
아름다운 시를 몇 편 쓰도록 은총을 내려주소서.
　　—「새벽 1시」,『파리의 우울』에서

　어려서부터 그는 파리를 사랑했고, 스무 살에 부모의
강요로 남국 여행을 떠나면서 이미 파리가 아닌 다른
곳에서의 삶을 상상할 수 없을 만큼 파리에 집착하고

있었다. 마흔이 되어서도 파리에서 어머니와 행복했던
어린 시절을 되새기며 한없는 우수에 젖는다.

저녁이면 그토록 서글퍼 보였던 강둑을 기억해요

그가 사랑하던 파리가, 이제는 그에게 '지옥'이며,
그를 괴롭히는 잔인한 폭군으로 보인다. 이 시기
어머니에게 보낸 편지들에는 그의 사무친 원망이 서려
있다.

저는 기억해요. 파리는 결코 제게 공평했던 적이
없었는걸요. 결코 금전상으로나 존경의 측면에서나
제가 **당연히 지불받아야 할 것을** 지불해 본 적이
없었는걸요.

이때부터 그는 프랑스를 떠날 생각을 품게 되었고,
마침내 벨기에에서 겪게 될 생애의 마지막 불행이
준비되고 있었다. 어머니에게 벨기에로 떠날 계획을
알린다.

파리와 프랑스가 지긋지긋해졌어요. 어머니 때문이

아니라면 결코 이리로 다시 돌아오지 않겠어요.

두세 곳에서 약간의 돈을 낚아가지고 며칠 동안
어머니 곁에 가서 보내고, 마침내 브뤼셀로 떠날
것입니다. 그곳에 어떤 환멸이 저를 기다리고
있을지 모르지만, 또 어쩌면 많은 돈이 기다리고
있을지도…….

이렇게 기대 반, 두려움 반으로 떠난
벨기에행이었건만, 그곳에서 시인을 기다리고 있었던
것은 또 한 번의 '환멸'이었다. 벨기에로의 도피는 시인을
"저주받은 시인"으로 만드는 마지막이자 결정적인
저주였다.

스윈번의 찬사

1862년 가을 보들레르는 그의 작품에 열광적인
찬사를 보낸 한 영국 신문《스펙테이터(Spectator)》의
기사로 인해 잠시 짧은 즐거움을 갖는다. 기사의 주인공은
스윈번(Charles Algernon Swinburne)이라고 자신을
소개했다. 이미 영국에서 시인으로 알려진 스물다섯 살의
이 젊은 문학인은 비평 쪽으로 접근하면서 『악의 꽃』을

그 대상으로 택한 것이다. 작가에 관한 독특한 혜안으로
쓰인 『악의 꽃』 작가 연구는 본국 프랑스에서 동시대의
여느 평론가들이 보들레르에게 내린 어떤 평가보다 월등한
가치를 지닌다. 이제 외국의 한 젊은 작가가 정작 모국에서
그토록 박해를 받고 있는 프랑스 작가에게서 자신과의
유사성을 발견하고, 그에 열광하고 있다. 그것은 바로 15년
전 보들레르가 바다 저편에서 들리는 한 형제, 에드거 앨런
포의 메아리를 듣고 한없이 그에게 끌렸던 것과 똑같은
현상이다. 이 기사는 접근에서부터 보들레르가 다른
낭만주의 작가들과 다른 점을 말한다.

그(보들레르)에게는 오래전부터 우리가 그 폭발을
볼 수 있었던 끓어오르는 듯 울부짖는 문체의 흔적이
전혀 없다.
(……) 그는 슬픔으로 가득 찬 어둠에 매우 자연스럽게
끌린다. 실패와 고통이 물질적인 아름다움과, 소리와
향기의 아름다움에 결합되어 그에게 무한한 유혹이
되는 듯하다.
(……) 이 책은 우울하고 위협적인 시간의 나른하고
슬픈 아름다움을 가지고 있다. 위험한 냄새로 가득
차고, 무겁게 느껴지는, 과열된 온실의 아름다움

(……) 이곳에는 구름의 두터운 어둠과 동시에 기묘한
불빛이 있다. (……) 그것들은 원시적이고 단순한
형태의 쾌락의 장식이 아니고, 고통의 잔인하고
날카로운 환희이다.

그토록 보들레르를 찬양한 이 기사에서 시인은 의외로
동의할 수 없는 점을 발견한다. 보들레르의 풍경에서
앵그르의 회화의 어떤 점을 본다는 부분에 이르자, "이
영국 친구는 회화에 대해서는 아는 게 전혀 없군." 하고
갑자기 얼굴이 흐려졌다. 그러나 늘 그렇다. 사랑과
마찬가지로 예술에서도 완벽한 일치란 있을 수 없는
일이다. 그러나 시인은 이 기사를 오려 어머니에게 보낸다.
그에게는 소중한 어머니에게 당신의 유일한 아들인 자신이
인정받고 있는 작가라는 사실을 알리는 것이 무엇보다
중요한 일이다. 이런 때의 보들레르는 어머니를 기쁘게 해
드리기 위해 성적에 집착하던 중학교 시절로 되돌아간다.
어릴 때의 샤를처럼 어머니를 기쁘게 해드리고 싶은
마음은 간절한데, 어머니는 아들이 뛰어난 인물이라는
것을 너무 자주 잊는다. 오픽 부인은 아들이 번역한 포는
그토록 높이 평가하면서 정작 아들 작품의 문학적 가치를
알지 못했다. 막연하게 아들이 하고 있는 일이 아들 주위의

411

문학 친구들에게 중요하게 보인다는 사실을 느끼고 있을
정도이다. 이 점을 시인은 한탄한다. 어머니의 마음속에
일어나고 있는 다른 작가에 관한 흥미에 질투를 느끼는
보들레르는 심오한 인간의 정신세계를 말하고, 우울한
인간 심리를 보여준『악의 꽃』작가답지 않아 미소를
자아내게 한다.

　　이 기사 발표 한 달 후 런던으로 떠나는 나다르에게
시인은 자신의 감사의 마음과 동시에 나다르를 스윈번에게
소개하는 편지를 맡기는데, 나다르는 자신에 관한 언급이
있어 도움이 될 이 편지를 여행에 편리하게 사용하지 못한
채 귀국하고 만다. 그로부터 49년 후(1912년) 뜯지 않은 그
편지가 나다르의 서랍 속에서 발견되는데, 그때 스윈번은
불과 몇 년 전(1909년) 세상을 떠나 편지는 영영 그에게
전해질 기회를 갖지 못한다. 1862년 런던으로부터『악의
꽃』의 시인에게 바쳐진 이 칭송의 기사는 앞으로 오게 될
보들레르의 영광에 대한 예고와도 같았다. 그러나 정작
그의 나라 프랑스에서 그는 여전히 푸대접받고 조롱당하고
있었다. 그가 자신의 시에서 그리고 있는 불행한
'알바트로스'는 저속한 대중으로부터 모욕과 박해를 받고
있는 바로 그 자신의 알레고리이다. 무식한 뱃놈들에게
잡혀 온갖 놀림을 당하고 있는 알바트로스. 한때는 구름과

폭풍 속을 넘나들고, 사수의 화살 따위는 우습게 알던
새 중의 '왕'이건만, 이제 지상에 떨어지니 그 큰 날개가
거추장스럽기만 하다. 보들레르는 높은 뜻을 가지고 있는
시인과 예술인들이 그 시대의 대중으로부터 이해받지
못하는 데서 겪는 고통을 불행의 형제 알바트로스를 통해
그렸다.

갑판 위에 한번 잡아놓기만 하면,
이 하늘의 왕자는 서툴고 수줍어
측은하게도 그 큰 흰 날개를
노처럼 옆구리에 질질 끈다.

이 날개 달린 나그네, 이제 얼마나 서툴고 무기력한가!
전에 그토록 아름답던 것이 어찌 저렇게 우습고
흉한가! (······)

시인도 저 구름의 왕자와 닮아,
폭풍 속을 넘나들고 사수들을 비웃었건만
땅위에선 야유 속에 쫓기니
그 커다란 날개는 걷는 데 방해될 뿐.

여전히 보들레르는 이어지는 작품들을 기꺼이
받아줄 출판사를 찾지 못해 전전긍긍이었다. 포의 번역물
『유레카(Euréka)』 출판을 레비는 주저했다. 산문시집
『파리의 우울』도 우여곡절을 겪으면서 끝내 출판되지
않았고, 시인 사후에야 빛을 보게 된다. 시인이 세상을
떠난 후에야 전 작품이 속속 출판되고, 그에 관한 평가가
새롭게 시작되었다는 것은 아이러니가 아닐 수 없다.
그 후에 이루어진 그에 관한 수많은 연구집과 논문을,
그리고 그에 관한 그 많은 세미나와 문학지의 특집 기획을
생각하면 생전에 시인이 받은 박해는 실로 어처구니없는
일이었다.

마흔세 살의 보들레르

이 시기 보들레르의 모습을 보여주는 사진이 있다.
이제 그는 머리가 회색으로 바뀌었다. 머리는 길게 기르고,
추운 듯 목에는 머플러를 두르고, 팔에는 두꺼운 노트를
끼고 있다. 생오노레 거리 151번지 발랑티노에서 카데
거리 16번지 카지노, 그리고 비뉴 거리 51번지 샤토 데
플뢰르…… 이러한 곳들이 그가 자주 다니는 술집과
카페들이었다. 때로 그가 '기스 영감'이라고 부르는 화가
기가 그림자처럼 그를 동반한다. 어느 날 "이런 곳에서

무엇을 하나?"라는 친구 몽슬레(Monselet)의 질문에
"죽은 자들이 지나가는 것을 보고 있네."라고 대답했다고
한다. 마지막 고통 속에 유배의 서글픔을 겪게 될 브뤼셀로
떠나기 전, 그가 베르트(Berthe)라는 소녀를 알게 된 것도
이 환락의 장소에서였던 것 같다. 보들레르가 펜으로 그린
베르트의 크로키에 따르면 이 소녀는 혼혈아이고 젊었을
때의 잔느를 닮았다고 한다.

잔느는 어떻게 되었는가? 보들레르는 잔느를 계속
돌보았지만, 1861년 그녀가 살고 있는 뇌이유를 떠난
후 다시 그녀를 찾지 않았다. 그 후 1862년 잔느는
다시 용서할 수 없는 속임수, 아니 영원히 풀리지 않는
수수께끼로 시인을 분노케 했고, 그 후에도 시인에게
고통과 회한을 남겨준다. 오빠라고 하는 무뢰한이
아침부터 밤까지 그녀의 곁에 붙어 있었다. 필경 그녀의
옛날 애인이었던 이 파렴치한을 참을 수 없어 그 소굴에서
빠져나오면서 그는 비감을 느껴야 했다. 그러나 그녀의 "그
늙은 얼굴에서 그토록 많이 흐르는 눈물과 쇠약한 인간의
우유부단함"을 보고 또 동정심이 동하여 그녀를 위로하기
위해 돈을 만들어주려고 거리를 헤매기도 했다.

지난 1월 흉측한 일이 일어났어요. 저는 그로

인해 병이 났어요. 아무에게도 그 얘기는 하지
않았어요 ― 그리고 그에 관해 아무것도 말하고 싶지
않아요 ― 그 말을 하면 목구멍이 벗겨질 것 같아요.

이 사건 뒤 그녀에 대한 마지막 애정까지도 사라진
모양인데, 1862년 잔느는 심지어 말라시를 찾아가
보들레르가 집에 남겨둔 책이며 데생들을 사줄 것을
부탁하기도 했고, 오픽 부인에게 동정을 구하는 편지를
보내기도 했다. 보들레르는 이에 심한 상처와 수치심을
느낀다. 지금까지는 그녀가 실망을 주어도, 자신의 처지가
아무리 어려워도 자신이 죽은 뒤의 그녀의 삶을 걱정했고,
병든 그녀를 돌보지 못하는 현실을 안타까워했던 그였다.
1864년 그가 프랑스를 떠날 즈음 그녀는 그의 곁에서
보이지 않았다.

보들레르 사후에 발견된 서류 가운데 찾아낸 수첩이
있다. 1860년에서 1863년 사이, 브뤼셀로 떠나기 전
몇 년 동안 그의 삶의 단편을 짐작하게 하는 기록이다.
후세인들이 "사랑의 수첩"이라고 이름 붙인 페이지도
포함되어 있다. 그곳에 아가트(Agathe)로부터 시작하여
족히 서른다섯 명이 넘는 여인들의 이름이 주소와 함께
적혀 있기 때문이다. 아가트, 아델, 펠리니……. 아가트는

「서글프고 방황하며」(FM)에 행복한 어린 시절 때 묻지
않은 사랑의 동반자로 등장하는 주인공의 이름이고,
펠리니(Félini)는 산문시 「시계(L'Horloge)」에 나온다.

아름다운 펠리니, 이름을 너무 잘 붙인 펠리니

그중에서도 아가트가 시인에게는 특별한 관심의
대상이었던 듯하다. 이 아가씨에 관한 상세한 메모가 있다.
그리고 이 뒤죽박죽 쓰인 메모들 속에 희곡의 주제와
소소한 빚의 명세서가 섞여 있다. 마네, 200, 300, 1,000/
르 조슨 사령관, 20/ 기, 75/ 스테방, 25, 100/ 크라델, 50,
80/ 크레페, 15/ 브레다 거리의 레스토랑 주인 디노소,
260, 200/ 암스테르담 거리 여관 주인 주세, 500, 600,
2,000. 그 밖에도 맥줏집 외상값, 카페의 종업원에게 진
빚 등 빚에 대한 기록은 끝이 없다. 그리고 숫자에 이어
'어머니', '잔느', '나', 이 세 글자가 꼭 따른다. 마지막에
잔느의 이름을 대문자 첫 글자(J. D.)로 표시하고 잔느의
주소를 적어두었다. 트레젤 거리 25번지. 그리고 또 이런
메모가 있다. '절제', '정신성', '작업', '돈', '순결', '어머니'.
이 마지막 두 단어, '순결'과 '어머니'는 여섯 번이나
강조되어 있다. 다음에는 "파리에서 달아날 것, 1년에 두

편의 중편소설과 「마음을 털어놓고」를 쓸 것”, “새로운
것을 하기 위해서 내가 죽어가고 있는 이곳 파리를 떠날
것”.

　　그러나 보들레르는 파리를 떠나지 못하고 여전히
디에프 호텔에 홀로 남아 있다. 매달 어머니가 계신 곳으로
떠난다는 편지를 쓰면서도 떠날 수 없다. 레비와 작품
출판에 관한 협상이 이루어지지 않아서이다. 숨 막힐 것
같은 여름, 파리에 갇혀 있는데 가까운 생라자르 역의
기적 소리가 그의 방에까지 들려온다. 그 소리는 어서
기차를 타고 자유로운 지평선 너머 저 바다로 떠나라고
그를 수없이 유혹한다. 그러나 이 찌는 듯한 도시의 열기
속에도 그를 붙들어 매는 매력이 없는 것은 아니다.
그것은 한순간의 행복한 몽상이다. 점심 후 지독한
위통이 일어난다. 이럴 때 방에 혼자 누워 있으면 다정한
우정이나 애정이 그립다. 방은 누추하기 그지없다. 그는
누구보다 사치를 좋아하는 댄디이다. 마분지 전등갓을
통해 희미하게 비치는 불빛 아래에서 우정을 아쉬워하고
호화로운 방을 그리워하며 어느덧 천국을 연상시키는
‘사치’와 ‘질서’와 ‘관능’과 ‘아름다움’만이 존재하는 방을
꿈꾼다.

가구들조차 기다랗고 나른하게 나태한 모습을 하고
있다. 가구들이 꿈을 꾸고 있는 듯한 모습이다.
그것들은 식물이나 금속처럼 몽유적 생명을 띠고
있는 듯하다. 천들조차 마치 하늘처럼, 꽃처럼, 또
저무는 태양처럼 말없는 언어를 속삭인다. (……)
가장 정교하게 선택된 무한소의 어떤 향기가 이
분위기 속에서 헤엄치고 있다. (……) 이 침대 위에
꿈의 여왕인 그녀가 누워 있는 것이다. 그러나 그녀가
어떻게 이곳에 있는 것일까? 이처럼 신비, 정적,
평화, 향기에 둘러싸인 데 대해 어떤 친절한 악마에게
감사해야 하는 것일까? 우리가 보통 인생이라고
부르는 것은, 그것의 극도로 팽창된 가장 행복한
순간일지라도, 지금 내가 겪고 있는 이 최상의 삶과
아무것도 공통되는 점이라고는 없다. 이 최상의 삶을
나는 1분, 1분, 1초, 1초마다 음미하고 있는 것이다.

그러나 이 몽상의 행복은 어느 순간 깨어지고, 그는
다시 우울한 현실로 되돌아온다.

그러나 어떤 둔탁한 소리가 문 쪽에서 들렸다. 그리고
유령 하나가 나타났다. 그것은 법의 이름으로 나를

괴롭히러 온 집달리이거나, 궁핍함을 호소하여 내
인생의 고통에 진부한 그녀 인생을 섞으러 온 더러운
창녀이거나, 아니면 원고 독촉을 하러 온 신문사
편집장의 심부름꾼이겠지. 천국 같은 방과 미녀도,
꿈의 여왕도, 르네가 말했듯이 실피드도, 이 모든
마술의 세계가…… 대번에 사라져버린 것이다.
……생각나지! 기억하고말고! 그래! 이 누옥!
이 영원한 권태의 방이 바로 나의 방이었지…….
구역질로 가득한 이 좁은 세계에서 유일하게 친숙한
한 물건만이 나에게 미소를 보내고 있다. 로다놈 병,
오래전부터 알고 있는 무시무시한 여자친구 같은
그것은 (……) 아! 애무에 풍부하며 동시에 배반에도
능숙하다.
— 「이중의 방」, 『파리의 우울』에서

이것이 그의 산문시 『파리의 우울』의 다섯 번째 시
「이중의 방(La Chambre Double)」에 그려진 현실과 몽상의
아이로니컬한 풍자화이다.
때로 날씨가 좋으면 "권태의 방"을 벗어나 옛날
말년의 루소가 그랬듯 홀로 파리 근처로 외로운 산책을
나간다. 1851년 여름 행복했던 어린 시절을 그리워하며

모친과 함께 찾아 나섰던 추억의 장소들을 다시 찾아간다.
점점 현재에 대한 경멸과 함께 인간에 대한 혐오감이
심해진다. 이제 파리의 인종들은 타락했다고 한숨짓는다.
옛날 자신이 살았고, 기억하고 있는 넉넉하고 매혹적인
파리는 이제 없다. 예술가들도 무식하다. 철자조차 제대로
모르는 예술가들도 있다. 도르빌리, 플로베르, 생트뵈브를
제외하고는 더불어 이야기를 나눌 수 있는 사람도 없다.
그가 회화에 관한 얘기를 할 때 이해할 수 있는 사람은 단
하나, 고티에뿐이다. 이제 이곳에서의 삶이 실망스럽기만
하다. 그에게 유일한 바람은 이곳을 빠져나가는 것이다.
그리고 인간의 얼굴, 특히 프랑스인들의 얼굴을 보지 않는
것이다. 왜냐하면 프랑스는 시를, 진정한 시를 혐오하기
때문이다. 그들은 베랑제 같은 "더러운 자들"만을
좋아한다. 이곳에서는 감정의 슬픔이니 잃어버린
사랑이니를 불평하는 감상주의자들과 "여성 지향적인
속된 취향"이 판을 친다.

11 젊은 시인들의 열광

「불쌍한 벨기에」

1864년 봄 보들레르는 브뤼셀을 향해 떠날 결심을
한다. 빚에 몰리고 절망감으로 더 이상 버틸 수 없는
상황에까지 가 있는 그에게 브뤼셀은 그를 구해 줄 구원의
나라처럼 보였다. 벨기에의 수도 브뤼셀로 떠나도록
그를 유혹한 것은 그 당시 화상이며 보들레르의 친구인
아르튀르 스테방(Arthur Stévens)이었다. 파리에서는
벨기에의 왕으로, 브뤼셀에서는 프랑스인들의 황제로
통했던 이 인물이 브뤼셀 체류를 종용했고, 그곳 체류를
위한 구체적인 계획도 세워져 있었다. 그곳 예술인들의
모임에서 강연을 하기로 그쪽 주최측과 약속이 되어
있었던 것이다. "이 강연을 하고 나면 모든 문학동인
클럽들이 강연을 해달라고 몰려들겠지." 하고 그는

내심 희망을 품는다. "앙베르(Anvers), 나뮈르(Namur),
리에주(Liége) 등 대도시를 돌며 강연을 계속해 많은
결실을 거두리라." 그러나 이것이야말로 보들레르만의,
현실과 너무 동떨어진 기대였다.

보들레르는 1864년 4월 24일 파리 암스테르담 거리
디에프호텔을 떠난다. 브뤼셀에 도착하여 몽테뉴 거리
28번지 그랑 미루아르(Grand Miroir) 여관에 여장을 풀고
약속대로 강연을 시작했다. 첫 번째 강연은 지난해 세상을
떠난 화가 들라크루아에 관한 것이었다. 이 강연회는
시청 정면에 있는 고딕풍의 건물 2층 대형 강당에서
진행되었다. 그러나 강연은 그의 예상과는 달리 한마디로
파멸이었다. 목격자 르모니에(Camille Lemonier)는 이
실패를 이렇게 설명한다.

그 당시 브뤼셀이 문학에 대해 완전히 무관심했다는
것을 상기해야 합니다. 그들은 사상이 처해 있는
음울한 대기 속에 살고 있었습니다.

두 번째 강연은 고티에에 관한 연구였다. 이 강연회
역시 상황이 나을 것이 없었다. 보들레르가 강연을
시작했을 때 스무 명이 채 안 되는 청중이 넓은 청중석에

드문드문 흩어져 있었고, 그나마 그들도 슬금슬금
빠져나가기 시작해, 마지막까지 남아 있는 사람은 몇 되지
않았다. 그들은 아마도 이 동인 클럽의 위원들이거나
사무원들이었을 것이라고 르모니에는 말한다.

세 번째 강연은 「인공 낙원」에 관한 것이었는데
결과는 마찬가지였다. 주최 측에서는 약속했던 500프랑
대신 사과의 말도 없이 사람을 시켜 100프랑만 달랑
보내왔다. 그러지 않아도 강연회 기간 내내 참고 있던 그의
분노가 마침내 폭발한다.

> 이런 백성이! 이런 세상이! (……) 내가 받은
> 100프랑을 빈민들에게 기부라도 하고 싶은
> 지경이에요, 이런 세상이!
> ― 1864년 5월 27일 앙셀에게 보낸 편지

그러나 이 강연회가 성공하지 못한 이유는 너무
간단했다. 보들레르라는 이름은 극소수의 작가들을
제외하면 그곳 대중에게 거의 알려져 있지 않았기
때문이다. 그 이듬해 알렉상드르 뒤마(Alexandre Dumas)가
벨기에에 왔을 때에는 그를 보러 온 사람들로 대성황을
이루었다. 오늘날 이 두 작가에 대한 평가를 생각할 때

진정한 위대함과 명성은 반드시 일치하지 않는다는 것을
실감하지 않을 수 없다.

최초의 실망에 이어 곧 또 하나의 실망이 그를
기다리고 있었다. 그는 자신이 그곳에 온 주요 목적이
강연회가 아니라, 라크루아(Lacroix)와 한 출판 계약
약속 때문이었던 점을 상기하며 실망을 달랬다. 그러나
라크루아는 강연 초청에 두 번이나 양해도 없이 나타나지
않았고, 다른 사람을 통해 검토 결과 출판할 수 없다는
거절 의사만 전해 왔다.

> 벨기에 사람들은 바보에 거짓말쟁이, 그리고
> 도적놈들이오. 거기다 속임수는 예사이고, 수치도
> 모르거든요. (……) 교활, 불신, 거짓 붙임성, 무례,
> 사기, 암, 그래요.
> ― 1864년 5월 27일 마네에게 보낸 편지에서

그로부터 얼마 후 라크루아가 의회 위원에
출마하는데, 보들레르는 이 출판업자의 반대파들 속에
섞여 "세 시간 동안이나 자신을 우롱한 출판사주를
소리질러 야유하는 치기 어린 쾌락을 만끽했다."고 전기
작가는 적는다. 이 유치한 복수 방법은 이것 이외에도

그가 이런 유의 분노를 터트렸던 다른 글들을 떠올리게
한다. 이것이 보들레르 성격의 일면을 드러내주는 듯하다.
그의 '골려주기' 취향은 유명하며, 그는 꾸며낸 이야기로
사람들을 놀라게 한 일화를 많이 남겼다. 아내를 살해한
후 죽은 아내를 강간하고 싶은 강한 욕구를 느꼈다는 어느
술주정뱅이 에피소드, 어린애의 뇌를 먹는다는 사디스트
이야기⋯⋯. 그의 장난은 끝이 없다. 이 욕구가 벨기에
체류 때 여러 형태로 발동한다. 자신을 동성연애자로
꾸미기도 하고 아버지를 살해한 패륜아로 가장하기도
한다.「악의 꽃을 위한 서문의 계획」에서 그는 변장하는
데서 독특한 기쁨을 맛보며, 그 기쁨을 위해서라면 방탕아,
술주정꾼, 불효자, 살인자로 보이는 것쯤은 주저하지
않겠다고 자신의 "악마적인 취향"을 거침없이 공개한다.
앙셀에게 보낸 재미있는 편지가 있다.

> 저는 여기에서 경찰의 끄나풀로 통했어요. (⋯⋯)
> 남색가로 통했고요. 그런 소문을 퍼트린 것은 바로
> 저죠. 그랬더니 그 말을 믿더군요. 그 다음에는 음탕한
> 작품의 교정원으로 통했고요. 그렇게 계속 믿어주는
> 데 화가 나서 내 아버지를 죽였고 잡아먹었노라고
> 소문을 퍼트렸어요. 프랑스를 탈출하게 놓아둔 것도

제가 프랑스 경찰의 일을 보아주기 때문이라고 했죠.
그래도 제 말을 곧이듣더군요. 마치 물속의 고기처럼
저는 오욕 속을 헤엄치고 있는 셈이죠.

그들이 말도 안 되는 헛소문을 너무 쉽게 믿고 자신을
괴물 보듯 이상한 눈으로 보는 데 화가 나서 그는 이
‘골려주기’ 취미를 유감없이 발휘한 모양이다. 이에 대해
대부분의 사람들은 보들레르의 괴벽이라고 말할 것이다.
그러나 기이한 언동 뒤에 속물들의 천박함과 대중의
우매함에 대한 경멸과 그것들로부터 벗어나려는 까다로운
댄디 정신이 숨어 있음을 간과해서는 안 된다.

사람들이 구경꾼의 호기심으로『악의 꽃』의 작가
주변에 몰려왔었죠. 문제의『악의 꽃』의 작가는
반드시 극악무도하고 괴상망측한 놈일 수밖에 없었던
거지요. (……) 그런데 제가 냉정하고 온건하고 예의
바른 것을 보고서 (……) 제가 그 작품의 작가가 아닌
것으로 단정했어요.

보들레르가 차후 벨기에의 모든 것에 대해 갖게 되는
극심한 혐오감은 단순히 그의 성격적인 불균형만으로는

충분히 설명되지 않는다. 이 격렬한 불쾌감의 밑바닥에는
그들의 배신에 대한 깊은 실망과 원한이 있었다.
물론 프랑스인들은 '멍청이'이다. 그가 프랑스로부터
달아나고 싶었던 것은 그들의 무지함 때문이었다. 그러나
벨기에인들은 더욱 심하다. 그리하여 이제 보들레르는
"벨기에 사람들만 아니라면 누구하고라도 상대할 수 있을
것 같다. 벨기에인들과 상대하느니 차라리 항구 아브르나
옹플뢰르의 술집에서 뱃놈들이나 심지어는 도형수와
기꺼이 함께 축배를 들 것"이란다.

　　이제 그에게는 그곳이 유형지 같고, 그곳의 모든 것이
혐오스럽기만 하다. 벨기에와의 증오스러운 인연이 묘하게
작용하여 그 나라의 모든 것이 그의 울분을 자극했다.
그리하여 이 나라에서는 "빵도 맛없고, 고기 요리도
형편없고, 나무들은 우중충하게 보이며, 꽃들도 향기가
없"단다. 곧 그가 싫어하는 겨울이 다가올 모양이다. 이제
그곳 벨기에 전부가 지옥이 된다. 마침내 그는 온 벨기에를
향해, 무례한 벨기에인을 향해 복수하기로 결심한다.
「불쌍한 벨기에」라는 책을 출판할 작정이다. 그는 법정
후견인 앙셀에게 이렇게 편지한다.

　　제가 벨기에 여행에서 끌어낸 것이라고는 오직 이

지구상에서 가장 밥통 같은 국민에 대한 (……) 소책자
한 권뿐입니다.
그러나 벨기에에 관한 이 책은 이미 말한 바와 같이
저의 원한 폭발의 실험이지요. 후에 프랑스를 향해
이 수법을 써먹을 작정이에요. 전 인류를 향해 제가
혐오하는 온갖 이유들을 끈질기게 말하겠어요.
── 1864년 11월 13일 앙셀에게 보낸 편지에서

이제 그 나라의 풍습, 언어, 문화, 정치 등에 관한
수많은 메모들과 신문에서 오려낸 기사들에 잔인한 주석을
단 자료들이 끝없이 쌓였다. 그 나라의 어떤 면도 어둠에
남겨두어서는 안 된다는 것이다. 여느 때와 마찬가지로
한번 시작한 일에 몰두하는 그의 성격 때문에 그는 이 일에
미친 듯이 매달렸다. 그리하여 보들레르는 스스로 역사가,
경제학자가 되었고 벨기에와 유럽의 예술, 문화는 말할
것도 없고 정치, 사회 등등의 전문가가 되었다.
이 책은 이미 집필이 시작되었고, 여러 장 진행되었다.
그리고 그의 말대로 "자료 수집차 전국을 세심하게
돌아다녀야" 했다. 벨기에의 고도 앙베르, 독특한 스타일의
교회와 아름다운 잔디, 그리고 끊임없이 들리는 종소리와
함께 경건함이 지배하는 지방 도시 말린(Malines). 그리고

특히 그와 취향이 일치하는 판화가 롭(Félicien Rops)의
권유로 갔던 나뮈르(Namur)……. "모든 기념비들이 루이
14세 때의 것이고 가장 나중의 것도 루이 15세 때의
것인" 나뮈르는 보들레르가 벨기에에 도착했을 때 발견한
바로크에 관한 그의 취향을 확인시켜 주었다. 「불쌍한
벨기에」의 예술에 관한 부분은 그의 분노가 벨기에의 이들
지방 도시에서 잠시 누린 한순간의 휴전의 산물이었다.
그에게 나뮈르의 교회당 생토뱅(Saint-Aubin)은 "벽돌과
푸른 돌로 지어졌고, 내부는 흰색으로 된 작은 로마의 성
베드로 성당"처럼 보였다.

그의 더 큰 감탄의 대상은 생루(Saint-Loup) 교회였다.
"음산하고 품위 있는 경이로움"이라고 그가 묘사한
이 교회가 그의 눈에는 "검정, 분홍, 은색으로 수놓은
영구대"로 비쳤다. 그리고 이 "끔찍하고 매혹적인
영구대"의 고해실에 특히 감탄했다. "모든 것이 다양하고
정교하고 절묘하며 고상하다."고 고해실의 미를 찬미한 이
교회에 대해 그는 '영구대'라고 이름을 붙였다.

이곳 벨기에에 체류하면서 보들레르의 건강은 급속히
나빠졌고, 그로 인해 이 분노에 찬 「불쌍한 벨기에」를
제외하고는 글쓰기가 계속 줄었다. 그리고 그 자신은 만일
아직 벨기에에 체류하고 있는 동안 이 책이 출판된다면

자신은 급히 프랑스로 귀국하지 않으면 안 되는 운명에
처하게 될지도 모른다는 상상까지 하는 것이었다. 그러나
이 책은 생전에 완성되지 못했고, 그가 남긴 이에 관한
자료들과 단편적인 글들만 전집에 수록되어 있다. 이
방대한 자료들을 보면 글의 내용의 뛰어남보다는 그가
얼마나 열성적으로 이 일에 달렸는지를 느끼게 해 준다.

여러 번 나뮈르에 자신을 초대했고, 후에 마네에게
"내가 벨기에에서 만난 유일하게 진정한 예술인"이라고
소개한 롭이 보들레르에게는 자신의 시적 사유를 이미지로
표현할 수 있는 화가로 생각되었다. 그때 말라시는
보들레르의 벨기에 체류를 십분 활용하여 1857년
재판에서 삭제 판결을 받은 여섯 편의 시와 젊었을 때 쓴
시들, 그리고 최근에 쓴 것을 포함시켜 『표류물』 출판을
준비하고 있었고, 이 소책자 초판(260권)에 롭이 그린
상징적 의미가 담긴 그림을 속표지로 장식한다.

보들레르가 같이 지내며 유쾌한 시간을 보낸 그곳
친구는 롭 이외에도 스테방 형제들이 있었다. 첫째가
아르튀르인데 그는 애초에 보들레르에게 벨기에 방문을
종용했다. 둘째는 우아한 여인들을 주로 그린 화가
알프레드(Alfred)였다. 그는 작품 「아틀리에(L'Atelier)」에
보들레르의 모습을 그려 넣고 그의 추억을 충실하게

간직했다. 셋째는 조제프(Joseph)인데, 그는 어느 날
술집(Horton's Prince of Wales)에서 보들레르와 만나게
된다. 보들레르가 그의 조끼를 칭찬하자, 조제프는
그자리에서 조끼를 보들레르에게 선사했고, 보들레르는 이
일화를 산문시「착한 개들(Les Bons Chiens)」에 남긴다.

불쌍한 개들을 노래한 시인은 그 대가로 (……)
가을의 태양이나 원숙한 여인의 아름다움, 생마르탱의
여름을 생각나게 해주는 아름다운 조끼 하나를
받았다. 발라에모르사 가의 술집에 있었던 누구도
화가가 얼마나 급히 시인을 위해 조끼를 벗었는지
잊지 못할 것이다. (……) 화가의 조끼를 어깨에 걸칠
때면 언제나 시인은 착한 개들을, 현자 같은 개들을,
생마르탱의 여름을, 그리고 대단히 성숙한 여인의
미를 생각지 않을 수 없게 된다.
— 「착한 개들」에서

벨기에에서 그는 그곳 사람들뿐만 아니라
프랑스인들도 만났다. 맨 처음 그곳에 들른 친구는
나다르였다. 항상 유쾌하고 생명력에 차 있는 화가
나다르는 여러 번 보들레르의 초상화를 그려준 적이

433

있다. 그곳 독립 기념 축제에서 그의 또 하나의 정열의
대상인 열기구 비행을 하기 위해 그곳에 온 것이다. 그는
친절하게도 보들레르에게 좌석 하나를 제의하여 같이
비행할 것을 제안한다. 한순간 이 제안은 보들레르를
열광시켰다. "거대한 풍선 모양의 비행기를 타고 이 더러운
국민으로부터 달아나 오스트리아, 어쩌면 터키까지도
간다……" 이 얼마나 큰 유혹인가.

그러나 그는 거기에 탑승하지 않았다. 머리를 떨구고
힘없이 돌아오는 그에게 그랑미루아르 여관 여주인은
유리창 너머로 곱지 않은 시선을 보낸다. 여관비가
밀려 있기 때문이리라. 그는 여관 여주인에게 들볶이는
신세다. 그는 이제 파리의 디에프호텔에서보다 더
처량하다. 모두들 자신의 길을 따라 황급히 지나간다.
모두들 자신만의 확고한 영역을 차지하고 바쁘게 오간다.
나다르의 이름은 브뤼셀의 수많은 벽보 위에 붙어
있었고 많은 사람들의 입에서 입으로 전해지고 있건만,
보들레르는 무시당하고 짓밟히고 무명 신세에 병들어
있었다.

이때 그를 즐겁게 해줄 하나의 우연이 찾아들었다.
『악의 꽃』을 최초로 출판하겠다고 제의했던 출판인
말라시를 그곳에서 만나게 된다. 출판사 파산으로 그 역시

유배자 신세였다. 책 장사로 돈을 벌어 실패를 만회하기
위해 그곳에 와 있었다. 그들이 같은 길을 가도록 신이
운명의 끈을 맺어놓은 듯 그들은 다시 이 유형지에서
만났고, 또다시 얽혀든다. 그들은 둘 다 다소 냉소적이지만
의리가 있었고 속물에 대한 혐오도 일치했다. 그뿐만
아니라 보들레르처럼 그는 재능의 냄새를 맡는 뛰어난
감각을 소유하고 있었다. 그가 아니었더라면『악의 꽃』은
일찍이 햇볕을 보지 못할 뻔했다. 그들은 출판물에 얽힌
금전 문제로 서로 계산이 끝나지 않은 상태였고, 서로
화가 나 있었다. 그러나 외지에서 만나자 금세 원한은
잊혔고, 그간의 난처했던 관계도 사라졌다. 말라시는
보들레르의 재능을 인정하고 있었고, 인간 보들레르에게
호감을 가지고 있었기 때문에 그렇게 될 수밖에 없었다.
또한 그들은 1848년 봉기의 동지가 아니던가. 그들은
바리케이드가 세워진 거리 전투에서 같은 진영에 있었고,
그런 추억이란 쉽게 잊히지 않는다.

　게다가 말라시는 자신의 사업이 어려운 때에도
보들레르에 대해 가지고 있던 5000프랑짜리 오래된
어음을 남에게 넘기지 않는 의리를 지켰다. 어음을
양도받은 사람이 곧 보들레르를 괴롭히게 될 경우를
염려해서였을 것이다. 그런데 말라시는 무허가 지하

출판으로 반프랑스적 성격의 팸플릿과 음란물로 판정된 책들을 팔다가 다시 기소되어 1년 복역에 벌금을 물라는 판결을 받는다. 말라시는 다급해졌고, 보들레르의 사정을 더 이상 봐줄 수 없게 되어 아직 소유하고 있던 그 어음을 헐값으로라도 처분할 수밖에 없게 된다. 마침 2000프랑에 사겠다는 희망자가 나타났고, 사정이 급해진 보들레르는 이 돈을 후견인 앙셀에게서 선불받기 위해 잠시 프랑스로 돌아온다. 7월 4일 파리에 도착하여, 7일 옹플뢰르에 가서 이틀 머물고, 9일 다시 파리로 돌아왔다가, 15일 브뤼셀에 돌아가는 짧은 프랑스 체류였다.

1864년 7월 7일, 벼랑 위에 세워진 그립던 '장난감 집'. 무성하게 자란 페튜니아, 푸른 바다 위로 펼쳐지는 넓은 전망, 벽에는 기의 데생과 메리옹의 동판 부식, 휘슬러(Whistler)의 수채화가 그대로 걸려 있고…… . 아! 얼마나 여러 번 꿈에 그리던 광경이던가! 그리고 무엇보다 어머니의 큰 사랑을 다시 확인한다. 이들 모자는 오랫동안 감회에 젖는다. 그러나 오픽 부인은 이내 아들에게 근심거리가 있음을 눈치 채고, 마침내 아들의 고백을 받아낸다. 어머니는 다시 한번 가슴 아픈 고통 속에 아들의 빚을 해결해 준다. 그리하여 그는 자신을 짓누르던 커다란 짐을 벗어버리고 이틀도 채 안 되어 어머니 곁을 떠나

파리 북부호텔(Hôtel du Nord)에 도착하여 그곳에서 엿새
동안이나 묵는다. 그사이 출판업자 가르니에(Garnier),
헤젤(Hetzel), 르메르(Lemère) 등을 만났고, 문학인 방빌과
아슬리노를 만난다. 떠나기 전날 생트뵈브를 만나러
갔다가 부재중인 선배 문인에게 메모를 남긴다.

저는 지옥을 향해 떠납니다.

이제 벨기에는 그에게 지옥이다. 그럼에도 그 지옥을
향해 떠나야 하는 것은 브뤼셀에 남아 있는 일이 있기
때문이다. 파리에는 잠시 급한 빚을 갚기 위해 들른
것이다. 그가 파리에 돌아올 생각을 못 하는 것은 파리가
벨기에보다 더욱 무서운 지옥이기 때문이다. 길모퉁이마다
빚쟁이를 만날까 봐 겁이 났고, 또한 그를 아프게 하는
회한이 있었다.

마지막 차를 놓치고 돌아나오다가 우연히 그를
존경하는 최초의 세대 카튈 망데(Catulles Mandès)와
층계에서 마주친다. 망데의 제의로 그의 집에서 하룻밤을
같이 지낸 모양인데, 젊은 문학인 망데가 전하는
보들레르에 관한 이야기는 심금을 울리는 데가 있다. 평생
온 마음으로 전념했던 예술의 길에서 자신이 당해야 했던

사회의 냉대와 온갖 치욕을 생각하며, 참담한 기분으로
보들레르는 밤을 지새웠다. 이제 남은 것은 병들고 늙어
빚더미 밑에 쓰러진 처참한 '알바트로스'가 아닌가!
이튿날 떠나는 기차 시간을 기다리며 젊은 문인의 방
소파에서 잠시 눈을 붙이려 했던 그는 자신의 인생에 대한
회한으로 잠을 이루지 못한 채 파리에서의 마지막 밤을
보낸다.

파리에서 보들레르를 부르는 젊은 시인들

브뤼셀로 돌아온 보들레르는 더욱 외롭다. 그는
때때로 프랑스인들이 드나드는 술집(Horton's Prince of
Wales)에 들른다. 그곳에 가면 루이 르 그랑 중학교 동기생
데샤넬도 볼 수 있고, 프랑스 제정으로부터 추방당한
자들과도 만나게 된다. 그리고 위고도 브뤼셀에 와 있었다.
이 대시인은 부인과 두 아들을 데리고 요란스럽게 그곳
브뤼셀에 나타나 아스트로노미 거리에 저택을 사고
안주했다. 보들레르는 위고 부인으로부터 여러 번 저녁
초대를 받았다. 그는 초대를 수락했지만 위고의 집에서
돌아올 때마다 역정을 냈다. 오래전부터 얻은 명성과 부에
안주해 있는 위고의 가정을 지배하고 있는 부르주아적인
속물성에 대한 멸시와 혐오감 때문이었다. 그 역겨움을

그는 어머니에게 이렇게 털어놓는다.

> 빅토르 위고는 얼마 동안 내가 자기 섬에 가서
> 지내기를 바라는데, 아주 따분하고 진력이 나더군요.
> 만일 그의 터무니없는 우스꽝스러움을 함께 지녀야
> 한다면 저는 그와 같은 영광도 재산도 받아들이지
> 않겠어요.
> ― 1865년 5월 8일 어머니에게 보낸 편지에서

위고가 특별한 재능을 소유하고 있음을 위고에
관한 문학비평에서 극찬했고, 리옹 중학교 시절 문학
소년으로서 가졌던 위고에 대한 존경심을 간직하고
있으면서도 동시에 이 재사는 그의 눈에 '멍청이'로
보인다. 위고의 『레 미제라블(Les Misérables)』에 관한
비평에서도 보들레르는 상반되는 평가를 내린다. 이
소설에 활기를 불어넣어 주고 있는 버림받은 자들과
약한 자들에 관한 "자비의 정신"에 공감하고 그것을
찬양하면서도, 인도주의적 이상에 봉사하는 것이 문학의
역할이 아님을 환기시키며, 그 점을 비판한다. 왜냐하면
"예술 작품은 예술 이외의 다른 목적을 가져서는 안 되기
때문이다."

　　보들레르와 위고는 기질적으로나 미학적 성격에서나
서로 어울릴 수 없는 작가이다. 그러나 위고에 대한
보들레르의 평가는 때로 지나치게 감정적이라는 비난을
면키 어려운 듯하다. 선배 시인을 이렇게 그리고 있으니
말이다.

　　사람이란 재사이자 동시에 시골뜨기일 수도
　　있죠 ─ 특수한 재능을 가지고 있으면서 동시에
　　바보일 수 있듯이 말입니다. 빅토르 위고가 그 점을 잘
　　증명해 주고 있죠.
　　─ 1865년 2월 12일 앙셀에게 보낸 편지에서

　　시인뿐 아니라 그의 부인이나 아들들도 "반쯤
천치"란다. 그러나 위고 부인은 보들레르에게 어머니의
역할을 해주고, 그가 병으로 누워 있으면 자신의 의사도
보내준다. 그리하여 때로 그는 부인에게 옛 추억을
되살리며 생트뵈브의 이야기를 들려주며 "고해 신부의
역할"을 해 주었다. 생트뵈브가 부인에게 연정을
품었던 이야기는 이미 다 알려진 옛이야기이다. 그리고
다행스럽게도 샤를 위고 부인은 음악인이었다. "자,
바그너의 고귀한 음악을 들읍시다."라고 그가 부탁하면,

부인은 「탄호이저」의 악보를 열고 「순례자들의 합창」과
「기사들의 행진」, 「엘리자베스의 기도」를 연주했다. 그가
절망에 빠져 있을 때 바그너의 음악은 그에게 무한한
기쁨을 준다.

위고에 대한 태도와는 달리, 보들레르는 역경에
처해 있는 예술인들을 옹호하고 격려하는 데 조금도
주저하지 않았다. 그가 바그너를 위한 투쟁을 결심했을
때도 그 자신은 환각이 교차하는 신경의 혼란과 악화되는
건강, 대중과 사회의 박해 등, 심한 좌절에 빠져 있었다.
그럼에도 불구하고 음악인을 옹호하기 위해 무섭게 그
일에 매달리지 않았던가! 지금은 또 1865년 미술전에서
치욕을 당한 마네를 위해 그를 위로하는 편지를 보낸다.
보들레르의 눈에 마네는 들라크루아나 바그너처럼 강인한
정신력과 개성을 가지고 있는 예술인은 아니다. 특히
그에게 결여되어 있는 것은 앞의 이 두 거장들이 가지고
있는 예술에 대한 요지부동한 신앙이라고 생각하고
있었다. 그들은 이해받지 못해서 고통받고 있었지만,
어떠한 박해에도 쓰러지지 않았고, 어떤 것에도 용기가
꺾이지 않았다.

반면 마네는 그를 공격하는 비평으로 인해 자신에
대해 회의하고 실의에 빠져 있었다. 보들레르가 멀리서

꾸짖으며 용기를 북돋우려고 애쓰는 것이 바로 그
점이었다. 바로 1년 전에도 마네가 고야(Francisco Goya)를
모방했다고 비난하는 이름 없는 평자에게 편지를 보내,
마네는 이때껏 고야의 그림을 본 적이 없으며, 자신과
작가 포의 관계를 예로 들어 예술가들에게 그런 신비한
일치가 있는 법이라고 마네를 옹호한 일이 있었다. 이때가
브뤼셀에 그가 도착하여 계속되는 강연회의 실패와 그곳
계약자들의 배신으로 실의에 빠져 있던 때이다. 고통
속에서도 그는 멀리서 마네를 격려했고, 파리에 있는
뫼리스 부인에게도 그를 위로해 주라고 부탁하는 편지를
보낸다. 진정 그는 그 시대에 인정받지 못한 뛰어난
예술인을 알아보았고, 자신의 절망 속에서도 그들을
옹호하기를 주저하지 않은 소중한 미덕의 소유자였으며
실천가였다.

　　뫼리스 부인은 마네와 보들레르, 두 사람의 친구가
되는 부인이다. 그녀의 집에서 격주로 토요일마다 음악
모임이 있었다. 그곳에서 그들은 브뤼셀에서 돌아오지
않는 보들레르를 화제에 올린다. 이제 상원의원이 된
생트뵈브 역시 보들레르의 파리 부재를 염려했다. 그는
왜 돌아오지 않는가? 모두들 궁금해한다. 그가 내세우는
이유 중에는 『파리의 우울』을 끝내기 위해서라는 것도

있다. 『파리의 우울』을 쓰기 위해서는 파리의 대기가, 파리의 광경이, 파리의 대중이, 파리의 음악이, 그리고 파리의 가로등까지도 필요한데……. 기차를 타면 돌아올 수 있으련만……. 게다가 문인은 파리에서 너무 오래 떠나 있는 것이 좋지 않다고, 잊힌다고 생트뵈브는 귀띔한다.

그리고 지금이 시기도 좋다. 지금 파리에서는 젊은 학파의 새로운 기류가 흐르고, 자신들을 곧 파르나스파(Les Parnassiens)라고 부를 하나의 전통이 확립되고 있었다. 이들이 보들레르를 원하고 있다. 1865년 2월 1일 스물세 살의 한 젊은 시인이 「문학 심포니(Symphonie Littéraire)」라는 제목으로 고티에, 보들레르, 방빌을 찬양하는 산문시 형식으로 된 세 편의 시를 발표한다. 이곳에 그는 이렇게 적는다.

겨울, 내가 허탈감에 빠져 지쳐 있을 때, 나는 내가 좋아하는 『악의 꽃』의 페이지 속에 파묻혀 더없는 즐거움에 빠진다.

이 글을 쓴 주인공은 한 시골 중학교 영어 교사이다. 결혼하고 한 아이의 아버지로서 식구들의 생계를 책임지기 위해 학교의 귀찮은 일상사 속에서

동료들의 악의와 학부모들의 멸시에 시달리며, 이 모든
것으로부터 벗어나려고 안간힘을 쓰고 있는 한 수줍은,
그러나 놀랍도록 강인하고 끈질긴 개성의 소유자, 그는
후에 상징주의의 거장들 중 하나로 꼽히게 될 스테판
말라르메이다.

그리고 또 한 사람의 젊은 시인 베를렌. 그는 그
당시 시청에서 일하는 등본계원에 지나지 않았다. 그는
1865년 말 파르나스파의 문예지에 세 번에 걸쳐 보들레르
연구를 발표했다. 이듬해 2월에는 그의 시에 관한
강연회가 열리는 등, 보들레르 숭배자들이 문단에 속속
등장하기 시작했다. 파리에서는 이런 추세를 시인에게
알리며 파리에 돌아와 새로운 세대의 스승이 되어줄 것을
권유하건만 그는 돌아올 기미를 보이지 않는다.

저는 누구든지 간에 남을 지도할 위인이 아닙니다.
그리고 자신을 스스로 지도할 줄 모르는 사람들에게
저는 깊은 멸시를 품고 있습니다.

자신의 갈 길을 스스로 찾고, 그 목표를 향해 외로운
고행의 길을 홀로 걸어왔던 이 고고한 시인에게는
이른바 '보들레르 학파'라는 추종자들의 야단스러움이

위험스럽게만 보인다. 다음은 1866년 3월 5일 어머니에게
보낸 편지이다.

> 그 젊은이들에게는 재능이 있어요. 그러나 야단스러운
> 광기라니! 얼마나 심한 과장이며, 젊음의 도취인지요!
> 몇 해 전부터 여기저기서 저를 불안하게 하는
> 경향들과 모방을 발견하고 있었죠. 저는 모방보다
> 더 위험한 것을 알지 못해요. 그리고 홀로 있는
> 것이 제게는 무엇보다 좋습니다. 그런데 그것이
> 불가능하군요.

검은 바다를 향한 항해

보들레르는 그때 심각하게 병들어 있었다. 때로 마비
상태에 빠져 시간의 흐름도 의식하지 못한 채 많은 날들이
흘렀다. 그러다 어느 날 갑자기 깨어나면 시간이 많이
흘렀음을 알고 소스라치게 놀란다. 잃어버린 시간들을
만회해야만 한다는 생각으로 마음이 조급하기만 하다. 그
속에서 잔느가 실명했다는 편지를 받았던 일이 생각난다.
고통 속에서 자신의 늙은 애인이 더욱 가엾다는 생각이
들고, 병든 그녀의 상태가 불안해진다. 후견인 앙셀에게
편지를 해서 그녀에게 자신의 이름으로 돈을 보내도록

간청한다. 그러나 되찾은 갑작스러운 의식은 섬광처럼
짧기만 하다. 곧 다시 마비 상태가 온다.

마비, 회복, 다시 마비의 반복이다. 이는 심각한 병이
진행되고 있음을 말해 주는 징조다. 멀리 파리에서 망데가
"현대 파르나스 시선"에 그의 시를 싣겠다는 계획을
알려왔다. 이미 발표된 시들인데도 그는 이 교차되는
정신의 혼돈과 극심한 고통 속에서도 다시 교정을
보겠다고 고집한다. 대단한 정신력이며 자신의 예술에
대한 대단한 집착이다. 병세는 극도로 악화되어 어지럼증,
심한 두통, 구토, 정신 혼미 등 갖가지 증세가 번갈아 가며
육신을 죽음으로 몰아가고 있건만, 자기 작품의 완벽함을
향한 집착은 수그러들 줄 모른다. 이제 멀리 프랑스에서
그의 말 한마디 한마디를 '신탁'처럼 생각하는 젊은
학파들이 그를 부르고 있다. 그러나 그는 그들의 부름에
귀를 막고 있다.

고통의 한가운데에 있는 그에게 말라르메가 보낸
찬사도 사무친 마음속 원한을 위로하기에는 너무 늦은
것이었다. 모든 것은 영원한 오해와 혼돈 속에서 매듭이
엮이고 풀린다는 것을 깨닫는 것은 진정 슬픈 일이다.
그가 바그너를 만났을 때, 그 음악가는 보들레르의 진가를
알아차리지 못했고, 들라크루아 역시 그의 미술평을 높이

평가하면서도 그의 재능은 제대로 알아보지 못했다.
그런데 지금 지방 어디에선가 이름 없는 한 영어 교사가,
그리고 파리에서는 일개 시청 공무원이 그를 부르며
그에게 멀리서 구원의 메시지를 보내고 있다. 그들은
보들레르로부터 출발하여 미래를 준비하고 있는 새로운
세대들이건만, 보들레르에게는 그들의 목소리가 들리지
않는 듯했다.

이제 그의 영향력을 둘러싸고 일어나는 신비한 움직임
속에서 영원히 살아남게 될 보들레르의 영광이 만들어지고
있다. 그러나 그는 마지막을 향해 내리막길을 달려가고
있다. 새로운 작가들이 중심이 된 작은 모임이 르메르
출판사에서 이루어져 그의 영광을 준비하고 있었다.
보들레르는 "좋든 싫든 이들 신진들이 귀를 기울여야 하는
권위이며 신탁이자, 고문역인 시인"이었다. 그러나 그때는
이미 죽음이 그에게 너무 가까이 다가와 있었다.

1865년 12월 이래로 두통, 신경 쇠약, 소화기 장애
등이 심해지고 발작이 점점 빈번해진다. 증세가 심해
때로는 편지를 쓰다가도 쓰러질 것 같아 침대로 달려간다.
그대로 있다가는 가구에 매달리거나 가구 아래로 쓰러지게
된다. 다음은 1866년 1월 레옹 마르크 박사를 위해 적어 둔
자신의 병세에 관한 메모이다.

매우 좋다. 그리고 공복에 갑자기 예고되는 증세나
뚜렷한 이유도 없이 멍한 상태, 숨가쁨, 머리에 극심한
통증. 서서도 넘어지고 앉아서도 넘어진다. 그 모든
것이 매우 갑작스레 일어난다. 다시 의식을 되찾은 후
토하고 싶다. 머리가 심하게 뜨겁다. 그리고 식은땀,
구토, 담즙이나 흰 거품이 나오는 구토.

이제 의사가 처방해 준 약에 의존해 살고 있다. 약
없이는 살 수 없는 지경까지 와 있다. 그러나 통증을
가라앉히기 위해 오랫동안 복용한 아편 때문에 약도 잘
듣지 않는 모양이다. 12월 26일 앙셀에게 보낸 편지가
그것을 말해 준다.

머릿속이 흐릿하고 안개가 낀 듯 (……) 오랫동안
복용한 아편, 디지털린, 키니네 때문에 일어나는
증세이지요. 의사는 제가 전에 오랫동안 아편을
복용한 줄 몰랐지요. 그래서 저를 적당히 취급했고
저는 약의 양을 두 배, 네 배로 늘려야 발작을 몇 시간
뒤로 미룰 수 있는 거예요. 그것만으로도 큰 소득이죠.
허나 몹시 피곤해요.

그리고 죽음의 예감이, "불길한 생각이", "때때로 어머님을 뵙지 못하리라는 생각"이 엄습한다. 치료를 담당한 의사를 위해 자신의 병세를 메모해 둔 기록이 시인 사후에 발견되었다. 이 기록을 보면 그는 며칠씩 먹지 않고 지낸 듯하다.

거의 모든 발작이 굶었을 때 다가온다는 점을 관찰했다. 발작의 반복은 전혀 규칙적이지 않다. 첫 번째에는 여러 번의 발작. 음식 섭취나 단식은 이것과 관계가 없는 것으로 여겨짐. 시장기를 느끼지 않는다. 먹고 싶은 생각 없이 여러 날을 그대로 지낼 수 있다.

죽음의 예감과 "이미 때는 늦었다."는 절망 속에서 흘려보낸 지난 세월에 대한 후회가 가슴을 파고든다.

계산을 해보니, 만일 제가 꾸준히 일만 했더라면 오래전부터 구상했던 모든 것을 단 15개월 동안에 해치울 수 있었겠더군요. (……) 얼마나 여러 번 신은 저에게 그 15개월을 빌려주었던가! 과연 제가 뒤늦게라도 회복되어 해야 할 모든 것을 만회할 시간이 있을까요?

이제 그에게 죽음은 '고정관념'이 되었지만, 죽음이
자신이 계획한 모든 것을 무(無)로 돌리고, 자신은 할 일을
3분의 1도 다 하지 못했기 때문에 아직 죽을 수 없다고
괴로워한다. 그리고 침대에 누워서 보내는 긴 시간, 몽롱한
의식 속에서 할 일을 다 마치지 못하고 의식을 잃을까 봐
두려워한다.

침대에 누워서 보내는 그 길고긴 나날 동안 저는 이런
생각을 자꾸 했어요. "아! 잘 생각해 보자! 이러다가
쓰러지거나 중풍이 닥쳐오면 난 어쩌지? 어떻게 내
일들을 정리할 것인가?" 하고요.

극심한 고통 속에서도 작업을 다 하지 못하고 떠나게
될 것을 한탄하는 문인으로서의 투철한 정신은 대단하다.
또한 심한 혼돈 속에서도 자신의 병세에 대해 정확하게
관찰하고 기록하는 것이 놀랍다고 보들레르 연구가들은
말한다. 게다가 죽음을 불러올 병도 보들레르 특유의
익살까지 병들게 할 수 없었는지 그의 출판업자이자
친구가 된 말라시에게 보낸 편지는 해학으로 가득하다.

한평생 많은 욕망을 가졌었소. 그러나 토하고 싶지

않은 욕구와 다시는 나둥그러지고 싶지 않은 욕망은
여태 몰랐던 것이오.

보들레르는 심각한 증세 속에서도 출판 교섭을
단념하지 않고 출판사의 대답을 기다리고 있었다. 단지
두세 권 출판하는 영세 출판사가 아니라 전집을 출판할
수 있는 믿음직하고 진지하고 유력한 출판사를 원했다.
그러나 출판사주의 눈에 보들레르의 명성은 여전히
위태로워 보인다. 많은 모험이 따를 것으로 판단된다. 그때
유력한 출판사 가르니에로부터 대답을 기다리고 있었는데,
가부간 결정을 알려오기라도 했으면 좋으련만 아예 연락이
오지 않았다.
　　지독한 편두통은 이제 멎었다. 그리고 다시 신경
발작이 일어난다. 외부와의 관계가 끊기고 완전한 고립
상태에 들어간다. 다시 혼수상태에 빠지고 뇌의 모든
기능이 마비되지 않았는지 의심이 갈 만큼 심각한 증세를
보인다. 여러 날 동안 외출을 못한다. 말라시가 그를
찾아왔다. 물수건으로 머리를 싸매고 있는 보들레르를
보고 말라시는 웃음을 참지 못 한다. 그리고 쾌활하게
자신의 소송 이야기를 들려준다. 그는 친구가 앓고 있는
병의 심각성을 알지 못한다. 그러나 보들레르는 말을

못한다.

저 먼 곳 옹플뢰르에 있는 어머니는 예감이 좋지
않다. 계속 아들에게 편지로 돌아오라고 재촉한다. 그런데
아들은 머리에 무겁게 덮인 안개가 걷힐 때마다 “다음
달에 떠나요, 이곳에서 벨기에에 관한 책을 끝내야 해요.”
하고 출발을 미룬다. 그리고 다음 달이 되면 “며칠 후면
떠나요.” 하고 또 미룬다. 그가 싫어하는 겨울을 또다시
지옥 같은 벨기에에서 나야 한다. 당장에라도 옹플뢰르의
어머니 곁으로 가고 싶지만 형편이 여의치 않다. 그의
간절한 소망은 옹플뢰르의 어머니 곁에서 평온함 속에
글 쓰는 일에 전념하는 것인데, 떠날 수가 없다. “끝내야
할 책”, “팔아야 할 책” 운운하지만 그가 브뤼셀을 그토록
오랫동안 떠나지 못하는 이유는 그의 감정 상태 때문이다.
빚쟁이가 기다리는 파리가 무섭다. 아롱델이 위협한다.
하루하루 출발을 미루다 보니 이곳 또 하나의 지옥에 오도
가도 못하고 갇혀 있다. 유일한 구원은 전집 출판 계약을
성사시키는 일이다. 그러나 전집을 출판하겠다는 출판사가
선뜻 나서지 않는다. 그가 싫어하는 겨울이 지나갔고 봄도
지나는데 그는 아직 브뤼셀 여관방에 홀로 남아 있다.
여관에서 가방을 마차에 싣는 사람들을 보면 “행복한
사람들이군, 떠나갈 수 있으니.” 하고 부러워한다.

1966년 3월 어느 날 아침, 무서운 두통에 시달리며
밤을 보냈는데 아침이 되자 거짓말처럼 두통이 말끔히
사라진다. 이제 병이 다 나은 것 같다. 원기가 회복되는
것 같다. 그리고 다른 종류의 현기증이 일어난다. 마치
모든 힘이 갑자기 솟구치는 듯한 행복한 현기증이다.
이때 그는 소중한 어머니를 생각한다. 그리고 불쌍한
잔느를……. 묘한 인연으로 얽힌 후견인 앙셀의 얼굴도
차례차례 떠오른다. 사랑, 동정심, 회한 등이 교차하면서
모든 이들을 향해 끝없는 용서라는 매우 순수하고 고귀한
감정만이 남는다. 이미 몇 년 전인 1862년, 그는 이렇게
기록했다.

내 어떤 단계의 이기주의가 사라졌을까?
— 내 모욕은 신의 은총이었다 —
연민의 정이 없다면 나는 울리는 심벌즈에 지나지
않는다.

얼마나 많은 시련과 번뇌, 얼마나 많은 속죄 후 그는
이 잔잔한 평온함에 이를 수 있었던가! 그리고 얼마나
많은 정열을 다 태워버려야 했던가! 야심과 쾌락에의
정열을, 영혼과 육신의 정념을 거친 뒤 그는 이 평화에

이를 수 있었다. 검은 바다를 향해 영원한 항해의 길을 떠나기 직전에 잠시 얻은 이 짧은 휴식의 밤, 이제 모든 혼돈과 무질서가 최고의 질서 속에 하나로 용해되는 시간이 다가오고 있다. 곧 인간 보들레르는 이곳에 더 이상 존재하지 않고, 그의 작품만 남게 되리라. 1866년 이 어두운 죽음의 계절, 그는 여전히 모든 출판사로부터 배척당하고 있었다. 시인은 며칠 후면 마흔다섯 살이다. 그는 인생에서 너무나 큰 고통을 겪었다. 그의 얼굴에는 이미 기운을 지나치게 소모한 흔적이 새겨져 있다. 관자놀이에, 눈 주변에 정열이라는 마차가 만들어놓은 깊은 자국이 자리를 잡고 있다. 얼굴 윤곽 전체에 그려진 이 건조함은 강렬한 시선과 대조를 이룬다. 특히 오래전부터 재 이외에는 아무것도 씹지 않겠다는 듯 굳게 다문 입의 표정, 이것이 그 당시 찍은 사진에 나타나 있는 보들레르의 모습이다.

그때 갑자기 찾아온 기운과 감정의 평온함으로 그는 병을 극복하고 젊음을 되찾은 것으로 생각한다. 갑자기 행복했던 어린 시절이 가까이에 와 있는 듯하다. 옛날 서른 살 때의 섬세한 윤곽의 어머니 얼굴이, 어머니의 연지 칠한 입술이 미소를 보낸다. 밖에는 하늘이 푸르다. 옛날처럼 생루이 섬의 미루나무 위로, 몽수리의 카페 위로 빛나던

태양이 찬란하다. 창문을 열자 감미로운 대기가 방안
깊숙이까지 들어와 방의 약품 냄새를 몰아낸다. 종소리도
옛날 생탕드레데자르 거리의 종소리같이 들린다. 이 좋은
날씨에는 어릴 때 어머니와 함께하던 그 유명한 산책길에
나서고 싶다.

　마침 롭의 의붓아버지로부터 나뮈르에 초대받는다.
그는 "라틴어를 알고 있는 유일한 벨기에인이며, 프랑스인
같은 분위기를 가진", 그가 유일하게 인정하는 예외적인
벨기에인이다. 기꺼이 초대에 응한다. 집필중인「가엾은
벨기에」를 위해 이 도시를 다시 볼 필요가 있기에. 그는
그곳에서 롭과, 그들과 합세하기 위해 급히 내려온
말라시와 함께 유일한 예수회 스타일의 생루 교회를
방문한다. 이 교회 방문은 이번이 처음도 아니다. 처음
방문부터 그는 감탄으로 타올랐고, 이미 여러 차례 이곳을
다녀갔었다. 교회를 둘러보던 중 그는 현기증이 일어
비틀거리다 쓰러진다. 곧 몸을 일으킬 수 있었던 그는
미끄러졌다고 가볍게 넘기는데, 다음날 일어나서는 정신
혼미의 징후를 보인다.

　곧 두 친구가 부축해 브뤼셀로 데려왔지만 오른쪽에
마비가 오고 말을 제대로 못한다. 말라시는 앙셀,
아슬리노, 그리고 생트뵈브의 비서인 쥘 트루바에게 이

소식을 알린다. 그의 증세가 처음에는 그리 심각해 보이지
않았다. 아직은 짧은 편지를 받아쓰게 할 수 있었고,
그뿐 아니라 바이이 기숙사 시절 절친했던 프라롱이
편지와 함께 보낸 시들 중 잘못된 부분을 지적하기도
했고, 카튈 망데가 주관하는 『현대 파르나스(Parnasse
Contemporain)』에 실을 「새로운 악의 꽃」 손질에
전념하기도 했다. 파리에서는 보들레르가 죽었다는 소문이
퍼지고, 어떤 신문은 그 소문을 성급하게 기사에까지
싣는다.

그런데 졸도하기 불과 열흘 전 그는 파리에 직접
건너가 출판 교섭을 하겠다고 나선다. 문단 중개인에게
맡긴 출판 교섭이 1년이 넘도록 지지부진 진척이 없었다.
그 후 후견인 앙셀에게 이 일을 맡겼지만 결국 앙셀의
역량으로는 안 된다는 것을 깨닫고 자신이 파리로 가 직접
교섭하겠다고 나섰던 것이다. 그런 그가 3월 15일 파리가
아닌 벨기에의 지방 도시 나뮈르에 있었다.

3월 30일 우측 반신에 마비 증세가 나타난다. 4월
초 급히 달려온 앙셀과 말라시가 수녀들의 간호를 받을
수 있는 교회로 옮긴다. 4월 9일 완전한 실어증 증세를
보인다. 앙셀의 편지를 받고 오픽 부인은 브뤼셀로
달려온다. 그녀 역시 심한 신경통으로 고생하고 있었다.

옹플뢰르 바닷가 '장난감 집'의 어머니 곁으로 간절히
돌아가고 싶다던 아들이 말을 잃고 누워 있었다.

그랑 미루아르 관에 도착하니 의사들은 그의
증세를 숨기지 않더군요 ── 건강이 아니라 두뇌가
중태였지요 ── 이 두뇌는 일을 너무 해서 나이에
앞서 지쳤다는 거예요. 혀는 마비되지 않은 채 기억을
잃었어요. (……) 어린 시절 얘기를 해주면, 그는 말을
알아들으며 제 말에 귀를 기울이죠. 어떤 대답을 하려
하는데 표현이 안 되니까 그만 화가 치미는 거예요.

의사들은 가망이 없다고 판단하고 오픽 부인을
떠나 보내려 하지만, 그녀는 한사코 남겠다고 고집한다.
"터무니없는 행동"도 안 하고 "환각도 일으키지 않으니"
아들이 다시 정상으로 돌아올 것이라고 믿으며 의사들의
만류에 귀를 막는다. 그러나 아들은 끝내 말을 못한다.
그런 아들을 바라보며 곁에서 떠나지 않고 지켜주겠노라고
거듭거듭 다짐한다. 마흔이 넘은 아들이지만 어머니에게는
여전히 어린애다. 아들을 애타게 지켜보고 있던 어머니는
안타까운 심정을 편지에 적는다.

그는 오직 한 가지 집념뿐 — 남의 지배를 받지
않겠다는 거예요. (……) 수녀들은 그에게 종교 의례를
요구하죠. 그가 식사를 할 때에는 수녀들이 그에게
십자가를 긋도록 하고요. 그럴 때면 그는 기특한
인내심으로 온순하게 눈을 감거나, 아니면 화를 내지
않고 고개를 돌려요. 그들이 귀찮게 굴면 그는 자는
척하죠. 그러나 그의 생명을 죽일지도 모를 그런
극적인 장면을 그들이 유도할 수도 있어요.

편지에는 아들에게 여러 규칙 등을 고집스럽게
강요하는 수녀들로 인해 "아들의 생명을 죽일지도
모를" 극단적인 상황이 벌어질까 봐 걱정하는 오픽
부인의 두려움이 드러나 있다. 어머니는 자신의 아들이
남의 강요를 무엇보다 싫어하는 것을 알고 있기에 더욱
불안하다. 오랜 시간 동안 추위와 가난과 외로움, 그리고
특히 세인들의 무례함을 견디어온 끝에 이제 그에게는
무엇에 대해서이건, 누구에게이건 저항할 힘이 남아
있지 않다. 그러나 자선 사업에 종사하는 수녀들에 대한
보들레르의 분노는 그에게 남아 있는 마지막 분노였다.
그녀들은 가혹하게(어머니의 표현이다. 신앙심이 매우
깊은 어머니의 눈에도 수녀들은 가혹하게 보인다.)

자신들의 종교 의례를 그에게 따르도록 강요했고,
모욕적인 언사를 서슴지 않았다. 보들레르가 그곳(Saint-
Jean et Saint-Elisabeth)을 떠날 때는 그에게 정결 의식을 할
것을 끝내 고집했다고 한다.

오픽 부인은 라제그 박사와 서신으로 아들의 문제를
상의하고, 아들을 파리로 데려가는 것이 좋겠다는 박사의
견해를 따르기로 한다. 지금 유명한 정신과 의사인
라제그는 보들레르가 중학생 때 철학 지도를 해주던 그의
개인 교사였다. 샤를은 이 선생님을 좋아해서 라제그
선생님 집에서 대학입학 자격시험 준비를 하겠다고
의부를 졸라 이 철학 선생의 지도를 받았던 추억을 가지고
있었다. 죽음을 앞둔 지금 다시 보들레르는 그 선생님을
생각했고, 어머니는 아들의 뜻을 따라 그와 상의한
것이다. 7월 2일 마침내 보들레르는 어머니와 하녀 에메의
부축을 받으며 파리에 도착한다. 친구 스테방이 그를
동반했다. 아슬리노가 북부역에 나와 병자를 기다리고
있다. 스테방에 기대어 걸어나오고 있는 친구 샤를이
그의 눈에 들어온다. "지팡이는 양복 단추에 걸어놓고
있다." 이번에는 보들레르가 친구를 알아보고 웃음을
보낸다. 그것은 아슬리노가 알고 있던 친구의 웃음이
아니었다. 그것이 그의 가슴을 얼어붙게 했다. "길게

울리는, 언제까지나 지워지지 않는 웃음이었다.”라고 후에
아슬리노는 술회한다.

벨기에로 떠날 때는 빚을 갚고 돈을 만들고 출판
계약을 성사시키기 전에는 돌아오지 않겠노라고 다짐했던
보들레르가 아무것도 얻지 못한 채 말도 못 하는 중환자가
되어 돌아왔다. 더구나 끊임없이 말(mot)과 씨름해야 하는
시인에게 언어 능력의 상실만큼 절망적인 것이 또 있을까!
행복했던 어린 시절의 추억이 새겨져 있는 사랑했던
파리는 그에게 고통을 주었고, 파리를 떠나며 벨기에는
그를 구해 줄 구원의 나라와도 같았다. 그러나 그곳에
가면 그가 원하는 것을 얻을 수 있다고 믿었을까, 이 세상
어디에도 그가 그토록 찾았던 이상의 나라가 없다는 것을
작품에서 말했던 그가?

라제그가 그를 찾아왔다. 보들레르는 죽음에
가까워지면서 옛날의 기이한 인연과 만나게 된다. 라제그
박사가 보들레르를 입원시킨 곳은 뒤발 박사가 지도하는
병원이다. 뒤발 박사는 이름이 잔느 뒤발의 그것과 같다.
개선문에서 가까운 돔(Dôme) 거리의 이 병원에서 그는
13개월에 걸쳐 서서히 죽어갔다.

오직 부인의 짐을 덜어주기 위해 아슬리노가 주선하여
방빌, 샹플뢰리, 리즐 등의 이름으로 문교부 장관에게

460

연금을 신청한다. 여기에 메리메, 생트뵈브의 추천의
글까지 첨부하지만 500프랑밖에 받지 못한다. 몇 개월
동안 병세는 진전을 보이지 않는다. 처음에는 산책도 할 수
있었다. 이 산책 중에 친구 카르자(Carjat)가 그의 사진을
찍는다. 사진은 정신은 사라지지 않고 언어 기능은 잃은
그가 자신의 비극적인 인생을 마무리하고 있는 절망적인
이미지를 기록했다. 친구들이 찾아와 그를 기쁘게 해줄
방법을 찾느라 애를 쓴다. 샹플뢰리가 연락해 뫼리스
부인과 마네 부인이 병원에 와서 그곳에 있는 피아노로
그가 좋아하는 바그너의 「탄호이저」를 연주해 준다. 그는
만족스러운 얼굴을 한다. 아직 그림 앞에서와 마찬가지로
이 음악 앞에서 기쁨을 느낄 수 있다. 그것이 그가 다시
회복될 것이라는 희망을 갖게 해준다. 그러나 그는 실상
죽은 자나 마찬가지였다. 벨기에 나뮈르의 생루 교회에서
쓰러졌을 때 이미 죽음의 벼락을 맞은 것이나 다름없었다.
오픽 부인이 아들의 머리맡을 지키며 아들이 말을 되찾고
옛날의 모습으로 돌아오기를 간절히 기다린다.

　　1867년 이후 병자는 침대를 떠나지 못한다. 2회
만국박람회가 4월 1일 개막되었다. 돔 거리로부터 멀지
않은 곳에서 있었던 불꽃놀이가 병자의 방에까지 불꽃을
보낸다. 금빛 불꽃, 봉화, 쏟아지는 별들…… 그가 이것을

알고나 있는지. 이미 1회 만국박람회의 추억을 가지고
있고, 미술에 대한 열정 또한 남다른 것이 아니던가! 이제
그는 꺼져 가는 촛불처럼 하루하루 쇠잔해 갔다.

『파리의 우울』의 뒤에서 세 번째 시「이 세상 밖이라면
어느 곳이라도(N'importe où hors de ce monde!)」에서
보들레르는 우리의 삶을 병원에 비유한다. 거기서
환자들이 제가끔 자리를 바꾸고 싶어 하는 병원에.

이곳의 삶은 병원과도 같다. 환자들이 제가끔 침대를
바꾸어 다른 곳에 있고 싶은 욕망을 가지고 있는
병원. 어떤 환자는 난로 앞에 누워 고통을 겪고 싶어
하는가 하면, 어떤 환자는 창문 옆자리라면 병이 나을
것이라고 믿는다.
내가 현재 있는 곳이 아닌 다른 곳이라면 언제나 좋을
것처럼 생각된다. 이 자리를 바꾸는 문제가 바로 내가
내 넋과 끊임없이 논쟁하는 문제 중의 하나이다.
― 「이 세상 밖이라면 어느 곳이라도」(303쪽)

시인은 이 가련한 자신의 넋에 여러 이상의 고장을
제안한다. 금속과 대리석으로 이루어진 꿈의 도시와 같은
고장에서부터,「여행에의 초대」에서 노래한 "시치와 질서,

아름다움, 관능"이 지배하는 이상의 나라, 「이국 향기」, 「머리타래」 등에서 찬미한 낙원을 연상시키는 열대의 섬, 그리고 "죽음을 닮은 나라"……. 그러나 그 어느 곳에서도 시인의 넋은 만족하지 못한다. 마침내 넋은 참을 수 없어 외친다.

> 아무 곳이라도 좋소! 아무 곳이라도! 그것이 이 세상 밖이기만 하다면!
> ― 「이 세상 밖이라면 어느 곳이라도」에서

『악의 꽃』의 시인 자신이 이 시에 그려진 바로 이 환자이다. 아니 그는 우리 모두가 환자라고 생각한다. 이제 이 글을 썼던 보들레르가 "이 세상 밖"으로 가기 위해 이곳 "병원"을 떠나려 한다. 이곳은 그를 "지겹게 하기" 때문이다. 보들레르는 『악의 꽃』을, 첫 번째 시 「축복(Bénédiction)」에서 이곳 "권태로운 세상(pays ennuyé)"에 태어난 시인의 탄생으로부터 시작했고,

> 전능하신 하느님의 점지를 받고
> 시인이 권태로운 세상에 태어났을 때
> ― 「이 세상 밖이라면 어느 곳이라도」에서

마지막 시「여행」에서 시인이 "권태로운 세상(ce pays nous ennuie)"을 떠나는 것으로 끝맺는다.

우리는 이 고장이 지겹다, 오, '죽음'이여! 떠날 채비를 하자
—「이 세상 밖이라면 어느 곳이라도」에서

이제 보들레르는 그를 "저주받은 시인"으로 만든 이곳의 삶을 마감하려 한다.「여행」은『악의 꽃』의 시인이 이 세상에 와서 행한 정신적인 모험과 그 모험에서 얻은 결론을 제시한다. "지도와 판화에 빠져 있는 아이에겐" "우주가 그의 엄청난 식욕과 같은 것"이라고 시는 시작한다. 아이가 등불 아래서 지도책을 보며 꿈꾸던 세계는 얼마나 매혹적인 것이었던가.

아! 등불 아래 비치는 세계는 얼마나 큰가!

그리하여 아이 — 시인은 엄청난 욕망을 자극하는 세계를 찾아 떠나는 여행자들의 무리에 합류한다. 그리고 그들은 떠난다.

어느 날 아침 우리는 떠난다, 머릿속은 활활 타오르고
마음은 원한과 서글픈 욕망으로 가득한 채
그리고 우리는 간다, 물결치는 파도의 선율을 따라
유한한 바다 위에 무한한 우리 마음을 흔들며

어떤 사람은 "더러운 조국"으로부터, 어떤 자는
"요람의 공포"에서, 또 어떤 자는 여자로부터 달아날 수
있어서 즐겁다. 그리고 이제 그들은 취한다, 자유와 무한한
공간에.

그들은 취한다, 공간과 햇빛과 타오르는 하늘에
추위가 살을 에이고 햇볕에 구릿빛으로 그을리며
입맞춤의 자국도 서서히 지워져 간다

그러나 "진정한 여행자들은 오직 떠나기 위해 떠나는
사람들", 그리고 그들의 "욕망은 떠도는 구름의 형상"을
하고 있다고 했다. 욕망의 대상은 구름처럼 만질 수도
소유할 수도 없는 꿈을 닮았다.

그들의 욕망은 떠도는 구름의 형상을 하고
(······) 그들은 꿈꾼다,

465

어떤 인간도 아직 그 이름 알지 못한
저 미지의 변덕스러운 끝없는 쾌락을

그리하여 그들의 넋은 가공의 이상의 나라
'이카리섬'을 찾아가는 배에 비유되고, 그들은 계속 떠날
수밖에 없는 얄궂은 운명을 타고났다.

까닭도 모르는 채 늘 "자, 가자!" 하고 외친다.

아뿔싸! 우리는 빙글빙글 도는 팽이와
튀어오르는 공을 흉내 내고 있군, 잠자고 있을 때도
욕망은 우리를 괴롭힌다,
태양을 채찍질하는 잔인한 천사처럼

얄궂은 운명, 목표는 늘 바뀌어
아무데도 없는가 하면 어디에나 있을 수도 있고
'인간'은 결코 지칠 줄 모르는 기대를 품고
휴식을 찾아 미친놈처럼 계속 달린다!

우리의 넋은 아카리섬을 찾아가는 돛대 세 개 달린 배

이 멀고 기나긴 끝없는 여행을 통해 여행자들이
얻은 것은 무엇인가? 시의 세 번째 단원에서 그 이야기가
전개된다.

놀라운 여행자들이여! 바다처럼 깊숙한 그대들 눈
속에서
우린 얼마나 고귀한 이야기들을 읽어 내는가!
그대들의 풍부한 기억이 담긴 보석상자 우리에게 보여
다오,
별과 대기로 만들어진 그 신기한 보석들을

우리는 증기도 돛도 없이 여행하고파!
우리 감옥의 권태를 위로해 주기 위해
화포처럼 팽팽하게 당겨진 우리 정신 위해
수평선을 그림틀 삼아 그대들의 추억을 펼쳐 놓아라

말하라, 그대들이 본 것이 무엇인지?
(……)

       우리는 별들과 물결을
보았다, 또 모래밭을 보았다

그리고 뜻밖의 재난과 사고에도 무수히 부딪혔으되
우리는 여기서처럼 때로 권태로웠다

보랏빛 바다 위의 태양의 찬란함이
저무는 햇빛에 비친 도시의 찬란함이
우리 가슴속에 불안한 정열을 불붙여
매혹적인 석양빛 하늘 속에 잠겨들고 싶었다

제아무리 호사스러운 도시도 아무리 웅대한 풍경도
우연이 구름과 함께 만들어내는
저 신비한 매력에는 미치지 못했고
욕망은 쉴새없이 우리를 안달하게 했다!
(……)

그러고는 그러고는 또 무엇을?
(……)

　오, 어린애 같은 인간들이여!
가장 중요한 것을 잊기 전에 말하지만
우리는 어디서나 보았다, 일부러 찾아다닌 것도
아니건만

숙명의 사닥다리 위에서 아래까지 가득한
불멸의 죄악의 지겨운 광경을
(……)

　　쓸쓸한 깨우침, 이것이 여행에서 얻어낸
것인가!
단조롭고 작은 이 세계는 오늘도
어제도 내일도 그리고 언제나 우리 모습을 비춰
보인다
권태의 사막 속 공포의 오아시스를!

그리고 그들은 보았다, "코끼리의 코를 가진
우상"도 빛나는 보석이 새겨진 옥좌도 화려함이 극에
달하는 정성을 다해 꾸며진 궁궐도 눈을 취하게 하는
의상도 "이빨과 손톱을 물들인" 여인들도……. 그러나
호기심을 자극하는 그 모든 화려함에도 불구하고 그들이
본 것은 세상 어디를 가나 "숙명의 사닥다리 위에서
아래까지 가득한／ 불멸의 죄악의 지겨운 광경"이었다.
그리고 그들은 말한다, "뜻밖의 재난과 사고에도 무수히
부딪혔으되" 그들은 여기서처럼 권태로웠노라고. 그리고
제아무리 호사스러운 도시도 아무리 웅대한 풍경도
"우연이 구름과 만들어낸 저 신비한 매력에 미치지

못했다"고.

구름이 만들어 낸 신비함은 시인이 추구하는 초자연적
미의 알레고리이다. 『파리의 우울』을 열어주는 첫 번째 시
「이방인(L'Étranger)」에서 이방인이 이 세상에서 유일하게
사랑하는 것이 바로 구름이다. 이방인과 대화하는 형식의
이 글에서 보들레르는 세인들의 눈에 기이하게 보이는
이방인(extraordinaire étranger)을 통해 시인 자신의 모습을
그려놓았다. 이 인물은 지상의 인연과 세속의 욕망에
관심이 없다. 그는 가족도, 조국이나 친구도 모르며,
돈(황금)을 증오한다.

수수께끼 같은 친구여, 말해 보오, 누구를 가장
사랑하는지, 당신의 아버지? 어머니? 누이, 아니면 형?
— 나에게는 아버지도 어머니도 누이도 형도 없소.
— 당신의 친구들은?
— 당신은 오늘날까지 그 의미가 미지의 것으로 남아
있는 말을 하고 있구려.
— 당신의 조국은?
— 나의 조국이 어떤 위도 아래 위치하고 있는지조차
모른다오.
— 미(美)는?

　― 여신 같은 불멸의 미라면 기꺼이 사랑하겠소만.

　― 황금은 어떻소?

　― 당신이 신을 증오하듯 나는 황금을 증오하오.

　― 아하! 그렇다면, 기이한 이방인이여, 당신은
도대체 무엇을 사랑하는 거요?

　― 나는 구름을 사랑하오…… 저기…… 저기……
저쪽으로 지나가는 구름을…… 저 찬란한 구름을!

　―「이방인」에서

　　이방인이 사랑한 "지나가는 저 찬란한 구름"은
샤토브리앙 작품의 주인공 르네가 부러워했던 지나가는
새들처럼 이곳이 아닌 다른 삶에 대한 갈망을 상징한다.
구름이 하늘에 연출하는 환상적인 형태는 그것을
관조하는 시인에게 "무덤 저쪽에 존재하는 찬란함"을
꿈꾸게 해준다. 이 같은 구름의 몽상을 가스통 바슐라르는
『공기와 꿈』에서 "진정 절대적인 승화의 이미지이며,
최후의 여행"33)이라고 해설했다. 이처럼 초월적인 또는
초자연적인 '찬란함'을 꿈꾸는 시인에게 지상에서의
여행은 처음부터 실망을 잉태하고 있었다. 이 세상
어디에도 그들의 꿈을 만족시켜 줄 것을 찾지 못했노라고
여행자들은 고백하고 있지 않은가. 이것이 시인이 얻어낸

쓸쓸한 깨우침이다. 이제 여행자들을 부르는 달콤한
소리가 있다. 그것은 권태로운 이곳이 아닌 영원히 끝없는
감미로움이 있는 곳으로 그들을 유혹하는 소리이다.
그곳은 "여행자들이 굶주려 있는 기적의 열매를 따는
곳". 목소리의 주인공이 팔을 내민다. 그러나 이곳을
등지고 검은 바다를 향하고 있는 그들의 마음은 젊은
여행자들처럼 즐겁기만 하다.

옛날 우리가 중국을 향해 떠났던 것처럼
눈은 바다를 응시하고 머리카락은 바람에 휘날리며

우리는 어둠의 바다를 향해 돛을 올리리,
젊은 여행자처럼 즐거운 마음으로,
그대 들리는가, 달콤하고 슬픈 저 소리가
그 소리는 노래한다, '이리로 오라! 저 향기로운
로터스를

맛보려는 그대들아! 이곳이 바로
그대들 마음 굶주려 있는 기적의 열매를 따는 곳,
이리 와 취하라, 영원히 끝이 없는
이 오후의 기이한 감미로움에!

시인은 외친다, "때가 되었다! 닻을 올리자!"라고.
그리고 온 세상이 "먹물처럼 검다 해도" 그의 "마음은
빛으로 가득하다"고.

오, '죽음'이여, 늙은 선장이여, 때가 되었다! 닻을
올리자!
우리는 이 고장이 지겹다, 오, '죽음'이여! 떠날 채비를
하자
하늘과 바다 비록 먹물처럼 검다 해도
네가 아는 우리 마음은 빛으로 가득 차 있다
—「이방인」에서

8월 31일, 그는 어머니가 지켜보는 가운데 미소를
보내며 조용히 눈을 감는다. 브뤼셀에 묶여 있는
말라시에게 오픽 부인은 임종 때의 아들의 모습을 편지로
알려준다.

임종이 가까워지면서 체념하고 무척 온화했었지요.
임종 전 이틀간의 낮과 밤은 아주 조용했어요. 그는 두
눈을 뜬 채 잠자는 듯했어요. 임종의 고통 없이 아주
조용히 숨을 거두었지요. 마지막 거두는 숨을 놓치지

않으려고 한 시간 전부터 그를 껴안고 있었어요.
수없이 많은 다정한 말들을 들려주면서요. 쇠약하고
벙어리 상태이긴 하지만 분명 제 말을 깨닫고 대답해
주리라고 믿었던 것이지요…….

그녀는 자신을 여신처럼 열렬히 사랑하던 아들을 잃은
것이다. 그녀의 나이 일흔넷, 가슴이 찢어지는 슬픔 속에서
아들의 친구들을 맞이한다. 아들에 대한 친구들의 충실한
우정이, 그들의 비통함이 어머니에게 위로가 되었다. 이제
아들 주변에 하나의 뚜렷한 명성의 탑이 세워지고 있음을
느끼지 않을 수 없다. 앙셀이 모든 것을 맡아 준비한다.
정확하고 의무감이 투철하고 감정에 흔들리지 않는
그이지만 슬픔을 주체하지 못한다. 장례식은 생오노레
성당에서 백 명이 채 안 되는 문인들과 친구들 앞에서
거행되었고,『악의 꽃』이 최초로 출판되기 직전 세상을
떠난 의부가 묻혀 있던 몽파르나스의 가족 묘지에 그의
영원한 안식처가 만들어졌다. 오픽 부인도 후에 그곳에
함께 안장된다.

마네, 베를렌, 나다르, 스테방, 몽슬레, 샹플뢰리 등
절친한 친구들이 그곳까지 영구차를 따라갔다. 방빌과
아슬리노가 친구의 영전에 감동적인 조사를 낭송했다.

방빌은 보들레르가 인간을 이미 만들어진 이상에
따라 변형시키려 했던 여느 작가와 달리, "현대적인
인간을 있는 그대로, 그의 과실과 병적인 매력과 무력한
갈망과, 그 많은 실의와 눈물 섞인 승리와 더불어 모두
수용했다."고 칭송했다. 다음에 아슬리노는 너무도 여러
번 중상의 표적이 되었고, 대중의 몰이해의 희생물이었던
친구의 불행에 대해 분노에 가득 차 작가가 아닌 인간
보들레르에게 경의를 표했다.

그렇습니다. 이 위대한 정신은 또한 착한
정신이었으며, 이 위대한 영혼은 또한 착한
영혼이었습니다.

시인이 쓰러진 후 병실을 떠나지 못하고 기어이
세상을 떠날 때까지 친구들이 보여준 보기 드문 우정의
표시는 놀랍다고들 말한다. 보엠 시절부터 마지막까지
절친했던 아슬리노를 비롯해, 『악의 꽃』 출판과 함께
인연이 맺어진 말라시, 중학교 시절부터 그의 글을 읽고
깊은 감명을 받았던 선배 작가 생트뵈브, 그리고 그의
비서 쥘 트루바, 작가 막심 뒤 캉, 벨기에 체류 때 알게 된
화가 롭, 벨기에에서 파리까지 동행한 알프레드 스테방,

475

화가 마네와 그의 아내, 뫼리스 부인 등 그들 모두는 그의
비극적인 종말 앞에서 아파했고 명예를 회복하지 못하고
떠나는 것을 억울해했다.

　파리의 일간지들이 그의 죽음에 관한 기사를 냈지만
한둘을 제외하고는 여전히 악의적이었다. 그러나 이미
시인으로서의 영광은 베를렌의 세대와 함께 길이 트였고,
이어지는 랭보와 말라르메, 발레리 등과 함께 밀려오는
새로운 기운을 누구도 막을 수 없었다. 문인들은 그를
칭송하는 글을 썼고, 당시 파리에 없었던 고티에도
제네바에서 편지를 보내 그의 죽음을 애도했다. 그러나
보들레르를 기억하는 글 중에서 가장 훌륭한 글은 1년
전인 1866년 시인이 쓰러져 사경을 헤매고 있다는 소문이
돌고 있을 때 이미 쓰였다.『악의 꽃』2판 출판 당시
훌륭한 찬양의 글을 쓴 외국 시인 스윈번의 글이 그것이다.
1871년 아르튀르 랭보는 그의 스승 드므니(Demeny)에게
보내는 유명한 편지에서 보들레르에게 "최초의 견자(見者),
시인 중의 왕, 진정한 신"이라는 칭호를 바친다. 말라르메
역시 젊은 시절의 시인에 열광했으며, 시인의 사망 2년 전
이미 그것을 표했다.

시의 운명을 바꾼 시인

보들레르는 인간의 천박성과 무례함으로 인해 당한
치욕으로부터 명예를 회복해야 했던 흔치 않은 예술인들
중 하나이다. 1857년 『악의 꽃』에 내려진 법원의 유죄
판결은 그의 나이 스물셋에 가족의 뜻에 따라 그에게
가해진 금치산 선고에 이어 두 번째로 그에게 씌워진
멍에였다. 그것은 불필요한 복수심과 좌절감이라는
계속적인 고통 속에 그를 빠트렸다. 1866년 2월 18일
죽음을 얼마 남겨두고 있지 않은 시기, 그는 후견인
앙셀에게 오랫동안 쌓인 원한을 쏟아놓았었다.

당신은 어리석게도 프랑스가 시를, 진정한 시를
증오한다는 것은 잊고 있군요. (……) 다른 누구보다
그 점을 잘 짐작했을 당신에게 말해야 할까요,
이 혹독한 책 속에 나의 온 영혼을, 온 열정을, 온
종교(변조된)를, 온 **증오**를 송두리째 털어 넣었음을?
그 반대를 쓸 수 있다는 것도 사실입니다. 나는 나의
위대한 신들에게 이것은 순수 예술의, 흉내 내기의,
곡예의 책이라고 맹세할 수도, 이 뽑는 사람처럼
거짓말을 할 수도 있습니다.

이곳에 퍼부은 독설은 고통의 신음처럼, 또는 분노의
외마디 소리처럼 들린다. 글쓰기는 진정 "복수의 손"이
택한 최상의 선택이었다. 그는 그것을 끝내지 못하고 떠날
수밖에 없었다.

그의 명성은 사후에야 찾아온다. 주브가 『보들레르의
무덤』에서 "무덤은 시인의 친구"라고 썼던 것은 시인의
진가가 시인의 죽음 후에 세인들에게 일깨워졌기 때문일
것이다. 마지막까지 전집 간행에 그토록 집착하면서도
그 결실을 보지 못하고 세상을 떠났건만 그의 죽음 후에
『파리의 우울』, 미술비평, 문학비평, 『내면의 일기』,
서간집 등 전 작품이 속속 간행되었고, 그가 그토록
원했던 전집이 마침내 빛을 본다. 그리고 전집은 레비
출판사로부터 시작하여 계속 다른 출판사에서 재판을
냈다. 아슬리노가 『샤를 보들레르, 그의 생애와 작품』을
내면서 그에 관한 연구서, 연구 논문, 전기, 번역 등이
줄줄이 간행되었다. 그에게 가해진 법원의 유죄 판결은 근
한 세기가 지난 1949년 정식으로 프랑스 최고 재판소의
파기원에 의해 원심 파기가 이루어졌다.

최초의 『악의 꽃』 출판 후 백년이 지난 1957년
프랑스 국립도서관에서는 『악의 꽃』 100주년 전시회가
있었고, 1967년 보들레르 사망 100주기를 기해 프랑스

니스대학에서는 보들레르 연구 대가들의 심포지엄이,
1968~1969년에는 프티팔레(Petit-Palais)에서 보들레르
전시회가 있었다. 어디 그뿐인가. 수많은 연구가 그에게
바쳐졌고 미국 밴더빌트대학에는 보들레르 연구
센터(Centre d'etudes baudelairiennes)까지 세워지는 등,
범세계적인 그의 명예 회복이 이루어졌다. 1990년 이곳
밴더빌트대학에서 집계한 것으로는 보들레르에 관한
논문이 5만 여건을 헤아린다. 여기에 누락된 것과 그
후 수십 년 동안 쓰였을 것들까지 합한다면 어마어마한
숫자일 것이다. 그가 생전에 싸워야 했던 가난과 고통,
속물들의 멸시, 프랑스 정부의 박해와 그의 생애 마지막에
당했던 벨기에인들의 냉대…… 이 모든 고통, 이 모든
저주는 시인의 영광이었다! 시인은 이미 그것을 알고
있었다.

축복받으시라, 하느님이여, 당신이 주는 고뇌는
우리의 부정을 씻어주는 신약,
거룩한 기쁨으로 강자를 이끌어주는
가장 훌륭하고 순수한 정수

나는 압니다, 그대 천군의 축복받은 대열 속에

시인을 위해 한자리 마련하고 계심을,

(……)

나는 압니다, 고뇌야말로 고귀한 것임을

이승도 지옥도 그것만은 물어뜯지 못하며,

내 신비로운 왕관을 엮기 위해서는

온 시대와 온 우주를 다 바쳐야 할 것임을

　　　　　　　　　　　　　　—「축복」에서

　실로 시인의 죽음으로부터 많은 시간이 흘렀다.
그러나 보들레르가 생전에 한탄했던 대중의 몰이해는 오랜
시간이 지난 지금까지도 계속되고 있는 듯하다. 보들레르
비방자들에게 그랬던 것처럼 대부분 사람들의 기억 속에
『악의 꽃』의 시인은 여전히 병적인 주제의 시인으로 남아
있다. 보들레르의 계승자임을 자처하는 서툰 추종자들은
그만두더라도 보들레르의 계승자들 중에도 보들레르 시의
진정한 의미를 엉뚱한 데서 찾는 이들이 적지 않다.
　보들레르 시를 지배하고 있는 특이한 음악성도,
보들레르에게 “말의 마술사(magicien du mot)”라는
칭호를 붙이게 했던 그의 뛰어난 언어 능력도 일부 숙련된
전문가들을 제외한 대부분의 독자들은 놓치고 있다.
후에 음악으로부터 중요한 요소를 취하려 했던 상징주의

시인들에게 분명 보들레르는 그들의 스승이었다.

보들레르로부터 출발했다고 고백했던 베를렌은 가장 열렬한 보들레르 찬미자 중의 한 사람이었고 그로부터 음악적 유산을 가장 많이 취한 시인이었다. 그러나 그의 시의 독특한 아름다움과 정교한 음악성에도 불구하고 두 시인의 유사함을 논할 수는 없다고 평가된다. 베를렌의 시는 영혼보다는 감수성을 감동시키는 것이며, 최고의 경지에서 영혼에 그 특유의 감동을 전달한다 해도 보들레르처럼 영혼의 깊은 곳을 흔들어놓지 못하기 때문이다.

언어의 테크닉에 가장 민감했던 보들레르의 제자는 말라르메이다. 그가 시와 산문에서 가장 심혈을 기울여 개발했던 것이 언어가 갖는 내적인 위력이었다. 그러나 그 위력은 그가 시에 엄청난 야심을 걸었다 해도 "대부분의 경우 그 위력 자체를 위한 개발로 그쳤다." 그의 시는 집중적인 성격이라는 점에서 아마도 지금까지 실현되었던 시 중에서 가장 뛰어날 것이다. 그러나 "그의 시는 집중적인 농도 그 자체가 목적이었다."

정화되고 절도 있고 유연하며 동시에 힘이 있는 보들레르 시의 언어적 특성은 그의 정신적인 특성과 관계가 있다. 공들여 갈고 닦아 주조해 내는 장인 정신의

소유자 보들레르는 오랜 시간에 걸친 많은 연습과 훈련을
스스로에게 부과했고, 정신과의 투쟁 이상으로 언어와의
투쟁에 자신을 바쳤다. 그리하여 그의 시는 리듬이 있는
구조, 형태와 색채, 말의 의미 등이 만들어놓은 가장
완벽한 "언어의 과학"이라고 불린다. "보들레르가 가장
보들레르적인 것은 언어의 실체 속에서"라고 주브는
말한다. 음절의 조화로운 연결에서 오는 울림, 어휘들
사이의 긴장과 시구들의 연속 속에서의 긴장, 이것이
보들레르가 시에 주려 했던 깊은 수사학이었다.

보들레르의 후예들 중 랭보를 빼놓을 수 없다. 그러나
"시를 '환기적 주술(sorcellerie évocatoire)'로 정의했던
보들레르는, 랭보의 야심과 그의 순수한 환상, '언어의
연금술'을 능가"[34]한다고 기 미쇼(Guy Michaud)는 말한다.

랭보는 아마도 더욱 깊은 다른 의미에서 보들레르의
후계자일 것이다. 보들레르에게 그랬던 것처럼 랭보에게도
시는 단순히 능숙한 재주가 아니라 영향력이며 존재의
모든 것이었다. 또한 시의 기능은 슬픔 혹은 기쁨 등의
감정의 표현이 아니라 독자에게 인간 조건과 인간 운명의
문제를 생각하게 하는 것이다. 1857년부터 이미 통찰력
있는 이들은 보들레르의 시에 단순히 "매혹되는 것이
아니라 강렬하게 동요된다."고 말했다.

시에 대한 이 같은 개념 자체의 전환은 독일 낭만주의 시인들과, 그들로부터 영향을 받은 시인들에게서 먼저 시작되었다. 그러나 모든 산만한 시도들을 한 권의 시집 속에 농축해 놓은 시인이 보들레르이다. 그리하여 보들레르는 시의 운명에 오늘날까지도 영향력을 발휘하는 가장 중요한 획을 그어놓았다.

무미건조한 설교조와 어조만 높은 감상적, 웅변적 시가 오랜 세월 프랑스 시를 지배한 후 보들레르는 중요한 가치의 변화를 예고했다. 그것은 이성적 사고로부터 이성적으로 설명할 수 없는 것으로의, 사고의 평범함으로부터 창조의 신비함으로의 전환이다. 보들레르는 시 특유의 새로운 숨결을, 위고처럼 말한다면, "새로운 떨림(frisson nouveau)"을 시에 불어 넣었으며, 시의 새로운 수사학을 주조해 냈다. 그의 직접적인 후예들인 말라르메, 랭보와 더불어 이제 프랑스 시는 "침묵으로부터 쓰게 될 것이며, 표현할 수 없는 것을 쓰게 될 것이다."

보들레르와 함께 프랑스 시는 이처럼 새로운 도약이 가능해졌고, 프랑스라는 국경을 넘어 세계적인 차원으로 영역을 넓혔다. 그는 20세기 내내 시인들의 길을 밝혀주었고, 그뿐만 아니라 다른 여러 예술가들에게

영향력을 발휘했다. 그리하여 그로부터 영감을 얻은
예술가들이 무수하다.

프랑스에서, 프랑스어권의 모든 나라에서, 독일과
영국, 이탈리아, 러시아, 미국 등등 세계 각국에서 그의
시를 연구하는 소위 보들레리앙이 속출했고, 수많은
연구들이 그에게 바쳐졌다. 그것은 낭만주의라 불러
마땅한 흐름을 넘어서 현대적인 관심사로 이어지며,
그의 작품은 가장 예리한 모더니즘에 살아 있는 전통적
요소들에 대한 존중을 연결해 주었다.

주(註)

1) 보들레르의 작품 출처는 *Oeuvres Complètes*(Gallimard, Bibliothèque de la Pléiade), 1961년 판을 기본으로 한다.

2) M. A. Ruff, Baudelaire(Hatier, 1966), 4쪽.

3) François Porché, Baudelaire(Flammarion, 1944), 41~42쪽.

4) Claude Pichois, Album Baudelaire(Gallimard, 1974), 18쪽에서 재인용.

5) Eugène et Jacques Crépet, Baudelaire(Messein, 1996), 11쪽에서 재인용.

6) M. A. Ruff, 앞의 책, 7쪽.

7) 같은 책, 10~11쪽.

8) Eugène et Jacques Crépet, 앞의 책, 14쪽.

9) Antoine Adam, *Les Fleurs du Mal*(Classique Garnier, 1990), 463쪽.

10) François Porché, 앞의 책, 68-69쪽 참조.

11) Eugène et Jacques Crépet, 앞의 책, 23쪽.

12) Robert Kopp et George Poulet, "Notices Documentaires par Robert Kopp," *Qui était Baudelaire?*(Skira, 1969), 23쪽.

13) Eugène et Jacques Crépet, 앞의 책, 22쪽에서 재인용.

14) 같은 책, 221-223쪽.

15) Robert Kopp et Georges Poulet, 앞의 책, 30쪽.

16) 같은 책, 32쪽.

17） Claude Pichois, Baudelaire à Paris(Hachette, 1967), 15쪽.

18） Robert Kopp et George Poulet, 앞의 책, 30쪽에서 재인용.

19） Eugène et Jacques Crépet, 앞의 책, 55쪽.

20） Pierre-Jean Jouve, Tombeau de Baudelaire(Seuil, 1958), 46-47쪽.

21） M. A. Ruff, 앞의 책, 53-54쪽.

22） Eugène et Jacques Crépet, 앞의 책, 76쪽에서 재인용.

23） 인도삼에서 뽑은 마약.

24） Claude Pichois, 앞의 책, 89-90쪽에서 재인용.

25） M. A. Ruff, 앞의 책, 83쪽에서 재인용.

26） 같은 책, 84쪽.

27） Jean Prévost, *Baudelaire*(Mercure de France, 1964), 80쪽에서
재인용.

28） Robert Kopp et George Poulet, 앞의 책, 72쪽에서 재인용.

29） François Porché, 앞의 책, 303쪽에서 재인용.

30） 남프랑스 특유의 생선 수프.

31） Pierre-Jean Jouves, 앞의 책, 112쪽.

32） 같은 책, 118쪽.

33） Gaston Bachelard, L'Air et les Songes(José Corti, 1943), 220쪽.

34） Guy Michaud, *Message Poétique du Symbolisme*(Nizet, 1944),
80쪽.

샤를 보들레르

1판 1쇄 찍음   2025년 12월 25일
1판 1쇄 펴냄   2025년 12월 30일

지은이   윤영애
발행인   박근섭, 박상준
펴낸곳   (주)민음사

출판등록   1966. 5. 19. 제16-490호
주소   서울특별시 강남구 도산대로1길 62(신사동)
           강남출판문화센터 5층 (우편번호 06027)
대표전화   02-515-2000
팩시밀리   02-515-2007
홈페이지   www.minumsa.com